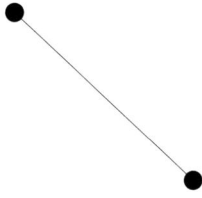

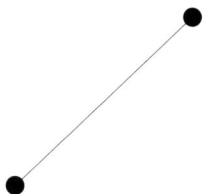

李犁 著

烹坛

作家出版社

李犁

　　20世纪80年代开始写作诗歌和评论。2008年重新写作，评论多于诗歌。出版诗集《黑罂粟》《一座村庄的二十四首歌》《大风》，文学评论集《拒绝永恒》，诗人研究集《天堂无门——世界自杀诗人的心理分析》；有若干诗歌与评论获奖。为某诗歌与艺术杂志主编。

目 录

戏术

（游戏入诗，戏谑中让诗歌焕发青春，推动文体改革）

诗之味

（诗有味道方为上品，几种味道常常交融一起，
　　分成类别只是侧重而已）

情味

（情感的感染力）

意味

（意义的穿透力）

况味

（意与情的结合，意境高远宽深）

禅味

（见仙会神，净心静魂）

诗之境

（本质　品格　境界。诗歌的欲抵之地）

超境

（超诣，超拔凡尘，进入美而自由的高度）

开篇

我理解的好诗人
——当下诗坛现状断想

1

我理解的好诗人永远是一个不随波逐流又特立独行的人。

好诗人是孤独的。孤独一是来源于他走在时代前面,思想的先驱都是不被人理解的;二是众人皆醉我独醒。他坚持他所看见的,而不走别人的路,保持人的自然属性原始性,绝不让自我被大众异化,不与人同流合污。

好诗人是一个说真话,有正义感,对丑恶时刻保持愤怒,并永远说不的人。由此就构成了诗人与政客和商人的对立,在古代更与黑暗的统治者格格不入,因为专制的统治者都是肮脏和丑恶的集大成者。所以在古代诗人的命运极其悲惨。

因此好诗人要与统治者保持距离,并时刻要拍案而起。苏东坡曾经问他身边的女人:先生肚子里是什么?大老婆说是学问,二老婆说是大粪,只有他喜欢的小妾说是一肚子愤怒。还是苏老大视为知己的小三理解诗人。

好诗人是知识分子倡导的精神和品质的行为者,那就是独立之人格,自由之精神的践行者。除了蔑视权贵,还是质疑权威传播智慧的大者。好诗人不但说真话还要为真理献身。他代表着社会的乃至人类的良心。虽然我理解中国一个老知识分子说的：我不说真话，但绝不说假话，但在真理被强暴的年代，这样的态度是没有责任感的，更没有勇气。我敬佩的是那些明知山有虎，偏向虎山行的诗人们。

在需要呐喊的时候，沉默不是黄金，是狗屎。

好诗人是一个无缘无故去爱和恨，并把眼泪和金钱献给卑微的弱小者的人，也敢把仇恨和砖头献给欺凌弱小者的人（虽然可能诗人最先被头破血流）。要"痛苦并上升为同情别人的泪"（舒婷语），更应该是不痛苦也为别人的痛苦流眼泪的人。尽管他们的眼泪很廉价，甚至有时他们的介入可能更给同情者添乱。

好诗人遇到别人在意的事情，他们不在意，譬如功名利禄，别人不在意的他们却视为生命，并孜孜以求锲而不舍，譬如真理名誉爱情友谊等看不见摸不着的精神产品。

好诗人是一个胸怀广阔拥抱生活的人。诗人不应是一个狭隘者，屁大的事就耿耿于怀就上火甚至骂街。诗人的胸怀不能成为大海也要像广场，让更多各种各样的鞋来把它踏实并拓宽。

同时诗人要永远保持热情和激情，热爱一切该热爱的。所以我反对诗人自杀，死不可怕，在不美好的生活中，敢于活着才是一个强者。我们既然不怕死，就从死的方向往回活。那样我们的人生即使不面朝大海也能春暖花开。

好诗人是一个能够自食其力的人，不但能养家糊口，也有帮助别人的能力和热情。所以我反对诗人当寄生虫，更反对诗人以行乞为荣。

2

好诗人和好诗歌都是有境界的，境界是格调是品位也是一种素质。

现在有人对境界嗤之以鼻，这不是境界有问题，是有人假境界，境界里掺了水，变成了假大空。从这个角度来说，下半身以及由此引申出来的各种诗歌，就是用过分的方式来反对伪境界，来打倒装逼犯和骗子，用矫枉过正的方式让诗歌回归真实。

我理解的境界具体点就是"好"，人生中人格中的种种好。让诗人和诗歌的品质往好的方向接近。

再具体就是真善美。一提真善美就有人要吐，这也是真善美被踩蹋得让我们忘却了她的内容。其实当你洗去真善美身上的污垢和我们意识里的麻木，你会发现真善美就是人类最美的花朵，我们的作品要表现她，并让我们的人生接近她，这是诗歌的幸福。

真是基础，美是终极，善是过程。

境界的最高是信仰。信仰是个人的宗教，是灵魂的归宿。

人比虫子麻烦就是人需要精神上的洗礼和目标。同样是做爱，虫子是生理行为，人则通过生理解决心理需求。现在人不要信仰，说明人嫌做人麻烦，要重新做回虫子，但不能说明虫子比人变伟大了。

信仰如果是纯个人的行为，那类似自慰。信仰还要照亮别人，对多数人有益。我每次听到《国际歌》都热血沸腾："起来，饥寒交迫的奴隶！起来，全世界受苦的人！满腔的热血已经沸腾，要为真理而斗争！从来就没有什么救世主，也不靠神仙皇帝！要创造人类的幸福，全靠我们自己。"

这是一百年前的信仰，我们今天身体和肠胃都丰满起来了，但是怎样让我们的精神得到最大的自由和幸福，仍然是我们最关切的信仰，是最高的境界。

3

诗人永远是语言和艺术的探索者和创新者。因为有诗人，诗歌技术永远在变化和流动之中。诗歌的最佳状态是喜新厌旧。先锋的新鲜的一旦静止就会变得平庸僵化，就会遭到遗弃和不屑。从这个角度来说，诗歌永远在路上，永远是后来赶上者的艺术。

但是在今天做个诗人是很不幸或者很危险的。因为诗歌这块土地上，已经被古今中外的诗人们翻耕无数次了。所有的花样所有的手段都被诗人们使用过。我们不过是在重复前辈诗人们的牙慧。

从民歌到朦胧，从英雄到平民，从崇高到平凡，从知识分子到民间写作，从诗意到口语，甚至下半身甚至演变成光腔行为，除了大的文化思潮的影响，其中不排除诗人们在集体突围，突破中外优秀诗歌的包围和技术上的牢笼，想走出一条没有足迹的新路。

于是越来越小的诗歌草原又被折腾成一片又一片的荒漠。诗人不愧是世界上最能折腾的拓荒者和语言的流浪者。诗歌永远在折腾中，诗人们在折腾中自己抚慰自己快乐。当他们从自我膨胀的梦中醒来，他们悲催地发现自己还站在原地上。

其实不论你给诗歌穿上什么样的马甲，都不是诗歌的灵魂，诗歌的灵魂是人的灵魂。诗歌的力量也不是你的吼叫谩骂，或者你的哭泣和沉默。题材无大小，诗艺有高低。床前明月光虽然渺小，但它能撼动灵魂，是因为作者的心灵和灵魂先被触击了。

诗歌是气，不是器，诗歌是人心，不是物件。诗歌要有精气神，颜值和灵魂都要打动人。

因此诗人需要零和一。让诗人和生活零距离，让诗歌一步到位。换言之就是让诗人的心脏与生活的心脏零距离，诗人才能只一下就抵达诗歌的心脏。

（这让我想起那年写成语的短剧，记住那些关于无数个一打头的成语，在这里和大家玩一下）：

诗人对生活要：一见倾心一见钟情一往情深一心一意一丝不挂一丝不苟，诗歌才能一语破的一针见血一剑封喉一锤定音，从而诗人才能一鸣惊人一步登天。

不听劝告，还在远离灵魂的地方一意孤行，那只能一败涂地一命呜呼；结果他们只能一哄而散；想用诗歌发财当官的想法也是一场春梦，最终还是一贫如洗一失足成千古恨。

这些一说明一个真理，就是好的诗歌不能离开心灵，她的本质就是真和新，再扩大点外延，还有简单、直接和自由。

4

最后要说的是诗人在今天的现状。

只说普遍的。当下我们见到的更多诗人都是一个矛盾的人，是一个人格分裂的人。

没办法，为了生存需要流下屈辱的泪。这样的诗人算不错的诗人，但不是大诗人和好诗人。

而最让我鄙视的是拿诗歌当幌子，和丑恶勾结，利用诗歌沽名钓誉，甚至真诚地歌唱虚假的伪诗人，劝告这样的以诗谋取个人私利的诗歌混子，用你们肮脏的灵魂和屁股去勾引那些贪官吧。别再糟蹋诗歌，也别再往诗人这个圈里挤了，这个圈只能让你一无所获，丢人现眼，赔了夫人又折兵。

这不是在玩成语，因为他追求这些，很可能真的把夫人赔上。

要是女诗人追求这些，那就不仅仅是赔夫人了。

诗之源

（写诗是诗缘。探讨诗歌产生之源）

简略为以下五种：

情火：情感是诗之胚，与生活擦了下肩，燃起诗火。

诗即情感体验方式，下面所有类别不过是感情运动的不同形态。

静火：静观与沉思。温馨冷静之火。

旧火：记忆之火。回忆即诗。

失火：情感失谐，缺失需要补充，胀满需要泄洪，火光见幻象。

本火：生命本能。包括原欲、梦幻、潜意识、第六感、遗传都是身体里的熊熊大火。

【开火】·我热爱的诗歌是布衣

我热爱的诗歌是布衣，质地是纯棉的，经过了清水的漂洗，在微风中轻轻地摇曳，像一颗沉静的心，素朴低调并沾有生活的灰和一点点的凉。

面对万物尤其是秋天，诗人的情感在向内凝聚，直到凝成饱满的果实或者淬火的铁。这使诗歌结实又有重量，有点悲凉但不悲伤，这是对人世间保持清醒和冷静，是过早预见到时光以及万物的结局而产生的悲悯和忧虑，还有热爱和感叹。

技术的凝聚就是洗练。洗练就是挑选和打磨，首先是从字词句的选择开始，然后扩展到整首诗歌，包括对事件和题材的选择。字句的选择更多用的是比喻，整首诗歌的选材和淘洗，则是怎么能让暗示和象征更尖锐。也就是常说的"练义"，这寄予了作者对意义的追索。而整个过程都是情感在运动和推动。

情感是诗歌的胚胎，但诗歌的每一次进步，都是技术的进步，都是写作方法和技巧的创新和推进。写作者之间首先较量的不是内容，而是手艺，就是面对同一题材，看谁更有绝活。像剑客比的不是剑而是剑法，还有心智和胸怀。而绝活首先就是语言的创新，语言的创新就是语言的搭配和嫁接上的出奇制胜。最常见的就是"比"，包括喻与拟，还有通感。

这与我们说的简单和朴素并不矛盾，因为朴素和简单是更高甚至最高的技术，是看不见的技术，因为这样的技术已经融化成诗人自身的素质和品质。

技术带来了内容的变化，甚至深化了情感和意境。因为更多的技艺和修辞方法使诗歌的表意更准确，更形象更深邃更美。现在很多诗人和评论者羞于谈技术或者语言，觉得那样解析诗歌太表层了，经常使用一些哲学和美学上的概念来"膨胀"诗歌，虽然提升了诗歌的主旨，但是使诗歌变得大而空，从而把评论排除在写作方法之外。

其实诗歌就是修辞学，怎么把修辞方法化作写作者自身的一种习惯和素养，不是刻意和强迫，而是一种自然自在本能地无为和无所不为地熟练使用，才是最大的成功。

好的诗人都是这样，他本身并没有觉得自己使用了什么修辞手法，而是他天生对语言对诗歌有一种敏感，他冥冥中被一种神奇的力量驱使着，对语言进行淘洗和锻打，使自己成为语言的巫师，使诗歌成为语言的炼金术。所以他总能在世俗和实际得如铁板一块的生活里敲打出诗意，就像给密不透风的黑暗屋子安上一个窗口，让阳光和鸟鸣渗进来，让诗歌鲜活葱郁起来。

而且他不局限于用此物比喻彼物，他还把一些生动的画面以及情节和细节带进诗里，让诗歌与生活的界限消失。

手艺有高下，情绪无古今。古往今来，诗人们的情绪和感受本质上自古没有改变，但是诗歌的方法和表达方式都前进了。就是因为诗歌能在前进中对自身技术和方法不断地挖掘和完善，以至我们的眼睛一次次被诗歌中的创新所擦亮并吸引，并最终使我们的心灵也被诗歌的品质击中和笼罩。

诗境在诗人的反复洗练下，变薄，薄到磨破了一层纸，薄到了语言与诗意与心灵完全重合，薄到透出光亮和黎明，露出清澈和澄明的境界来。

情火

（情感是诗之胚，与生活擦了下肩，燃起诗火）

诗是烧红的心在淬火

不知道现在的诗人们走得太远，还是有意回避，反正大家都忘记和忽视了一个诗歌的基本常识，那就是触景生情（还有有感而发），因为只有它才是诗歌产生的本源和推动力。

现在很多诗人以羞于谈这个以显得自己高大和深奥。有些诗人在写作中也离这个越来越远。无"景"而造情，甚至凭空捏造，还有很多就是从别人的作品中衍化和孵化自己的作品，更有的诗人就是东抄一句，西摘一行，而他们自己还故作神秘，装神弄鬼，显大师状。这样的东西只能是垃圾。编造得好的也没有生命力。因为这样的作品没有根。无景即没根。

触景生情不仅是单指风景，还有我们遇到的人和事，以及我们所有的遭遇和生活中的体验，即生命体验和心灵遭遇。愤怒出诗人，是因为生活中的丑恶让诗人怒发冲冠；同情出诗人，是因为悲哀的事实唤醒了诗人的慈悲心肠。以此类推，就说明"景"就是产生诗歌的土壤，就是生活，就是生存就是命运。我们可以把诗人看作装满汽油的铁桶，或者是烧红的铁，只有与现实发生碰撞了，汽油才能燃烧，铁才能淬火。

当生命被苦难的生活，以及莫名其妙的烦闷困惑得走投无路时，我深深地为我们的诗歌悲哀。很长时间，我们的诗总是在选择题材以及遣词造句的苦心经营上徘徊着，诗已逃避了生命本身（诗的生命和诗人的生命）。诗人们在相互躲避碰撞的狭缝里艰难地生存着，而忽视了主体即生命在生存面前的疼痛和欢乐。为什么诗人不把自己想哭想笑想拍案的情感和感受表现在诗歌里呢？

不能总凭借题材的社会功效和事件的乖巧与调侃赢得掌声，这是非诗的喧哗。而作为表现主体意识的特殊艺术——诗歌，更应该表现诗人自身的生命体验，即诗人自己在现实中体验到的充实与幻灭、孤独与幸福、迷惘与清醒等等感受，从而袒露诗人的生存方式与人生哲学。

其实，迷惘和清醒本无本质差别，正如孤独是因为无法融入流于平庸的同类，迷惘正是不甘沉沦于世俗。诗人可以通过一瞬间打开的心灵窗口，让我们的情感透进新鲜的气息，让因苦闷无奈而焦灼的灵魂开下窍，从而变得清醒而轻松。这种确感而无以言的情绪正是从对外部世界的关注回归到对内心世界多层次审视的真实记录。

高山峻岭固然令人震撼，但分手时的几句叮咛，石椅上皱巴巴的手帕也许更能摇撼人的心灵。诗人正是在普通的生活里，发现了自己的脆弱，苦闷，进而关心和迷醉于感情世界的挖掘。这无疑是对传统美学宣扬的英雄观的背叛。其实，艺术不存在题材的重大与狭小，重要的是是否真诚，是否透视出诗人的人格。

心与心交流中，世界已失去重量，伟大与渺小也开始融合。对自我的关注，更是对自我的超越，这种由崇仰英雄气质转移到平凡生活上的幸福观，体现了对人类的关切，对人性的呼唤。从而使诗走进更多人的心灵。

这样，披在诗歌外部的昂奋情绪就会变成不动声色的潜流，浓重的思绪开放成淡淡的小花。但你不要忽视这种平和和平淡，只有潜有惊涛的海面才会出现宁静温润的景象，就像终于盼回来思念太久的亲人，见面时却偏偏不露丝毫的声色，诗属于审美，直观而澄澈，温存而柔润的品质更接近"纯诗"。

诗就是诗。它是一个独立、完整的自由世界。我们没有权力把诗作为各种欲求和功利的附属品，我们只能千方百计地想办法走进诗的宫殿，诗人必须开放自己，尽可能地剔除种种非诗的杂质，而让心灵和诗歌都纯粹起来。不必担心失去社会性的描摹会失去诗的力量，诗人本身就是诗的内涵，诗人的充实和命运决定着诗的充实和命运，写诗不是对外在社会的尽职尽责，而是对诗人灵魂的建设。

再回到触景生情上来，触景生情就是即时即地即诗，人与物与事的千差万别，诗歌就会千变万化，至少是题材上不重复。这就是避免了雷同。当下诗歌的千人一面，或者一人千诗都有一样的根源，就是互相复制，从别人的文本中获取灵感。诗歌忌俗更忌熟，只有把真景物作为诗歌的源泉，诗歌才能走出似曾相识的怪圈，才能部分地限制抄袭。

激情烧红诗歌

激情是诗人烧红的烙铁，所到之处都冒出一股焦煳。激情烧红诗歌，诗歌是激情爆发后的烙印和罪证。这大多产生在诗人青春发潮期，也有年老色衰的诗人还继续写燃烧桶一样的诗歌，这只能说明老诗人成熟晚，或者是青春期长，再就是枯木二度逢春，燃烧的细胞被激活了。

用激情写作的诗人，他们的爱情诗，几乎每一首都像刚出膛的子弹，带着发热的情感和悸动的灵魂在呼啸。所以我们感觉这类诗歌流速很快，这是鼓涨的情感使然。同时专注的抒情和浓烈的情绪使他们的诗歌呈现出单纯、直接、透明、热烈的特征。这在当下乌烟瘴气尤其反抒情和伪抒情的诗歌现场显得尤其特别和珍贵。

抒情是诗歌的灵魂，关键是诗人自己要真诚和纯粹，有杂念的抒情和没有感动的抒情都是对诗歌的伤害，诗人用心灵去触摸世界，甚至淌着泪水去拥抱他热爱的人和物，所以看似简单的有感而发和直抒胸臆在这里就充满了力量和温度。这使热爱诗歌的心灵"纯洁、美好一碰即碎"，因为没有哪颗真正的灵魂在真正的艺术面前不被摇撼和感动！

我把这样的诗歌比喻成红色，而诗人就是点燃自己在太阳下奔跑的人。用红色比喻这类诗歌，是因为这样的诗歌像火浪，激烈尖砺地燃烧着，并放射出炫目的光芒。

这样的诗歌多数集中在诗人年轻时期和写作的初始阶段。诗人的青春时代本身就被激情颠簸着，像一个蕴满炸药的猎枪，充满了力量并随时准备点燃和出膛。这个阶段他们的诗歌从形状上成尖形，情感的奔泻犹如飞流直下的瀑布和升腾的火，迅捷而壮观。而且被激情冲击着的诗人精力充沛，全神贯注地面对诗歌和爱情，如沈浩波的《离岛情诗之伤别离》：

> 为你。为一个你，两个你，无数时刻的你，这个你，那个你，无数面影的你，具体的你，泡影的你，躺在我怀中猫身的你，舌头中的你，温暖子宫中的你，今夜不存在的你，孤独的梦中梦不见的你，稠密的海水中突然消失的你，龙眼树下没有的你。
>
> 有你在我身边/我才会变成一个坚强的男人/你是我唯一的宗教/一旦没有你/我就会脆弱得像一只壁虎/拖着伤心的尾巴/爬行在黑夜的角落

可以想象诗人当时的样子像一团被点着并一往无前的火。在爱情面前，旁若无人。

被爱情烤红的诗歌，爱情是主要的，诗歌是从属的。诗歌是诗人手里的鞭子，是甩响诗人情感并帮助诗人完成抒情的一种形式。或者说诗歌是表达爱情的恰好方式。内容高于形式，必定要凸现创作主体的艺术形象，主人公的情感波浪，为了爱情赴汤蹈火的气势和姿态就成为这些诗歌中的醒目特征，并像一颗颗巨大的炸弹，连同诗人的形象一起崩上九霄，在读者心里留下弹片和碎片。如前面引用的这首诗，几乎无法将它拆解，因为它是连贯的河流，也只有完整，我们才能体会到诗人的情感流向和流速。反复的吟咏中，我们读者自己不知不觉中燃烧起来，最终被诗歌的情境所覆没，并发出："太狠了，真是个疯子！"

诗人的激情是因为爱情占据了诗人的全部，诗歌是纯粹的。这来自诗人的情感没有一丝杂质。诗歌表现的也只是一个男人和一个女人的故事，男人在明处，女人虽然看不见，我们却能从诗行中感受到她的美，她的呼吸和她羞涩的神情，以及因感动而热泪盈眶的眼睛。这一切让读者跟随诗人的情感起伏奔涌，甚至毁灭甚至重生。

爱情只是两个人的世界。除了爱情，世间万物荡然无存。这种感情是一对一的，生命对生命的。没有一丝灰尘，更没有意识形态的影响和干扰。我把这种个人感情写就的诗歌称之为——本我写作。

本我——本来的我，本能的我，这是作为人本身，作为生命本身的写作。这里没有政治没有立场，甚至也没有贫穷和苦难。有的只是性别，有的只是生命的冲动与激荡，还有男女间的真纯愉悦和欢乐与悲伤。这是真空里的感情，也是梦想中的世界，更是诗歌的最佳状态。也只有诗人才有这样极端的梦想，才能把人的感情推向极致。这需要胆识和足够的想象力，还有决绝的无所畏惧的真诚和勇气。

诗歌中的凛然与决然来源于诗人情感的巅峰体验。人在情感巅峰的时候其创造力也是超常的，犹如天外惊雷。诗人就是在自己情感高峰体验的时候开始写诗。这是烧红的铁遭遇冷水时发出的呼喊，是铁要结晶的呼喊。这灵魂里的石破天惊深刻地不可磨灭地烙在诗歌里，也留在我们的阅读中。这让我们不怀疑诗人就是经历了这美好的真实的爱情，虽然不排除由于诗人放大的主观感受可能升华了平凡的感情，但真实的经历真实的感情是存在的，这是精神与行为的一种统一。

这应该归结为行为诗歌。这些用诗歌直接抒写行为的爱情诗就有别于非真实的爱情诗，因为很大一部分诗人凭想象虚构诗歌，在诗歌中和美人相爱并海誓山盟，而生活中却寂寞孤独。非但没有爱情的踪影，而且总是被女人所漠视所不齿。这不免让人为诗人的境遇而遗憾而扼腕。但行为写作的诗人不是这样，诗歌就是真实的生活，诗歌中表现的也就是他经历的，这是行为诗人的骄傲，也是一种行动的诗歌。诗人不再是一个生活的失败者，也不是情感的可怜虫，更不是一个虚妄的意淫者，而是诗歌在行动，行动就是诗歌。

像上面那首诗，没有真实深刻的体验是写不出这么刻骨的诗篇的。如果没有诗人被爱情折磨得死去活来、焦灼痉挛、痛苦又幸福的体会，再有想象力诗歌也不会这么真切。尽管有点伤感有点淡淡的凄婉，但当诗人被爱情拥有，被爱人幸福地打落马下，一切的荒凉都荡然而去。这美好的瞬间将和这诗歌一样永存。

在这类激情写作的诗歌中，突出的是诗人的情感和内在的内容，而诗歌外在的形式变为其次。因情感而找到诗歌，因内容而找到形式。就像决堤的水正好遇到了河渠，爱情遇到了诗歌，爱情就成为了诗歌最好的骑手。从这个角度来说，爱情是诗人最好的动力，而诗歌也是诗人最好的情感载体。诗歌和爱情成了最匹配的搭档。而激情的行动的诗人用炙热的真诚和咆哮的激动将诗歌演绎为鲜艳的旗帜，这刺眼的红就是诗人的激情在燃烧，并最终俘虏了读者的心灵。

诗歌是爱在引爆

诗人的内心堆积着闪电和雷霆，为了不击伤自己，必须用写诗来拆解并引爆它。这让他/她的诗歌更像凝固的闪电，出炉的剑，饱满结实，激烈有杀伤力。所以虽然有的诗歌精短，但爆破的面积深广，准确尖锐，有一剑剖腹的干脆和彻底。这让我们感叹，这样的诗人储藏了多少激情需要喷薄，又有多少幸福与苦水需要倾泻！

不论是幸福还是苦水，诗人都把它推向极致，鞭抽剑逼（我是说语言），直上山巅，然后飞身一跃，或者痛快淋漓，或者粉身碎骨。情感跌碎了，诗歌耸立起来了；诗人解脱了，读者却被击中，而且久久不能自拔。

这一切来自于诗人的直觉，就是说诗人写诗不左思右想，不颠来倒去，凭着冥冥中的下意识，或者说是神力，自然轻松地一触见底，一语中的。而这需要一种状态，这状态就是久久被诗歌和情感浸泡着，心灵已经成为它们的一部分，只待一点火星就燃烧起文字的大火："神啊，如果这辈子他无法完美，/让我继续迷信他的不完美。/无限依恋他的猜忌，挑剔和小性子。（荣荣诗）"这样的心舍利一定不是煅烧磨制才成的，而是激情被点燃后自然留下的痕迹。爱让语言自动生成，爱也让诗人变得宽容、决绝、坦荡且一览无余。这也说明，一流的诗歌与修辞无关。激情冲击下说出的真话且有节奏就是最好的诗歌，概括起来就是：激烈、真情、节奏。这也证明，语言是情感爆发的花朵，节奏是激情带出的抑扬顿挫。情感是根，形式是枝蔓。

所以，诗歌的核心就是爱，作为个体的独立的摘除意识形态的纯粹的人的爱。为这种爱赴汤蹈火或者噤若寒蝉。诗人的诗歌就是爱带来的幸福与痛苦、阳光与泥泞，有时候光芒万丈，有时候又阴云密布。这让诗歌简短中蕴含了高山峡谷，长河波涛。例如当远山远水的"他"因爱情受阻而变得沮丧时，诗人也不免心疼："'唉，你何必那样！'/软弱女人的翅膀也在九天之外/但始于想象的 也将终于想象/'爱就是孤独，熬一熬天就亮了'……（荣荣诗）"。经典都是脱口而出的，这最后一句，是诗人自己的体验融会在大家想说又说不出的经验里。道破经典的人备受煎熬，而读诗的人心却敞亮了，这就是艺术的消炎功能。能言说心灵的人都是大诗人，能感动别人的诗歌都是大诗歌。

这样有情有序的诗歌区别于那些神神叨叨的女诗人，区别于炫耀生命意识神秘感觉的女性诗歌。诗人就是写正常人的情感，爱与被爱，情与欲，以及由此衍生出的美好和诸多问题，所有这些构成了一个大主题。从审美类型上说，这样的诗歌属于涡流，表面湛蓝美丽，但是吸力非常大，轮船飞机吸进去都不在话下。所以诗歌更像花木掩伏的深井，葱郁而深邃，让读者一不小心就掉了进去。

感动的程度决定诗歌的速度

一个朋友和我说，现在诗歌中豪放的东西怎么越来越少，并建议我写点豪放风格的诗歌。这位朋友说得有道理，诗歌是应该有些骨头和钢，不应该总是香水和玫瑰。但是一切作品都是环境的产物，身处大漠风沙，心系时代的暴风骤雨，作品就会大气磅礴，甚至一泻千里。而当下有点萎靡，且苟且又猥亵，怎么会出顶天立地的作品呢？大多数诗人都退避在自己心灵的内宅里自慰自乐，这样的境遇怎能产生大气的作品呢？

但是，外面的门关上了，内心的空间扩大了。由于诗人们全神贯注地关心心灵和诗歌技艺，写出的诗歌虽不豪放，技术上却打磨得精致纯美。这也从另一个角度说明诗歌更适合表现人内心温软的那部分，柔情加忧伤，缠绵加细腻。这也提示我们，衡量一首诗歌的优劣，并非它写了什么，也并非有多么深刻的人生大哲，而是诗歌表现情感的深度以及视角是否令人耳目一新。情感是古老的，但新鲜的感觉会重新让诗歌年轻，从而刺激和冲击着读者的感受，心灵摇撼了。

所以诗人对事物感动的程度决定了读者对诗歌的感动程度，也决定了作者的写作速度和质量。诗人被情感浸泡透了，那生长出来的诗歌就饱满丰润。反之则干瘪。我称这样的诗歌为绿色的，鲜活并郁郁葱葱。比如舒婷的经典作品《致橡树》，情感像涨潮时的海水，激烈澎湃，而且越来越快。尽管这是借爱情来呼唤女性意识的觉醒，宣释男女不过是橡树和木棉，有平等的责任义务和权利。但诗歌一气呵成，中间没有时间与情感的中断和隔阂，这就是作者感情被生活的"景"触动，甚而点燃，然后本能地升腾，我们读的时候直感到火星四处迸溅，甚至发生情感的火灾。

我称这样的写作为自我写作，就是不管江河日落，爱谁谁，诗人只任自己的情感自由奔泻。诗人的情感如下堕的瀑布，在爱情面前却从不畏葸。有一首是写爱情的，速度虽较之《致橡树》有所减弱，但情感一点都不减少："多年以后，我依旧/会爱你的衰老、形而上的丑/可我，不敢拿出我的//多少人怀揣锦绣，行行走走/只有你，能与我十指相扣/这一扣，多少年少轻狂/多少快意恩仇/在这个多变的年代/有些事，就是无法改变/空瘪的壳被大风扬走/靠着沉甸甸的麦秸垛，爱情/终究是一场反省和低头//……多年以后/让我的墓碑挨着你的/或者，来世把我思念你的日子——还给你（《多年以后》胡茗茗）"。

不知道胡茗茗什么时候写的这首坚守深情又有点忏悔的诗，

真！速度慢了，但力量更猛烈，像点射的迫击炮。简直要把人的眼泪轰出来。诗歌的情感在向内凝聚，刻骨的冷和温暖同在。如果用图形来形容她们的诗歌，上一个是尖形，这个已拉扯弯曲，并逐渐成方形。

这是诗人从本我向自我写作过渡。我说的自我并非自私，也并非纯个人的写作。本我有时是冲动的，盲目的，非理性非社会化的，并且是纵情的。而自我是观照他人的。诗人已经从真空的个人情感世界中走了出来，开始把自己的情感放在生活的大地上，从更多的方面去观照自己的情感，思考自己的爱情，另一方面又在纷杂的社会中保持自我的独立性。

自我写作也有自觉写作的意味，就是对爱情和自己的情感加了理性的审视和思考。因为更多的时候，爱情不只是生命对生命的畅饮，其中也有因距离责任等等诸多原因带来的苦涩和无奈。例如胡茗茗的这首《在我最好的时候》："在我很好的时候／我是说身体／没有给了最好的人／现在遇到了／我只是把头转向窗外／你看你看——那边梨花／正如雪飘飞"。我相信作者在写这首诗时一定会泪如雨下。这种命运的大错位我们不探讨，只说结尾，为什么遇到了想给的人又不能给了呢？因为不是不想爱，也不是不能爱，而爱是……一种伤害！这种对人生有伤害的感情，就是有毒的爱情，有毒的爱情是要掐断的。理性代替了理想，责任大于了爱情。诗歌的速度表面看降下来了，但暗流却在海水下面加速旋转。

人被自己情感逼上峰巅的时候，人的行为有时候是盲目的，也是危险的。这个时候需要理性的制约和科学的判断。作为一个社会人，个人的一切都受制于社会这部庞大的机器，也受制于个人的具体境遇，能不能爱不全是自己能掌控的。这永恒的被动性不免让诗人有点伤感。但是怎么样在疾风中能够停顿下来，在洪流的冲击下保持自己不变的姿势，以及在世俗中坚持爱情，在爱情面前不退缩，这就是诗人思考和表达的内容。

尽管这样，诗人对待爱情的态度是积极的，是无所畏惧的，也是自信的。虽然低沉但不低落，因为有期待有幸福，苦难中就有了趣味："我猜，你睡了。想把你喊醒／凌晨三点的眼睛，干涩，可我不管／我喊你小木匠、小瓦匠／你欠我衣橱，饭桌，板凳，还有一间小木屋／想起这个我就生气，就喊你小笨蛋／喊你东，喊你西，喊你北，喊你南／乱喊。对给你起的二十个好名字／我叹口气，吹口气／然后用一堆眼泪淹它们／把你的脸画圆了，画长了，画方了／最后画模糊了，你还睡／我就想把你喊醒，你看那碗汤圆／它们软软地躺在水里……"（玉上烟《我就想把你喊醒》）

其实这是写幻想的诗歌，一个人孤独到极点，封闭到窒息时会对幸福幻化出生动的细节。本诗就是幻想勾兑出的理想的爱情生活，有视觉有呼吸有性格，但是在有滋有味的人间气息后面是更大的无奈和郁结。因为这些美好在现实中根本就不存在。于是一种悲凉从脖颈升起。但读此诗大家都不会感到悲哀，而且对幸福和爱情的热爱和渴望油然而生。所以这类爱情诗忧郁但不犹豫，失望又不放弃希望。这样专注的心态使诗人的目光变得深沉，心也变大了。希望使诗意葱茏。这诗歌中的忧郁变成蓝天下的白云，弥补了天空的一览无余，使风景有了曲折的美。像经过坎坷得到的爱情更加有味道。这真理同样也适于人生中的其他方面。

诗人把自己的体验放大到更广阔的领域，再回转化成自己的人生经验，并用这种经验来养育自己的爱情，养育自己的诗歌，使自己的情感更诗意，使自己的写作更美丽："多少年了　她用黑夜追着他的星光／当他猜忌　挑剔　使小性子／她也正在猜忌　挑剔　使小性子／神啊，愿他是完美的。／不猜忌。不挑剔。不使小性子。／／神啊，如果这辈子他无法完美，／让我继续迷信他的不完美。／无限依恋他的猜忌，挑剔和小性子。"（荣荣《心舍利》）这就是真爱，爱让人不仅宽容，更让人容忍隐忍甚至放纵对方的缺点。诗歌看似平静，情感并不飞溅，但更大的力量一直在聚集着，虽然不动声色，但是像有个锥子在向内向心灵里转动，直至心疼，灵魂也出血。

这也证明，写作爱情的诗歌并非需要更多的技术，最需要的是诗人要关注自己的情感，情感真假决定了诗歌的好坏。诗人注重内为的修炼和情感的培养，还有感性和理性的调整。当诗人的思维被情感浸透，诗意的语言便自然地流淌。上面几位就是这样的诗人，他们不断地往自己心灵的杯子里灌感动的水，情感充盈了，诗歌就自然溢出来了。所以说诗人感动的程度决定了诗歌的速度，更决定了诗歌的品相。

诗人故意和生活找茬

诗人有时像故意和生活找茬的人，屁大点事也都能让他们大哭或者大笑。诗人的嗅觉和触觉极度灵敏，许多稀疏平常的事情擦肩而过，在诗人的心里却着起大火。更主要的是有时高兴的事情，他们却感到了悲伤，司空见惯的事物，他们却发现了珍珠。所以很多人认为诗人邪性，甚至精神有毛病。

所以读一些诗歌，你会有一个惊讶，那就是诗人随时随地写出诗来。而且看似非诗的事物在他们的笔下变得那么美好和诗意，哪怕是琐屑的不美的甚至丑的，他们也能提炼出诗来。他们手里像有着一个点石成金的魔棒，随处敲敲，那些阴沟、废纸、夜里的怪叫声、甚至一场感冒，脸上的伤疤都被点化成诗。如张二棍听到了羊群咀嚼的声音，便产生了这样的感觉："没有比这更缓慢的时光了/它们青黄不接的一生/在山羊的唇齿间/第一次，有了咔咔的声音/草啊，那些尚在生长的草/听，你们一寸寸爬高/又一寸寸断裂"。

从羊吃草的声音听出诗来，听出了时间的走动，命运的猝不及防，中间有诗人对无辜生命被欺凌和伤害的体恤和无助。这里不深究哲学的深意，单从写作上来说，就是在这些平凡平常的事物面前，许多人为什么无动于衷，而诗人却能够把它提炼成诗呢？

从文艺心理学上讲，这需要两个方面，一是要有发现诗意的能力，二是要保持写作的状态。我一直认为更多的时候诗歌不是创造，而是发现。诗歌客观地存在世界万物中，看我们是否能发现它并把它挖掘呈现出来。这需要有一颗一尘不染的诗心，一双无邪的天真的清澈的眼睛。有了它们，即使那些非诗的事物走过也能留下美丽的痕迹。于是一个常见的生活场景点爆了诗人："对面楼上　一个女孩在擦玻璃／居住多年了　我从没发现这座楼里／竟有如此漂亮的姑娘　我感到吃惊／我恍惚记得　有一个小丫头／每晚坐在台灯前写作业……／现在她突然长大　出现在晨光里……／她擦得那么认真　专注／不留一点瑕疵　她把玻璃擦成了水晶……／整个早晨　我在窗前注视着她／见她一边擦拭　一边微笑／最后她拉开了窗子／让阳光直接照在脸上／我看见她的脸闪着光泽／有着玻璃的成分"（大解《玻璃》）。

将诗还原给生活，就是一个长大了的女孩在擦玻璃。这个常见的场景很多人忽视并且漠视了。但诗人却把它给诗化了。而且情感那么饱满，节奏那么紧凑，似乎一波一波的浪打来。你不能不佩服诗人对事物的敏感，以及对语言的掌控力和即时性。这需要一种状态，一种长久的经常的写作的痴迷性和灵敏度。灵敏和迅捷，这是诗人的天籁。有了它你才能听到猫的叫声就能想到："黑色一层层地压下来／是婴儿坠出母腹后的第一声呻唤／是天地大开大合后巨大的战栗／／这秋天的雨夜／蓄谋着另一场花事"（方海云诗）。

诗人在生活中提炼诗歌用的是淘洗法，就是把美的丑的所有的生活放进诗歌的洗衣板上揉搓，把脏的洗干净，让被蒙蔽的美重新绽放出来。这过程是去芜取精、像在杂乱的莠草中找到禾苗的过程。

这依然需要随时写作的敏锐状态。有些作家为了保持这种状态，常年躲避在自己的内心里，生怕世俗和复杂污染和腐蚀了他们对生活的敏感性。美国作家威廉·福克纳，晚年终日把自己关在一个地下室里专心写作，一日三餐由妻子送到门口。偶尔有事上街，遇到熟人打招呼他就慌慌张张地逃跑。他不是怕见人，而是怕惊吓了他写作的状态，换言之就是怕世俗弄脏了他机敏的诗心，从而迟钝或者失灵了。

但在当代，许多诗人不得不沉湎于生活中。甚至为了生存，卑躬屈膝。譬如一个写诗的女医生，每天必须与各种病人打交道，还必须去尽一个女儿一个妻子一个母亲的责任。那么她的诗心、她的写作状态是怎么保持的呢？这涉及到写作的动机和欲念。因为她写作并不是为了获得功名利禄，也不是为了名垂青史。诗歌对于她仅仅是心灵的朋友，是她倾诉的对象和伴侣。这种平常的心态让她在杂芜的生活中能够保持清醒的头脑，也能让她漠视生活的复杂而只关注自己的心灵。所以杂乱的生活并没有影响他们的写作，反而丰富了他们的视野，让他们随心所欲地在生活的万象中提取自己喜欢的细节和诗意，并用诗歌把生活擦洗得深邃而清澈，从而进入他们的心灵境界。也就是我前面提到的朴素和简单的境界。

具体来说这境界就是叔本华说的："一种平静欢愉的气质，快快乐乐地享受非常健全的体格，理知清明，生命活泼，洞彻事理，意欲温和，心地善良，这些都不是身份与财富所能促成或代替的。因为人最重要的在于他自己明白自己是什么。当我们独处的时候，也还是自己伴随自己，上面这些美好的性质既没有人能给你，也没有人能拿走，这些性质比我们所能占有的任何其他事物重要，甚至比别人看我们如何来得重要。"

这就是诗人与生活找茬的原因和动力，也许他们自己一无所知，因为对诗意的追求已经成了他们的潜意识了。

诗人是无缘无故流泪的人

当一个人与和自己毫不相干的事物相遇，涌起激动并流出泪水，说明这个人心灵敏锐且纯净。这在人的情感和心灵都日益公式化机械化的今天是多么的奢侈和珍贵。这证明诗人都是天生的悲天悯人。与生俱来的敏感和率真让他们更加灵敏地感受到自然万物所透露的信息和命运，思绪般一点点的波动之于他们的情感，都如翻天覆地的颤栗甚至折断。于是他们用怜悯和温软去抚摸这些大地上的花朵，以及阳光下的泥土、蚯蚓和殖骨，也用诗歌平伏内心的风暴。

一个慈爱又有点感伤的诗人的诗歌会充满了疼痛，细细地绞着，让诗歌和心灵都不能平静。这是诗人天生的"第六感"让她（他）冥冥中感到了命运的莅临，以及时间的有限和生命的无力，从而产生一种莫名的忧虑和爱怜。这让她（他）的诗歌像清秋的露水，微微的有点凉，有点感伤但不悲观，更多的还是对美好事物的热爱和挽留，以及无法挽留带来的叹息。

而诗歌这里又分感性和理性。在理性的诗歌里，一般来说是智性在推动着写作。这里个人的情绪不主要，更多的是在努力地拔掉伏在事物表面的杂草，或者为真实凸显而一层一层地剥去表面的皮囊，也许最终你看到的不是你期待的结果，但它是真的，是生活的真相，是我们人生都将遭遇和必将遭遇的事物和结局。"一具骸骨裸呈于旷野"，一堵被粉饰的破墙还有无法突围中被烟熏的气息。这样残酷的结局当然让期盼美好的诗人失语。这不是诗人特意把这些展示给我们，而是诗人的气质和心理类型本能地直接地不自主地反应。

诗歌中错乱的影像大多源于诗人的爱。诗人希望"让风中的一切安息／让飞翔的种子落入陌生但温暖的泥土（卜寸丹）"，诗人也渴望阳光永久的普照"我的家园和牛羊"。但是当诗人看见地下挖掘出的那些腐烂和即将腐烂的生命，诗人意识到这就是一切美好的结局，包括父母和亲人。所以诗人揪心地疼痛，感到了畏惧和胆怯，并自责甚至感到自己是个有罪的"不纯净的孩子"。其实这和诗人有什么关系呢？无论你怎么回避和不情愿，人生必须遭遇这样的事实。尽管真相是痛苦和不美的，但诗人心灵的美好还有真诚和热爱却像微风吹过我们的心灵，并留下温暖和爱。

这就是母性似的写作，它总是一般先写一个客体，然后再写主体与这个客体相遇或者相碰时所迸溅的火花，也就是心灵与事物相撞后产生的感受和体会。

感性的诗歌就是感性取代了智性，并成为写作的驱动力。诗人眼前的花朵都濡染上了诗人自己的情感，并在诗人的感受中或盛开或凋零，甚至与她的心灵一起战栗和哭泣。诗人在花朵面前是小心翼翼的，生怕自己的不慎打碎了她们。所以当诗人猛然看见繁华满枝幻境一般的梧桐花，会下意识握住了身边孩子的手。我们可以把这种行为看作是诗人对待美的态度，永远敬畏和仰视，不亵玩不污染，哪怕一点点，都是罪，都不可原谅。

当一个诗人，尤其是一个女诗人不屑那些轻薄和烦琐，以及小女子惯有的卖弄和矫情，她就会从自身的真切和痛切出发，让诗歌的触须直接进入灵魂，通过婆娑的花朵和颤抖的意象来模拟和录制灵魂里的疼痛和喧响。而这疼痛感就是诗人对世界和人生的关怀与热爱。

（读诗集《大地上的花朵》有感）

诗人要有大傻精神

诗人应具备一些"大",大爱大痛大胸怀,还要做个大傻。大傻区别于小傻和装傻。你可以为一根刺大叫,却对唾手可得的大利益视而不见。因为这利益是脏的,是不诗歌的,甚至是要付出良知和人格的。我们说只有大胸怀才能有大作品,但是没有大傻精神,又何谈大胸怀?大傻让你对诱惑心如止水,也让你对目标心无旁骛;因为傻,你才能集中精神,才能敏感如快刃,在不易觉察的风吹草动中发现诗意,大傻让你旁若无人地专注于诗歌的炼金术,大傻也让诗人的激情像自来水一样,一拧开关就哗哗流淌。

套用艾青的著名句式就是:为什么我的诗歌这么激情?是因为我对傻爱的专注。或者:为什么你的诗歌这么臭?是因为你还没有傻透。

所以好的诗歌就像有一条激流向我们流来,它可能不壮阔,但它波涛汹涌,冲击力强而坚。这是一种力量!这力量来自诗歌的内部,来自诗人不可遏制的激情。这激情是诗人的气脉,它鼓荡着,奔涌着,使诗歌流速很快,甚至滚滚向前。同时它牵引着读者,使诗人们不能不投入全部的目光,然后,情感随之而激荡,心灵因之而摇撼!

阅读这样的诗歌最好是读出声音来,或者说,你不得不读出声音来。因为有激情在驱使你破口而出,有激情在催动你的声音自动地绽开。也只有放声地阅读,你才会触摸到诗人的激情,你才能体验到激情奔涌的姿势和节奏。激情是胚胎,声音是果实,激情是河流,声音就是诗人心灵的波涛和回响!

没有谁会忘记灵魂被诗歌撼动时的激动与激荡,也没有谁不会为诗歌中的真炽热烈而感动甚至热泪盈眶。真情是诗人写作的驱动力，也是诗人写作的源泉。在矫情和无情笼罩的诗坛，在乏情甚至无情的时代，诗人的真情的写作就显得极其的宝贵和有价值。

真情写作来源于诗人血脉里的真诚，来源于广博的爱。或者说诗人从真诚出发，最后抵达爱。广博的爱使诗人写作的视角张得很大，使诗人能在复杂平庸乱七八糟的生活现象中发现诗意，找到秩序、美和抒情。诗人写诗大都用的是筛选法，用诗歌筛选掉生活中那些琐屑的丑的不规则的元素，让美和诗意乃至于真理呈现出来。所以诗人是在用诗歌梳理着生活，使生活条理化，诗意化。而这些生长着的生机勃勃的人间烟火又使诗歌亲切平易，使高处和寡的诗歌变得日常化亲近化了。于是诗歌与生活与心灵开始会师开始融合，不再疏离，不再分隔……

这种更深层的爱使诗歌变得深邃和尖锐，诗人不仅把深情和热泪无私地献给美好的人和事，也把思考和批判对准那些生活中不和谐不合理不光明的事物，力求通过对这些事物的反思追问和鞭挞找到黑暗的症结，找到重新走向光明和人性的方法和道路。这是一种大爱！所以诗歌不是个人情绪的分泌物，也不是情感的避难所，而是诗人寻找真理揭示生活本质的一种方法，是诗人梦想的打开，是诗人的精神和人格的展现和裸露。因此大诗人的目光决不会错过让我们眼睛和良心疼痛的事物，如衣米一的《疯女人》："她扒在垃圾桶上/这个疯女人。在榆亚路纸醉金迷的路边/像一粒尘埃//一粒有血有肉的尘埃，一粒知道饥饿的尘埃/在垃圾桶里，奋力地翻找她的/晚餐//在南方或者北方，在某个大家族或者小院落/多年前，她的降生，应该也像一颗星/照亮和惊喜过一些人"。

这让灵魂战栗的诗中，鼓荡的是诗人无限的仁慈心和悲愤。这是诗人的良知，也是诗歌应该具备但已经匮乏的素质和品质。

我不分析这首诗的具体内容，我只想说诗人在用诗歌对世界发言，用诗歌拷问和关怀我们的生存状态，用诗歌追索人生的终极意义。所有这些构成了诗歌中的感性与理性、激荡与沉思、磅礴与细微、清亮和深沉、深情与愤懑，也增加了诗歌的广度和力度。

写这类诗歌，诗人应该注意的是，不要故意赋予诗歌微言大义，让事实说话，客观化，同时不要让过分的情绪破坏了诗歌的美感。我们不是不要意义和思想，但思想和意义应自然地稀释在美和抒情之中，而不是特意加在诗歌里面成漂浮物。如果硬要是这样要求诗歌，就像让柔美的少女去工地扛水泥一样不和谐和生硬。

一个有激情的人，他的写作一定不是苦役。而一个永葆激情的人，他的内心一定没有尘埃。就像一个写了一辈子诗的诗人，一定有一道阳光时刻洗涤着万物和心灵，让他的内心乃至于灵魂永远自由灵性并一尘不染。

写作是诗人在这个低徊沉迷的时代拒绝沉沦、保持自我的一次慧悟和提升。

静火

（静观与沉思之火）

论静与思

1

诗人的内心鼓荡着一个大海，流出来却只是一排凝固的闪电。尤其是静思默想下产生的诗歌更带着心灵的温度和思想的硬度，包括：深沉、洁净、悲悯、孤独，还有不狂喜也不绝望的一道微光，这光芒有时就像沉寂中的一道白，比暗淡强比明亮弱，犹如太阳没出来之前东方上空的清明，不炫目但清晰，不热但也不寒冷，内心荡漾但不躁动，最主要的是让我们对人生有了清凉的感觉，同时又满怀期待。这是诗歌纯粹的品质，也是诗人面对世界的心。

我喜欢这道微光，它就像一盏迎风前行的灯笼，爬山越岭踽踽前行。这是诗歌的精神，支撑着诗人的人生，让诗歌飞翔中有根基，沉实里有瞭望。它代表诗歌的方向和高度。譬如默白这首《月亮从山冈下来》："从山冈上下来的，是/我的月亮/我的皎洁的干净的美丽的略带忧伤的月亮/趁她还没有离开/我向着她的心，说出/我的心/她悄悄地笑了，我也/更加明亮起来"。

可感又无法说清的情绪弥漫过来。美、纯净，还有不可言说的无缘无故又无边无际的忧伤。不仅是月亮，还有"我"，还有读这首诗歌的我们。这也证明诗人是一个善感的人，有着一颗寂寞的心，堆在心里的满满的风暴，被一抬头撞见的月亮给点燃。月亮是人的知音，月亮比人更容易默契和沟通，最后月光抚慰了诗人的心，人和月亮也亲近起来且互解互慰。

那么诗人为什么总有这莫名的伤感呢？是多情还是多事？其实每天来自生活的种种感觉一层层一遍遍在人的心里涂抹堆积，多了就被压缩成弹片潜伏在人的生命里，这就是人的潜意识。诗人比常人的情绪燃点低，或者说比常人更敏感，所以遇到相同情绪的风吹草动就爆发了。

是景让人多情，还是人借景物而倾诉自己积攒多年的感情？最近读到一组以《关于世界的心》命名的百首短诗。就是写一百个景与物，每个事物寄托了诗人不同的情感和思想。可见这组诗歌的信息量之大，可以称作核辐堆。而且从自然到社会，从天边到身边，从具象到虚拟，从记忆到想象，题材很广阔。诗歌虽短，但内容重而大，而且这些诗歌都有根，或者说有核心，就是思，思想和灵魂。这就避免这类诗歌常有的弊病，就是虚妄和漫无边际不着边际的抒情。

2

海格德尔说，只有"诗化才把早被思过的东西带到思者的近处。"这是说诗对于思的作用。就是说只有诗才能让思存活。那么反过来就是说，也只有思才能让诗有心有灵魂。读这些诗与思融合的诗歌，有一种很过瘾的感觉，因为在陶醉于诗歌的优美和情感的纯净之时，每每灵魂被诗的弹片击中，这射穿读者心脏的就是埋藏在诗歌中的思，就是独特而凝重的思想和思考。我们顺手拿这首《关于雷雨和闪电》来求证："尽管他们向着我的内心笼罩过来/尽管他们如此情绪烦躁，让我/惊慌和不安。但/我依然。那些/水，惊雷和火焰/漂浮，沉潜，富饶，迷乱/我要从体内找到它们/镇静而敬畏地说/——'不！'"。

诗歌体态很丰腴，这是因为它的内心太丰富了，而且情感就要涨破皮肤。作者从自己出发，像从内心里往外掏炸药，然后步步紧逼，直到把感情推向绝壁，再重重地掉下来，然后把你的心炸成碎片。这需要集中精力来读，慢慢地默诵，你会感到非常的有力量，这力量就是思，就是骨头和心脏。但是你看不见思，因为思已经融化在情感里和倾诉中。其实这首诗歌就是借对待自然界中雷雨和闪电来临时的态度，暗示诗人自己体内也就是人的性格和情绪中常有雷雨闪电，譬如烦躁暴躁焦虑虚无消极等等，对这些本能的情绪，诗人告诫自己也警示大家要镇静敬畏但坚决地说不。这就是对人生和生命深刻的积极的思。诗歌因而也就有了追问生命探寻生命之谜的厚度和尖锐感。所以思一定要去思生命和生存才有生命力，诗歌一定要呈现思的根本才丰盈才具有了大模样。所以海格德尔说："思，就是使你自己沉浸于专一的思想，它将一朝飞升，有若孤星宁静地在世界的天空闪耀。"

3

写大哲的诗歌，诗人首先对亲历的事物凝神静思，体验沉迷让心智进入无意识，并借助无意识的灵光，将思与物融合融化在瞬间显形生成诗。这是一种幸福，也是一种升华。虽然是瞬间但体验了生命的全部光芒。也就是说，诗歌就是把这种可能是艰苦的等待和探寻，也可能是突然爆发的心满意足的体验凝固下来，成为一个永恒。在读这首《青草的诱惑》时，我的心确实震颤了一下，在瞬间确实体验到了一种永恒的美："这一棵稚嫩含羞的青草，多么安静/风和雨都已来过/她依然微笑着颔首，紧紧抱着的/是自己，和葱葱的绿/她一直诱惑着我，靠近/当我轻轻抚摩，那细微的颤栗/好像一下子，碰到了/爱人的手指//抑或是——心"。

多美啊！生活中我们都有过这样的经历，就是对我们喜欢的事物想抚摩一下，碰触的瞬间会有很震撼的感觉，甚至流泪。但这只是它的表象，因为——

诗歌要有暗示，没有暗示的诗歌都是肤浅的。暗示得越多就越有深度。这暗示就是象征，就是诗歌后面的含义，一种揭示了普遍的规律的生命之道，而且不同的人站在不同的角度会得出不同的意义。因为人的灵魂不是单一的质素，而是深沉和多样化的运动。这就是思，就是思想和意义。诗人在触碰青草的瞬间，感到了爱人的手指和心，这是一种爱的感觉。是埋藏在潜意识里一种被日常生活所遮蔽的感情瞬间的曝光，是一种不确定的游移的美在瞬间定格并凝固。这是一种美和情感的体验，体验就意味着消解，瞬间的体验消解了短暂、局部和有限，获得了永恒的绝对的无限的美。这就是诗歌的力量。

诗歌在瞬间把心灵从现实的重负中解放出来，复归它的自由轻灵和美。所以马拉美说："诗……必须从人类的心灵中撷取种种状态，种种具有纯洁性的闪光，这种纯洁性是这样的完美，只要把心灵状态、心灵的闪光很好地加以歌唱，使之放出光辉来，这一切其实就是人的珍宝。这里面有象征，有创造性……"象征的就是思，创造就是诗。诗人的使命就是通过万物去思人生之谜，然后通过诗这个中介把它呈现出来。这就让这些短诗像沉默的微小的镭，开花了，足以摧毁读者的心灵。

4

及物的也就是从物中抠出思的写作，属于智性写作，智性不等于理性也不是感性。有一点思考在里面，更多的是智慧和灵性。就是说这种思考是天然地带在智慧里，不是冥思苦想，而是随性而出。比如这首《一只蜡烛》："黑暗的裙裾，远方的星星/一阵风过来/它依然比谁都清醒，比谁都明亮/它无言的泪水/让我默然中，一惊/再惊"。诗歌产生于心有所动，情感碰撞的一瞬间，凝结了重大的思，这就是智慧。智慧就是更大的灵性，是机灵、灵活的大集成。思附着灵性这个精灵，诗歌就像被水清洗过，而且是黎明的清水，或者是露水。湿润，让人眼睛一亮。这使诗歌有了恬然和澄明。加上诗人毫不遮掩的、猛烈显现的情感的驱动和加速，诗歌就形成一个漩涡，让人读着读着就不由自主掉进去了。这就是智慧的诗人、智慧的写作。

智慧和灵性让诗人在生活里善于发现。这分两个方面，一是诗人总是能在惯常和杂芜的生活里一下子发现蕴藏的诗意，一个是在本来就没有诗意的事物上敲打出诗意来。这需要诗人心灵的纯净和思维的敏捷。因为纯净，直觉才能敏锐地穿过杂草丛生一下子把诗歌逮出来；也是因为纯净，思维才能锋利到在毫无诗意的地方上抠出诗，并让平凡放出光辉。诗意就是美，就是具有神性光芒的人性，就是庸常的生活中腾的一下升起的曙光。平时这些诗与美被功利和世俗覆盖着封锁着，诗人就是要与世俗和功利斗争，忘记是我还是谁说的了，作为诗人就是以诗歌的直觉穿透罩在诗性和神性之上的这些功利的物质的东西，把厚厚的帷幕下面的理想主义，还有自由的活性的诗性的人性呈现出来。正如柏格森说的："艺术的唯一目的就是除去那些实际也是功利性的象征符号，除去那些为社会约定俗成的一般概念，总之除去掩盖真实的一切东西，使我们面对真实本身。"

这需要一种灵性，一种神赐的奇异的力量。所以诗人的表述中一直保持着一种神圣和庄严的表情和语气，而且非常的精炼并在结尾都有一个跳跃和升华。比如这首《大海的深蓝》："阔大。我将自己带到你身边/我理解不了你的深刻，你的平静，你的咆哮/你鱼水的包容，你风尚的浪花/但我喜欢你白沙的裙裾，无垠的水，隐痛的盐/我的诗无法概括，那曾经写下的：/'一滴也是深'/'一滴也是海洋'/'一滴也是蓝'"。

除了思和灵性在流动，让我们被打动的还有构成这首诗的符号乃至意象。假如把其中的一些词和意象换成别的，此诗就不能有如此的感染力。这些词句和意象以及更多文字组成的细节都是诗人经过心灵的过滤，智慧的反复选择淘洗打磨，才成为语言的珍珠和不可或缺的灵与肉的。整首诗则是在一堆石头中提取和冶炼黄金，它是一种象征，寄予了作者对意义的追索。

5

施勒格尔说："诗是共和国的语言。语言本身就是法律和目的。"这是对语言的重视。为了让语言震惊，他们主张诗的语言要有魔化作用，通过诗的语言陌生化，创造出了一个与平常截然不同的意义世界，为了达到这个目的，诗的语言要有意曲扭、有意触犯规范的语言组合。其实说的就是创新。这是老生常谈的话题，所有诗人对此都心照不宣，又暗自较劲。创新的第一步就是语言搭配和嫁接上的出奇制胜。如《希腊》："我看到了神，我也看到了人/我看到了人与神之间那最脆弱的部分/我喜欢推着巨石，在山坡上/我也不会高喊/希腊，我惊呆/我多么羡慕天空的那一群/默默无闻的/神话中的/星星"。

如果把"神话中"几个字去掉，变成"默默无闻的星星"这首诗就褪色了。多了"神话中"三个字，诗歌就变得奇异，也就是有了新意。而且这里语言的修剪打磨都很精致，是比喻又超出了比喻的范畴。还有《黄金的梦》："如果愿意，我会/永远踩在黄金之上。踮起脚尖/闻世间的花香//我会，舍弃无端的坚硬/让黄金的流水，在时间的脚下/一再屈服"。这里用虚比实，中间还有通感，不仅形象而且思想和内容也引起了变化。这些陈旧的词汇，经过重新嫁接和变异，生发出新的光彩和境界。当然还有思做中流砥柱，诗不但洗练干净还有了力量。

智性的写作者一定很从容，也很端正，不剑走偏锋也不固守成规。他们对诗歌一直是在正面作战，就是既追求意义，也要字词句的出人意料和完美。而且这些诗歌的中心还要有个坚硬的核，这核就是思就是哲学做成的底色。所以深刻的思的智性的诗歌，都是诗人用灵性和诗性包裹起来的关于世界的心。

（文中引用的诗歌作者为默白）

诗人的爱与痛

诗歌加进了思，就有了疼和痛。

痛就要拍案，读那些有批判精神的作品，你会感到有种冷静像片片雪花，贴在发烫的额头上，让你警醒，让你深思，继而又变成发红的烙铁，把心烙得疼痛而焦灼。这是一种忧患，一种良知。正如诗人王鸣久所言：让一种疼痛穿骨而来！这种疼痛是彻骨的，有时甚至让人不寒而栗。

心怀大爱和大痛的诗人，是这个时代少有的冷静清醒和自省的诗人。他的目光越过个人的浅吟与闲愁，把热忱和热血投向这个苦难又苍茫的大地。他是一个大视野大胸怀的诗人，也是一个不断磨砺诗歌之艺的赤子。他会让思想超拔又对词语准确拿捏，创造出宏大而又绝尘的诗歌意境。在这些温热的文字感召下，我们的精神开始复苏并清醒，开始沐浴诗歌超然的光芒，并把自己的灵魂推向绝对沉静的境地。

静是诗人必须的状态。只有真正沉静的人，他才能思，他的思想才能清醒，目光才能锐利。这种沉静让他坚定，让他视野开阔，让他拒绝所有的诱惑，目不旁视地专注他的思考，专注他的至爱和至痛。这是诗人面对世界的最佳方式。

诗人面对土地的姿势呈俯视状，他的情感和思想都深深地扎进现实，这来源于他对这片土地的深情大爱。大爱使他大痛，大痛使他无法沉默。

在苍茫时分，诗人的呼唤就像他所描述的那盏灯，奔走在雪地、山谷以及人性的黑暗处，去敲击那些麻木的灵魂，去指引那些陷在泥沼中孱弱的手。沉静更使诗人的目光像放大的显微镜，把历史的瑕疵和现实的危机大大地投影在墙壁上，让我们面对这样的事实张大嘴巴，并深深低下头来。

诗人王鸣久在《谁能幸免于罪》中，写了一个三岁的小女孩，妈妈由于吸毒被警察抓走，她苦苦恳求把女儿送到姐姐家安置，几名当事警察麻木不仁，玩忽职守，致使独锁在家的小女孩被活活饿死。面对这种不该发生的惨剧，诗人的怒火终于冲破理智和诗歌的堤坝："她渴死在一个雨水充沛的夏季／她饿死在一个稻香千里的夏季／不是天下无粮天府无米天灾无敌／不——是！你看／满大街的人川流不息／行走在饱嗝儿声里／她只是被粮食和水一齐忘记！"那么，不是"有困难找警察"吗？而正是因为几个警察不该有的冷血，才使这个三岁儿童活活被饿死！诗人写到女孩临死的一幕，一怀深深怜惜，满腔悲愤交加："然而，这是个多懂事的孩子啊／最后的时光最后的现场／她仍然用洁白的手纸把尿水托上／最后的心灵天真无邪／她不想把世界弄脏"，那弄脏这个世界的是谁呢？"反复把世界弄脏又反复用文明洗手"的又是谁呢？我想，只要有点良知的人，没有谁不被这样的诗歌所震撼，所击穿，不流泪者，可能在流血。

大地苍茫着，和大地一起苍茫的还有我们的眼睛、我们的良心！诗人就是用这些刀一样的语言，一层层将残酷的现实剥开，让我们在血淋淋的事物面前沉默着，清醒着，反思着，恨着，爱着！

在这样的事实面前，语言已经显得十分多余又必不可少。你一言不发，不啻是一种罪恶；你滔滔不绝，无疑是一种虚伪。

现实主义的诗人像一个医生，他一方面审世一方面审史，审史是为了让现实清醒，审世是为了校正人类未来的走向。这些都是为了防止文明的滑坡和人性的异化。我们必须承认，在物质越来越丰富，世界越来越多彩的今天，人性也正在一点点变异。物化的灵魂、膨胀的欲望，使人性出现了无数盲点以至盲区。诗人"从大太阳下看到不平，从满目繁华里看到堕落，从云水嬗变中看到丑恶和危机"，这是诗人的忧患之心和敏锐之气使然。

诗人的爱和批判都应该是彻底的，义无反顾的。对假恶丑决不姑息，对真善美毫不保留地拥抱。他把理想主义的光辉，人道主义的体恤，还有批判主义的犀利融进他的诗歌中，也就把正义、血性和阳刚补给了疲软的人类，把温情、关怀和友爱还给了人性。

诗人无处不在的正义感和同情心，会使他的诗歌呈现出深沉真挚的人类关怀、宽厚博大的精神世界。这种对人类的终极关怀，是诗人对待世界的态度，是他的人格力量！正是有了这种人格支撑，他的诗歌和灵魂，才显现出少有的高度与厚度。这就是诗人的恨和爱。

爱和批判，就是关怀和悲悯。这样的诗人用诗歌洞察现实，洞穿现实，也用诗歌洞察自身，洞穿灵魂，并以此让血液沸腾，让世界疼痛。诗歌就是诗人个人的心灵史、社会的警世书和人类的忏悔录。他用思想的尊严维护着诗歌的尊严，同时也通过对诗歌至真至纯的追求，提纯着生命的质量。当生命和诗歌真的合二为一的时候，诗人与诗歌将又提升进一个新境界，在那里，苍茫的世界和内心会变得更加丰富而纯净，淡定而饱满。

气贵　气匀　气韵

1

大气象的诗人，一生在诗歌的大缸里浸泡着，身心都泡成诗色，甚至连呼吸都是诗歌的味道。生命与诗歌搅拌到一起，名字也冒着诗歌的气息，因此人生也修炼成诗歌的气度和气量。

读这样的诗歌，会有气贲的感觉。贲有两个读音，读"奔"时，有奔流的意思；读"愤"时，是气势旺盛之意，有沸腾的意思。我用气贲来形容这样的诗歌，是说气脉充盈的诗歌气血贲张，而且其中奔流着一股气，急促连贯，并越来越旺盛蒸腾。这说明诗人在写诗时，情感像高压锅里的水，不断地升温沸滚。为了防止爆炸和烫伤自己，他必须通过写作来散热。这让诗歌像奔流的岩浆，不仅散发着热量，而且汩汩连绵，诗人自己不停下，任何读者都无法弄断。如果强制扭断它，就等于一个人缺了胳臂和腿。于是，那完成的诗行，就成了燃烧后的洪流和凝固的闪电。而这新奇和美妙的光芒也一次次刷新我们的眼睛，让我们对诗歌本身充满了沉迷和敬仰。

这就是诗歌文本的魅力。诗人对文本的建设、深化和开拓标志着自己是一个纯粹的诗人，天生的诗人，甚至天才。这样的诗人总是能轻而易举地在杂乱的生活中逮到诗，在很多人都翻耕过的题材中变化出令人惊奇的新意，在熟悉的地方弄出陌生的风景来，把诗歌推上极致，甚至人从没涉足的地步，让读者生了锈的思维突然被电了一下。譬如刘立云把十七个跳舞的女孩比喻成十七个蝴蝶，并说成是递给天堂的名片；把胆固醇、甘油三酯、或红或白的血球看成恐怖分子；还有《新的呈现：剑》中："我要让一个身穿白袍的人/住在我的身体里/我要让他怀剑，如天空怀着日月/大地怀着青山和江河"。

这显然是化虚为实，化静为动，转感觉为视觉，而且有呼吸起伏，因为这怀剑的白衣人其实是诗人的雄心和志向的拟人化、具象化和视觉化。而且一切来得都那么迅疾，像从滑梯上不由自主地出溜下来，随着内心的"兴"起，冲动的同时，喻体自动生成了。犹如水来了，渠恰好完成。这也不是技艺，甚至不是语言，诗歌不等于语言，但诗歌要借助语言显形。诗人依赖的是直觉，直觉是与生俱来的，是天籁也是天才。

天才属技术范畴，要想有大格局，还要有情怀。在心智相同的诗人中，情怀高于一切。有天才再有情怀，诗人就能一下子捅到生存和生命的根。这让诗人能写出大江东去的气势，同时还能在像履带一样铿锵与钢硬的诗壳下，储藏一颗温软与悲悯的心。这种温软像插在发热的枪膛里的鲜花，让诗歌多了分妩媚和更刻骨的关怀。在别人摸到了心跳的时候，他却触到了白骨以及万物的结局。这样的诗人会甩掉很多名字上的标签，成为有热度有深度更有热爱的人道主义诗人。

2

还有一种"气匀"的诗人，写出的诗歌从容淡定，但气韵宏大而经久不息。像平原上渐渐漫开的大河，而且是月光下的平静肥沃的江水。这样的诗人不追求速度，但要宽度，还有诗歌的神采与韵味。为此，要过滤掉诗歌和心灵里的杂质，并拓展诗歌的边界，让诗歌变得纯净和宁静，让诗歌的外延广阔到无法望到边际。而且神闲气定，无穷又无限。这也让诗人从灰尘满面的生活中超拔出来，以神的眼光俯视万物，耐心地把琐屑的事物提炼成诗，化零碎为完整的大美。这让表面看似都是一些片段状的诗歌，其实暗中正在勾连着天地的缝隙，像漫过无数岛屿的潮汐，逐渐拼合成让人望洋兴叹的大水。这样脱脂的诗歌超越了社会的实际功能，而面对的是天地以及整个大自然，这就增加了诗歌的无限和永恒性。这也是一个安详的时代诗人的必然选择，也是古今中外诗人们共同面对的大生命的命题。这让写诗变成一种个人的修为，一种禅化和参悟。写诗之于诗人就成了一种信仰，一种与世界对话的方式，而且是唯一的方式，是整个生活，是命运。

所以这样百毒不侵的诗人，写诗就是净心，净去心里的沙子，魂里的欲念，随着心与魂的净化，他的诗歌也变得空起来。

空就是净与静的终极，它不是没有，而是盈满，盈满了光和亮。这就是所谓的敞亮，诗人在把世界诗化的同时，他的生命也诗化了，飞升了。"屈从是安静的／安静是可以享受的／我因安静而一再感到／——待在家里，好像／躲在岁月的外面（柳沄诗）"。屈从——安静——享受，家里与外面。这是入境后的涅槃，不仅是大声稀音，大象无形，还有灵魂的起承转合，有着哲学所要企及的深远和广博。这不是凡人能进入的境界，而是一个理想的想象的诗化了的新世界。

诗人通过想象让灵魂出窍，也就是升华了。诗人每天就用它接通和世界的联系，用想象来破解那些生活和生命中的不解之谜，在想象中，诗人思维变得自由而充满灵性，那些汉字也变得神奇而有了魔力。正如萨瓦利斯说的："如果说哲学家只是把一切安排得井然有序，诗人则解开一切束缚。他的字句不是一般的符号——而是声音，是招呼各种美好事物集于自身周围的咒语。像圣者的衣服保有奇异的力量一样，某些字通过某种神圣的记忆而圣化，并几乎独自变成一首诗。"所以诗歌的原则不是生活的原则，它属于超验的，童话的，更是神的原则。但真正的诗人不是做语言的炼金师，他们磨制语言的目的，是让诗歌清晰地显现，进而露出真和意境来。所以他们写诗的最高追求还是让诗歌透明起来。为此这样的诗人不惜做诗歌的巫师，把语言当作魔法。更多的时候，诗人只是甘愿做个诗歌的信徒，敛半世痴心，融一生沉寂，不为超度，不为降福，也不为羽化清心，只为与真诗深情一眸，并能点石成诗。

气贲与气匀的诗人对诗歌都有着奇迹般的魔化能力，常常化腐朽为神奇，并抻长了读者的想象力。前者让诗歌云蒸霞蔚，从而开始气贲。后者让积云融化在大水中，变得宁静而有气韵。

诗是思的家·说是声音的意象

天生的诗人，都是情感的高危品，只要一点火星，就会让他们心灵的大火熊熊燃烧。这是因为诗人的内心储存得太多了。那么这些淤积的块垒都是些什么呢？我们搞个实验，顺手拿出一本诗集为例，挑选诗歌里反复出现的关键词来说明。

第一组：忧郁、阴影、黑夜、无情、孤寂、迷漫、叠压、救赎与拯救、时光之刃与世界的一角等等；

第二组：麦田、玉壶春、晨曦、秋思、春雪、回忆、孤独的宁静、初升的月亮和仰望诗意的天空等等。

前面那组呈灰暗，感觉上就是阴霾和胸闷，这就是块垒；后面这组呈青白色，感觉上是敞亮和清爽。由阴郁过渡到清亮，就是情绪上的突围和解脱，是一种揭蔽和敞开。具体说，诗人写诗就是把黑暗中的自己拯救出来，让身体和灵魂变得光明圆融，从而人生获得了解放和自由。

这样一弄，诗歌的意义就出来了。写作稀释了块垒，沉思又升华它，诗与思一道让凝滞的情感疏通起来。于是诗歌犹如冬天冰下的河流，声音小而慢，像低语或者是自言自语。清凉而执拗，一直向前撞击着，起伏着，直到读者也跟着情不自禁地读出声来。

我喜欢有语感的诗歌，确切说是语调。轻轻地舒缓地诉说却带来梦幻般的飘渺和辽阔，还有痛彻心扉的疼和爱。这不仅是发声，更是内心的气息在吐纳。低而沉的语调带出诗歌的场域，恰如漩涡，让人的情感不知不觉陷进去。所以语调是声音的意象，它创造出的意境是有动感的，虽然你无法说清它的形象，但你的情感会被感染，并久久地不能自拔。

读这样的诗你会忽略，也不必刨根问底地去追寻诗歌具体的意思和意义，只跟随着诗歌的节奏，顺其自然地去感受和承接情感自动地绽放与收缩，飞升与坠落，黯淡与灿烂，缅怀与期待。这就是诗歌化成音乐后带来的力量和意义，像细细的绸丝在你的心上慢慢地反复地移动，痛而舒坦着。但谁也无法说清音乐的内容，就像谁也无法彻底言说内心。

所以诗人臧棣曾说："语调是诗歌的底盘。"这就让诗歌回到了"说"的根上来，但你要说得感天动地，说得深邃与广袤，需要诗人摆正写作的姿态和心态，这也考验一个诗人真诚的纯度和对语言的敏感度以及驾驭能力。谁触摸到了这个底盘，谁就深化和强化了诗歌。这需要诗人的天赋，有天分才能赢得天意，天意的诗歌就是天籁。

这样的状态，需要一个人在宁静的屋子里，静静地沉思默想，然后再静静地喃喃自语。诉说本身就是化解情感的方式，有时像向外倾倒着积水，时而迟缓，时而急促，让思考之水将日常经验清洗、过滤，并抽象出更高更心灵化更诗化的诗境，让孤独的异化感和无意义的黑色情绪遁去，让理想的、光芒的、圣洁的情感升起来、亮起来。黑夜在下沉，黎明的清光在蜿蜒。这是诗人的心态在发生改变，一种畅通的、光明的、亲切的、深情的、柔软与温暖的感情在冉冉升起，世界变得明朗，生命有了解脱，并充满希望。

这就是诗歌产生的过程。还需要做的工作是，把释放后那些美好的元素集中，也就是人性中光明的品质，并让它集中凝固并耸立起来。具体说这种光明的品质就是：美、爱、自由，美中一定会有纯净，爱也包含了温暖，而自由就是正义和人性的体现。这是诗人具象化的理想，也是诗歌的心脏和灵魂，一切烦恼和痛苦都是因为美不能绽放，爱不能抵达，自由受到阻碍。诗人就是要医治受伤的心脏，给灵魂找到一个舒适的牧场。

写诗的目的就是要安置灵魂，让灵魂幸福安详明亮地在天空和大地之间自由徜徉，也让呼唤的都能照应呼唤。要注意的是，由于呼唤的愿望太热切，同时也急切地要甩去理想身上的桎梏，表达变得急促而慌忙，这就可能造成词不达意，在表达上诗句就会出现叠加和繁复，词汇+词汇++词汇。无数的语词挤在一个句子里，让读者读起来会吃力，会重新遮蔽诗人的情和意。这是很多忙于倾诉的诗人的通病。

因为情感是连贯的，而且情感与词语是互相咬合的齿轮，词语过多情感就没法吻合，就会让情感脱节，甚至截断情感，恰如人被截肢。所以诗人要沉下心来，用耐性去分辨和思忖，要尽量地简化词语，特别是繁琐的形容词。少用词，不用词，忘记词，让干净的简洁的透明的生活语言承载着情感，透视着情感。与此同时，语调刮带出的还有诗与思、灵与肉的撕扯与复合，以及空与余、舍与得、轻与重、快与慢等等的哲学大义。总之，只有简明地说，这些思考才能找到家，也能为说本身找到最佳栖居处。

清澈与深邃

为突出意义过于直白，为了深刻过于模糊，都不是诗歌。其实写作者完全可以不必考虑诗歌的单一与丰富，直接与含蓄，只要保证你写作的动因是因为情感被触动就走上了正路，你的每一行每一个字都是或喜或忧或愤怒或同情驱使下的自动生成，你的诗歌即使直白，也会打动人，比如普希金著名的《假如生活欺骗了你》，通篇没有一个形象，都是一般写诗该避讳的直说，但因为是掏心掏肺，是自己生命的真实体会，我们一样被感动，一样不影响它成为经典。同样的原因，你的诗歌也不会出现含糊不清，而很可能是主题的多向性。例如俄国诗人日丹诺夫著名的《鸟儿死去的时候》："鸟儿死去的时候，/它身上疲倦的子弹也在哭泣，/那子弹和鸟儿一样，/它惟一的希望也是飞翔"。

不用我解释，大家都能感受到这首诗的内容和震撼力。我想说的是这首诗绝不是生搬硬造，而是作者心灵被刺疼后的自动反应，或者就是他亲历的事件，触景生情；或许是间接地听到想到后的有感而发。我倾向于作者亲历了鸟儿被子弹击中的这一刻，不然他怎么能这么撕心裂肺。一般大家都是惋惜鸟儿的无辜死去，而这里作者是在对子弹忏悔。因为子弹的本意是想像鸟儿一样飞翔，但却被迫成为了刽子手。子弹也是无辜的。如果不是亲自的体验，很难这么沉痛地想到要替子弹哭泣。语言和意蕴都是情感催动下自动地绽开，没有任何人工的痕迹，那重大的思是因诗而自动带出来了。我用了几个"自动"，就是说不论是诗，还是思，都是情感爆炸时自动产生的声音和迸溅的火星，是情感的副产品，并非诗人刻意为之。更可贵的是这首诗歌干净简练，而意义却清澈而深邃。

我理解清澈是外形，是视觉，是开始是相识的感觉，而深邃就是发展了解，也是内涵和思想，更是力量。只有清澈没有深邃只能是肤浅的诗歌，没有清澈只是黑沉沉的思是模糊，既不是诗，也不是哲学。就像前面这首诗，初读是清新透明的感觉，细细思量却感到深不见底。我们说这首诗清澈是因为我们一下子就能看懂它，而且它的界面是那么清晰干净，但是当你试图弄清它装载了什么，就说不清楚了，只是感觉满满的都是东西。这就是深邃，因为你无法探测出诗歌的深度和广度。

所以，诗与思就像血肉与筋骨，它们虽然一体，但最先悦你眼球的是美色，并非里面的思想。所以诗歌抒情在先，拯救在后，或者根本看不见拯救，看见的只是一个多情忧悒的才子，还有望着天空自吟自唱的歌者。譬如朵渔的《日常之欢》："三月过后，挨过严冬的麻雀们/又开始在窗外的杏树上叽叽喳喳/我有时对它们的喧闹心存感激/感激它们为我演示一种日常之欢/新树叶好，菜青虫好，尾羽蓬松的/母麻雀好！洒在窗台上的谷粒/闪烁着无名的善。/天啊，我这是怎么啦/我时常听到风刮过屋顶时像列阵的步兵/洒满阳光的床单下暗藏着铁器……"。

诗的表面像欢乐的火苗，欣喜而蓬勃，但深入其中，你又会感到这声音渗入骨髓，撼动心灵。这是诗人的忧患和责任使然，因为他的"天眼"看到了日常之欢背后的危险和危机。这重大的思来得这么自然生动，没有一点痕迹。所以写这样的诗，不可硬给诗歌装进自以为是的哲理，或让每一首诗最后都点一下主题，这是把诗歌变得了木乃伊，而失去了原有的飘逸和灵动。思的身体大了，诗的服装却小了，那露出的赤裸的部分非常丑陋。这种硬给诗歌安上意义的做法，无疑是让模特去搬砖头来显示她也是劳动者！

诗歌是一门手艺，是诗歌的技艺让诗歌变得清澈或者深邃。作为一个诗人，首先要练就一手好的技术，诗人的一生就是操练诗歌技术的一生，像把石头磨成纸和镜子，当语言与诗与心灵与思考完全重合，并清澈得透出深邃来，那诗歌就化成了诗人的一种习惯和下意识，像神仙，随意简单地一挥手，里面却潜藏着无穷的玄机。这需要时间更需要悟性，有些诗人一生的时间都在磨砺诗艺，虽然悟到了其中的玄机，但还是觉得远远不够，他是准备把生命完全操练成诗歌，像诗歌那样变化着简单与无穷，同时具有清澈与深邃的品格。最典型的例子是诗人宁明，这位被称作飞得最高的诗人，几十年的苦修，终于在瞬间参悟到了诗歌的精髓，诗境明晰，情思深刻。有他的诗为证："秋色将至，田野稻香/不是所有的粮食/都能颗粒归仓/注定不是丰饶的年景/不贫瘠，也不富足/平静的日子，像稻粒一样/不声不响/让我们相互辉映，相互滋养/以内心的饱满——/度过饥荒"。思被诗包裹着，看不见思，思又无处不在。诗的意味是浓重的，思的意旨是多维的。但是它首先给我们的是一种美，让我们在美的陶醉中领悟到思想的力量。

旧火

（记忆之火）

乡愁诗与皈依故乡

我喜欢深情的乡愁短诗，因为它们让我感动，并让我看到一颗善良感恩又多情敏感的心灵。而文本上又结实洗练和清晰透明。

在我们的物欲向外无限扩张的同时，有谁静下来抚摸下我们不安的灵魂？又有谁在匆忙向前疾走的时候，停下来回顾一下我们的来处：故乡，母亲还有滋养我们的大地和河流？我喜欢的这些短诗就是一种醒悟后的折返，返到生命的起点，返到母亲的怀抱，返到心灵的根部。我们可以把这种写作姿势看作一种回归，或者干脆就是一种皈依，而且是灵魂和文本的双重选择。带着同情和怀念，还有些许的忏悔，是为了救赎日益麻木的人性和灵魂。

这样故乡和母亲就成了一种宗教，成了诗歌和心灵最终要抵达的境地。而母亲是永远的爱和美好的源泉，正如徐俊国的《故乡》中写的："……把辣椒水涂在乳头上的那个人/用鞋底打我又把我紧紧抱在怀里的那个人/我泪汪汪地喊她'娘'/娘生我的地方我终生难忘/那天，蟋蟀在草墩上把锯子拉得钻心响/钻心响的地方叫故乡"。

母亲即故乡，或者说故乡的核心是母亲。不论诗人走多远，都是母亲心上发出的枝杈。母亲是我们千丝万缕魂牵梦绕的根，也是诗人写作的发端。又回到那句老话：写诗即返乡。诗人就是通过写诗回家，让自己的情感得到平复，让心灵得到休憩，给灵魂找一个安放的地方。就像商震《苦冬》里写的："无雪的冬天是我的敌人//雪不来，故乡不和我说话/雪不来，我在异乡的苦楚无处掩藏/雪不来，所有的风都能把我吹动//我是脱离了根的枯叶/易怒易燃/雪不来，就不安静"。

别人苦夏，他苦冬。待在没有雪的冬天，就像鱼被放在了沙漠里。因为雪伴陪着诗人长大，雪滋润了诗人的生命，并成为他生命的底色。这是巨大的乡愁。怀念雪，就是人性的苏醒和情感的洗礼，就是寻找和温习一种品格和美。那都是在生命的过程中遗失掉的品质和诗意。我们可以理解成诗人通过这些诗歌敲打提醒自己，从而拯救深陷都市泥沼中的灵魂和良心。

而且从写作态势上这些乡愁诗歌写得很沉着，而且精粹简单，看不见迸溅的情绪和激情的抓痕，一切在平静甚至平淡中缓慢而有节奏地流动着，好像作者有意按住激动的心跳，轻描淡写中，诗境却全部乍现。像成熟的桃子，只轻轻地一碰，就汁水横流。诗人只轻轻地一戳，读者的心灵就划开一道伤口。

这些是现实，更是记忆。诗人通过追忆的方式，让现在和过去接壤，让童年和乡村时光重新以诗意的方式曝光。这依赖于诗人童年经验和没有磨蚀掉的淳朴和真诚。童年经验是诗人写作的底盘，而真诚则是让这些经验重新复现的发动机。很多研究证明童年的经历会影响作家一生，它是作家复杂人格的内核。但是童年的经验不是随时都凸显的，它更像一张陈年的旧唱片平时就储存在作家记忆的仓库里，一旦作家开始劳作，这些唱片就开始转动。所以作品的风格就是作家童年感知的色彩。有的作品晦涩阴暗，有的则清晰明朗，这都是作者童年的记忆使然。因为童年的经历，是有情感置入的，一般，得到爱多的作家，哪怕生活多么不幸，他（她）未来的作品都铺满阳光；相反，不管多么幸运，没有爱的哺育，他（她）将来的作品都充满了阴郁。

诗人的记忆是美好的，也是有创伤（准确说是苦难）的，美好是因为这些诗人有比美好更完美的母爱，苦难是因为那个年代的贫穷和饥馑。有了爱的苦难生活，让他更珍惜后来的幸福，让他在美好的时代也不忘本。所以在这些诗歌中，我们看到爱给过去的苦难镀上了金黄。苦难又让这些诗歌变得深沉和疼痛。正是这些品质让他们的诗歌美而不轻飘，沉重又不低沉。更多的是眼含热泪，激动和感动。这就是真实，更是真情的力量。而真情在我们当下这个充斥着虚假琐屑甚至缭乱和卑琐的诗坛该是多么的重要和珍贵。

而这些写乡愁的诗人的表达又不是刻意而为，像冥冥中有一股强大的力量推动着他们，牵引着他们，让他们不自觉地把记忆中的情境再现。这就是潜意识的动力，他们无须冥思苦想地造句，只是用意识弹去记忆上面的尘埃，就可让原本就美好和感动的人和物还原和重现。这就使他们的诗歌具有了真实自然，朴素简单的特点，从而走向爱、美、秩序、抒情和境界。

王国维在《人间词话》中说："能写真景物，真感情者，谓之有境界。"这些短诗真切自然，并且有格调、气象、感情、韵味，可以称之为有境界的诗歌。同时王国维把最高的境界定为"意与境浑"。其实就是情景交融，就是不直接抒发感情，但是所写的景物，又蕴含着浓浓的感情。这些乡愁诗有意无意地具有了或者接近了这些品格。譬如商泽军的《听见》："听见风，把满树的杏花/吹落在地上/听见雨，把滚着雨滴的花瓣/砸落在地上//听见挤满枝头的青杏//在争吵着生长//听着，听着，这些青色的杏子/乍变成了金黄……"。

诗人一口气写了几个听见的事物。全是客观的描写，而且干净洗练，像白描，寥寥几笔，几乎没有一句废话，有的只是几个清晰的画面，像一个个特写镜头，有声有色，却看不见感情的喜怒和好恶。直到最后青杏幻化成金子的黄，我们才体会出作者的细腻和深情，还有满满的热爱。

这种规避情感，让客观的情境直接呈现，反而更加重了诗的力量。这让商泽军写骨肉相连的父亲也一样平静和从容，翻腾的感情在火车的咣当声中压缩和消隐："咣当咣当的火车驶出了站台/我就是坐在火车上的那个人//我要去看另一个人，是我的父亲/他住在鲁西马颊河岸上的一个小村//我的父亲也是火车，拉着我们兄弟姐妹/有一年他跑累了，便走进老家的祖坟//每年我都坐着火车去看望他，去看母亲/每年我也像火车一样，咣当、咣当……"。

简直就是平铺直叙，像讲述一件平常的事情，但是又有谁能不被这文字后面的深情所摇撼？又有什么比这种感情更永恒，人间所有的温情也不过如此。最深刻的感情是不可言说的，只能深深地体会。作者深悟此道。我再唠叨多了就是废话甚至屁话。

我把这样的写作看成王国维所说的"无我之境"。表面看不见"我"的感情色彩，但是"我"的情感就在所写的意象中。写法上又是王国维说的"写境"，就是现实主义，写境需要"作者极逞状物之才，能随物婉转，能与花鸟共忧乐"。但这些对诗人来说并不难，因为他们不是为了写诗特意强迫自己去寻找方法和主义，而是被感情所支配，事件和境物是真的，发生过的，只是它们平时储存在记忆的角落，只等待火车的咣当声撞击一下，过去真实的情境就自动地浮现了。诗人需要做的就只是描摹和复制。当然这记忆能被火车声唤醒，动力是诗人对父亲以及所写事物的真情和热爱。

这一切说明这些乡愁诗人的写作姿势是向前俯倾着，俯向平凡的人间烟火，倾倒在乡村的田野。他就是故乡土地上一株草，一块石头。他爱大地上的麦苗，吃草的羊，老家屋檐下面飘飞的蝴蝶，还有三月的燕子，田埂上的向日葵，马颊河岸边种着庄稼的乡亲；诗人甚至为没有及时去看望在自己的城市打工的这些乡亲的子女而惭愧。于是通过诗歌铭记家乡亲人还有更多美好的事物，并通过诗歌中的怀念和忏悔来救赎自己的灵魂："棉花，我的小妹从田里采摘的棉花……我的身上裹着它，我的被套里填着它/……这些年我久居都市/不知不觉地穿了些羊绒、羊毛、真丝、热卡//我越来越感到身上有些发痒……"（商泽军《怀念棉花》）。

通过此诗，我们可以这样理解，那些裹在诗人身上的华丽和名望不是他的最爱，诗人的心灵和灵魂永远属于故乡。

沉湎回忆是善感而敏感的诗人

沉湎回忆的人都是易感的人。诗人不仅易感而且敏感。这让他们在琐屑和平淡的日常生活中能迅速地发现诗并将它呈现出来。清风、飞鸟，街灯和黄昏的窗口，诗人目光触及的都会在心灵溅起浪花。从文艺心理学上说，就是诗人始终处于写作的迷醉状态。这种迷醉让诗人的感觉更直接和敏捷，对万物更能倾注爱和关怀。正如施莱尔玛赫说的："人的心灵具有一种虔诚的迷醉般的狂喜，在这种状态中，整个灵魂都在有限与永恒的当下直接的情感中融化了。"

狂喜在这里更多是指意识的专注和迷狂。这就是说诗人对生活中的物与事有着虔诚一样的敬畏和热爱，这种情感在他们的心灵里长久地积聚并浸染，让他们迷醉甚至迷狂，迷狂让诗人产生幻觉，迷狂也让诗人离开当下进入到回忆以及无限和永恒的诗意之中。

正如卜寸丹这段散文诗说的："我的源起也许只是母亲红木箱子里那一扎旧信，父亲的笔迹熄灭在纸上。我源起于那么多长长短短的牵挂，那么多一闪而过的瞬间。我源起于这些普通的物事，带着悲苦与幸福。或仅只是源于母亲一个淡淡的眼神，印在父亲心上。//像一个苍苍茫茫的春日，它的萌发，是源起于内心的那些呼喊。"

这看见的事物和内心的呼喊点燃了诗人写作的灵感。而这些物事都是与自己的情感甚至生命密切相关的东西，让你不得不表达和倾诉。所以诗人的灵感和驱动他们写作的力量，其实就是诗人像潮汐一样越来越鼓胀的情感。所以她的文字深情低沉像秋天旷野上低吟的风，有点凝重有点冷和凉，这是她内心的温度。这温度就是她对世界的态度，也是诗人迷狂写作状态的根源。所以她的写作和技艺无关，诗人是不得不被自己心灵的洪水所推动所荡涤所漂流。而诗人写诗就是记录顺流而下时所经历的一切。这恰如施莱尔玛赫说的"我们（诗人）的使命就是把这个羸弱、短暂的大地深深地、痛苦地、充满激情地铭记在心，使它的本质在我们心中再一次'不可见地'苏生。我们就是不可见的东西的蜜蜂。我们无休止地采集不可见的东西之蜜，并把它们贮藏在无形而巨大的金色蜂巢中。"这不可见的东西就是诗人的体验就是感觉，就是诗意就是诗歌本身。诗人就是神明，就是蜜蜂，将这种体验和感觉呈现成有亮度又有味道的诗。

对物事的静观和凝视让诗人产生幻想，这种幻想在诗人的写作中具体成回忆，这也就是前面说的诗人用回忆写作的根源就是这幻想。还有一种就是这连绵的幻想让诗人的倾诉和感叹变得深情又有点惊惧。这有点像眼泪，清亮又有点清凉，有点悲观但还不失去希望，有美好又总是有点感伤。这是对提前洞见了事物结局后的怅惘和担忧，像看见燕子飞去总是盼望她早点回来，捧着细瓷碗又怕它掉下来。这是诗人自己心灵里美丽的漩涡，像卜寸丹散文诗里写的："妈妈，我如那个水灵的农女，在熔金的落日里徘徊，归鸟渐次飞回了栖息的林子，我的思绪轻盈地落在远方那个男孩深深的梦魇。//如果怀揣一掬这样的山风，他流浪的心就可以随时重返家园了吗？"还有："妈妈，那天的夕阳埋葬着一只洁白的天鹅，你知道吗？所以，那天的夜里掉下满天的星子，那来自心灵的承诺，一去无迹，了无结局。//我已心如止水，我的注视却执着而遥远。"

前一段是美好的倾诉后流露出一种担忧和伤感，后一段又是在忧伤的陈述后透露出一种明亮和宁静。这种内心的双重性让这些作品变得深邃和凝重，使这些柔婉的文字和流水一样的倾诉有了分量。沉郁又辽阔，从容又畏葸，这加深了诗歌的意境。也让我们的阅读总是充满了起伏和颠簸。而最打动我们的是作品中的深情，深深的感情和无处不在的关怀，仿佛每一个文字都被情感泡过，让我们只要轻轻地诵念几句，就会也深深地陷进作品的情境之中。这是一种美，淡然又凛然的美。像叶木掩映的井或潭，看起来沉静和不宽敞，但陷入其中才知道深不可测和不能自拔。

诗人用幻想编织的诗，是用回忆来唤醒的童话。总是幻想和回忆的人都是内心缺乏平衡的人。正如弗洛伊德说的："幸福的人从不幻想，只有感到不幸福的人才幻想。未能满足的愿望，是幻想的动力；每个幻想包含着一个愿望的实现，并且是使令人不满意的现实好转"。对于诗人来说，这种不满足和不幸福不是生活中的缺衣少食和身心的不适，更多来自于他们的心灵的落寞和空乏。譬如理想凋零、美在蒙尘、真理被颠倒、尊严被羞辱，还有生命的短暂，世俗的咄咄逼人，心灵锈迹斑斑等等不合理不人性的现实，诗人靠幻想靠写作来让灵魂飞离尘世，进入到真诚宁静干净的境界中。不仅让自己的心灵得到解脱，也让读者的灵魂得到净化和升华。

怀旧诗歌与青春记忆

1

一个有温度的诗人，他的诗歌像秋天临近中午的阳光，温暖而不炽烈，而且不仅热还有光芒，照耀得读者的内心也一片明亮且暖融融。有人说好诗人要同时具备灵气、头脑和心肠。前两个让诗人写出好诗，加上好心肠，诗人就能写出大诗。心肠就是情怀，体现在诗里就是仁爱，就是菩提心。诗里有慈悲、知足、感恩、珍惜的同时，诗人还在用爱去拔出和熨平一切众生的苦难，给予他们安乐和幸福。这样的诗歌离我们心灵很近，亲近亲切，像一个大哥一个儿子与自己的兄弟母亲唠嗑。这样的诗歌就是净白而暖和的棉花，诗人举着它为亲人、受难者还有故乡和祖国擦去额角的汗水和血痕。所以诗歌就不是简单的隔岸观火似的同情和怜悯，而是视别人的痛苦为自己身上的疾患，那些写给村庄和大地的词语就是自己心灵里剜下来的血肉，真诚得有了切肤之感。这让诗人写祖国这样抽象的诗，也少了那些大词，而是从具象和细节出发，让人感到祖国就是"祖母干草垛，一个孩子摇响铃铛"（曹宇翔诗），就是他的丰收在望的家乡，就是健壮的兄长，黑黑的大嫂，还有麦茬和垄间跳出的一簇野花。祖国变得就在我们眼前，呼出的热气在我们面颊上缭绕。

诗人不论是直接写家乡，还是写当下生活，诗中出现的喻体，都是乡村的物与事。这说明童年的记忆已经成为一个人一生的胎记，它是血脉，流淌在诗人的作品里。乡村的品格就是他诗歌的品格，更是他写作的胚胎，一切由此蔓延，一切都浸透了乡村的色彩。所以读这样的诗歌你会情不自禁地发出："真真啊！"的感叹。这是乡村的真诚和朴实让诗人一丝不挂地赤裸着自己的情感，这就是古人说的"直寻"，就是不花里胡哨，不忽忽悠悠，语言与情感零距离，情真而语直。情感激烈的时刻，谁会故意绕来绕去呢？何况还是与亲人说话。所以读这样的诗歌总有要流泪的感觉，即便是诗人面对丰收时金黄田野的欣喜之情，也让人的眼圈有点温热。这是从漫长的苦难和艰辛中熬过来的农人，属于他们的幸福是那么渺小而且来得又那么艰难，还一直脆弱着。而艰苦岁月中的母亲即使承受再多的苦与累，也要把全部的爱给予幼小的儿子。这些感动天地的温暖瞬间，就是实实在在的乡愁，一直梗在游子的情感里，像刺埋在皮肤里，诗人捅破了它，就等于打开了情感的闸门。

当然我们不可能返回农业时光去了，但是对乡愁的缅怀和回首，就是对自己身份的确认，就是让人和文学不要偏离真实和人性，这是一个永恒的主题，是整个文学的方向。找到了它，诗歌就找到了根。所以诗人在回故乡的路上喜悦、感动、敬畏，并把心灵清洗得一尘不染，这纯净的情感让诗歌像刚刚出山的泉水，透明而清新，这是有氧的诗歌，冒着鲜浆的诗歌，让人的心脾都充满了绿色和清亮。在当下污浊混乱又自私冷漠的诗坛，尤其需要这样朴素简单的乡愁诗歌，且清澈得透出亮来。

2

与乡村童年记忆相比，还有的诗人在写青春和城市的记忆。青春期与城市生活让诗人的记忆像缤纷的灯球，闪烁的色彩让人产生一种迷离和迷惘，那是记忆的碎片错位了人的感觉，还有拼合了记忆却无法回到记忆里去带来的情感落差。这就是诗人说的"怀旧是伤"。伤，一是无法返回记忆的失落和遗憾，这是怀念之伤，时间之伤。二是年轻时的幼稚与懵懂使记忆中的事物没能完美，这是青春之伤，成长之伤。

记忆在这里是一个喻体，首先记忆代表着美、爱和永不再来的圣物。怀念它就是用过去照耀现在，用记忆缝补现实之伤。另一方面记忆是倾诉的对象，也是要倾诉的内容。让诗人像面对上帝一样面对记忆说出对记忆本身的体会，这其中交织着怀念痛惜和忏悔。这后一种回忆就成了写作的技艺和方式。但是诗人不是通过回忆让往日再现，而是以现在的经验立场和情境，对记忆和当时的经历进行梳理和审视。事是过去的，感受是现在的。所以诗人不叙述记忆中的具体事件，充盈在诗中的记忆都是一些碎片，譬如：《我曾有过清澈的生活》《那时的风筝我放到现在》《父亲曾是我的屋顶》，等等。标题说了个事物，这是诗人的抒情点，是他诗歌要去的方向，然后站在现在的角度在诗中表达对那时那件事的感觉。这种对过去的再认识和缅怀让诗歌充满了颤栗和激荡，这是情感被点燃后自动的弯曲与伸展。所以虽然记忆是零散的片段的，但由于情感的连贯性让诗歌依然有着完整的秩序，起承转合非常紧凑。

情感是链条，琐碎的记忆是构成链条的材料，一首诗又是构成整组诗的环节，整组诗又显影出一个翩翩少年，一个才子，多情敏感，沉湎于内心，有点孤独甚至有点抑郁，常常对别人忽视的事物沉思怀想。譬如一小块草地、一杯清澈的水、陨落的风筝、融化的雪花，身体里藏着的闪电，还有无限的梦想和爱。所有这些都是诗人的秘密，更是能量，驱使他开了天眼，看见常人无法看见的美。所以诗人的整个少年时光就是"一滴穿行于火焰的水"，是美是诗，是苦难，更是战胜苦难后的释然与幸福感。所以这些回忆青春的诗歌就是一个诗人的成长史，它代表了理想、艺术、境界和爱之源，以及生命的全部意义。

青春的诗歌都充满了技术探索，反映出诗人的技术觉悟，其中的直觉、幻觉，意象的强制嫁接和跳跃，打破了时空的秩序。但所有的意象都服从于情感的逻辑，这让这些诗歌有了陌生感和出人意料的效果。这说明诗人写作时进入了沉迷的状态，沉迷中诗人仿佛有神灵附体，让想象力开始接通天地，这时产生的技艺不是人力，而是神力驱使下的自然天成。

借用一个关键词给这些青春回忆的诗歌总结，就是：情执。是指感情专注到执迷不悟的极端程度，人生很多苦恼源于此。但对于创作来说，它让诗人把记忆熔炼成诗，把诗歌技艺操练成黄金术。

淡远与朴素

如水的诗歌，清亮又清凉，像夏日清晨的小溪，表面微凉里面却有一种暖。这样的诗歌像一只黎明出发的船，经历了种种波涛与黑暗，还有自己内心中的挣扎，最后确定了要去的彼岸。我说确定了彼岸，是说还没有抵达，尚在途中，包括诗人的写作。但诗人已经找到了方向，即写什么和怎么写。具体就是写记忆，而且是经过淘洗过了的乡村记忆，方法就是把这些记忆初期的人与事放在水里，让它荡漾起来，清晰又朦胧，美而心颤。如张二棍的《在乡下，神是朴素的》："在我的乡下，神仙们坐在穷人的/堂屋里，接受了粗茶淡饭。有年冬天/他们围在清冷的香案上，分食着几瓣烤红薯/而我小脚的祖母，不管他们是否乐意/就端来一盆清水，擦洗每一张瓷质的脸/然后，又为我揩净乌黑的唇角/——呃，他们像是一群比我更小/更木讷的孩子，不懂得喊甜/也不懂喊冷。在乡下/神，如此朴素"。

每一句都是一个可视的画面，像电影镜头，由远及近的，不仅是景，还有神与人的距离，神如人、如朋友、如可爱的孩子。神的人性化亲切化让诗有了宁静温馨的力量，这是极致的朴素，带给了我们内心的祥和和久久的怀想。这就是诗歌的魅力，也是诗歌撬开了我们封闭的记忆，记忆让诗歌有了意境，诗歌也让记忆瞬间升华成美和感动。

这是如水的诗歌中温情的部分，贯穿着一直到底的善美和感恩。因此诗歌有了温度，有了温柔，更有了微芒和澄清，还有宁静又纯净。当然这背后支撑的是诗人的善良敏感和多情，所以他诗的触角不往前走，而总是向后向记忆漫溯。

重返记忆就是重回诗意，能保存的记忆都是凝结了我们情感的事物，怀旧就是去捕捞曾经让自己情感燃烧的生活，让自己刻骨铭心的岁月。所以记忆就是诗。走向记忆，就是让自己逐渐地变小，变回童年，变成咿呀学语的小丫头或小小子。然后再在诗歌中逐渐长大。这样的诗歌到处都是情感的地雷，读者也心甘情愿地跟在诗歌后面专门往引爆点上踩，通过别人的诗歌和记忆，寻找和感受自己的情感记忆。这样作者和读者就在诗歌中相遇，并一起让诗歌完美和深化。

从审美类型上说，这样的诗歌是属淡远的，像远村上空袅袅的炊烟，轻描淡写，但让我们牵肠挂肚，翻江倒海。这是我们相同的记忆和情感被击中了。诗人努力的是让诗歌像婴儿眼睛一样明净清澈，视线单纯直接，让记忆中的事物直接呈现，而不隔在词汇的眼罩里。

2

与淡远的诗歌呼应的，是一种洗净的诗歌。它们的骨子里都是朴素，而且写作的方式也极其类似，那就是白描和速写。前面那种风格是通过回忆具体的人和物来抒情，后者是努力把情融入景物，让主体与客体合一。洗净的诗歌像沉淀后的秋水，清澈又澄净，整个诗境更贴近《二十四诗品》中的"冲淡"。冲淡中有两句叫"饮之太和，独鹤与飞。"和"阅音修篁，美曰载归。"翻译过来就是"诗歌饱含着自然的气势，像伴随幽独的白鹤一起高飞。"后一句是诗歌"好像响动的翠竹，柔声呼唤你同归故里。"这是对冲淡品格的形象解释，用在这样的诗歌上，是说诗歌像一幅水墨画，自然清澄。这诗歌是一块大棉布，洗净了，在空中晾着，像一颗心在渐渐地澄清，贴在身上又无限的温暖。这也是极致的素朴，还有实诚和低调。所以洗净的诗歌像甩去了水分的粮食或者是刚刚烧制完成的玻璃，不再火星四溅也不纷纷扬扬，情感和诗境都是向内收缩着，像越攥越紧的拳头，结实而有分量。

这样的诗歌读起来，有种清新扑面的感觉。像平原深处的青草，鲜活蓬勃，还带着大自然的呼吸和芳香。这符合我一向提倡的素而洁，真而水灵的诗歌品质。譬如《秋月》："站在村头看你／你是一盘石磨"，"站在田间看你、你是一颗饱满的谷粒"而"站在小巷看你／你是老屋的门环，无论多深的夜晚／只要轻轻叩动／母亲／就会应声拉开门闩"（吴煜诗）。诗歌干净宁静，同时又亲切朴实，暗示母亲就是家就是故乡，只有回到家灵魂才能彻底放松彻底解放，诗歌才能找到根。这是凝结在文学作品里巨大的乡愁，也是所有诗人心中化不开的情结，谁撬动了它，谁的诗歌就呈现出大感动和大美。

望秋与回家，让诗歌饱满又寥廓，简单又自由，这就是诗歌的洗练之美。洗练是方法，也是意境。对于诗人来说，洗练意味着对杂乱和粗糙的语言筛选和磨制，还有对细节和情节的锤炼和搭建，当然还有最关键的是要有对万物细致入微的关怀，因为只有以虔爱谦恭的心去抚摸万物，才能映照出天地的辽阔，只有怀抱朴素并让诚朴浸满身心，才能参悟到诗歌的精髓和灵魂。

这一切说明诗人最应该是一个不忘本的人，是一个有方向的人，心中有故乡，诗歌便有血液，有生命，有永不衰落的爱。

自然与浩然

1

诗人需要时不时地灵光闪现，这灵光能撕开读者麻木的神经，让人有昏沉中一惊醒的感觉。比如写青稞从播种到成熟直至被酿成酒的诗歌，很容易给人呆板平实的感觉，但诗人的灵光来了，诗歌立刻变得婉转清丽，犹如黄昏时悠扬的笛声，让人递上耳朵的不仅是注意力，还有被洗涤干净的心："如果我愿意／那么在垄上戏耍的青稞苗／就会像淘气的小姑娘／躲猫猫般藏于我的身前身后"。还有"青稞，这些美丽的小精灵/开始在初春的寒风中/渴望成为一束大地上的火苗"（周占林诗）。

原来诗人要把高原上粗壮的庄稼演变成水灵而清秀的女孩。所以语气温和，似乎故意压制了粗大的嗓门，语调亲切而柔软，多情而缠绵。所以要体会诗歌中的美妙，最好是慢慢地读一下，随着声音的轻柔而起伏，一种来自青禾的清香和高原自然的气息就会弥漫心灵。有此效果，这是因为诗人没有在让青稞怎么产生新奇的寓意上死磕，也没有故作寻找意料之外的突破，而是改变了语气和视角，把庞大的细微化，把硬的变软，把死板的灵活化，尤其把粗粝而苍茫的青稞拟人化情感化，这就让这么一个平实题材的诗歌有了活力，有了灵气，有了肌肤之热气。这一切让诗歌变小，也就是用具微写笼统，用稚嫩替枯朽，用可爱娟秀的小姑娘更换愚朴村妇一样的高原庄稼。于是诗歌的意境就变得美丽葱郁而朝气蓬勃起来。

如果用司空图的《二十四诗品》来对应，诗人的写作属于实境，就是取材直朴，构思用语也不艰深，但是诗歌真情实感，脚踏实地。同时为了让诗意飞扬起来，诗人又在叙述方式上力求流动和委曲，像清水奔流，鲜花吐粉，还有车轴不同的转动。于是诗歌就有了动感和清亮，更有了大地的香味。所以这样的诗歌以视觉取胜，经过诗人修辞的整形，诗歌的意境清秀而娟丽。像一个没被红尘污染的女孩，清纯又清澈。这在当前阴霾太重的诗坛是一股可贵的清泉，一角奢侈的蔚蓝。

2

一个有趣的现象是，与前面把诗歌变小相比，还有种诗歌却在努力扩大，从具象抽出放之于人类以及万物中都适宜的真理。这样的诗歌不论是体积还是意义都呈现宏大浩荡之状。这在写作上叫拓境，向四周拓展，向下挖掘。即使找到万物中的真相和真理也不止步，因为他要把诗歌变成导弹，并点燃它，让诗之核有炸弹的效果，摧毁那些扭曲的恶的不人性的不合理的东西。所以上节的诗人在把诗歌变成小女孩，这节的诗人是把诗歌变成饱经沧桑的智慧老人和哲人。一个以温情感人，一个以力量撼人，方法不同，但让诗歌言之有物并有血有肉是他们的共同归宿，也取得了同样的效果。

这样的诗歌既有气势，又有气概。前者如"天风浪浪，海山苍苍"的豪迈，后者则是拍剑自叹，仰天长问："大道丧日，谁为雄才？"这是诗人的情怀，对万事万物的关怀和悲悯。所有这些让诗歌流速很快的同时，又散发出肝胆的热度和光芒："你，是掺杂了兽性的人类／兽，最怕具有人的思想／／……谁说／兽永远是兽，人有时却不是人"（东来《白狼》）这篇与狼对话的诗歌中，一直交织着探究与批判，反省与自省，拯救与自救。狼中有人，人中有狼。以上几句说明狼性与人性已经模糊并混为一体，甚至人还不如狼。人一旦失去人性，其破坏力和邪恶程度都远远超过了狼。所以诗人写作像磨剑，一下比一下狠，一次比一次锋利，最后出手见血。

诗歌做到这样，便响着冷峻的鞭挞之声，同时又含有悲悯与救赎的深情，而且读起来也不生硬不抽象，这是因为理性的锋刃包裹在情感的抑扬顿挫之中。情感在催化着推涌着诗歌的快刀去愉快地割瘤放血。让人重归真诚自由，重回人性，并拒绝异化。这是诗歌的核心，也是诗人写作的价值和意义。

所以诗人不论是写狼还是羊，抑或写其他所见之物，都是在追索真理和释放情感。诗人由此出发把思索的履带碾向更广阔的空间，和未知的边界。让人不仅获得了思想之重，情感也随之畅快地喷薄，从而得到释然和轻松。这样的诗歌丰满而壮美，我视为对传统写作的一种丰富和突破。

需要强调的是，前面提到的两种诗歌都回荡着一股"气"，前面"变小"的诗歌是地气，是来自大自然的生命之气，让我们闻到了生命的根的气息。诗歌沾染了这股气息，便有了生命，有了生长，有了生命的生生不息。后面"变大"的诗歌更多的是真理之气，一股胸中蹦放出来的浩然正气，这是儒家的精髓，正义感同情心，责任与忧患，所有这些让诗歌恢复了荡气回肠的传统品质，让诗歌重返精神之乡。

失火

(情感失谐之火，以及衍生出的缺失和幻觉)

精神创伤成就艺术创作

写作也是对自己的一种援助，尤其是作者生活不顺和精神创痛时期，写诗就是医治精神创伤的一种良药。诗歌就是诗人情感的缺失性体验与孤独体验的外化和结晶。具体作品上可能出现更多的幻觉、跳跃、隐喻，以及意料之外的语言的张力等等，造成阅读上的巍峨和生涩。其中一些语言如果不了解作者的背景很可能形成令人望而生畏的奇峰峡谷。

有以上的认识来源于我读陆健的长诗《仓皇的向日葵》的联想。梵高生前一直在忍受着贫穷、饥饿、歧视、失恋和疾病的折磨。此诗以梵高的口吻述说自己的命运："天才是人类的疾病/我不是天才/我这被解剖和透视/揍得鼻青脸肿的家伙/一直在别人活剩下的生活里活着"，"艺术家是群没有用的人/艺术家是等待称赞与荣誉的人"。

我们可以把这看作是一个艺术家的呐喊和挣扎，中间包含着愤怒渴望和坚定。大多艺术家命运就是这样，忍受着不公白眼磨难和孤独，但他们却给世界留下了无与伦比的大美。能把诗歌写得这么沉郁深刻，陆健的生活和情感一定也遇到了梵高遇到的创痛。苦难让他更深刻地理解了梵高的灵魂，梵高是他的知音。在体验梵高的同时，也让他对诗歌有了更刻骨的认识和升华，他触摸到了诗歌的骨髓，也感到了命运的力量。此时诗歌既是他的苦难也是他灵魂的慰藉，更是他永不放弃的亲人和情人。所以梵高的命运正好契合了诗人自己的命运，主体和客体合二为一了，人生的况味和诗歌的意味就自然地结合并传达出来了。

幸福出诗人，痛苦出大诗人。因为恋爱中幸福的人每个人都想写诗，不论会不会。但是痛苦中的人更能写出好诗。痛苦中的人更能触摸到生活的本质和诗歌的精髓。幸福和痛苦都是释放，但幸福的诗歌像水满了，渐渐地溢出来。而痛苦会像山洪突然地冲来，在你毫不防备的情况下摧垮堤坝，四处泛滥。所以因痛苦而成就的诗歌更具有冲击力和杀伤力。

譬如陆健在写作《不存在的女子》的时候，正是人生的低谷，所以这些诗歌就像从他自己身上撕下的血肉。他在诗中在寻找痛苦的根源，并感叹人在爱情面前的无力，以极端的方式走向爱，以拒绝的方式拥抱爱。爱情是妖艳的罂粟花，是动听的永远不能抗拒的魔笛："爱情，你像夜间／院子里咚的一响／兄弟们全都挺起身来"。

没有深刻情感体验的人是不可能做出如此绝妙的比喻的。爱情，使人惊恐，却让人永远专注；使人畏惧，又让人永远地为之赴蹈。哪怕爱情粉碎过多少人的心灵，依然有人会开启寻找她的灯盏；哪怕风雪就要覆盖人们的头顶，也会有人依然点燃爱情的火焰。作者对爱情是彻底的，并以绝对的自毁的方式爱护着这一切。这是刻骨的声音，我们可以视为浪漫主义的最后高蹈。生命无谓短长，只要有了爱情，生命便有了质量。瞬间即永恒。

揭去五光十色的蒙蔽后，我们在这些诗中会看到一个生活在迥异于日常生活的另一个意义世界里的诗人。一个永久地拥抱内心，真实全面体验痛苦的诗人。爱情在这里不再是完美无缺的圣坛，而是散落在灯光下的碎片。这里爱情失去了和谐、幸福和欢愉，而充满了呻吟、惊惧和破碎。

真实的内心体验在技术上会抛弃一切人为的技巧，拆掉了语言的栅栏，随着心灵的起伏，倾诉，倾诉，再倾诉。它不在意倾听者的表情，其实他根本就不需要听众，甚至于自己。他像一个精神漫游者，以宿命般的声音释放着自己的梦魇，像把海绵里的水挤出来，他凭借着诗把潜伏在生命中的冲动与疯狂、痛苦与绝望、期待和中伤一股脑地释放出来，从而使受伤的心灵得以医治和释放。

诗在这里不再是沟通世界的渠道，也不是独立的审美形式，而仅仅是记录诗人精神历程的符号，就像承接洪水的河床一样。这里诗的社会功能淡化了，诗歌的"个人化"倾向则加强了。正因如此，诗歌才更真实，更能打动人。

但是太纯粹了易于破碎，太干净了易于污染。诗人的敏感和善良一旦受到伤害，便会跌入痛苦绝望的深渊。从心理分析的角度讲，当一个人的情感受阻，便会产生一种缺失性的体验（心理失衡），为了获得满足性体验（新的平衡），人就要找到新的力量来支撑倾斜的情感。对于诗人来说，他摆脱痛苦和焦虑的方式就是写作。通过写作，摆脱压抑获得灵魂的解放和自由，达到平衡、充满、安详和安静的境界。

爱情诗就是诗人在倾斜的时间里，寻找心灵支撑点这一过程的真实的记录。他们因心理缺失产生渴望，进而在他们的诗歌中充满了幻觉、错觉、时空颠倒以及呓语和梦魇。在这里，臆想与现实、宿命与反抗、敬仰与畏惧、惊恐又流连、自卑又自恋交织着。使人一不小心，便掉进真实与虚幻、历时与共时、狂想与预感的陷阱里。

痛苦会让人产生幻觉，把虚拟真实化。在《不存在的女子》一诗中诗人想象在远方，一座安静的小城有一个女子淑贤无双，她常常地给"我"写信，"我"也被她思念感动得热泪盈眶，而她很快就绾好美丽的头发来了："她活泼、可爱，有时／静静地如同端坐高处／似乎我早已和她／一道生活，美满和谐／生儿育女她抿唇羞涩/太阳就是从我胸中/升起来的，我多么爱她/多相信周围的人们//墙壁与街衢到处光辉/一年里我度过整整一生/记忆中确确和她/白头到老了……"

这亦真亦幻的讲述，使我们觉得仿佛真的有过这样一个梦境般的节日。其实这只是作者更深的孤独中的一种幻觉，是心中期待的形象化。这里，真实与想象的界线被诗歌消解了。使人堕入"盲瞳"之中。尽管这女子并不存在，但这是作者理想的爱情，也是他心灵生活的全部内涵。我们不能把这些视为精神的乌托邦，我们更应看到作者不因受伤而失去期待和力量。同样在这温馨的叙述中，我们看到了血与肉，苦与泪，还有那颗满满的无处奉献的灵魂。

其实，没有人剥夺爱的权利，可我们为什么总是在歌唱的时候失去了旋律，在说爱的时候失去了爱。为什么理解不能被理解，呼唤不能照应呼唤。世界破碎了，生活残缺了，为什么我们仅仅剩下的一点又被掠走！为什么在我们伤痕累累的心上，留有亲人的刀痕！缺失性体验的爱情诗正是通过这些失谐的旋律，无序的倾诉向人们暗示这些人生的困惑和情感的不平。其实爱情的残缺说到底是人性的残缺。修复这人性的裂痕就必须让每个人都无私地奉献出宽容和关怀，理解和爱。

但是不是任何人都能把痛苦衍化为艺术，也不会有人为了艺术故意去寻找痛苦。只有那些经历了苦难的炼狱，并把自己的痛苦不断上升为对整个人类的同情，并带着出众的智慧和不泯的良知的人才能够在痛苦中发现美，并最终转化为美。

当然诗人不是通过诗歌来逃逸，而是想通过诗歌把痛苦化作艺术的彩虹，在艺术的摇篮里让自己和许许多多受伤的心灵获得平静和抚慰。

屠格涅夫说："所有的艺术家都或多或少有一番不幸的遭遇，幸福的艺术家在人世间是没有的。幸福就是休息。而休息则创作不出任何东西。"

对于诗人来说,在邪恶和空虚的社会里,写作不仅是他医治心灵的良药,更是一种心灵皈依。正如释放的目的是让心灵找到一个平静的栖息地。通过写诗,他视创作为创造,而创造将给他带来无穷无尽的欢愉和心灵的安适和充实。

这正如福楼拜说的那样:"唯有创造才是欢乐,唯有创造的生灵才是生灵,其余尽是与生命无关而在地下飘浮的影子。"同时,在皈依诗歌中,他找到了精神的家乡,获得了充满、自由和宁静的感觉。诗歌那旷远澄明的境界感染着他,净化着他,使之襟怀开朗,心境平和。从而心灵找到了平衡,灵魂得到了拯救并透视出一种人格的力量。

情感爆破与心灵渴求

1

有人写诗犹如井喷,迅猛强烈,且不点自燃又连绵不绝。这不仅因为情感堆积得太多,更因为压抑得太久。这样的诗歌是主情的,即情喷。恰如井下的爆破音,那是一种情感被炸开且迸溅的声音,真切、灿烂、尖厉和颤抖,带着灵与肉的痛楚和舒坦。一个人注意力太集中就是聋聩,让诗人无视于周围的表情,甚至自己的语调和姿势,这无意识下袒露的情感更真实:"你给我烟,不给我火/你给我床,不给我夜晚/你给我一纸契约,上面没有一句允诺/你拉过我的手,可它没有力气了"(胡茗茗诗)。这里,我们看见激烈的情感后面,是诗人的无助无奈无望,还有由此产生的巨大的空和更强烈的渴望,这渴望就是洪水,借助着诗歌的渠道,让囚在生命里的黑夜和白昼、自尊和叹息,还有豹子和雄狮一起越过诗歌的栅栏。这力量就超过了诗歌本身,它来自诗人如火的情感，和因爱而更汹涌的心灵。

所以，诗歌最大的魅力在于光鲜外壳下的情执和伤感。也正因为对情感专注到执迷不悟的时候，感情就裂开了伤口。伤感就是美感，尤其女诗人的伤感更让诗歌有了怜爱和柔媚。执情和感伤让诗歌有了锋利的刃，只轻轻地一掠，就满是伤痕。这来自于诗人无爱却依然要执着的爱，希望陨落却依然要举起希望的心灵。这让诗歌看似火树银花，其内核却是落寞和沧桑，这是对人生的无奈，命运的无措，还有将爱和渴望推向极限后的灰烬感以及寒霜感。这样的诗歌看似饱满，其实源自于情感缺失。

正如上一篇说的，当一个人的情感受阻，便会产生一种缺失性的体验，写诗就是疏通和填充，而且写得越多越猛烈就越有力量。譬如这首《孤独》："许多深夜／我将电话打进无人接听的办公室／幻想能听到'喂'的一声／不管是人，是鬼／我都将附在他耳边／大声地喊出——'啊'！"（胡茗茗诗）。看似恶作剧，其实是摆脱痛苦和焦虑，获得灵魂平衡、充满、安详和安静的方式，哪怕仅仅是瞬间，也能让生命解套，让诗意耸起。

所以创伤对于诗人来说，是一种灵感，是创造的材料也是创造的力量。就像春风催动着草木萌生，创伤也推动着诗人将痛苦和伤感变成诗，而且是非常有冲击力的诗，是那些迷醉在甜罐子里的所谓幸福的诗人无法完成的诗。

也许痛苦在诗人真实的生活中子虚乌有，因为这创伤埋伏在诗人的皮肤下，是感觉而不是事实。或者说这痛苦就是诗人来自于在内心不断储积着的爱，满满的了，又无法奉献。这是诗歌的源泉，也是驱动力。但不是任何人都能把痛苦衍化为诗，也不会为了诗而故意痛苦。它需要诗人要有一颗超越苦难的达观的心，同时还要对诗歌时刻保持着灵慧和敏锐。这对于诗人来说并不难，天生的善感敏感，总能让他们感受到别人感受不到的神经被刺痛，这让他们能迅捷地在不易觉察的变化中嗅出诗意，并在诗歌中演化成出人意料又直逼咽喉的想象和比喻，以及准确地对意象词语游刃有余地拿捏与出击。

2

有一种诗歌，就像绿草茵茵的沼泽地，读着读着，不知不觉你的感情就陷进去，而且越陷越深。所以诗歌是有引力的，哪怕你是铁石心肠，只要你走近它，你就会被吸引，直到你的心你的感情全部被吞噬。这样的诗歌就是心灵搅起的漩涡，犹如巨大魔力的百慕大三角。但仔细看，这样的诗歌并不神秘，更不炫目。相反却素朴如布衣，其语言就是日常的说话，没有拿捏、花腔和吊嗓，这是洗尽铅华后的朴素与自由，只有至顶的高手才敢于这样散漫与随意。没有比喻，更不用形容词，每一首诗都是在说，直接说。我把这理解成中国诗歌写作最高的方法"赋"。开门见山，直截了当的叙述，让语言与意义之间没了障碍。诗人之所以有这样的胆量是因为自己的每一句诗都是在掏心，都是情感灌满后溢出的滚烫的水。真话、剜心的话又带着情感的热度自然会烫人，且让人摇撼甚至迷糊晕眩了。

这得益于情感的充溢，感情足了，表达就不用拐弯了。诗人不但情真，而且情浓，感情真挚又浓烈激烈，当然不需要技术上绕来绕去了。这里语言不过是情感的载体，情感和心灵只是借助它呈现而已。所以找个关键词来形容这样的诗歌，那就是：柔化。就是以情撼人，以柔克刚。在温柔的不动声色之中，把你笼罩，把你诗化。譬如靳晓静的《老灵魂》通过"晚睡"的习惯追忆喜欢夜来精的童年，还有柔情似水、幻想如花的少女心灵史；《我写下你们的名字》和《我吃惊那些面庞》通过对先辈名字和故乡亲人的漫溯，让我们感到了血缘的神奇和魔力，其中亲情犹如一张隐形的大网，缚住了诗人和每一个读者的心灵。但诗人倾诉的过程并不语花飞溅，而是仿佛在纺一根细细的心灵之线，轻轻地柔柔地将自己和读者的感情缠在一起，让人甘心情陷其中，接受这情感的透析和净化。因为世间没有什么比亲情更强大且永恒，谁触碰了它，谁就捅开了情感的泪腺。

诗人在亲人面前，总是不能自持，总是自动地激荡甚至要决堤。从心理学上讲，情感越猛烈心灵越空落，越需要也渴望补充。这不是说诗人生活中缺少亲情，而是这缺失来源于内心的希望更大，生活中你可能被亲情围绕，但你感觉上还是不够，还需要更多更充足的来填补。另一方面时空的距离也是巨大的坑，需要更多的感情来填充。所以在这样的诗歌背后，是一种渴望融入渴望平衡的情感冲动。

这样的诗歌都是从自己出发，从自己的身份和命运开始。像靳晓静写《记忆：1978》和《记忆：2000》这样的大题材作品，其中调动的依然是一个少女对自己命运的忐忑、热烈，还有惊喜和期待；而后者则是一个成熟女人在爱情面前依旧的激动喜悦和情不自禁。这才是真正的个人化和女性写作，因为我们看见的是个人的情感在流淌，感觉到的是只有女性内心才有的母性的细腻敏感多情和仁慈，那些时代的迁徙和寓意都融化在靳晓静喃喃自语之中："我仍记得　千年之交的日子里／我带了一个盲人过马路／记得拐杖敲在大地上的声响／他要去哪里我不知道／而我却是——回家"。

回家，是所有诗人写作的归途，更是他们心灵和爱的故乡。这是起点，也是终点。

苦难的心在写幸福的诗

"颤流"，美国用这个词形容歌手的声音既有力量又起伏连绵不绝，从而笼罩和统摄全场。把这个词用在诗人的写作上，我取的是因颤而流的意思。颤得激烈，流就有力，且长快猛，直捣阅读者的心灵里去。

所以这"流"不是水，而是电。诗中有电流，读者就要被电击。那么电从何来？"颤"又因何而颤？这就回到了创作的主体上。每个诗人都在发电，但强弱不一样。能让诗歌颤并浩荡地流起来，不仅需要诗人丰沛的情感，更需要诗人进入电火四射的状态。诗人在诗歌面前一直是激动亢奋以至于沉醉和迷狂，这让诗歌气血充足，气脉激荡且翻滚起伏，诗歌形态就饱满炽热，颤流就如有首诗歌的题目一样"像蓓蕾周转不息"。

写颤流的诗歌都是一气呵成，而且流速疾而强，诗歌充满了冲击力，让读者不得不节节败退，最后被诗中的颤流击倒："……生自然，死自然。表情自然，安眠的人自然/离开枝头的白菊花自然，墓碑自然，说出与未说出的思念自然/哀伤自然，平静自然，泥土和青草自然……天空，无边无际。死亡，无边无际/三五成群的麻雀啁啾着春光/天格外蓝。在这羞愧的人世/我替死活着……"（宫白云《满山的绿都在喘息》）

尽管因篇幅有限，这里做了节选，但依然能感觉到其中一波强似一波的气流，直到最后才戛然而止。犹如一列狂奔的快车，突然掉进了悬崖。然后是一片寂静，黑暗，空旷，还有无边无际的思绪。诗歌的车轮断了，但情与思却继续滑翔，并向四周滋生蔓延。这是气流在盘旋，在重新凝聚。于是关于生命以及人生的重大问题便像子弹一样穿过了我们的思想："在这羞愧的人世，我替死活着！"

诗句犹如快刀剔肉，肉尽了，骨头透出来了。只是这骨头有点冷有点尖，扎在心上有点疼，但因触摸了真而让人清醒。

诗歌因激情而颤流，但颤流的诗歌要抵达的还是理性的本质的一些东西，譬如生与死、时间与存在、有限与无限、人性与异化、此在与彼岸等等重大的思，这就让诗歌充满了哲学的意味。所以诗人往往从大处着手，从抽象的思出发，去一层层揭开万物的皮肤，让万物的核心也就是骨头露出来。譬如宫白云的这首《时间不是流水》，大部分是一些大词，一些概念，如果走马观花地阅读，你会感到有点空。但是当你读进去，你会发现诗人只要结局，而省略了过程。她写的都是时间流失后的种种状况，这些状况让她情感翻涌并颤动，于是就从结局写起，写时间带给万事万物的结果，从而明白生命以及我们活着的真相和意义。所以看似空，其实是筛去了人世间那些有形的细小的东西，同时也由于装载了太多大而本质的思考而让我们无法说清：

> "……空空作响：空过前朝，空过今世，空过空欢喜，/空过不离不弃，空过空后，空/仍在空空如也的空里打转……/远山开始葱茏。由于绿，我感到那片墓碑仿佛/变得苍翠。/由于远，我感到双足仿佛迈得无边无际。"

确实有点大而空，虚而远，但是这就是时间带给万物的结局。其实这也是生命和万物原有的本质，只是时间充当了使其显形的刽子手：不管我们爱我们恨我们纠结我们撕心裂肺，"一个人的百年，/什么也不能收留，却缠得这般不倦。"

诗人总是这样，用澎湃的激情把你席卷上浪尖，然后再把你重重地摔下来。前面的疾驰和沉醉最后都是让你摔得更疼，因为只有疼才能让人醒悟。这就是真相。所有的真相都不灿烂，真相是一柄剑，冷峻平常，要赋予它意义，就要理智地对待它。譬如时间，尽管它无情，空而茫，但我们还是要给疾驰而去的微小的生命不倦的爱，并去握住，去填充。这就是思的结果，也是诗人诗歌的方向，和要去的目的。

所以有时诗歌看似伤感，但不悲哀。看似弃生，其实是醉生。这是诗人明白在时间和生死面前，人无力达到的地方太多，抻长时间延长生命的方式就是写诗，写诗是诗人对抗时间和世俗的一种方式。努力地从庸常的生活中超拔出来，把天与地、生与死、爱与永恒、诗歌与生命作为主题，让人世间的烦恼譬如柴米油盐等消融在重大的思考之中。好的诗歌有人间味，但不陷进去，甚至诗人是在高于生活之上的地方俯视着芸芸众生苦乐烦忧，拎着诗歌向高处走，诗歌被淋得干净而空灵，庞大而虚远。沉醉在诗歌里面，诗人的生命也随着诗境升华。

写诗是幸福的，幸福又让诗人的态度无比的专注。颤流就来自于诗人对写作全身心的投入。诗人与写作是恋爱的关系，爱让诗人激情偾张，并一泻千里。但诗人深谙写作之道，知道只打开闸门放水奔流那样太平坦，还要让水跃起成浪。所以诗人总是在诗的急流而下时，突然凝一下神，让天才的句子跳出来，让诗歌陡峭起来，让读者吃惊一下："花朵那么红，小小的心越来越小，小的像身边的小猫，舔自己的手/温热的鼻息扑过来……"。

诗人也深知只一味地仰望星空就显得虚，要时不时回到人间捡些烟火，这样诗歌才能有高度又接地气。于是在笼统地放任感觉流露之后，情感开始收紧，并颤起来，越来越揪心，越来越锋芒："谁是那个可以抱头痛哭的人？/世上有多少寒凉，就有多少无望的等待。/我必须接受这倦人的安静，挑拣词语中的骨头、血和肉。/尽可能快地把空白处填满。"

诗到此，情感已经饱满并锐利。所以诗人写诗更像铁匠打制锥子，先是烧红拷打，最后把铁捻成尖，扎在读者的心上。

这也很好地解决了诗歌中远与近的问题，诗人与生活太远诗歌就变得虚而玄，太近又过于狭隘和俗气，只有不远不近若即若离，进得去出得来，诗歌才能既有理想又接地气，既有生活的滋味又有诗歌的意味。

好的诗歌都与心灵有关，都是心灵里的血与肉，所以它的颤流才那么剜心，才那么丰盈。当然诗歌的丰盈并非等于诗人生活的丰盈，诗歌能这样放排般地倾泻，恰说明情感的空乏，诗里很浓很厚的情感，正是诗人内心孤独的黑洞，等待着诗歌的阳光和白云来补充和改造。而我们在诗中陶醉感动并幸福着，其根源就来自于一颗苦难的心写出的幸福的诗。

（文中引用诗句除署名外，均为宫白云作品）

写诗就是卸下心灵的重负

1

确有一种天生的诗人，他们几乎没有准备和训练，上来就会写，并且质量强于在诗坛厮混多年自鸣得意自以为是的诗人。这不是玄乎，是互联网唤醒了这些人的天分，也开启了他们潜伏的才智。比如玉上烟、宫白云、夏花等，在上网不到一年的时间里，凭借诗歌的质量和数量，立刻成为网红，而且把中国有名的诗刊、文学杂志扫荡一遍，而且发表的都是组诗。这对传统的文学生产模式来说确实是个奇迹。

但是，互联网虽然为默默无闻的文学爱好者提供了与大师们一样平等的上位机会，最终决定他们能否杀出重围成为真正作家的是他们自身的天分和才智。这是个基础，也是基因，没这个后天再怎么努力也无法长成大一点的作家。尤其对诗人来说更需要先天的给予和素质。正如一位诗人形容的，他说诗歌是一匹黑色的烈马，它在人群里挑选适合自己的人当骑手，不适合的再主动也白搭。从这个角度来说，这些网红的诗人就是被诗歌挑选上的骑手，这犹如精灵附体，让他们的写作像井喷，每天都有诗歌诞生。

最主要的是他们已经找到了解开诗歌的钥匙，那就是直接，就是缩短语言与诗的距离，直抵诗，或者说言说即是诗，语言本身就是诗。这也是网络的大众阅读迫使他们不再为诗歌穿靴戴帽，甚至很少用形容词和比喻。尽量扒掉诗歌外面的虚饰，让真理裸现，让意义显现。所以他们的诗歌纯粹干脆，平实结实。看似简练果断，却能直抵要害。这是高手的绝技，也是诗歌最高的境地。对于只有一两年写作经验的诗人，能有这般理解和实践，只能用天才来"搪塞"。

看看玉上烟这首《自画像》，就知道我说的是不是事实："女人。妻子。母亲。女儿。/中国公民。保姆。无产阶级。涂鸦者。/忧郁。瘦弱。自闭。/有人说我是美女，请别相信。时间是块抹布，/我已面目全非。偶尔也流露些野性，江山易改，小兽的//本性难易。/有人说我善良，是的，我不忍踩死一只蚂蚁。/有人背地里说我风流，我回敬他：/吃不到葡萄说葡萄酸。我喜欢唱歌，/一个人。喜欢喝酒，一个人。/喜欢睡觉，/一个人。/在人多的场合，我喜欢露出我的小白牙，/天真地笑，不停地笑，/弯下腰笑，坐在地上笑，骄傲地笑。/但我不和你们交往，/我写诗。我写//女人。妻子。母亲。女儿。/中国公民。保姆。无产阶级。涂鸦者。/忧郁。瘦弱。自闭"。

我不厌其烦地全部引用出来，是想告诉大家这首看似随意散漫的诗歌，内部有很紧密的节奏，而且一下比一下快和紧。这节奏把这些散乱的意象穿成一个项链，起点和终点交接成一个回环。但后面重复开头的几句，其意义和情感已经不同了。开始是种子，后面就是结果，开始是沉默和凝聚，后面是开花和燃爆。像法庭上开庭前说我无罪，和审判完也说我无罪其意义和情感不同一样，后面的已经将情绪推向极致。所以这首诗看似平淡实际却很激烈，很真实地把一个女人现实中的状态呈现出来了，还有孤独无奈自闭又自嘲的情绪漫过心头。全诗几乎没有比喻和形容词，诗歌质地纯粹得晄晄作响。这让我想到为什么这些网红诗人写作状态一直很汹涌，秘密就是他们心里积攒了太多的风暴和积水，诗歌就成为卸下这心灵重负的方式和渠道。譬如刚才这位作者的心灵一直倾斜着，写诗就是扶正它。

2

正如前面说过的，倾斜意味着失衡，那写作就是平衡的工具。同时像物体反弹，越缺乏爱和幸福，诗人在写作中就会对爱和幸福更真挚和强烈。渴望就是写诗的潜动机。其实这些女诗人都是正常的女人，正常地渴望爱和幸福，然而这正常的欲求对有些诗人来说似乎很遥远。所以长久的失衡，让人产生错觉和幻想，而幻想就是诗。譬如玉上烟在《我就想把你喊醒》里写道："你们发誓/拥吻/燃起烈焰。满心欢喜/你们吵闹/哭泣/喝得烂醉。痛不欲生/你们紧紧攫住我/而我不会久留//你们十指相扣/嘴巴对着嘴巴/耻骨对着耻骨/空虚对着空虚/你们紧紧攫住我/而我不会久留……我享用你们的身体/甜言蜜语/伤口/我是你们的孤独/而我不会久留/你们松开/我从你们身上滑落/我成为碎片——/你们的"。

这情景有点让人想哭，不仅是因为诗透露出来悲凉感，以及幸福之短暂之碎片化，更是这一切都是幻觉。同时说明幻想得这么生动细致，可以想到内心是多么的空。这就证明了艺术就是让我们从虚拟的世界中，找到给我们心灵和生命补偿和拯救的东西。也就是弗洛伊德说的"艺术在我们的身上引起的温和麻醉，可以暂时抵消加在生活需求上的压抑"。诗人缺失性的情感在诗中得到了补充和平衡，也造就了诗歌和美，这是个人情绪的审美化，也是诗人通过写作对自身生命的超越和升华。

失衡使人幻想，孤独更把诗人逼离人群逼向大自然。人在人群中失语，便和大自然滔滔不绝。这在心理学上叫移情。玉上烟很多写大海的诗歌就是孤独情绪的转移，是孤独下的灵魂在自语。譬如《大海如此完整》中："你含着苦味的消息/翻过来覆过去，又撞向我/那汹涌的样子，绝望的样子，就是我/曾经的全部。……现在／我在你干干净净的沙床上／躺了下来／靠近你，倾听你，呼唤你……"。

孤独使大海人情化人性化。写的是大海，也是自己的灵魂。这也是一种补偿和调剂。人间无爱就泛爱自然。人在和自然的相亲相爱中得到了融合和净化以及提升。这让这些写大海的诗歌变得深邃深厚并有一层深沉的光芒。因为诗人的爱不是人简单的对自然的崇拜，还有来自自身灵魂里面的投影。是大海的波浪也是人的灵魂在喧响。所以诗人笔下的大海和人常常混合着，大海的波涛被人的情感驱动得深不可测。譬如诗人把一个被海水浸泡又遗落在海边的鹅卵石抛进大海后产生了许多感叹："……现在／它像从前一样，跌进更深处的大海／不再和像人一样的人对视／暗淡着，更暗淡着／孤独着，更孤独着／我忘记了它已经卸下风暴／忘记了它已经学会安静地呼吸，忘记了——／它，就是你"。

鹅卵石与人，大海与诗都缝合成一个整体。它就是你，你就是被生活和命运长久地浸泡，又无情地搁置在生活的沙滩上，暗淡着孤独着，无言又向往返回大海的鹅卵石。人还原为自然，自然物又幻化为人。人与物两隔，但揭示的真理是一样的。这样的诗歌会让人感到命运，感到心灵的震颤。这让她不论写什么都没有离开生活，离开生命。所以说诗歌就是生活冲刷时留下的痕迹，就是生活中发烫或冷却的泪水和心灵。这让诗歌有温度有知觉有人性，也让这些情感润透了的诗歌较之那些唯美的不着边际的作品更容易让人感动，而且具有了很真切的疼痛感和命运的力量。

3

诗人常常推己及人，将自己的感受化为对弱者的同情和对不公平和非正义的谴责，这让他们的写作具有了人道主义色彩和情怀。玉上烟有首情节跌宕的长诗《由子与我》，诗中由子是一个在美好的时代遇到的全是倒霉事的南方女人，她年轻时候离经叛道嫁给了北方比他大十五岁的男人，从此她的命运就一直在与生活搏斗，被打败的不仅是她的工作、婚姻、乃至整个生活，还有她的身体和感情。但一直摧毁不了的是她不屈服的性格，还有一如既往的善良热爱忠贞和吃苦精神。诗歌有关她的部分像电影中一场场情节高潮的戏，简洁而锋利，让人的心灵很容易淌出血来。

两个女人不同的生活由共同的命运构成了诗歌情境的交相辉映。两种轻重缓急不同镜头的交替转换，让诗歌不至于沉重得窒息，不至于让女人暗淡的命运密不透风。当然这首诗歌最本质的还是真实，就是人的命运的最真呈现。由子的悲剧看起来是因为她吃喝嫖赌的丈夫，其实根本上还是来自她的性格和千百年来牢固在中国女人生命最深处的观念和意识，看看这段吧："由子再忙也会涂上口红／她说这是身上唯一鲜亮的地方／……志逃难一样南下打工去了／由子开始喝酒，说粗话／低矮而潮湿的出租屋／瘦弱的由子患上了关节炎／／'由子，离婚吧'／'不，我刚买了橘红色的窗帘'／／刚上初中的儿子，像大剂量的抗生素／顽强地支撑着一个女人的生命……"。

短短一段，由子的性格和命运的必然性就跃然纸上。这来自于作者对由子以及女人命运的深刻了解、理解和体验。这里不仅是同情，更多的就是写自己，就是把自己对女人的理解和生活中的种种感受投射到由子的生命中。诗因此有了一种用刀刮骨的感觉。尽管这样，由子和作者的内心，依然保持着善良和希望，那是一种淡淡的光，像诗中她们一起瞭望启明星的感觉。这种善良和对弱者深刻的同情让诗歌有了温暖和泪水共在的感觉。就是泪水中有温暖，温暖中又有点无言。人与人，人与物之间的互慰互爱中，情感和世界获得了平衡。

所以诗歌让这些女诗人找到了平衡，在诗歌中做一个完整的有爱有幸福的女人。好诗人只有天赋只完成了诗人的一半，另一半来自比别人有更多的感受甚至苦难，真正的诗人是一个中了凡尘毒的人，在凡尘体验，并成为凡尘的受难者和言说者。

优雅与爱情

大凡读者都有这样一个心理，就是通过作品透视出的蛛丝马迹，去猜想和印证作者本人。越是喜欢的作品，越想了解作者是个怎么样的人。而诗歌离心灵最近，也最易于泄露诗人的隐秘，所以诗人更容易在诗歌中留下自己的影子。所以当我读到明显超拔于滚滚红尘之上的诗歌，就会猜想作者本身是不是一个超凡脱俗的女人？诗中的精粹明净是不是作者现实中的生活？还有语言下面奔涌的激流和惆怅，是否就是潜伏在作者血液里的激情和忧伤?!

想着想着，一个妙曼的女子就从文字中走出，带着遥远的十九世纪的高贵和彷徨，还有不染尘世的清风和晨露："我在梦中向你描述那只眼睛/就像描述/一个世纪前的爱情//它微微上翘的眼梢/坦白得像蜻蜓透明的双翅/向天堂渗透/决不沾染世上的粉尘/哪怕给它一张绿色的盾/它也只当作陌生的/面具，片刻丢失//它那么容易害羞/躲进海水深处，独自闪烁/只等着远方的哨声，和那颗/最亮的星辰出现//我在梦中/向你描述那只眼睛/你看见那光亮、那妩媚、那忧伤了么？//或许，今生今世/你再也见不着它了……"(《那只眼睛》)

我把这眼睛理解成作爱情的信物。它透明、不染粉尘、还明亮、妩媚、忧悒。它不属于现实的，因为它是"梦中的描述"并在向"天堂渗透"，它也不属于现在，因为它是发生在"一个世纪前的爱情"。而且从整首诗所散发的气息来看，超然得与现实隔着一个重洋。作者所向往的境界，属于遥远的梦想和过去。在诗人看来只有过去和未来才是最美好最纯净最诗意的，那诗中的雨露和芬芳，像沉睡在旧时代木楼梯的沉香，像月光下碎银的清香，还有点秋雨中梧桐叶子的迷香；有点忧悒但不悲伤，有点凛冽但不寒冷。诗歌满满的都是追忆和幻想。

这是一种远。远是筛子，筛去一切不如意，只剩下理想、爱和美。也就是诗，诗化了的现实。与不写现实中的事物一样，很多优雅的诗也不写现在的事情，诗的镜头对准的是经过淘洗后的往昔。过去的冬天和秋日，上个世纪的故事，巴赫的时代，朱丽叶的爱情，直至一百多年前巴黎的碎石路。尤其是十九世纪，看似过去时，其实就是高贵优雅的坐标和象征。于是，所有的情境和典雅都由这个时间展开和延伸。

十九世纪，那是个美好而纯洁的时代，男人想做君子，女人要做贵妇。即使生活变化万千，男女高贵的气质决不能降落。而那个时代最耀眼的风景就是骑士与公主的爱情。诗人尤其是女诗人继承了这样的品质，对爱情坚贞又坚定，感情激烈又深情。而且拒绝平凡和琐屑："昨日／我们焚烧／你是泥，我便是水／火焰是激情，一遍遍／将你我锻造、融合／直到我藏进你的体内／化为涓涓细流，轻轻吟出／／……／／你——／我废墟中诞生的爱情／你可愿，拂去泥沙，露出光华／来到满目青山面前／将我低声呼唤……"（《祭大窑》）

借烧陶来喻爱。即使在烈焰面前，最后一句，女诗人也没束住自己的柔婉。但这毕竟是爱情的宣言，态度一定要绝然和凛然，甚至宁可粉身碎骨，也要有使爱情完美的气魄和决心。这样的诗歌和爱情就像这陶器本身一样美丽和完满。但是不是也像陶器一样，脆弱得让人提心吊胆，激情烧制的爱情能走多远？

爱情与女诗人就像灯与光，亮了就是诗，熄了就是泥泞，一熄一亮就是呼唤和倾诉，就是美渐渐烧制成形。爱情就是女诗人的命，就是不直接写爱情，她也用爱情的关系来比喻和切入诗歌。人与自然，世界与万物，她都会以自己深陷其中的角色倾诉和表达。在她眼中爱情无处不在，又孤独世外；幸福无边，又怅惘无限。但不管爱情能否实现，是否完美，她决不妥协决不堕入红尘，决不低下高贵的头颅。这就是诗歌优雅高贵的内驱力。所以女诗人写的爱情虽是男女情爱，更是她抚摸世界与世界对话的一种方式，是一种隐喻："你不打算走了，我知道／打从这根幽秘的触须从窗外探进的一刻／我就清楚地知道／可是，我是多么枯燥无味啊！／／掐指算来／过去多少个斗转星移的时日？／你替我采星光数风景／打开皮肤的拉链看体液浸透的碎片回放……可是，我曾经昆虫般纤敏的情感梦一般的冰蓝去了哪里？／而手头的筹码只有一个／就是爱／我暗自忧伤／这个夜晚／我看见你从窗外伸进的触须又前移了一寸"（《窗外》）。

树枝喻人。借树枝对自己的爱人和爱情讲述澎湃的情感和对人生的万般滋味。诗歌也突然有了万种滋味，是那种深远又无孔不入的况味，那是一种哀愁一种期待，一种弥漫的伤感，一种旷阔无边的怅惘和又不能放弃的瞭望。挽歌似的写作证明只有女诗人才是永远的抒情诗人，那种疼痛和惆怅在诗中苏醒并飘零。很纯粹，像她们的内心，干净纯洁柔软，也许一碰就碎！

这一切让我们想到诗歌的主人公确实不应该生活在当下这个乌烟瘴气的时代，她们也确实应该住在十九世纪的海边或者森林中的城堡里，面前是鲜花、蜡烛、壁炉，也许还会有一架钢琴。一个穿着宽大而又华丽衣裙的女子，正站在窗前，面对黄昏，吟诵着石沉大海的诗篇。而内心却等待有位骑士正打马而来。

现在早已不是诗情画意的时代，没有骑士也没有贞女，更没有了浪漫的爱情。爱情在欲望和捉襟见肘的生存面前变得那么肤浅实际并脆弱得不堪一击。但是女诗人们没有放弃，她们把爱情视为一个理想，也把理想看得像爱情一样纯净和宝贵。她把这些品格都写进诗歌，用诗歌保护着这人性中微弱的光芒，并用诗歌来给自己竖一道与世俗的屏障。诗歌对于她，是对美和理想的坚持与守望。

　　而坚守的不仅是她们人生的立场，还有诗歌的品质，和顽固不化的传统的诗歌原则，那就是永远的抒情，永远的美，永远的高高在上。并用尽全力挖掘内心的宝藏，直到把自己点燃并化为灰烬。所以她们的写作并不考虑角度，而是直接的硬碰硬的抒情。失衡的情感给了她们无限的创造力，也让诗歌的节奏和流速变得短促而迅速，快而急。有时又随情感的凝滞而呈舒缓，舒缓如酥雨，慢慢地将眼睛湿润，将灵魂融化。这让她的作品更适合吟诵。

　　读这样的诗最好是冬夜，很深很深的时刻，雪花静静地飘落，炉火悄悄地升腾，孤独慢慢地滋长，心开始下意识地想念远方的爱情和不能相见的亲人："我要寻那彼岸零落的花瓣，去哪里/有谁能告诉我，当太阳西沉的时候……"。

　　　　　　　　　　　　　　　　（引用诗句均出自周亚的诗歌）

本火

（生命本能。包括原欲、梦幻、潜意识、
第六感、遗传，都是身体里的熊熊大火）

拒绝乌托邦与暴力美

　　世界上有三种从事艺术的人可称为天才，就是作曲家、诗人、画家。作曲家能用声音模拟情感，构筑意境，为文字附上血肉和灵魂，是天才的艺术家；而诗人能把那些最神秘的体验，无以言说的感觉诉诸笔端并为我们呈现出澄明的境界，让人感叹而又敬仰；画家则是用色彩和线条代替语言并省略文字，简言之就是以无言表现大美，所以他们也是能够撼动灵魂的人。这三种人都是以神赐的不可替代的天赋来创造自己的艺术宇宙，使其他艺术门类的人望其项背并仰视之。

　　我认识一位画家，画是一流的，同时又写诗歌，而且诗歌对于他绝不是一种业余的牙祭和消遣，而是他艺术宝塔的组成部分，他视诗歌为自己的另一只画笔，通过诗歌展示了自己完整的艺术风格，同时也以他特殊的艺术思维和生命体验，将他的诗歌带到独特而又独立的山顶，这迥异于主流意义上的诗歌，对于诗坛是一道奇异的风景。我把这明显个性化的写作视为这位艺术家对整个诗歌写作的一种补充和丰富。

　　大凡正统思维的诗歌，大都是发乎情止于美，并把意境标为最高的艺术追求。即使是后来那些标榜先锋的审丑的批判的叙事的诗歌，你还是能从中找到诗歌教义中那些写作的元素和技术伎俩，也就是这些诗歌基本还是在规范的诗歌渠道里流动。而这位画家的诗歌似乎从一开始就不遵守诗歌的规矩，他的思绪是漫溢似的，而且几乎看不到传统诗歌中那些尊贵的意象，譬如黄昏月亮稻谷故乡等符号，充斥在他诗歌中的大都是琐碎的不相干的有点陌生有点西化的形象和词汇，诸如玛利亚帕金森、神父、蜡烛、上帝、罂粟、生殖器，还有欲望、原理、生理、蒙太奇、亵渎、罪恶、预言、国度、尺度，等等。

这现代感很强的符号在很强烈的主观情绪的冲击下向四处奔泻或者干脆就是奔射，就像连发的子弹，锐利而轰鸣着。它所击中的是令人寒栗的目标，最终带来的是让人触目惊心的震撼。这就不是一般意义上的批判，而是轰炸，是全部的摧毁。当然他全部否定的都是腐朽的非人性的不合情不合理的种种，反之这些诗歌最终呼唤的正是要建设与这些非人道的生活相反的一切。

所有这些，显然与明门正派的诗歌不一样。那些追求美和秩序的诗歌最终总是主观地营造一个意境，一个虚拟的高于生活，但寄托着作者的理想和愿望的境界，这个境界是高尚的美好的在现实中不可能实现的梦想。为了这个无法实现的境界，人们衣带渐宽终不悔，甚至苦其心志，劳其筋骨，饿其体肤，但九死一生百折不挠。延伸一下这就是理想，古人称之为青云之志。同时这境界在诗歌中是可以看得见摸得着的，这就消解了诗人在现实中因欲望抑或愿望无法实现和得到而带来的焦虑和痛苦。

这美好的境界就是诗人们精神上的乌托邦。诗人们看不见却被它笼罩，他们用自己的真诚，把自己和诗歌从真实的大地提升到虚妄的想象中，为它陶醉并歌唱。当然这种追求并不耻辱，因为人天生有对高度的向往，而境界正是提升人的品位和引导人类走向文明的灯盏。

但是这位画家的诗歌显然不是这种风格的作品，他的艺术基因中更多的是对真理和人类生活真相的追问和探寻。他一开始写作就拒绝乌托邦，甚至质疑它，揭穿它。他上下求索的是——

真。所以他诗歌的触角像探测仪，一直要找到生活和人类生存的根和真相。所以他诗歌的终极不是美好的虚拟的意境，而是真理。可能真理是不美的，也是不愉悦的甚至不是善，但是只要真，只要是生活本来的、应该的样子，他就要把真相撕开给人们看。所以我们可把他这些诗歌理解成药品，把诗人看成医生，他是用他的写作来给迷茫的世界和病态的人生医病，所以他的诗歌具有启蒙的功效，他是通过揭穿谎言和表现人性的丑陋来医治有了病菌的人类，从而健康地走向文明。

这种方式显然不是传统意义上诗人的思维，传统意义的诗人是从现实和感情出发走向想象的境界。他则从反方向，甚至仅仅是从一个概念一个观念出发，走向现实和真实，而最终也不是让读者陶醉，而是让读者摇撼和惊悸。

这样的思考和思维，让他的写作一开始就充满了疑问和追问。他像一个寻根刨底的哲人，甚至像尼采，对世界和生活的种种现象发出诘问，质疑权威经书语录，包括上帝。这些作品表面看起来是写艺术家自己心灵的遭遇和挣扎，其实是写人类之殇，是写人类的命运和彻骨的痛以及最后的涅槃。诗歌内容和走向可归纳为世界、写生、冲动、喘息、生命、破梦、仙游、抱怨、幽默、阳痿、隐逸、涅槃等十二个片段也是过程，我们可以把它看成是生命和人类以及万物所经历的遭遇和过程。这里囊括了地球上所有的灾难和不幸，还有毁灭和诞生。它涵盖自然社会政治战争伦理宗教生理情感等等方面。

诗人全面梳理着人类所面临和经历的一切。表述方式正是以疑问开始，用怀疑鞭挞不可一世的权威和神还有冠冕堂皇的一切："……上帝老儿，终还是活了过来／狠狠狠狠报复了不能自己的尼采们……"还有"四季热衷于轮回／文字总聚在一起拼凑谎言／一个人忽悠一群人的智慧／一群人琢磨一个人的圆圈……"这就是对权威甚至伟大的质疑。而"蚂蚁用思想诱奸了大象……形式被形式诅咒着/伊甸园还是被后现代查封了"。这是更广阔意义的批判和揭穿，涉及到文明科技和自然，让人想起艾略特的《荒原》。诗人上下古今的求索，引进了西方和科学，也把中国古代的名人和典故都拿来修理一遍，那么最后怎么才能复活呢？那就是"归去来兮，乐天知命/该吃饭吃饭该睡觉睡觉……"

这是不是代表着回归大自然，和顺其自然？而"白云衔着金黄，在天地间划出了一线秋意/即便没有大雁南来的信息/也能在一首美丽的诗句中将幸福落定"。这段我理解成字——诗——艺术的功效和力量。因为前面顺其自然了，现在又尊重文化了，那么，世界人类生命就自然地涅槃了。

这就是这位艺术家给世界开出的药方。这世界尽管不完美，甚至很操蛋和病入膏肓，但是只要尊重和听从自然和艺术的召唤，伤会得到医治，这就是艺术拯救。诗人是从质疑和反叛的方向重新回到文明的巅峰上来。也就是从相反的方向向终极关怀殊途同归。

种族地域与诗歌的原型和气质

悲　歌

1

越是偏远小众的民族越能接近诗。但在他们的诗里，我们常常读到一种悲凉和惆怅。这不是悲观，是孤独感以及超出常人的第六感，让他们多了一双穿越时空的眼睛，对族群和世界倾注了更多的同情和怜悯。这是一种深沉的潜入血脉的感恩和热爱。它来自于记忆的起点，也是古老沉重的民族印记在诗人内心深处的沉积，形成了记忆原型，即诗歌的原始意象。

相对大族来说，小族的边缘性使他们的心理形成更强大的自我保护意识，以及救赎与拯救的精神，这是世界上所有被称为少数民族人群的共同特征。与之相对应的就是他们当中诞生的英雄气质、图腾崇拜，还有神话巫术和谣曲，等等。这些东西一代代的传播和相互渗透形成了集体无意识下的、属于他们自己的思维模式和情感模式。这就是他们诗歌原型或称之为原始意象的内容，就是少数民族诗人诗歌中布满了神秘莫测的回忆幻觉冥想等感性质素的原因，也就是为什么我们读他们诗歌心醉神迷的瞬间，又冥冥中感觉已经与遥远的神灵对答和交会的原因。

这原型挥之不去，但它不是胎记，它更像导航仪导引着这些少数民族诗人（譬如吉狄马加、何小竹、舒洁、白玛等，地域越远越强烈）写作的方向。并让他们带着这种印记去体验万物，又让他们不论走多远还得不知不觉回到起点。正如彝族诗人吉狄马加一首诗歌里表达的那样："……你可以用牙咬我的衣裳／你可以用手撕烂我的衣裳／你可以用刀割破我的衣裳／你甚至可以／用卑鄙的行为毁灭我的衣裳／／妈妈对我说：孩子／在你健壮的躯体上／有一件永远属于你的衣裳／于是我抚摩我的皮肤——／我最美的衣裳／它掀起了古铜色的浪"（《色素》）。

这连自己也抹不去的色素，不仅是民族的印记，更是诗人思维和写作的基因和原型，它是凝聚着诗人的生命情怀、想象、冥思、痛苦和欢乐的混合体。所有的写作就是把原始记忆复现，就是去体验原型，并把它放大和形象化。想想这些民族苦难和艰难的历史，也就明白了为什么这些民族诗人作品里布满了悲伤体验、英雄体验、孤独体验、愧疚（忏悔）体验和神秘体验。

2

悲凉是一种情绪，像气体，弥漫在这些少数民族诗人的诗行里。而英雄体验来自于族群的传承和所处的地理。雄鹰太阳、猎手和毕摩是他们诗歌中的英雄，而牺牲和拯救一直是他们诗歌的精神。通过抒写和缅怀英雄让自己的血液里流淌着血性和骨气。这体验是他们个人的也是民族的更是人类的。除了我们常见的那些吟唱王者的史诗大诗长诗，我比较喜欢那些温软而柔情的诗歌主角，那是另一种英雄。譬如仙女、女神、母亲和姐姐，她们美丽温暖又慈爱并自我牺牲。譬如吉狄马加诗歌中有两首写普通女性一生的诗，一个是彝族的妇女；一个是他汉族的保姆。这两个人都经历了很多苦难，但又都善良乐于助人。彝族妇女离去时候留给世界的最后一句话是：孩子，要热爱人。而汉族保姆更悲苦一生，但死去时，"脸上挂着迷人的微笑"。

对这两个妇女，诗人显然不仅是作为族群，更是作为人的典范和崇高的人格典型来歌颂的。诗人在歌颂她们的同时，也有一层深深的愧疚和忏悔。这不是诗人做错了什么，也不是人的原罪，而是诗人无处不在的良心和同情心。诚如弗洛伊德说的那样："一个人越是正直，他对自己的行为就越是严厉和不信任，所以最终恰恰是这些最圣洁的人指责自己罪恶深重。"这就是我要说的这些少数民族诗人诗歌中的愧疚即忏悔体验。

3

体验意味着沉思。当神志完全沉醉甚至迷狂的时候，生命会进入到一种神秘的境界。这境界在这些民族诗人的诗歌中有神圣和神灵的意味。这让他们的诗歌充满了幻想梦境和不可言说的直觉契合和顿悟。犹如神一样来去无踪，充满了神奇和美妙。譬如吉狄马加在《看不见的人》中，总是感觉在一个神秘的地方，有人在喊他的名字，写他的名字，但是这个人和地点又都不存在："……在一个神秘的地点/有人在等待我/但我不知道/这个人是谁？/我想透视一下它的影子/可是除了虚无什么也没有/我敢肯定/在我的朋友中/没有一个人曾这样跟随我"。这是一种超验的体验，一种进入纯粹的无意识状态下的精神漫游。但它的根基还是来自记忆的原型，当然还有现实中的希望，因为对生活没有期待的人不会有幻想，更不会产生这种诗意的幻觉。

这让我想起很多年前读到的吉狄马加的一首小诗，《山中》："在那绵延的群山里／总有这样的时候／一个人低头坐在屋中／不知不觉会想起许多事情／脚前的火早已灭了／可是再也不想动一动自己的身体／这漫长寂寞的日子／或许早已成了习惯／那无名的思念／就像一个情人／来了又来了／走了又走了／但是你永远不会知道／她是不是已经到了门外／在那绵延的群山里／总有这样的时候／你会想起一位／早已不在人世的朋友"。

只有至高无上的美才是不可言说的，也只有大而无边让我们可感而无解才称得上神秘。因为它超过了知性和逻辑的边界，让我们作为人对神只能是敬畏震惊服从和信赖。但这首诗歌的情境又是可感的，因为他写的就是一个人沉静的状态，完全自由的状态。这是极度孤独静思的感觉，因静而"胡思乱想"。所以这神秘就是诗，就是诗化了的生活。同时也证明了神秘体验往往伴随着孤独一起同行。

正如尼采所说："纵使有恐惧与怜悯之情，我们毕竟是快乐的生灵，不是作为个人，而是众生一体，我们就同这大我的创造欢欣息息相通。"这就是少数民族诗人的心理和精神内核，也是原型的胚胎。所以他们的诗歌中虽有悲凉，但他们坚定地承担起为族群为天地写作的义务，以及救赎和拯救的责任。

这就是他们在"此在"的状态，也是态度。

挽　歌

1

阅读这些少数民族诗人的诗歌，好像在我生命的来处往回走。回到故乡，回到古老民族记忆和诞生的源头。那故乡和源头就是诗歌中的"彼在"，是人要超越此在而去的地方。这意味着起点就是终点，超越就是回归。源头一切是完好没被破坏的，包括自然和我们的心灵。所以源头就是诗。诚如吉狄马加写的："……假如命运又让我/回到美丽的故乡/就是紧闭着双眼/我也能分清/远处朦胧的声音/是少女的裙裾响动/还是坡上的牛羊嚼草"（《日子》）。

诗人与故乡的关系就像母与子，短短几句就将感情扎入土地的心脏。源头意味着被工业化切割得四处飘零的灵魂找到了皈依的居所。所以诗歌要返乡，只有返回源头才是必由之路。

但现实中身体已经无法回到家乡。回家只能是文学和哲学上的一个理念，或者把这种回家的理念植入诗歌和艺术中成为一种呼吁，让渐成机器的都市人在精神上努力保持回家的感觉，努力保持自然人的属性和感觉。所以海格德尔在美学上提出了用回忆返乡的观念，而且他把返乡细分为三部分，即返回古希腊初期，返回内心，返回自然。我结合这些少数民族诗人诗歌和现代美学的一些观点，把返乡也就是诗歌中的"彼在"分成四部分，即返回大自然，返回神性，返回童年，返回艺术本体。

2

更多少数民族诗人诗歌几乎都和大自然融合在一起。崇尚自然保护自然，让自己和诗歌成为大自然的一部分，这样就会减少焦虑，精神获得自由，美得到解放，诗歌就会进入清澈澄明的境地。诚如吉狄马加说的："敬畏群山。因为我的部族就生活在海拔近三千米的群山之中，群山已经是一种精神的象征。在那里要看一个遥远的地方，你必须找一个支撑点，那个支撑点必然是群山。在那样一个群山护卫的山地中，如果你看久了群山，会有一种莫名的触动，双眼会不知不觉地含满了泪水。这就是彝族人生活的地方，这样的地方不可能不产生诗，不可能不养育出这个民族的诗人。"

群山养育了诗歌，大自然给了诗人无限的灵感。十八世纪的卢梭就喊出"回到大自然中去！"回到自然就像死机的电脑开始重新启动，思维重新格式化，系统更新，灵感被激活。藏匿在群山中的星星就是文字，落在纸上就是干净的诗，并发出光辉。

3

无边的大自然也让这些诗歌充满了神性。我理解的神性，是人内心中神圣不可侵犯的神圣感神秘感和崇高的精神境界，是一种冥冥中广泛意义的信仰。我称之为神性而不是神，是与狭义上的某种宗教区别开的。这种神性可以理解成爱因斯坦说的宇宙宗教感，即对宇宙中那种尚不可知的或已知的尚不可解的秩序"怀有一种崇敬和激赏的心情"。这非常适合诗人和艺术家，因为他们都自觉地对那些大自然中崇高的庄严和不可思议的秩序深深地敬畏着。信仰使他们的内心有了方向和归宿感。从而精神就有了支撑点，并进而获得心灵的平衡宁静安详。

其实神性就是神灵。神灵在当下就是人内心的秩序，有了它人就不迷茫。所以神性除了冥冥中一种神圣的力量，它还是人自身带有的灵性和感性以及创造性。保持人性的完美自由和旺盛的生命力就是保持了神性。所以施勒格尔在《思想集》中说："神我们是看不见的，然而，我们处处都看见神一样的东西，而且最先、最重要的，是在一个明智的人的心中，在一个活生生的人为作品的深处见出它。"

4

童年有两层含义，一是具体的童年，它代表着人的纯洁理想和没被污染的品质。车尔尼雪夫斯基就说过只有儿童的心灵才是最崇高最纯洁最诗意和最迷人的。另一层是指人类的童年，就是集体无意识下的人类的本真时代，是人类生命和人类文明的本原和源泉。也就是人性的原生态，这是人类的原型时期，它意味着原始的自然的充分感性的具有无限创造力的生活。这些民族诗人在诗歌中怀念这段如天堂般的童年岁月，旨在挽留人类正在消失的品质。看看我们的周围，大多数人在追逐名利，内心空洞，麻木不仁。随人性一起丧失的还有人的灵性和灵魂。返回童年就是要重新建立起人性的天堂，让人活得像人，让人的内心有清风吹过，并把真善美留在心上。让人类之初的神话般的神灵和精灵，活力和创造力重新返到人的身上。古人云："童心者，最初一念之本心也。"一个人童心了，一个人就纯洁了，人人童心了，整个社会乃至人类就完善美好诗化了。

<h1 style="text-align:center">5</h1>

返回艺术，就是回到艺术本体的纯美之中。艺术美和形式美会带给人纯粹的美感和愉悦。除去内容不说，这些少数民族诗人的诗歌形式美也带给我陶醉和沉醉。他们的诗歌深受本民族吟唱方式的影响，格式整齐，反复回旋，带有明显的音乐美，类似民歌和民谣。我在阅读他们诗歌的时候常常会读出声来，而且反反复复。这种纯形式的美带来的是对艺术本身的陶醉。深沉的情感随着整齐的节拍一下紧似一下拍击着我们的心灵。形式把内容深化，也把诗歌自身的魅力突显。

叔本华曾说，人生像一个钟摆，在痛苦和无聊这二者之间摆来摆去：当你需要为生存而劳作时，你是痛苦的；当你的基本需求满足之后，你又会感到无聊。那么怎么才能摆脱这种痛苦和无聊呢？叔本华的答案是要"从大自然、艺术和文学的千变万化的审美中，得到无穷尽的快乐，这些快乐是其他人不能领略的"。这就是艺术拯救世界。那么诗歌本身就是和自然艺术文学于一体，当然属于丰富愉悦的精神生活，而且更是一种审美的生活。所以诗歌也能拯救灵魂。

这些少数民族诗人在挽歌般深沉深情中吟唱了这四种返乡之路。而四种返乡形式的一致性就是对"此在"的枯萎、有限以及无意义的超越和拯救。返回就是超越和飞升，飞升到彼在，而彼在就是绝对永恒有意义的精神家园。但彼在更多的不是一种现实，而是存在在艺术和诗歌的创造之中，是美妙充实完满的瞬间体验。这体验像一道闪电，虽然只是一瞬，但却把内心的黑暗永久地击退了。

长　歌

1

远即诗，表面看来是克罗齐的"距离产生美"，其实不是一回事。克氏说的是空间的距离，我们这里要表达的更多是时间的距离。在有些少数民族诗人诗歌中出现了时间的两端，一个是回忆，写的是遥远的过去；一个是展望，是对未来的希望和预言。这里的远，就是指过去和未来，表现在诗歌中就是记忆和幻想。但这就存在两个问题，一个是为什么当下正在发生的没有诗意，而过去的和还没有发生的才有诗意？回答这个也就连带解决了一个问题，那就是为什么回忆是诗。

当下发生的为什么不是诗或者很难成为诗？这是因为正在发生的都是混乱的日常的无意义的，诗意的事物被这些大量的垃圾覆盖着遮蔽着，让诗意呈现出来需要时间来慢慢验证。而未来是诗，是因为它是人的一种理想，带着诗人的愿望和憧憬，而凡是表现理想的都是美好，都是诗意。而回忆能成为诗，这得益于情感的梳理和理智的筛选。而时间本身就是筛选机，时间越久筛下的杂质就越多，剩下的就越纯粹。不仅是人的记忆，就是历史也是只对有价值的美的感天动地的事物有偏好。从科学的角度来说，那些爱和恨还有有意义的事件能强烈地刺激人的大脑皮层，在记忆和情感深处留下不可磨灭的痕迹，而这些痕迹被诗歌表现出来就是美，就是永恒的艺术。

2

所以回忆具有保鲜功能，让我们返回记忆。从这个角度回忆就是诗，回忆就是返回故乡的方法和道路。海格德尔就把回忆说成诗的源头和根，他主张通过回忆回到内心中去，回到透明的明亮的诗境中去。因为在他看来，当下都已经被科学和工业破坏和污染，只有告别此在，返回内心返回记忆才有可能保持人的灵性和人性的完美，他说回忆彻底使我们返身回到心灵空间最幽隐的地方去："只要我们把握住内心的东西，我们也就知道了外在的东西。在这内心之中，我们是自由的，我们超脱了与我们四周林立的从表面看是保护我们的种种对象的关系。回忆就是告别尘嚣，回归到敞开的广阔之域。"我们也可以把这看作是又一种返乡。

从这个角度来说回忆就是诗歌的肉身，就像语言是"在"的寓所。但是回忆在把记忆呈现成诗的过程中，又有着自己的选择并主动改变着记忆。诗人这个时候面对记忆是迷狂的，迷狂让诗人不拘泥于记忆的事实而有所创造。所以柏拉图说："凡是高明的诗人都不是凭技艺来做成他们优美的诗歌，而是因为他们得到了灵感，有神力凭附着。"这是说回忆成诗的过程不是苦寻，而是感觉自然自动地生成。回忆成诗后，回忆融进了想象和创造，注入了作者对未来的期待和想象。这想象修改的部分就是诗人通过回忆回到了人和世界原初的地方，回到不是事实但是是人的理想和希望的境地。显然诗在这里是一种中介，让人在瞬间超越此在的烦和混乱回到或者去往未来的澄明之所。

3

这就不只写过去的时光了，而加进了未来，对未来的期冀和幻想。譬如有一个传说：一只鹿子被猎人追杀，无路可逃站在悬崖上，正当猎人要射杀时，鹿子猛然回头变成了一个美丽的姑娘，最终猎人和姑娘结成了夫妻。吉狄马加把这个传说写成了诗，就成了对未来的期待和警示："这是一个启示/对于这个世界，对于所有的种族//这是一个美丽的故事/但愿这个故事，发生在非洲，发生在波黑，发生在车臣/但愿这个故事发生在以色列，发生在巴勒斯坦，发生在/任何一个有着阴谋和屠杀的地方//但愿人类不要在最绝望的时候/才出现生命和爱情的奇迹"。

这首诗之所以有力量，就是不只是对未来期待和诗化，而加进了思考。诗中有思，诗就有了骨头和灵魂，同样因为有了诗，这些思才有了存在的家。那么这首写《鹿回头》的诗恰恰就是诗与思最完美的联姻。虽然这奇迹还没有发生，但是人们希望这就是事实。这来自于人们对和平的祈盼。所以思想也是一种远，远即诗，也涵盖了思的高远。它是在更远大的时空里的长歌和洪钟大吕。

4

这种蕴含思想力量的诗歌大多出现在一些少数民族诗人近几年的作品中。这标志着他们写作的拐点，就是从对族群的回忆转向对当下生活的关注，并开始在感性为主的诗歌中融入理性。譬如吉狄马加的《致萨瓦多尔·夸西莫多的敌人》和《自由》。这两首诗是代表了少数民族诗人情感与思想、感性与理性、上升与下沉、花朵与铁、回忆（当下）与未来结合的最完美的作品。

夸西莫多是意大利诗人，在二战期间，他参加反法西斯的抵抗运动，反对战争和一切不人道的行为，诗的最后几句是："你们仇恨这个人/不用我猜想，你们也会说出/一长串的理由/然而在法西斯横行的岁月/你们却无动于衷"。

像审判词也像获奖辞，当然一个是给夸西莫多的敌人，一个是给夸西莫多。

而那首《自由》就像一个短镜头，视觉与思辨，是思想之远与诗歌之近融合完美的标志性的作品："我曾问过真正的智者/什么是自由？/智者的回答总是来自典籍/我以为那就是自由的全部/有一天在那拉提草原/傍晚时分/我看见一匹马/悠闲地走着，没有目的/一个喝醉了酒的/哈萨克骑手/在马背上酣睡//是的，智者解释的是自由的含义/但谁能告诉我，在那拉提草原/这匹马和它的骑手/谁更自由呢？"

这就是自由，自然与人与心灵完全的解放和释放。好的诗歌是让人可感而又无言的，像这首怎么解说似乎都不准确有力，但我们都能感到这自由的状态和灵魂的深意。当然，这两首诗的根源依旧是小众民族的原始意象和审美原型，包括心理，相对大族来说，它更强烈地明显带有对自由和神性的崇拜，还有敏感的拯救意识。而后者散漫的自由也正契合了少数族群性格中的天然质素，还有因地域的封闭渴望完全打开的潜意识。

至此吉狄马加以及更多少数民族诗人的创作像黎明已呈明晰，并进入到敞而亮的大境界。尤其吉狄马加他能顺口说出一个真理，也能漫不经心地一比划就一剑封喉了。他写的是亲历的在场的目光所及，思想的却是对未来的判断和预言。言语近在身边，思想却跨越万水千山。远不仅代表了诗，还有吉狄马加思想的高峰。这是吉狄马加吟唱的长歌也是大歌。

因此，这些少数民族诗人都是有着故乡印记的诗人。就像沃尔科特之于加勒比海，埃利蒂斯之于爱琴海的波涛一样，吉狄马加以及更多的少数民族诗人从故乡开始，从自己的族群开始，逐渐把感性的我、悲伤的我、把有限之我推及到超验的大我和无限诗意化的世界之中去，他们的诗就是有关他们生命的长歌，其灵魂就是："属于母性的阳光／气体是金黄色金黄色的／悄然浮动，那么长长的绵绵的／这样温情纤细的诗行／它好像神秘地嫁给了／那柔软的时光"(吉狄马加诗句)。

诗之术

（术乃技艺，创新之方式，属写作者的功力）

分如下五种：

造术：创新术，包括比喻通感、想象力、嫁接术等诗歌之术。

直术：直接简洁，减少花拳绣腿，一箭穿心，属赋，含口语和叙事。

拓术：魔化术，开拓心智，拓宽思维和诗歌边界，更新文本。

戏术：游戏入诗，戏谑和好玩中让诗歌焕发青春，推动文体改革。

素术：朴素，洗去铅华，呈现真实，洗练文字，还诗自然简单。

【开术】·从诗言志到诗言智

多年前去偏远的外地出差，到了宾馆已是深夜，进了漆黑的房间却找不到开关，就在焦虑疲惫得快要爆炸的时候，手摸到灯绳，一拉，屋子瞬间光明普照，心情一下子也被照亮，此刻感觉被刷新，堵塞的经络被打通，身心通透明亮。这感觉就是写诗。写作伊始就像在黑暗中摸索，烦躁郁闷还有点小小的沮丧，一旦完成了写作或者是进入最佳状态，就像找到开关，淤堵的思维一下子被捅开，像江水从黑暗的隧道中冲出，眼前一片开阔，心情豁然开朗且美妙无边。类似瞬间解开了百思不得其解的谜语和难题，其满足和幸福是外人不能体会的。

需要指出的是为了找到解开诗歌的钥匙，诗人要动用情怀思想激情和想象力，用它们充电，驱动自己提高写作的技能。所以写诗就是一门手艺，与铁匠、木匠、鞋匠、裁缝一样。只不过诗人使用的工具和材料不一样。写诗除了和上述工匠们一样用心钻研业务之外，更需要天分，没有写诗的天分或曰天才，怎么努力也成不了一流的诗人。

因为诗人最终最高最难的是无中生有，在"无"中创造出"有"，这是开天辟地的事情，是一件新的宝贝诞生，这对诗人来说是多么难，也是多么的牛掰！所以诗人最忌讳的是因袭，与别人雷同，是诗人的奇耻大辱，即使诗人面对相同的生活，产生了相同的感受和感觉，打造出来的作品也必须不一样。如果搬用别人三两句，这个人就将被判了刑，而且这污点将伴随一生，以后再好的创造都无法洗白自己的身份。

但是诗歌这块田地被古今中外的诗人们翻耕无数遍了，各种招数和方法几近用绝，诗人要独辟蹊径犹如逆水行舟。为了突围和创新，诗人必须内外兼修，内功就是前面提到的真诚悲悯激情和境界，还有写作状态中的沉迷冲动追忆和无边的想象力。内功是看不见的力，它驱动外功也通过外功成为具体的诗。外功就是造句功能，把语言造到出人意料，表面又与原生态一样。内外功夫的最终目标就是把诗歌写到绝无仅有，写得让人大吃一惊。

所以好的诗歌就是一块巨石投进平静的湖泊，它的效果就像昨天夜深人静的时候，小区里突然一声惊叫，所有的灯都亮了起来。浑浑噩噩中被当头一棒，猛然醒悟后大叫：原来诗歌可以这样写。一首好诗容纳了久别重逢梦想成真天机被道破的效果。这就不是简单的抒情而是智力的提升。所以仅仅抒发情感，表达观点不是好的诗歌。诗歌不是对生活道理的梳理总结和归纳，这些普通读者喜欢的哲理不是诗，或者说是最低档的诗。对人的情绪按摩、教育作用的诗歌，不是本质的诗歌，诗歌需要对人性深层做最深刻的检测，需要大思想和大智慧。大智慧的诗歌是对人的洗脑，是对人习惯性思维的清洗和拔升。然后让思维跷起脚并向上仰望并蹦起来。

所以好的诗歌不是言志，而是言智。或者说言志是基础，而言智才是顶端。志就是前面说的情怀以及真善美，志让诗歌扩胸增重，属于内容，提示诗人写什么。很多诗人都有相同的志，但关键是怎么写，怎么表达志。这就需要智的作用。智力智商智慧！大智力的诗歌一定也拥有大智慧，而大智慧的诗歌也一定涵盖了大志和无数个志。所以言智的诗歌是对人的思维和想象力的开拓和抻长，也是对诗歌边界的扩张和延伸，这其中最有作用的是诗人的创造力，其目标就是把诗写得无中生有和绝无仅有。除此，一切都是扯淡。

造术

（创新术，包括比喻通感、想象力、嫁接术等）

诗人是打铁的人

诗歌有时就是个人的秘语和白天的梦呓，但需要诗人对这纯感觉的东西进行梳理整形，再放进些光芒，然后将它引渡到更广阔的领域，引入生机勃勃的生活，引入声音和旋律，引入感动和心灵。

我把诗人想象成一个打铁的人，他把纷乱的生活和杂芜的事物扔进炉膛，经过情感的过滤和理智的冶炼，然后再烧红锻打冷却，让它变成一句句掷地有声的利器。这是金属的声音，也是真诚的结晶。打制就是出新，也是刷新读者的眼睛和思维，而且信息和模式都是新的。

有一些人不仅文本新，连名字都是新的。这些诗人几乎是闯进诗坛的。"闯"标志着进入的状态，可视为勇敢无畏还有些许的冒失和莽撞。这是因为这些诗人对诗歌现状和诗坛子多大水多深，几乎一无所知。他们也从心里根本上无视这些所谓的权威和规则，出于对诗歌的热爱，只带着两样东西，即无尽的激情和不属于诗歌框架里的新"武器"。

所以，诗坛的规矩诗歌的规则对这些闯入者毫无约束，他们只是跟随内心的潮汐，把潜伏在生命里的风暴一浪逼着一浪地倾倒出来。他们的表达是急促的，并且有点汹涌。这些诗歌节奏很快，而且感情充沛又绵绵不绝。所以不论面对的是大到生命宇宙，小到草芥尘埃甚或一滴泪水，这些没沾染诗歌习俗的新人都倾注了满满的激情，并按照自己的方式将诗歌揉捏成自己喜欢的样子，这就迥异于诗歌的常理和规范，给人以陌生感，且很粗粝。

粗粝让这些诗歌变得坚挺和尖锐，似乎握一下就能被划出血来。硬朗加锐利甚至让性别消失，标明诗人不再靠想象力和对语言的反复打磨来制造诗歌，诗歌在这里不再是一件精美的物件，而是汹涌的气流。这让他们不在词汇和比喻上挑来拣去，而是从胸中灵魂里直接倾倒出风暴和狂飙，诗歌不仅要让人陶醉，更要让人摇撼；少拐弯抹角，多单刀直入。诗歌不再是月光和玫瑰，更是子弹和剑，诗人挥舞着长剑，把灵魂和人性里面不和谐的不合理的，或者是光洁的马甲下面不光彩的东西扎出来，让人惊讶让人震撼。

诗歌是语言的极致和巅峰。而语言是需要阳光的。需要阳光来照亮内心黑暗的一隅，需要阳光透开蒙在生活乃至心灵里的积尘，然后让透亮的生活和心灵呈现出无穷的魅力，使语言附上了生命，变得充满活力。《海涅诗选》中有首诗写道：罗蕾莱在茫茫大海上歌唱，引得渔夫循声而望，却忘记了船底下的礁石而遭埋葬。这就是语言的魅力，这就是音乐的力量。每一个诗人都必须手持火把走进语言中，用阳光去叩醒那些沉睡的心灵和语言，让语言显露出圣洁澄明的神性之光。

正因为诗歌这种极端的特征，它要求诗人必须真实自由，内心丰富而敏感，且一尘不染，否则一个内心杂念丛生的人，他可能会成为一个很有地位的人，但他永远不会成为一个诗人。因为写诗是诗人美好心灵的敞开和呈现，诗人也必须追随这种美好和纯净。所以诗人要擅于看护好自己的心灵，既要接纳阳光和风雨的滋润和磨砺，又要经常地清洗和静养，让它能升温也能降温，时刻都保持清醒和灵敏度。所以一个真正的诗人能进入生活之中，又永远不与世俗同流合污，永远保持清醒独立的品质。

我身边有些诗人虽身在仕途，却依然能坚持不间断的写作，这说明他依然是一个真性情的人，是一个充满激情而又心灵丰富的人，是一个时刻富有正义感和同情心的人。官宦的生活不但没能改变他善良的本质，反而更丰富了他的阅历，积累了他的人生体验。平时他就像沉没在世俗下面的礁石，而当他写作的时候，那些涌动的思绪和激情便会从深海下升起，渐渐地变成一片耀眼的霞光。

多少年来，我把写作理解成一种出发，理解成一只船在海面上航行。它将抵达哪里，将是写作者心灵的企盼和追索。圣女玛利亚进入天堂时请求上帝允许自己带上瓦罐和木桶，而诗人离开世界时却把歌声留给了大地，弹琴的人不在了，琴声却一代一代传下去，永不衰落。这就是出发的目的，这就是诗人最终的抵达。诗人对写作无怨无悔的追求正是他对这种境界的慧悟和接近，写作是他的精神航标和人生态度，是他灵魂质量真实地显现和人格魅力全面地曝光。从这个意义上讲，他写作的行为远远地超过了作品本身的价值。

天色渐露亮色，就像擦干净的瓷器透射着深沉的光辉。有些诗人习惯于黎明写作，这是一个非常诗意的细节，我想他（她）就是一只渴望远行的小船在黎明的光辉中出发，也许目标还很遥远，但对于心灵来说出发就是抵达。

诗歌是发现，也是航标

诗歌是手艺。古往今来，诗人们的体验、情绪和感受，本质没有改变，但是诗歌的方法和表达方式发生了巨变。诗歌比其他体裁带给我们的兴奋和惊喜更多，这是诗歌在前进中对自身技术的探索和挖掘，让我们的眼睛一次次被被刷新和擦亮，并最终导致我们的心灵被诗歌的新异和深不可测所吸引、击中和俘虏。

在当下诗人们面对的生活和要开发的诗歌资源，都是那些琐碎的、平常的、每天都在重复的没有诗意的事与物。但是当这些内容经过诗人的打造，重新出现在诗歌中，还是有道闪电划过心灵的感觉，一下子被他们的机智幽默还有闪烁的才气所击中，并由此产生一种喜悦兴奋而又美好的感受，让我们对诗歌艺术更加尊重和信任。这样的效果不是他们诗歌内容多么的深刻和独到，而是他们诗歌的方法和技巧让我们惊叹和着迷。从而形式改变了内容，技术升华了题材。而且内容和形式混合在一起，最终内容就是形式，形式就是内容。譬如刘川的这首《纪念结婚一周年》："两张破牌／凑到一起很可能会成为／一对好牌／（而一对好牌拆开打出／也许会成为最差的牌）／我们的婚姻／就是这样一个比喻。／我们相爱／相互依赖／像最小的挪亚方舟／里面只放我们一对儿／与洪水下了最后的赌注／成为世界手里的底牌／一对好牌。／我们将赢／如果我们永不拆开。"

我的一个朋友看了这首诗很感动，有些泪花闪烁。但我们知道这首诗成功和令我们惊喜的本质是他用打牌的关系来比喻夫妻关系。比喻的成功带来了诗歌的成功。其实诗歌就是比喻的艺术，比喻是诗歌手艺战队中的先行官，专研技术很多时候就是磨砺比喻。用比喻还原生活的本真，用比喻逼近事物的真实和本质，用比喻营造一个诗歌氛围，然后让读者情不自禁地掉进诗歌所呈现的生活状态中。

这个状态可能是愁苦的、苦难的，但都是真实的，而且是生动的蓬蓬勃勃的。再譬如刘川在《下一站》中写道："我双手在天空里／没找到一个扶手／地球运行得又急又快／我却在高处没找到／一个臂环、拉杆或把手／我们拥抱着、相爱、成家——世界的惯性／为了站稳"。

这是一种更广阔的比喻。在惯常的生活琐碎中发现真理，在看似不相关联的事物对应中寻找恒定的规律，在杂芜中寻找本质发现诗意，这是一个去伪求真的过程，也是一个艰难的思与诗的旅途。写过诗的人都知道这里的难度和快意。这些诗人的贡献就是把这种很难的思与诗的结合操练得得心应手，并让比喻充满了趣味性和戏剧效果。他的比喻不是破碎的单一的独自的，而是用一个完整的情节来比喻（或曰叙述）一个事物和事件的过程，在漫不经心对琐屑事物的叙述中突然接近和揭示诗的根和本质。从而使这些叙述充满了幽默感和戏剧性。

这让我想起几年前我写过的一篇文字，那时我认为我们的诗坛存在两个失误，一个是我们的诗歌干净得苍白肃穆，就像古怪的老巫女，让我们敬畏而不想接近；一个是脏得没有诗意也没有思想，口语变成了口水。前者缺乏生活的情趣，后者弄丢了诗歌的精气神。而这些诗歌正好是对这两个失误的规避。刘川这些诗人们面对的是真实的生活，是他们的生命正经历的生活，是正在生长着的生活，也是平民和大众的生活。所以他们的叙述是口语的，是平民的，当然也是干净的。而且刘川们的诗歌又避免了那些只是罗列生活的现象和单纯地叙述事件过程，所以我们在这样的诗歌中既看到了生活在流动在生长，也能看到诗意在闪烁。这使他们的诗歌多了趣味性和戏剧性。

譬如刘川新租了个破旧的房子并为之刷浆打扫："洗净母鸡的屁股／迎接一只新蛋／之后我们给它画上油彩／瞧它荣耀、灿烂，上电视／并接受膜拜／现在我也努力洗着世界的屁股／（我相信我在这个城市的／垃圾站附近租到的房子／就是世界的屁股，因为它实在／又脏又臭）／之后，我就等待我的新希望／在一个清晨被生下来／瞧瞧，我多么卖力／给破旧的房子刷上／鲜艳的涂料／并等待这里面孵出一个诗人的奇迹——"

幽默显而易见。在有趣的叙述中突然一转，本质就显露了，诗意与思想相碰了。这不仅增加了诗歌的趣味性，也使诗歌具有了戏剧效果。似乎漫不经心随意一点就击中要害，就把生活的鸡蛋粉碎。就击中生活的核。

幽默不仅使这些诗歌充满了情趣，也使他们写的内容得到了升华。他们表现的生活都是愁苦的甚至是不幸的，但是他们所表现出的心态却是从容的自信的甚至是超然的，也许诗人的幽默是一种无奈的选择，但这种无可奈何的幽默，和低暗的生活上面的光明情绪，使这些诗歌更令人感动，使乱七八糟和不幸的生活有了香味！这里好玩的技术与不好玩的内容是失衡的，但诗人乐观的心态与生活的灰暗也对立着。

诗人写诗用的是反向法。具体说就是诗人像写早春那样写严冬，像写胜利那样写失败，像写清流那样写愁苦，像写初恋那样写绝望，像写鲜花那样写死亡。这种反向的做法，使诗歌里的情感变得悲中有喜，喜中含悲。而这种复杂的情感更增加了诗歌的厚度和力度。这也就是我的一个朋友看了刘川写结婚一周年那首诗时，感动得要落泪的原因。因为用悲伤来幽默，用幽默表现愁苦是自嘲，也是一种从容和豁达，它的效果是让人悲喜交加，从而更能让人感动。

不论是幽默感还是戏剧性都是诗人们运用比喻带来的效果。比喻在这里几乎被诗人推向了极致。在比喻的后面就是发现的能力。发现诗意是一瞬间，但发现力的后面是漫长的培育和艰苦的磨砺，主要还是减少欲望，洗涤心灵，只有心灵纯洁了，感觉才灵敏，才能在复杂的杂草丛生的生活中，无意间与诗意邂逅。这也说明只要你的心灵和感觉完整灵慧，就会发现诗歌无处不在，美无处不在。

所以我们不必为诗人担忧，尽管他们处境艰难，但任何苦难都不会改变诗人和诗歌的品质，因为诗人们视诗歌为宗教，他们的心灵早已被诗歌照亮！而且有些纯正的诗人性格内向，不愿意在生活中交际和招摇，过着一种几近封闭的生活。这对诗人来说不是坏事，而是一种幸运和有福。向外的道路堵上了，情与思就会向内掘进，心灵就会变得辽阔而自由。对诗歌对事物的感觉也就更敏锐。这就像一把好刀只有放在鞘里才能锋利，如果总在外面风吹雨淋自会腐蚀和迟钝，甚至烂掉。

诗人把写诗作为精神方向和人生取向，用诗歌消解生活之苦和生命之痛，并把这种苦与痛化成一道美丽的彩虹，去照亮别人的生活和温暖自己的心灵。正因如此，我对把诗歌作为信仰并甘心投身其中的诗人心怀敬意和感激，尽管在这个喧嚣低迷的时代，他们的身影显得孤独贫穷和羸弱，但是他们以自己的气度和无畏给这个缺乏精神的时代注入了血性和气脉。他们用诗歌为迷茫的心灵导航。

嫁接术与精神哲学

好的诗歌技艺者是语言的摔跤手，他们敢于对诗歌的语言侵略和创新，把诗歌的语言从固有的习惯上掰下来，强制性地把一些不相干的事物"拧巴"到一起，再重新捏制打磨，生成一套令人惊奇的新的语言组合。这不是简单的对词语的改造，而是对固有感觉和陈腐方法的颠覆和突围，实现了诗人们一致也一直追求的语言陌生化的效果。语言的陌生化不是指语言的冷僻和与读者心理的疏离，而是指诗歌语言冲破因袭陈旧、司空见惯以及平庸和呆板，通过不平常、异常甚至反常的重新嫁接，让语言闪烁出清新奇异焕然一新的光芒，从而让诗歌充满活力并生气勃勃。

譬如哑地有组诗歌《铁用锈来爱》，题目本身就有它的特异性，比如他的《我的情人节》："一天就像一粒水灵灵的稻米／一年就像一碗白花花的米饭/一年一度的情人节/是我饭碗里的一粒沙子"，用"稻米"、"米饭"、"沙子"来比喻一天、一年以及情人节，确实刷新了我们的耳目和思维。而且生动准确，几个喻体之间还有递进关系，有铺垫承接，最后亮出的底牌犹如咣的一声，子弹出膛了。原来前面那些看似无关的比喻，都是在观察瞄准，最后扣动扳机：情人节就是米饭里的沙子！本来生活像稻米一样水灵灵，本来好不容易把这稻米侍弄成白花花的米饭，结果全让沙子给毁了。

这看似漫不经心貌似调侃的比喻，里面寄托着作者的生活态度和情感。所以好的诗歌能让我们看到人的灵魂里最深沉和复杂的运动和变化。只是这运动和变化要呈现出来，须经过诗人独特的体验并在瞬间强烈地爆发。所以这需要诗人要有与生俱来的敏锐力，同时还要具备一手好的滚瓜烂熟的独门绝技。

技艺者的独门绝技就是嫁接术，让各类不同的事与物互相联姻，让陈旧的词语放出光辉，让腐朽化成神奇，也让不好言说的心灵和灵魂深处的岩浆呈现出清晰的纹理。嫁接和粘接物与物的胶水就是比喻，记得哑地曾把拥堵的高速公路收费口比喻成前列腺发炎，前无他人。现在他依然使用比喻这个胶水，把风马牛不相及的事物粘黏到一起，而且更整体化层次化，一同粘贴到一起的还有实与虚，包括意义和情感等。

比如他在组诗《铁用锈来爱》中除了单首诗中比喻是递进关系外，每一首之间又共同组成了一个大比喻，那就是人在当下中的状态，以及人遭遇种种事与物时的姿势和要选择的方向。像哑地自己说的："我试图让每一首之间有关联，像砌成金字塔的石块。并按时间、空间、事件作为节点，来折射中年男人在处理爱情、婚姻、家庭、事业、工作、日常生活等一列问题的情感光芒和理性光辉。"这样说来，整组诗就是一个大喻体，一个象征和暗示。而吸引我们走进这个象征之中的就是构成象征森林的枝枝蔓蔓，是一次次刮亮我们眼球、勾起我们兴趣的，是让人心惊肉跳的嫁接术和刁怪灵的个体语言。这些像刚出蛋壳的小鸟一样新鲜的语言破除了陈旧的体验模式，让我们重新获得了一种本真的、鲜活的仿佛擦洗后重放光芒的直觉，这直觉就是一束电，让我们一下子触到了生活的底部，同时这电流也返回到我们的心灵，让我们洞悉生命的幽微与存在的本质。这电流在主体和客体之间往返复回，让我们兴奋中有疼痛，疼痛中有清醒，清醒又无法言表。

诗歌技艺让诗歌发生裂变，不仅让人产生奇妙的感受，也把诗歌的思想能量释放出来，让人深刻地体验到生命之炽烈。所以好的诗歌的前提是要有好的技术，只有技术不一定就有好的诗歌，但是没有技术一切等于零。我们过去过分强调情感对诗歌的统治力，但是情感仅仅是原料和驱动力。姑且把它比喻成钢材，要把它做成飞机大炮还需要技术和行动，没有艺术形式情感就是一堆纯自我的废料。所以新符号美学家美国的朗格说艺术的根本是形式而不是情感。她认为情感变成形式才能存在，而形式就意味着情感，所以她说："艺术是情感的形式"。这是说情感和形式是同一的，但是要把情感变成诗，形式即技术是关键。诗歌的技艺者就是要把这种技术化成情感本身，或者说把这种技术修炼成自身的一种素质，然后举重若轻地使用这些技术，譬如哑地《状态》："一棵树，站久了/总想躺下/像枕木那样//其实，树并不知道/躺着比站着还累"。

由于直觉太快，你看不出使用了技术。但技术无处不在，技术已经高妙到无法窥见，化成诗人的一种习惯。让诗虽小而威力巨大，因为它涉及了人之存在的许多问题，都是本质上的大问题：对自我的认识问题，二元对立问题，还有进与退，顺与逆，有限与无限，等等。

思考与思想埋在诗歌血肉里，它需要一道强光把它亮出来，嫁接术或曰比喻就是X光自动直接穿透表层，让这些意义明晰地抢眼地凸显出来。唯此才能揭示出那些潜在我们生命底部的千变万化的情感，才能模拟出这情感的动态过程。譬如《铁和它的锈》中，哑地写道："更多的时候／铁会把自己的光芒和寒气藏起来／铁因生锈而更像铁／生锈的铁／绝不仅仅是岁月和遮掩／铁的一生／就是在自己梦里冷抒情的过程／在那些腐烂的日子里／一块铁蒙锈／和一个人蒙羞到底有什么不同／铁的睡眠／迟早会被一块睡得更深的石头／推醒。……"

主体、客体、喻体结合得很完整巧妙，而且它辐射出更多的东西，形成主题多向性的诗歌。铁生锈更像铁，那么人生锈是不是更像人？生锈的铁能被石头推醒，蒙羞的人是不是还能重新为人？这首诗因装载了太多而显得沉重，甚至有点暗淡。这是因为人生太重了，沉重还必须承受，这投射在生命上就是很深的蹄印和坚实的身影。

诗人喜欢并反反复复地使用比喻到处粘贴，目的是要给人在生活中寻找合适和舒服的位置，这就使诗歌的思考大于了趣味。譬如《离自己有多远》："一天当中／不喝点儿酒／总好像缺点儿啥／喝过之后／却感觉缺少的东西更多了／只有真的喝醉过／才会发现／每个人和自己／其实／只隔着／一杯酒的距离"。显然他在给心找安放的地方，这诗歌透露出一种迷茫和困境。但我不把这种情绪理解成悲观，因为诗人要探寻心灵的位置和灵魂的出口，甚至有点刨根问底，一直要从中找到人生大要，或生活的本与质。这就让这些诗歌具有了重大之思，从而让诗歌低沉但不低落，深刻但不沉重，理性之思大于词语之闪烁。

尼采关于人的精神三个阶段的比喻，即骆驼、狮子和婴孩。剔除原作中基督教成分，我试着新解一下，就是为了追求真实的生活，人犹如骆驼跋涉在沙漠里一样艰难，同时又要背负着悲苦和不幸；要超越这种处境，人就要从骆驼变成狮子，主动地去迎接困难，以超大的强力意志去战胜磨难，去创造新的人生；最后进入像婴孩那种天真天然自由简单，同时又焕然一新的精神境界。如果用这三个境界来对应讲究技艺的诗歌，就是经过艰难跋涉，和狮吼般的探索和创造，最后进入婴孩那样纯洁清澈又自由安然的状态。像哑地这组诗的最后一首《当我成为》："当我成为／靠着墙根／和村头的老榆树一起等待的人／……当我内心的炊烟升到脸颊／成为头白心空的芦苇／当我在冬天里晒着太阳／成为蹲在自己阴影里纳凉的人／／我这个木屑一样的人／走过了你锯齿的一生"。

能平静乐观又幽默地对待生与死就是一种超然和境界，这也是婴孩精神的品格。其实写诗本身就是对现实的一种超越，一种向自我和本真的回归，一种保持婴孩精神的方式和方法。何况诗歌未必要去完成这些学界一直没弄明白的思考。让诗歌具有哲学性，而不是把诗变成哲学。而且我们喜欢诗歌，更多的是从中看到对人心智的一种挖掘和提升，领悟和感受文本自身带来的玄妙和美妙，还有诗人的性灵像闪电一样划过天空，并击中我们不羁的灵魂。

所有这些，也说明写诗需要天赋，你刻苦勤奋会成为各种专家，但是你成不了诗人，没有上帝赐给的天赋你就是天天写，就是累得腰脱断了精血，你最多只能成为小说家，成不了诗人，三流诗人都不可能。所以好的诗歌技艺者都是天生有着艺术基因的人，那些天马行空，神来之笔，还有突然凭空而降的创造力犹如激流撞击闸门，让我们麻木的神经一次次被激活，我们昏昏沉沉的感觉也一次次被撩拨起来。得心应手的技艺者一定会找到其中的玄机，就像哑地比喻的：诗人与诗歌的关系就像和妻子一样，一起生活久了，一"通鼓"，彼此立马就明白干啥。所以只要想进入写作状态，电闸一推上，电流马上就刷刷地跑到纸上去。

再回到哑地这组诗歌的标题，我在想锈腐蚀着铁，铁又离不开锈，锈是铁的私生子，它们互相爱着又相互抗拒着。而这里最主要的是：铁要用锈来表达自己的爱，就等于主动去生锈，那么这种爱就有了自戕自毁的意味，也就是说为了爱宁愿牺牲。这爱就有了义无反顾的悲壮色彩。这是爱诗歌，爱爱情，更是爱世间万物！从人生来讲，诗歌也是现实泛生出来的锈，只是这锈不去腐蚀生活，而是调剂和丰富着生活。诗人正是用诗歌这美好的锈来清扫精神上的无聊，消解掉人生的悲苦，让世界透出婴孩一样透明和无邪的笑容，为此铁宁愿被锈蚕食和消融。

想象力与感受力

1

诗人敏感而多思，他们与生活的关系就是找到一个线头，让想象把这根线抻长，并不断地缠绕，直到编织成诗。敏感让他们成为燃点很低的人，与生活中的事物轻轻刮一下，诗的大火就腾地燃烧起来。于是雨夜细细的哭声立刻抓住了诗人的心，诗人也能从水管里不断漏出的水滴联想到总这么不止地滴，河流大海怎么办。这些联想型的诗人，喜欢用沉默屏蔽嘈杂，在空旷自由的心灵里，让想象翻腾神游。他们有时抓住一个点让它蔓延开来，有时由此物波及到彼物。终点都是抵达心灵，让读者的情感燃起大火。

诗人不是简单触景生各种情，更主要的是借这些景物把憋在内心的风暴倾泻出来。这些倾倒出来的景物，都带着他心灵的颜色和温度，这让诗歌的每一句都充满了深情和撼人的力量。这样的写法叫挖掘法，每一笔下去，都挖进心里，疼而有劲，直至骨头露出来，泪水流出来。譬如诗人抚摸家谱，亲人的面容与命运开始浮现，于是想象亲人在他的手指下重新诞生复活，这是想象力放大了本体的意义，并让诗歌温暖起来。还有一个诗人写死去的朋友在自己的身体里复活，一番血与泪的缅怀与抒情之后，他感觉"一辆沉重的卡车，开进我的身体——/一场车祸，重新开始/他利用我的身体，再一次死去"（唐力诗）。

幻想交织着幻觉，产生于想念之深，情谊之真。诗歌每一句都如打夯，重重地砸在心上。这是情感烧制的浑天剑，沉而重。诗人就像一个剑手，一下下削心，最后再切下心。这使诗歌有了一个高峰，也是高潮，像一把长剑的剑尖，小而尖锐，直把读者的心灵扎出血来。这个高点是金字塔尖，是耀眼点也是聚焦点，它集中了诗歌的全部意义，同时视觉上又把诗歌激活，化静止为行动着的画面。譬如诗人唐力把《火车站》比喻成巨大的子宫，最后写到："我扛着我的身体/从火车站口出来，面对生活/我再次诞生，不是通过母亲/衰老的身体/而是通过巨大的，嘈杂的火车站"。这几句不仅是整首的诗眼，也是一幅会移动的视觉画面。这就让诗歌有了鲜活和生气。同时也让诗歌跌宕，有了厚度和力度。

从中可以看到，诗歌的成功得益于高超的技术，技术让诗人把杂乱粗糙的碎石冶炼成钻石，让语言精粹陡峭锋利，尤其那些出人意料的物与物的焊接，时时将我们的心智刷新并拎起来。而且诗人不是简单地记录触动情感的事物，而是把这些事物揉碎，再用浸透了情感又出神入化的语言重新建构，像一块生锈的铁经过加温熔烧再锻打制造，诗歌的顺序和气质都已经变化，形成一块崭新光芒的白钢制品。像有铁锤在敲击，一句比一句重且深。

好的诗歌就是这样，只要你破声一读就有诗意来笼罩你，心里就回荡着诗歌的节拍。这样的诗歌字句锤炼到了恰好的程度，似乎多一句就肥，少一句就要散架的感觉。这样的诗人是一个化繁为易的高手，以浅寓深，以整体作为暗示，直指生活的核心和生命的根。让人对万物有了彻底的洞见，并生出对世界的疼爱怜惜敬畏之情。

所有这一切构成了诗歌凉而不冷，忧而不伤，悲而不绝望的美学品格，这是源于诗人有一颗真诚炽烈深沉又温爱的心。

2

与纵深相比，还有种想象是横向的，从甲到乙，从小到大，从具体到普遍，意义也随之扩大和弥漫，直到让心灵陷进去不能自拔。这样的诗歌一般是两段式，前一段是目光所及的本体，后一段是前一段引申出的类似的喻体，或者是由前者揪出的隐藏在意识之中，平时忽视或者无视的同理同义。这样就构成了前面是花，后面是果；前面是用来说事的托，后面是真正的货和要传播的人生要义。譬如开头举例的那首，诗人由漏水的水管想到总这样漏下去江河湖泊大海怎么办，所以结论是不仅要制止水漏，更要爱这些水。诗意就是在由此及彼，由小到大的联想中产生。这里的难度在于两个事物间的跳跃，这需要非凡的想象力。像一个人在玩剑，看似漫不经心却突然一下子顶上你的喉咙。

所以有人说诗人有病，这来源于诗人的思维常常超出常人的想象。我把这种病看成诗人的天才和通灵，也只有诗人这非常规的思维才能透视到事物的本质，才能在缭乱甚至错乱的生活现象中发现诗意的火星，并把它捡出来。通灵者预示着诗人就是先知者和预言家，这让诗人比常人更能发现真理，而不是泡沫。譬如诗人星汉由碎玻璃反着的光想到"我们不小心丢失的青春"，当这些碎玻璃重新被熔炼成完整透明的玻璃，联想到"很少有人想过／在自己的胸口／也安装一块玻璃"。这次是由实联想到虚：人不愿意让自己透明，不愿意让别人看到自己内心的秘密。想象滑翔中暗含着诗人的批判。

诗人需要有一双特别的眼睛，要具备显微镜透视镜合二为一的功能。有时诗人从看见的事物开始叙述，语调轻松随意，但最后却把沉而尖的东西砸在心上。而且诗人置之事外，不直接表态，他要做的就是用联想来把两个事物甚至更多的人与事黏在一起，让人惊悚得目瞪口呆，然后再去感受人生的要义。比如轩辕轼轲的《收藏家》："我干的最得意的／一件事是／藏起了一个大海／直到海洋局的人／在门外疯狂地敲门／我还吹着口哨／吹着海风／在壁橱旁／用剪刀剪掉／多余的浪花"。

我把它看作是诗人想象力登峰造极之作。读它思维有被掐了一下的感觉，早就忘记它的寓意和暗示，惊震于作者将心智"玩出"了边界，这是对人的智力极限的挑战并拓宽。其中以实写虚，以真写莫须有，让人感到大模大样，可视可感，让诗歌有了童话神话的色彩。我还喜欢诗中悠闲的味道，即使火上房了，枪顶额头，"我"依然吹着口哨，把多余的浪花剪完，任何事也不能破坏我的好心情。我把这看作这首诗的气质，也透露出诗人生活中的气质：机智幽默，除了写诗，其他都满不在乎的神态。这是不是这首诗的人生要义呢？这也考验着读者的想象力和感受力，仁者见仁智者见智吧！

所以更多的时候，这样的诗人不愿意说话，喜欢独自沉湎于想象，习惯于在喧嚣的人群之外观望。所以诗人丰沛的想象力和通灵的功能，产生于他的静观——沉醉——迷狂——出窍的修为方式。更来自诗人对生活的感受力和敏感度，它让诗人看得准，下手得狠，似有谈笑间樯橹灰飞烟灭之感。

诗人用想象之辽阔与感受之深刻的，一起成就诗歌，并成为诗歌的通灵者。

素 术

（朴素，洗去铅华，呈现真实，洗练文字，还诗自然简单）

凌厉与柔软：写诗就是说话

被诗歌泡得快成妖精了的编辑，诗歌的精髓早已渗进了他们的骨髓。所以读他们的作品有一种很通透的感觉，犹如夏日的中午，突然四周的窗子洞开，清风徐徐进来，一股清新和舒畅透开沉闷的心胸，让人精神为之一振。自然自由，朴素简单。这样的风格也决定了他们写作的时候，都是很放松很轻松的，因为他们知道用力过猛不是诗，端着肩膀装腔作势更不是。他们明白写诗就是说话，平常似的聊天或自语才是诗歌的常态更是正确的姿态。所以在他们的诗歌中几乎找不到形容词和重重叠叠的比喻，黑就是黑，白就是白，不虚张声势，也不隐喻，至于读者从中读出更多的指向和更多的微言大义，那是读者自己的联想，作者只是就事说事，直截了当，说出即止。

这算不算他们写作的一个境界？或者是职业让他们准确地领悟到：写诗就是做人，必须洗去胭脂，尽显真情真率真性情。诗中有了性情，就像躯体有了气，眼睛有了神，生命有了魂。

商震诗歌的魂就是意，意义，很重很大的意义像钝器一样很沉重地砸在你的心上、你盲目的神经上。但他表达出来又是举重若轻，漫不经心中剑出鞘了。每首诗歌都从一件小事，譬如洗个冷水澡，拔个牙；从一个事物，譬如枯草，雾霾，腊梅开始。每句话都紧贴这些事与物，但你读完心很疼，有中剑的感觉。整个写作的过程他就像在磨剑，开始你觉得霍霍之声很好玩，但最后锋利的剑尖却刺中了你。这就是诗歌的锋芒，诗人的思想，还有诗人高超的手艺。商震的诗歌内核是冷峻的，他诗歌的剑尖一直对着中心，直指核心和本质，然后挑开，让真相露出来。譬如他通过拔牙想到："比疾病更残酷的／是用工具制服人的肢体与意志"。在拔牙疼不疼的问题上，他又说："我不会向那些在我皮肉上动粗的人／说出真情"。这里诗歌在一瞬间就生成了更广阔更深邃的意义。这样的例子在他诗歌里比比皆是。看他的诗歌，表面光芒闪烁，但是你一不小心，就被划伤。这光芒原来都是刃，思想之刃，它潜伏在幽默的叙述中，每隔两三句，就露出来扎你一下，直到最后让麻木的心滴出血来。

从这个角度来说，商震是一个理性的诗人，是一个把诗浓缩成思的诗人，是一个让热烈淬火为锋芒和力量的诗人。

张洪波的诗歌亦如此自然幽默犀利，但是洪波的诗歌更热乎一些，温情一些。他不把诗歌变成剑，而是用诗把剑一样的生活焐热。所以他的诗歌抒情意味更浓一些。他写作的基本途径就是对消失的一些事物以及经历和品质的怀念和咏叹。所以他的诗歌充满了老歌的味道。一般怀旧的作品，都伴随着忏悔和反思，但洪波没有，一首都没有。这是因为他诗歌的核心是热爱，这敞亮宽阔的心态让他不仅只选择美好的事与物，更让他有意磨蚀掉那些扎人的犹如玻璃碴边沿的毛刺，让诗歌变得温和甚至温馨温暖起来。他面对高高在上的石头跌入山谷，这样一个很容易让人发出冷嘲的事件，写起来也充满了宽容以及手下留情，一点没有幸灾乐祸："它居高山太久／被什么逼急了／才知道还有低处"。从别人的角度出发，充满善意和对生活以及命运的更宽阔的谅解和理解。但是善良宽容不是没有立场也不是没有是与非，只是惊涛骇浪被平静的海面包裹了："我还是弓着我的腰／只是在心里　把自己挺得笔直笔直……"诗人的良知依旧，正直正义依旧。写诗就是做人，诗歌即人品。洪波诗歌的锋芒内敛着，外显为大气和平和。

洪波是一个有情有义的诗人，是一个温暖的诗人，是一个有意弱化理性或者把思融化在情感流动中的抒情诗人。

两位殊途同归，他们都是追求意义的诗人，但一个冷一个热，一个凌厉一个柔软，一个主"义"，一个主情。但这些诗行都是他们灵魂里卸下的灵和魂，血和泪，所以他们的诗歌有着同样的效果，那就是感人。

新亲情诗的义与素

我理解的亲情诗应该像一个亲人在拥烤着火炉，即使是在大雪纷飞的严冬，读者的心也无比温暖轻松温馨明亮。这幸福的感觉很久没有了，因为诗坛一直被一种阴冷和自私的情绪笼罩着，我称之为灰色情感，就是冷漠冷酷冷静地逼近真相，而忽略了诗人的热爱激情和关怀，其实这也是一种阴霾。诗人必须走出自我，走到蓝天下面，给读者以阳光雨露和圣洁与爱。最近读到一个诗人专门写给母亲、父亲、妻子和他谓之为乡下祖国的生他养他的小村庄的几本诗集，内心一下子燃起了炭火，几乎一瞬间就把偏出感情视线的诗歌从遥远寒冷的地方拉到身边。从这个角度来说，这种亲情诗的贡献就是恢复了诗歌伦理，具体说就是写温暖的诗歌，做有情有义的诗人，并与别人的命运肝胆相照。这不仅是正能量，更是让诗歌本身恢复了气血并红润饱满起来，这就凸显出诗歌本身的光芒，重新唤起了读者对诗歌这种体裁的热爱和关注。

深情、感恩、善美是亲情诗的内核，但我个人比较感动和看重的是诗歌中"义"的部分，义是真情的升级，有舍己为人的意味。义常和侠连在一起，侠义就不仅是情感上的援助，还体现在行动上。所以侠义这个词总是让人热血沸腾，它代表着正义和真诚，坦荡和牺牲，还有情谊和泰山一样的信诺。它让诗歌充满情怀和高度。所以古人云："侠之大者，为国为民。"有侠义的诗人才能写出大热大爱大时代的作品。

一个诗人给自己的亲人故乡写几首甚至几组诗歌是一种感动，而每个亲人写一本书就是一种义举。尤其是诗人自小就离开了家乡，三十年后把自己的写作触角又伸回故乡，有组织有预谋有整体布局和不放过一个诗意的细节来写，就是一种大情大义。而且这些诗中的人与物不是作为诗人抒情写诗的道具，而是诗人写作的主旨，也就是说诗人不是为了自己写诗才想起亲人和故乡，而是为了亲人和乡亲们的命运，为了凸显村庄的价值才写作，尤其是把镜头对准了那些没有情感交际，而又是普通平凡甚至贫穷落魄的平民身上，这样的诗歌就有了情义，有了良知和温度。

侠义是诗歌中的钙和铁甚至是钢。有了它诗歌就充满了浩然正气并慈爱温情。这种自动地去接纳和感受别人的苦难，而又能与苦难休戚与共的诗人才是当下最需要的诗人。

这种亲情诗的贡献还在于改变了亲情题材诗歌的美学类型，在我们习惯的那些歌咏父亲母爱的诗歌里，我们更多看到的是怀念与追忆，悲痛和遗憾。这样的诗歌虽然真实虽然深刻甚至彻骨，但是大部分是写作者在忏悔和自责，忧伤浸透诗篇，美学类型上是属于悲剧的。而刚才提到的这几本诗集中的诗歌却充盈着欢快愉悦和幸福。这除了作者捕捉了生活中可爱有趣的细节，更可贵的是这些诗可以当面给父母和妻子朗诵，写者与写作对象可以一起交流并完善这些诗歌，作者和接受者一起构成了完整的诗篇。这种即时性和鲜活性，诗里诗外的沟通和交融就让诗活了，那些文字像有血有肉的孩子在他们中间快乐地呼吸和蹦跳着。

这样的亲情诗超出了诗歌本身的范畴，而成为社会的伦理的道德的一部分，因为诗人解决了一个长期人性的难题，即"子欲养而亲不待"的终极遗憾，启示我们孝心爱心不能拖延，不能等待。而且要总结人生，及时地记取和铭刻下亲人以及生活中那些生动的深情的有趣的快乐的人生瞬间，并让它们在诗歌中保鲜且永恒。让我顺手牵出一首这位诗人写给妻子的诗歌："有一年／你咬了我一口／我刚要发火／突然想到你是属狗的／我原谅了你……可我后怕又幸福／你那一天要是一口／把我吃了／我永远永远／见不到你了／后来的后来／你也常常'咬'我／只是比吻还轻"。生动有趣又深情。推想，当这首诗歌展开在两个人面前的时候，幸福一定被推向极致。这时，诗歌不只是一种文本，而是成为一种实用的欢乐剂和和谐剂，甚至是一个活生生的人，一个女儿，一个儿子，总之是幸福的聚焦点和集大成者。

这首小诗成功还在于它的写法，这写法有点小品的味道。先抛出一个包袱，吸引大家，并让大家猜想，然后一抖，让读者眼前一亮，有一种找到谜底的感觉，捧腹然后情感为之镀亮并被幸福爆破。这也是这位诗人亲情诗的总体且自己发明的写法。把真实的事件情节化小品化，用自己的智慧把杂乱的记忆条理化，并在日常琐屑的毫无诗意的地方中汲取出诗意，在浓缩的诗行里鼓荡着起承转合，这是作者的气在流动，一气呵成的情感之气，性格之气，才气和对万物的了然之气，以及心灵中的美和灵韵之气。

这些亲情诗的最大贡献还在于让迷茫中的诗歌找到了方向，找到了根。那就是任何诗歌的本源都是情感，而亲情爱情乡情就是感情中的感情，是感情之本源。当我们诗人不知道写什么的时候，请你重新并细致地想想你的父母、你的爱人、你的故乡，那是你的生命，你的一切爱和幸福以及痛苦的源头。这是我们忘掉了的写作常识，这位诗人用他的写作实践再一次提醒我们不论是写作还是做人都不能忘本。

（引用诗歌作者为刘福君）

朴素与仙灵

技术让人震惊，但感动人的不是技术，而是技术的夹缝中冒出来的情愫，哪怕细弱如青草，但它的清新，它的真而纯，总会令人怦然心动。很多时候我喜欢也情不自禁地把诗歌想成朴素仙灵的青草，这刚刚发芽的草就是大地的女儿，她紧贴在大地上，就像一个孩子在给母亲写亲切的情书。

做一棵青草，就是永远的低调。谁的姿态越低，谁飞得才越高。好的诗人不要做炫目的花，而甘愿做朴素但生命力最强最旺的青草。青草不计较身份地位，不在意自己是谁，这是一种胸襟；青草又是母性的，因为她的慈爱无处不在，即使和自己无关，既然是美，就把她们迎进自己的视野和胸怀。这是一颗懂得欣赏懂得珍惜的女儿心："一月天明。二月苏醒/三月春风骑马过玉门/留下长城/四月，绿裙拖曳//五月生出的小耳朵/六月妖娆/七月招蜂引蝶，是是非非/八月，思想涨高/懂得真爱，做了母亲……//十二月/我听见人类的脚步声/惊动了诗人——/他揭开门帘/望见大雪纷飞/草和草籽/站在冬天的牙齿里……"（任佐俐《青草的自述》）。

诗中充盈着一股气，催使诗歌流速加快，让人非一口气读完不可。气流让诗歌连贯激荡而且饱满。很多优秀的诗歌中都贯穿着一种气，但不同诗人这种气是不同的形态，更多的时候这种气就是情感，情感在诗中犹如一根红线，把互不相干的形象连缀成一个整体，而且不管思绪怎么蔓延，枝枝杈杈中我们也能看到不变的灵魂。类似那句老话：形散而神不散。而且随着情感的凝聚和奔泻诗歌也呈现不同的景象。我喜欢这样的诗歌，有些许的伤感但读起来并不心寒，意象琐碎但因灌注了情感，变得连绵，连绵的气息中散发出自然的芳香。

这样的诗歌读起来不费劲，而且有一种清新扑面而来。真的就像离离的青草，真切蓬勃，还带着沁人心脾的气息。这符合我一向提倡的真实朴素，简单透明的美学思想，还有真诚和深情。好的诗歌都是这样有感而发，从自己出发，通过所见之物直接抒情。诗歌在这里像一个洗去胭脂的女孩，露出清水芙蓉的本质："大雪要来/赴大寒的约/我要赶紧回村/叫醒打盹的柴禾/拭亮水缸里的镜子/屋顶上安排好炊烟//我想劝雪歇在十里之外/进村的路先铺上毛毡/树上都点起灯笼/鸟窝垫好丝绵//让书卷在案头等一等/让枣香在灶上等一等/让红梅在枝上等一等/让惦念在心里等一等//让高兴慢慢来"（陆苏《大寒》）。

表达是简单的，内容是清晰的，虽不新奇，只要你细致地吟诵，你就会被这首诗歌所营造的情境笼罩，被它传达出的气息迷醉。而且视觉效果明显。这里诗的切入点就是围绕大寒这个节气组织与之相关的意象，在诗人情感的滋润下，这些意象开始复活，好像被雪水清洗过，变得清新动人。从而诗意开始弥漫。就像水果味的口香糖，简单但意味却很绵远。

这样的风格同样也出现在方海云一首写雪的小诗里。《冰雪聪明》："从天之上逃下来/先是恣意地爬上树梢和房顶/和夜行人一遍遍飞吻。最后/再把坑坑洼洼沟沟坎坎/掩起来//这些天使们，有多淘气啊/自以为这么一闹腾/一切就被藏起来，一切就/雪白雪白了//一场雪，它能覆盖什么"。

几乎不需要解释。全篇采用的是白描，只是最后一句："一场雪，它能覆盖什么？"加重了诗歌重量，像一粒种子，播进了土壤，让土地有了内容和质的变化。这是意义的力量，是诗歌的内核。也是这些诗歌与生俱来的气质。它像一个人的标签和身份，无论你身处何处，生活多么变异，人们也会根据它一眼把你揪出来。这些诗歌的气质就是朴素和简单，还有自然和清新。它是一个诗人写作的根和魂，是命运。从此不论是写什么，怎么写，还是走多远，怎么沧海桑田，都是从这里滋生和蔓延。

但是朴素不等于黯淡，简单也不等于浅薄。它代表着一个人的修为和诗歌的品位。只有历练人生的人才知道朴素和简单的境界，只有经历了沧海才明白水只是水。任何技术上的风云变幻，都是诗歌的"马甲"。诗歌就是诗歌，它所追寻和最后的归宿就是人类最初的品质，那还是朴素和简单。像禅宗说的人生的三种境界"看山是山，看水是水；看山不是山，看水不是水；看山还是山，看水还是水"。这就是人生追寻的过程，从无到有再到无。这最后的境界，就是最高的境界，而最高的境界就是回到本来或者本原去。

一个诗人能做到朴素和简单，除了她先天的气质因子，还和她写的内容有关。首先这些诗人不写那些复杂的东西，譬如很多女作者挖掘的生命体验、内心独语、潜意识，还有幻觉和预感等等。这些诗人写的就是自己所见所感所经历的。故乡、亲人、往事，诗人用的是追忆。还有经历的事件以及目光所及的自然中的动植物，譬如月光、露珠、阳光、清泉，写它们用的是擦拭法。

和亲人说话，没有人会装腔作势冠冕堂皇，这题材本身就决定了诗歌的真实自然。而擦拭法，就是用新鲜的言语和感觉擦去陈旧的言语和感觉，洗去铅华，呈现自然，让真相和心灵更清澈和透明。所以我们会轻而易举地走进这些诗中，发现作者的诗心："这个世间，说话是再简单不过的事情了／甚至简单到可以省略／比如：爱"（《大地之上》）。

短短几行但扎灵魂，简单而深刻：人生其实不需要的东西很多，连爱都可以不必说出来，那诗中前面提到过的脚步、电话铃、手机等等整天的吵闹，有什么价值和意义？

这小诗先白描，最后寥寥几字给诗歌安上心脏，就是思想，思想使诗歌陡然增加了重量。重量让朴素中含有意味，简单里蕴含思想。而作为一个女诗人，天生的敏感和细腻，使她更容易多愁善感，对万物感怀。这些情绪轻易地从诗歌里暴露出来，让我们感到清新的气息下面，流淌着一股善良脆弱而又感伤的情感。这是对人类和美好事物的悲悯担忧使然。

这让我们质疑诗歌到底还要不要技法？假如上面那首《冰雪聪明》中没有这几句："这些天使们，有多淘气啊／自以为这么一闹腾／一切就被藏起来"，这首诗歌还是否这么鲜活和生动？但这几句的产生又是来得那么自然，是自动生发地流淌出来的，没有一点思维发力的痕迹。其实这几句就是我们常说的拟人化，但是它不是作者有意的技术为之，而是作者内心真实的感受无意中与技术相遇了。

所以我们说好的诗歌中是有技术存在的，只不过这种技术不是作者有意为之，而是这种技术化成了诗人的一种习惯，像盐融化于水，看不见但水的质量已经改变了。所以真正的写作者之间不在意你写什么，而是怎么写。像一个好的舞者，舞什么无所谓，重要的是舞技的优劣。真正的舞者，内容和舞术还有舞者是浑然一体的，舞者手足之间，都体现了三者的合一，虽然简单，但有无穷的玄机，体现了舞者和舞本身的精神。舞者自己就是一个精灵，他（她）自己就是舞的全部。这同样适用于诗歌。

诗随年龄递简

1. 40岁是诗人的一个坎

在我对诗歌的阅读中，发现一个有趣的现象，那就是随着年龄的增长，诗人们的写作却越来越单纯和简单。当然这种单纯是指表达方式和技术方法，其意蕴并非如此，而且正好相反。这是一个很有价值和值得研究的一个细节。对于女诗人来说，真正意义的写作是在30岁以后，到40岁左右开始成熟，并进入最佳状态。这个时候，各种干扰渐少，注意力分外集中，创作的势头更加兴旺，作品的质量也和年龄一样越来越成熟和老练。这除了女性的韧性使然之外，还有就是女诗人的灵性随着阅历知识和理性的渗入会转变成智慧，而智慧能使她们的写作走得更高更远。

男诗人也有智慧，但他们的智慧中更多地掺入了社会的元素。这就涉及到男女社会角色的特点。随着年龄的增长，男诗人面对的不仅仅是诗歌，还有社会的风尘和生活的风雨，这些东西有时会损坏诗人的心灵。而女诗人与男诗人相比所承受的社会和生活的压力相对比较小，她们的心灵也就保存得比较完整，而纯洁的心灵会使女诗人依然保持对诗歌的敏锐力和独特的感觉。所以年龄对女诗人是个帮助，对男诗人则是个破坏。

对于男诗人来说，40岁仿佛是一个坎，也是一个考验。挺过来了，或许成了大师，或者靠毅力而不是激情支撑着自己诗人的头衔。更多的是改弦易辙，当官当董事长当教授去了。这也说明激情是靠不住的，随着年龄的增长激情会枯竭。只好等时间再翻过10年乃至20年，待他们的人生已定，再重新归来。

（譬如目前那些号称"新归来者"的50多岁的诗人们，他们经历了人生最热闹的时节，在繁华即将凋落的时间里重回诗歌现场。这些诗人的作品非常的沉静而开阔。这是因为他们功成名就或者功不成名不就之后，对生活的现状和命运已经认可，不再不忿不再抗争。对写作也没有功利的需求，只是把诗歌作为灵魂的朋友和依靠。人的心一放下，天地就大了，境界就高了，出手也就自由了。像书法中弃去巧与功的章草，随心所欲中透视着灵与慧，凸显出真诚和朴素。这是一种辽阔和寂静，代表着高度和境界。诗人看透了人生，诗歌就成熟了，俯视着人生，诗歌就能满腔和气，随地春风。）

2. 诗随年龄递简

诗人开始写作都是从自身出发，从自身的生命体验开始。其创作视角是内视的。写作的资源主要来自诗人自己身体内部的感觉、体验和起伏的潮汐。尤其是一些女诗人，她们写作的对象都是作为女性和个体生命的狂想、梦境、呓语、欲望、潜意识、躁动、第六感，以及神秘体验、本能驱使和两性的冥想和勘探。这样的写作使她们漠视身边发生的人和事，从而走进了人自身生命的隐秘世界。这让她们的诗歌布满了超验、无序和隐喻，还有破碎、错乱的光芒。读她们早期的作品，你会感到灵光到处闪烁，就像撒了一地的玻璃碎片其光芒是无序和杂乱无章的。她们也不追求有序和完整，而且似乎有意打碎完整，使一大块光明变成很多块小的光芒。这泛滥的光芒可能更能折射出生命的隐秘成分。同时也使这些诗歌成为探索人的生命的符号，从而使诗歌具有了心理学的成分。使诗歌充满了想象力、模糊和神秘的色彩，甚至无解。

这种写作除了当时的思潮以及一些更优秀的女诗人影响之外，更多的是来自于女性特殊的心理，还有她们的年龄和经验。随着年龄的增长，她们的诗歌变得清晰和明朗。譬如李轻松30多岁时写的关于铁的系列就有别于青春期时候的神秘和深晦："整整一天，我们一直在打铁/……一股潜伏的铁水一直醒着/等待着奔流，或一个伤口/它流到哪儿，哪儿就变硬　结痂/亲爱的，不要停下，/我从来不怕疼。从来不怕/在命运的铁砧上被击痛/或被粉碎，只是我需要足够的硬度/来锻造我生命中坚硬的部分"（《让我们再打一会儿铁吧》）

这时李轻松的写作虽然局部还有些模糊，但整体已呈明朗，并且有了意蕴。让我们吃惊的是她的语言也像被反复锤打的铁，精致、完美和出人意料。此时她的诗歌就像一个很会装扮的女人，虽然能看出来修剪的痕迹，但只是浅浅的淡妆。我个人把她的系列打铁作品看成李轻松诗歌写作的分水岭，或者是一个新的起点，或者更深刻一点说，是李轻松真正写作的开始。

让我坚信年龄越大写作越单纯和简单，是我读到了李轻松40岁时写的作品。40岁时的写作正好是对她早期作品的一种反拨，早期那些烦琐的零碎的无序的模糊的超验的意象已经变成单纯、整体、秩序、清晰和可知可感。也摆脱了她写铁的系列时候那种局部还存在模糊的情境。过了不惑之年的李轻松以及更多的女诗人的诗歌是完全开放的、自由的、明晰的、还有更主要的是朴素的和开阔的。其作品也由有意思转变到有意义，由有趣味转变到有意味，诗歌的资源也由关注自身的生命拓展到关注周围的事物和事件，写作的视角是敞开的自由的。从而诗歌不再是个人的隐私和秘密，而成为大家的公开的普遍的能感动人的一种艺术。例如她的《托尔斯泰的最后一个冬天》："1910年的冬天　82岁的列夫·托尔斯泰/决计要离开世俗的生活/他举着一截蜡烛，叫醒他的医生和马车夫/他说：我马上就要走了……/当四轮马车终于驶出了庄园/当他在亚先基火车站想到南方/他激动得眼含热泪，满脸通红/像第一次出远门的孩子／……他的生命从这一刻开始/便一点点地飘离了他的身体/漫游广阔的大地/他所期望的乡村，单独而暖和的农舍/还有那些农民兄弟/离他是越来越近了/他为什么要选择火车出走？/选择碾过安娜的宿命的火车？/是什么提早把死亡降临在他身上？/他是否想起多年前/为自己做的一次安魂弥撒？/没有人因为享乐而感到可耻/没有人把真正的风寒迎进自己的身躯/只有列夫·托尔斯泰　俄罗斯大地的良心/定要在荒凉中停止呼吸"。

诗歌是线状的，像流水一样清晰简单。让我们轻而易举读懂了它并被它打动。我们把这看成诗人完成了一次蜕变。这次是彻底的刻骨的真诚的本质的变化，表明40岁后的诗人的诗歌就像洗净的脸，去掉了铅华而呈现出本色的美和自然真实的魅力。

其实走向单纯和朴素，不仅是艺术发展的规律和方向，也是向人性的本质回归。本来这是我们性情中的本然，可我们却学会了掩饰和包装，也习惯了圆滑。而圆滑就是技巧，所以技巧多了，就失真，就失信。像一个云山雾罩的人，生活里是不会有朋友的。所以，人过40，大多数诗人都醒悟了，更多的人正在折返的途中。而且不论是表达方法还是内容都显露出真实和质朴，还多了一点生活波和烟火味。诗歌不再只是生命体验的符号和呓语，而更贴近了生存，贴近了意义，贴近了心灵。那些原来生命意识的探秘者转化为更广阔的时空中生活的记录者和言说者。

直术

（直接简洁，开门见山，属赋，含口语和叙事）

酒神与豪放

一首好诗能刺激你的神经，甚至一瞬间卷走你全部的注意力。读这样的诗歌，你的心里会咯噔一下。之初的漫不经心荡然无存，且情不自禁地念出声来："台风一来　海就躁动／美酒一来　我就激荡"，"我就是我自己的　一杯酒／也是你的　且深不可测／一饮再饮　从口舌走向肠胃／从诸子走向百家／从唐诗走向宋词／……／一滴酒　足可以对各路忸怩作态一剑封喉"！

读到这儿，我有一种"荡涤"的感觉：一股台风从诗里冲出，摧枯拉朽，削山填壑。这是酒神的力量，让人陡长精神，心胸被拓宽，诗境变得广袤而辽阔。上面引用的诗歌题目叫《与酒色无关的酒色人生》，我理解就是真名士自风流，而诗中高扬的醉，不是沉沦，而是诗意在荡漾，是沉睡的自主意识在觉醒，还有刚健的人格和诗魂在恢复、重建、确立和崛起。

曾经有朋友问我，说你们诗人的格局太小，而且软塌塌，还自以为是，能不能写点豪放的雄性的诗歌？

刚才这样的诗歌就是对这个朋友的回答。它一扫萎靡猥琐，让诗歌和诗人从自恋和文字的炼金术中走出来，声音从细嫩变成粗吼和雄壮。虽然在文字上还需要精粹和洗练，但它开启的直接自由坦荡的雄健之风，显然是对当下诗歌写作的一种补强，也是对优秀的诗歌传统，譬如直抒胸臆、"吟咏情性"的传承和光大。

所以，从审美品格上来说，这样的诗歌属于雄浑和劲健。雄浑是说诗人要蓄积正气，让诗歌具有包罗万物和横贯太空的气势。而劲健也是说诗人心神坦荡如同广阔的天空，气势充盈好像横贯的长虹。雄浑与劲健强调气势的力度和广度，但落实到具体写作上，前者为整体，是虚；后者为具体的节奏，是实。能做到这些，来源于诗人的元气正气和浩然之气，显然原格强调的是诗人的内功。正因为内心的自信强大和光明，诗人才敢于在酒中放排，酒中击剑，让诗歌醉出真和自由，醉出宁静和温馨，醉出无边的蔚蓝和忘我的境界。用这个作者自己的诗句总结就是"天空蔚蓝如洗　而火焰之美远胜于霞辉／火哧哧的喊叫　不是缘于风而是缘于酒神"。

　　这里的两个关键词：蔚蓝与火焰，包含两层意思，一是清理内心，让心灵变得干净宁静；二是化解块垒，让它变成闪电和锋刃，鞭打那些丑的恶的，人性中不光明的东西。于是诗歌就有了超验性和现实性。先说现实性，现实就是批判，但批判也需要力的驱动，因此酒就成了猛药，写诗就成了放洪。酒与诗合力，让淤积在内心的台风海啸冲出来，扫荡和清除那些与人和社会都有害的毒素："权贵们小资们就像某些生硬挤出屁来的诗人／在圈里圈外或竞相人头马面或竞相鸡鸣狗盗"。诗有锋芒，一剑穿心。他所指向的绝非仅仅诗人小资和权贵们，诗的剑尖直指文明的溃疡处，以及一切鸡鸣狗盗的灵魂。

　　在坏人喧嚷好人沉默的时代，发声就是战斗，就是拯救。从这个角度来说，诗人就是时代的肝胆。与现实拯救相比，超验就是解脱，就是自救。当内心的淤泥和风暴倾注出去，剩下的就是净与静，单纯、温暖和爱。这是自我救赎，是社会人向自然人复原。这又涉及到诗歌反复提到的"醒"与"醉"。醒代表现实、此在、沉重和挣扎，醉象征着超诣、彼岸、诗意和自由。从醒到醉，就是把灵魂从泥潭里往外拔的过程。这也颇似尼采的"酒神"精神，和"沉醉"似体验生命的方式，尼采认为，沉醉的本质是力的提高和充溢之感，这是一种积聚的高涨的意志的沉醉。所以沉醉代表了强劲的生命力，和不可遏制的创造力。而最终要达到的目的还是他著名的人生三段论之一，即代表真、纯、自由的婴儿状态。在这些诗里，"婴儿"状态就是"醉"态。譬如诗中说："何谓道　何谓器　何谓我/道在器的深处苟延残喘/我在道的深处走投无路/唯有酒和女人/与我一道风生水起波澜壮阔"！

道，显然是老子说的自然自由的万物之"大道"，器则是后天人工所为，汇集了违背自然法则和各种不情愿的种种现实性，那么打个比喻来解释就是，最外层是世俗的现实，它的下面是本该自由畅通现在却奄奄一息的自然大道，第三层是"我"，因坚守自然大道即本我，只能蜷缩在最里面。那此段诗的后两句就是写诗人的抗争，酒和女人不是逃避，而是反抗现实的工具和方式，就像狮子要怒吼和奋争，最终是为了进入"风生水起波澜壮阔"的超我之境。

那么超我之境是什么呢？看他的诗："空　空　空　空正以空之无限/超越一切山川大地海洋　乃至/一切目光和想象等格局之上/……由刚烈而柔软　由实而虚　由有而无？从此后块垒不再……"。

诗，显然还带有酒意和醉态，但核心思想已经凸显了，那就是"空"和"无限"。这是哲学的根本，也是宗教的目的。只有彻底的放下和绝尘才能空，所以空也代表了绝对的净和静，它不是空洞，而是充盈着满满的光芒。无限就是空的量化，光芒的无边无际，代表着绝对和永恒。这是诗人"醉"的含义，是他关于人与存在的哲学阐释。

如果大家觉得抽象和空茫，再看这句："我的倾诉和呕吐都是我最好的诗/然后做一个石头一样安静的人"。像石头一样安静，这就是倾诉和呕吐的台风吹过之后自然呈现的状态。我把它理解成是诗人进入"空"和"无限"的第一步，是把庞大的超然的虚无的哲思与禅思变成了看得见摸得着的东西。进而让"星月舞之于夜空"，"诗歌的篝火孤独而热烈，无私而温暖"，"我与诗歌相拥而眠"。这就是醉的具体内容，是诗化了的人生。也可以理解成诗歌拯救，或者说，诗歌拯救的具体方式就是诗化人生。

"诗化"就是把物质的冷漠的僵硬的混乱的虚假的不情愿的种种现实，通过诗歌、艺术或者类似诗歌品质的行为改造和溶解，使之变成诗意的人性的浪漫的理想的美的世界。正如当代著名哲学家E·贝克说的："在人身上那种要把世界诗化的动机，是我们有限生命的最大渴求，我们的一生都在追求着将自己那种茫然失措和无能为力的情感，沉浸到一种真实可靠有力的自我超越之源中去。"

诗意化对于整个世界来说，也许属于幻想，但对于个人并非乌托邦，尤其落实到诗人头上更是一种可能。起码在诗人写诗的一瞬是超越现实的，而他完成的作品也能给予读者一种超然的意境和感觉。所以诗意化的世界，最重要的是个人的诗意化，尤其是诗人的诗意化。诗人诗意化的根本方式就是拒绝物化、异化，坚守本我。当然我们不可能回到婴儿时期，但要努力地保持人最初的品质，当鲜活的真性情变成冒着气息的诗行，诗歌就有了性灵，这就是醉之境的诗歌，诗人希望长"醉"不醒的诗歌。

醉，是终点，也是起点。醉让诗人上天入地，抻长了诗人的想象力，也加速了诗人的创造力，让诗人化腐朽为神奇，并"以气吞山河之势／将自己、酒和美人一道／灌得风姿飘逸波浪滔滔"。这里醉是内容，也是形式，这又回到诗歌本体上来了。因为不论思想多么深刻，境界多么高远，优秀的诗歌考验的依旧是诗人的手艺，谁能在无中创造出有，在醉中点中读者惊叫的穴位，那就是诗歌有了出乎意料的精妙。

因此，这些诗歌告诉我们，醉不仅是人生的最美，也是诗歌写作的最佳姿态。需要补充的是，酒在中国文人这里，古往今来，都是他们宣泄情绪的药品，停留在生活的表层上。能把酒写进人的精神层面，具有了尼采那样的酒神精神，让酒唤起人的生命力和创造力，这位作者似乎开了个头。那就让我们"打开封闭已久的酒和身心/让酒香异性之吻一样/弥漫饥渴的目光、口舌与胸膛/弥漫那些碎、虚妄和苍茫"！（诗歌引自孙甲仁作品，以上同。）

叙实性与戏剧化

进入新世纪，有些诗人以一种"非诗"甚至强暴的方式，硬把诗歌带入一种新的文体中。通俗点说首先就是把诗歌作为一种文学体裁与小说、散文、报告文学、甚至通讯的作用等同起来，这无疑是对诗歌固有甚至越来越小的疆域的一种扩张和延伸，这种诗歌不再是诗人自己或神圣或神经的哼哼唧唧，而是开始记录和表达别人的生活。创作主体的消失或者隐遁正是诗人人格的重塑和文学使命的回归，文学为大众变成了一种实践。

其实平民写作和叙事性并非这几年的新玩意儿，有新诗以来就有人这么实践着。重要的是怎么叙事，怎么平民化。我说的这些诗人的创作既不是表现特殊状态下特殊事件的传统叙事诗，也不是提倡民间写作中那种对常态生活的侵略、变形和夸张。这些诗人写的都是小人物，采取的是还原法，力求真实、原生态、客观化，让诗歌和生活零距离。而且口吻是调侃的，传达出的意味是有趣的。这有点像当下流行的戏剧小品，只是比小品更简练，更有力。我简称为叙实性。

叙实并非简单的叙事，它比叙事更真实更鲜活更有个别性。叙事与叙实都是"人物——事件——命运（象征）"三段式，但叙实更强调客观化、真实性和常态化。而原来的叙事基本还是沿袭典型环境中的典型事件。叙事的一砖一瓦都是搭建起所写人物的高大上。譬如陆健二十世纪八十年代写的《拜访叶圣陶老》："难道我不可以拜访他么/或者叫……访也行/门等待一会开了/这位老人让人放心/老者宁静、双鬓、头顶上/那么多季节，站着/好像为了这不速之客/他已等待了很久//'我是一个青年诗人——'/突然老者朝我鞠了一个躬/慢慢地毫不做作/充满了谦逊的感情/老者宁静、双鬓、头顶/雪白，一座雪山坍塌下来……"。

作者选择了老人自称青年诗人，并向真正的晚辈诗人鞠躬的细节，作为写作的切入点，最终也是通过这个细节毕现叶老的高大人格。这样的效果就是典型的传统叙事，虽然加进了个人性情中的幽默和风趣，但其本质还是高于生活的英雄似的赞美仰视敬畏，诗的姿态也是向上飞扬的唯美型。

而叙实性诗歌虽然也是叙述，但它更表现平常化的生活，普通化也就普遍化，重点在于"实"，而不是浮出常态水面的特殊人和事。而且诗歌的姿势是面向大地，并伸向不再美丽的生活的核心。不美也不再有凌空高蹈的高贵和宁静，而是琐屑灰尘还有世俗和慌张。以陆健后期那首《给俺媳妇的生日祝福》为例：

> 俺家媳妇非常温柔地要求/你必须给我写一首诗今天/我答应了就把脖子/塞到了胳肢窝底下//俺家媳妇是读过很多书的/不然的话她怎么老是叫我/呆子？//呆子这个东西，很多店里标明——/"海鲜"，我知道它有七七八八的营养成分//她说呆子/你在厨房干什么？我说/我，我在给萝卜——脱裤子//我削好萝卜，跟茄子一块炒/恭恭敬敬端到写字台上/一溜油渍，为她的博士论文/增加了二百多行//然后她的脸色，就比茄子还紫/我的胆子，就从大象变成了蚂蚁//她在家呆——呆子的呆——/难受了，就想出去……/……她拎着大包小包回家/忙不迭地在身上比划/手也不停话也不停——/这

件好吗？那件好吗？天下的/新衣服都好吗？//我一溜小跑着"好好"答应得勤/我说你笑的时候眼睛真像你父亲//她剜了我一眼，拍拍脸颊："来，在/你老丈人的这个地方亲一口"/我当时就昏倒在了地板上。

相信看了这首诗歌的人都会会心一笑。为充满生机的生活，为有趣的诗歌，为"我"笨拙而幽默的呆。这首诗歌是典型的戏剧化。时间：星期天；地点：家；人物：我和妻子。戏剧情节和效果就是妻子生日，我讨好妻子却由于我的呆而适得其反，哭笑不得。最后达到戏剧的高潮：倒在地板上。这可能是生活中真实的一幕，但放在诗歌里就改变了诗歌原有的气质，让诗歌充满了情趣，并变得充满盎然生气。与传统的叙事性诗歌的宗旨有着本质的区别。

曾几何时，我们的诗歌变得严肃死板，苍白僵硬。虽然高贵纯洁但让人敬而远之。所以我们的诗歌变得越来越不可爱，越来越萎缩，最后成为诗人自己自慰自娱的方式。现在诗人们把生活中幽默和调侃的成分引进诗歌，使诗歌戏剧化，就是给诗歌带来血肉和烟火，就是让诗歌重新回归大众。这种尝试也是给诗人们提供了一种新的文本。

以陆健新出版的《四方步》为例，这本诗集共选了作者二十年来四十几首具有这种有趣和戏剧化的诗歌。这些看似零散的诗歌却共同塑造了一个"我"的形象。"我"是一个有正义感和同情心的知识分子，在飞速变化的时代有点不太适应又有点不情愿，所以在别人眼里有点呆和愚。当然这种呆和愚并非智力上的缺失，也许是有意对时代发展带来的负面事物的排斥，因对于人类发展过速过猛的放弃而显迟钝。所以"我"和别人比起来总是慢半拍。用他自己的话说就是拒绝恶搞，拒绝流俗。他是迈着中国传统知识分子的"四方步"来搞冷幽默的。所以这种呆是有趣，是装疯卖傻，大智若愚，是内心太机敏了而呈现的"钝"。

我们可以把四方步看作是诗人观照生活的一种节奏，不慌不忙，不偏不倚，有意放慢自己，跟在匆匆忙忙脚步后面保持清醒保持自我，再顺手来点幽默和讥讽，嘲笑自己也讽刺别人和社会现象。自嘲、嬉笑怒骂、冷嘲热讽中体会和承受人生的重和时代的轻，并让人在轻松幽默的笑声中，从中发现人性的弱点和良心的重要。这就应合了喜剧的艺术特质。于是"我"发现"上帝是通过人的下边（艾滋病）/惩罚了人之后/现在又通过人的上边（非典）/来惩罚"人类的不敬和不公。于是知道了人类的弱点并坚信人类能战胜自身的了了特特博士（也可理解成"我"），即使在非典时期也不悲观，"乐观就像茶壶一样/即使屁股冒烟烧红了/还有心情吹口哨"，而且"给我一点阳光/我就灿烂/给我一点海水/我就泛滥/给我一个老婆/我就让她吻脸蛋……"。

为了追求这种诗歌的戏剧化，诗人借用和改造了网上网下的笑话和短信。这些鲜活的新民间谚语构成了诗歌新元素，使诗歌的幽默和讽刺的美学风格更丰满明晰积极和突出。但是这些诗人的借鉴是有选择和尺度的，他们不屑做一个以发泄情绪来否定一切的口水诗作者，而是做一个对诗歌创作的新的可能性的不断尝试者，诗歌的建设者。其实也许有些诗人本人的气质中就潜伏着这些幽默诙谐的元素，戏剧化和喜剧化的写作正好契中了他们这些性格中的"地雷"，然后就一起引爆出这样的诗歌小品。

扩大诗歌的外延，给诗歌肌体注入新的血液，是诗人的自觉投入，但写什么样式的诗歌，取决于诗人自己的性格气质和心理模式，偏离了，诗歌就不伦不类。

平民立场，真实事件

这是上篇文章观点的延续。

诗人对纪实性诗歌的迷恋，源于"平民立场，真实生活和真实事件"。这也是一种大的人文关怀。诗人写作的对象永远是人，关切人，说人话，让人活得更真实自由更文明和人道，这就是诗人永远的立场和方向。但是具体写作上，依然存在怎么操作的问题。是拿这些人和事作为符号来凸显诗人自己的主观意识，还是让个人的经验消失，让作品呈现出原生态和客观化倾向，这显示出诗人的选择还有勇气和"三观"。

从现代主义回到现实主义，再落到自然主义；从仰望天空，仰视英雄和权贵，到俯首为野草般葱茏和低微的平民写传记，这是诗人思想的拐弯和写作姿态的转变。这不是简单的现实主义。现实主义要求作家去塑造典型环境中的典型形象，一说典型形象就要高于生活，就要虚构就要编造，而这种真实写作也就是写日常环境中的平常形象，有具体的真实的人和事。这就更真实更准确反映出当下人的生活现状和精神状态。诗歌在这里就是刃，刮出了骨头，滴出了血。

所以在诗歌平民化的道路上，一直伴随着人道主义的关怀和悲悯，一直鼓荡着诗人的良知和对人民的刻骨之情以及赤子之心。用一位诗歌研究者尹嘉明的话说就是：在这样一个帝王将相、知识精英、商界强人和富豪大腕吸引绝大多数眼球的时代，诗人的心却一直是"向下"。诗人长久地注视并歌吟卑微者的痛苦和希冀，自觉地站在贫弱者一边，和他们一同担当苦难。实际上国家的命运，时代的命运，是被每一个卑微的个体在无意中承担下来的。这个世界上有太多卑微的人和事被社会冷漠的眼神所忽视，然而诗人铭记着他们并把这种关注变成行动变成文字。变成自己的诗歌精神。

正因为这样，随着诗人的回归之路越来越近，诗人的关注点越来越从自身剥离开去，向更远更真实的客体奔去。表现在作品里就是剔除个人的情绪和经验，越来越客观，还事物本来面目，显现原来状态。

这样说不等于诗歌中没有了个人的感情，我只是说这类诗歌中已经甩出了虚妄的夸张和廉价的抒情，不再用自己的爱憎来给事实定性。而且选择即情感，用事实说话，真实才是力量。这才是诗人的立场，也是诗人给读者留下更广阔的阅读空间。如陆健的《农民工李小四》："农民工李小四，去山西挖煤／捎信说要探家，忙坏了小小四他妈／又是梳头又是洗脸，肥皂用了半拉"。可李小四迟迟没回。他干吗去了呢？原来是因为钱挣得不容易，怕将来没钱了，日子不好过，于是，就在经过的地方藏钱："在郑州西流湖的石头地下藏一个存折／在南阳公园的大树旁边刨个坑／塞进一个存折，方城百货大楼外面／墙根老鼠洞里塞一只饮料瓶子／又藏了点，然后／将一脸春风，全给了老婆孩子"。在家和老婆舒坦几天离去后，老婆"一个星期后从电视里看到／李小四下井的煤窑瓦斯爆炸／老板失踪，工人无一逃脱"。

这是太没诗意的事实，作者没有掺进一点自己的评价。但是相信读者从这个真实的故事中能悟出善恶美丑、愚昧与文明，还有残酷、不公、活着的艰难和捉襟见肘。而且惊呆的嘴久久不能合拢。这就是客观化的效应，它带来剔骨般的真实，让人不得不信，不得不深思和捶胸。

还有《抄袖子》中这段："……俺不是流窜犯／俺们有大队的证明。因为大街有外国人／所以白天在这儿蹲着，晚上出去行乞／俺不愿丢国家的脸哩"（陆健诗）。这是发生在我们共和国七十年代河南南阳真实的一幕。惊诧。欲说不能。人格的二元化。饥饿和高尚。还有政治。丢了尊严的尊严，等等。有悲悯和关注，但没有主观的导向，因为这是真实事件。读者可根据个人的经验和思想去判断和联想。

分不清好坏的事物，及有缺点的好人，构成了平民化诗歌中的新典型，也让诗歌有了血和肉，有了人间的气息，诗歌肌体发出了盎然和充沛的精气。诗歌绕了个文化的圈子，最后回到人本身。

忙诗人的上与下

1. 向下：一地鸡毛

忙诗人，是我对那些整天奔波在工作和生存流水线上，忙得像机器一样写诗的人的戏称。

忙诗人的诗歌都是触景生情。亲历性和真切感，让我们从这些诗歌中看到了一个诗人乃至时代的真实面目。真实最有力量。但真实往往是不美的，甚至是零乱的琐碎的、无奈和被动的。生活让我们放弃自我，也没时间自恋，必须匆匆地被迫性地去成为社会这部大机器上的一个零件。就像沈浩波有首诗中说生活像换频道，节奏快得如被人追杀，譬如在去机场的出租车上，先是对不长记性的员工咆哮，接着对签约的女作家温情款款，五六个电话后才想起："此去机场／飞赴海南／是要参加一个诗会／赶紧把内心的频道／使劲一瓣／硬生生地／从生意／瓣到诗歌／嘎嘣一声／心惊肉跳"。

这是忙诗人生活中的真实状态。忙诗人没有大块的时间和精力去像在书斋中闲得发慌的学者们那样形而上，他们只能把诗歌直接带进生活，把自己每天经历的事情直接写进诗歌。譬如诗人保保在经理生涯中写的《推销员》《VIP》《关于一只箱子的失踪》《坐在酒店大堂里的一位陌生女孩》，仅仅从标题就能看出诗歌的日常化。这样的生活不伟大甚至非诗化，像撒了一地的鸡毛，零乱琐碎，但离我们的生活很近，也很鲜活，仿佛我们也正置身在其中跟生活一起呼吸。所以忙诗人的诗歌也就不飘逸不超拔，但可以给非诗的生活揉进点幽默，给沉闷的心灵透点清风。譬如这首《征婚启事》："某男，年龄25岁／括号：十年前／身高175

厘米/括号：站在凳子上/有房/括号：租的/现任某外企总经理/括号：邻居//因为我的幽默/赢得了一位姑娘的芳心/括号：假设"。

能把诗歌写得这么好玩显然是一种才能，而能让人在沉重的生活压力下爽朗一笑，是对生活的贡献。诗歌能有这样的疗效就像一个残废的人能自食其力了。诗歌不再是只会让人敬而远之的领导和装叉犯。诗歌就是身边的一杯水、一杯酒、一个可以推杯换盏的挚友。用诗歌参与生活，把杂乱无章的生活诗理一下，是诗歌与生活的美好联姻，是双方共同美好的结局。

但笑过之后，我们稍深挖一下，就会有一种悲凉。因为这是自嘲，是假设。我们把假设的条件去掉，那这个征婚者的结局显然是失败的悲哀的，那嬉笑是带着泪水的。原来作者的幽默是冷的，是黑色的。这就是人生，这就是残酷的现实。从中可见作者写作的价值和意义。

所以读这类诗歌，你会有一种疼痛。忙诗人在身体下沉的同时，用诗歌努力与生活对抗着，其感觉就是"黑"："秘密的花朵指挥我/手中的黑色花朵，这些跳跃之火/轻松地越过命运的窄门"（《秘密的春天》）还有："黑暗之子/着一袭黑衣/行走在黑夜的深处/他黑着脸/成为黑夜的一部分"（《黑暗之子》），等等。这些都是傈傈的诗句，可以肯定地说，他自己都没有注意到这个习惯。但是越是无意识的越是最真实的。但这里的黑，并不是通常理解的死亡和消极。从色彩学上讲，喜欢黑色的人不浮躁，喜欢真实还有思考和哲学。正因如此，傈傈和所有的忙诗人一样对现实总是喜欢刨根问底，喜欢在诗里袒露生活的底色和内核。所以，他写《推销员》，看似轻松调侃，但核心却是辛酸和沉重。譬如在前面大段说了推销员才华横溢泡沫横飞之后，作者写道："他是漫长的生产线上一件永不可到达的产品。/酒楼里的一声叹息不只是他的，也不只是酒杯的，/那会是谁的呢？/呵，它的擦痕是那样难以磨灭！"

诗歌至此，作者对推销员的生活和命运不只是同情，还有更深刻的思考。这思考是对时代的担忧，也是对人的命运同情、追问和探寻。

这是忙诗人真实的心灵状态，也是诗中黑色的寓意。在这些诗歌中，有三首诗歌的题目引起了我的兴趣。那就是——《走神》《想飞》《回家》。把它们按顺序串起来就是忙诗人在现实中的状态：走神——想飞——回家。摊开就是：在一地鸡毛的现实中诗人常常走神，然后想飞离这忙碌又让人迷失的现实，回到温暖亲切人性未损的人类最初的家园。

这是忙诗人的心路历程，也是整个现代人的心灵走向。从出生开始，就要走出家园，超越平凡。但是折腾完了青春和年华，才知道远方就是起点。但是没有人真的能回到起点，我们只能在异乡，在都市的流水线上，在看不见的心灵里，铭记故乡的方向，并在我们的诗歌中保存人类最初的善良和美好，还有坚守人性不异化。这就是回家的方式。而诗人就是通过写诗找到一条回家的路，哪怕现实中我们依然是那匹受了伤又挣扎着站起来继续强行的《瘸马》。

这首《瘸马》，意象的选择和象征，意义的阐释，还有语感，内心的节拍等等，都非常完美。具体说就是马乃非马，而是人是时代的缩影和标签。其中的深情和深刻就是作者面对鸡毛一样的现实发出的一声叹息："……倒在我面前的瘸马溅起时代的泥水/弄脏我白纸上长出的花朵/我的笔是一个十足的懦夫/它不敢画一轮太阳来挽救糟糕的心情//而受伤的瘸马 挣扎着站起来/它的奔跑像刀子一样切开沉闷的/泛着腐败气息的生活"。

2. 向上：胸怀白云

我喜欢的诗歌是在生活之上，让我们仰望，但它的根又深深扎进大地，是土地上生长出来的庄稼和果实。它有着诗人真实的体验，又对生活结晶般地概括和航标灯似的牵引，同时它又是美和抒情的。我把这样的诗歌称之为是有境界的写作。

上面引用的诗歌深深地扎进现实，直至抵达生活的心脏。它的每一声叹息都是作者内心的呼吸，而下得越深反弹的力量就越大。所以当这些诗歌触底之后，会向上高高跃起，那高于生活的部分就是境界就是美。譬如保保这首《献给坐在酒店大堂里的一位陌生女孩》："你坐在那里/像一株谦虚的水稻/头上结满稻穗/你或许是一位歌者/已完成了歌唱/你或许是一个侍者/刚刚跑完堂//你就那样坐在那里/静静地/像一件瓷器/在这个喧闹过后的午后/在空空荡荡的酒店大堂里/放着寂寥的光//我打着饱嗝从你身边经过/泛着红光的脸上/忽然有了忧伤"。

这首诗的美是不言而喻的。但它能够脱颖而出得益于作者的三种能力。首先是作者的选择能力。在众多的杂芜的事件中作者选择了安静坐着的少女这个富有诗意的画面；其次是作者用情感对这个画面进行了梳理，让这个画面不仅美而且充满了温度；最后作者又由这个人物（客体）联想到自己（主体），两者一对比，思想就跃出来了，诗歌就有了高度，成为一种对别人命运的关怀，和对自己生活的反省。诗歌就成了镜子，照别人也照自己的灵魂。这就是境界就是指引。

少女静坐在酒吧间，这个场景很多人都遇到过，为什么只有作者发现了她，并写成了诗歌？这就是诗人发现的能力。发现后面是敏锐和多情。说明他是一个性情中人，是一个充满激情而又心灵丰富的人。商海沉浮不但没能改变诗人善良的本质，反而更丰富了他的阅历，积累了他的人生体验。平时他就像沉没在世俗下面的礁石，而当他写作的时候，那些涌动的思绪和激情便会从深海下升起，渐渐地变成一片耀眼的霞光。

发现是从深山中找到矿石，要让矿石成为金子，还需要提炼。诗人的提炼首先是从事件的整理开始，或者说用感性介入，再用理性筛选和升华。具体就是先拔掉生活表面的杂芜，最后把诗抠出来。同样的还有《VIP》，由于自己是VIP用户可以在银行办事不用排队，遭到了其他人的不满，于是倮倮写道："'他是我们的VIP客户/享受优先办理业务的权利'/行长彬彬有礼地解释/'我不晓得这个屁，那个屁，/我只知道要排队'/他小声地唧咕//我突然感到很不好意思/像做错了事，但到底是/谁的错/没有人知道/这让我更难过"。这首诗歌如果没有结尾这几句，尤其最后一句，就是杂乱的石头，而不能成为金子。结尾几句理性的思考就是思，是诗的骨头，也是诗歌的刀锋。

这类诗歌几乎在结尾都产生了扭转，升华了高度。这是思想的作用，也是提炼的结果。提炼就是《二十四诗品》中说的："犹矿出金，如铅出银"，就是说从杂矿里提取黄金，从铅石中冶炼白银。这需要诗人对事件进行淘洗，也对语言仔细地打磨，直至金子成为耀眼的制品。譬如倮倮的《花》："花这个词，要轻轻说出/用一声或者二声/不然，一出口她就碎了/花一出生就是为了被呵护/花是个温暖的词/花是个幸福的词/你轻轻说出：花/花就会开满整个胸间/花香盈袖/春天的城堡瞬间建成/她，接收了这个季节里所有的/忧伤"。

这里花是花，花非花。花是人，是物，是美，是一切美好的事物。我们不能不赞叹，是语言新奇的嫁接让这些陈词滥调发出了新枝。这是作者对每一个字词艰苦磨制的结果。像打造一件艺术品，短短几句，似乎用尽了诗人的心力智力精力和想象力。我想把诗人比喻成一个铁匠，在一件件锋利刀剑的背后，是一堆堆磨坏的砥石。所以要在杂乱的生活中淘洗诗意，又把诗歌提炼成境界，是对诗人心智的考验。没有心灵的丰富和智力的强有力，是无法做成语言的炼术师的。

忙诗人虽然有这种磨制语言的能力，但不是刻意追求语言的魔术师，更多的是对诗歌进行整体的选择和诗意的提升。也许他们已经越过这种对语言打磨的阶段，或者他们把这种对语言的雕刻化成了一种素质，直接运用到诗歌整体的境界升华中。古人说，炼字不如炼句，炼句不如炼意。作者的整体意识就是炼意的延伸和再现。

忙诗人都是一个个及感及情的诗人。他们的诗歌不玄不迷糊也不拘泥于具体的人和事。更可贵的是在人人为名利如蝇犬的时候，他们能让自己在疾风中驻足，用诗歌激活心灵，用诗歌来关注别人的命运，用诗歌记录自己和这个时代的蹩脚和美好。这是一种境界，也是一个诗人的道德和责任。

拓术

（魔化术，开拓心智，拓宽思维和诗歌边界，更新文本）

智性开掘与直觉穿透

1

读那些开智的诗歌我想到一个词：唤醒。因为这样的诗歌对我们惯常的思维是一个撞击，犹如一个重器，击中了我们大脑中蒙蔽处，让我们一愣神，思维沉睡的区域开始苏醒并激活。这样的诗歌是对我们智性和智力的开掘，也是提升。这是我们平时浑然不觉甚至完全以为不存在的部分，这样的诗歌是一种洗脑，并力图把我们深陷在日常习惯泥沼中的思维拔出来，清洗并改道，譬如诗人臧棣说："大雁飞过漏洞"，"舌头上的楼梯"，"真理是一条绳子，／它粗到一定程度时，／我就用它来鞭打一群野狼"。这些都不是简单的比喻，而是一种对习惯思维的扭断和叛逆，而这背后支撑的是诗歌写作新的原则和选择。这就客观地解决了诗歌写作思维的贫乏和单一的问题，呈现出生命和思维更是诗歌写作的丰饶性。

读这样的诗歌是对人心智的考验，这样的诗歌犹如天书，不是难懂，是天上之书，就是在天上写的关于人间的诗歌。这就让这样的诗歌注定过滤掉（准确说是隐去）凡间中的喧嚣、嘈杂还有烟熏火燎的痕迹，甚至具体的事件、人物，以及彼时的情境和状态，而是直取事物的精神，并进入到精神的内部，解剖并辨析，这是一种实验更是一种析理：人与人、物与物、人与物之间的精神联系，当然包括词与词、汉字与汉字的嫁接和构成，这一切使诗歌本体和其中蕴含的意义得以清晰并凸显出来。少了背景和现场的辅助气氛，想立马读懂这样的诗歌确实有些难度，不过这也确实是一个学习的过程。可以慢慢地体悟一种新的诗学方式的生成，以及从诗中抽象出来的更深奥和广博的哲学意义。

那么，这些诗歌中有哪些哲学思想呢？我们在这种诗歌作品里经常看到反复出现的是这样一些词汇：宇宙、永恒、生命、死亡、遥远、绝对、无限、秘密、神秘，还有孤独和美。这说明诗人意识中还是从终极的角度思考人与天地自然甚至宇宙的关系。这些思考肯定和古今中外的哲学家一样不会有具体的答案，但是思的过程就是一种在，就是诗就是一种完成。于是，诗歌在这里就有了哲学的解谜功能，并摒弃了意识形态的干扰，让诗成为纯粹的创造性的智性活动，而非婆婆妈妈地对生活长吁短叹，捶胸顿足。譬如："你的渺小/不是你的错，而是人生和宇宙的之间的/一个疏忽。"，还有"洗脑算什么。腰被洗了，/才是被洗彻底了。她知道这个世界上/存在着用腰思考的人。下面垫得再高点，/她也许会在最遥远的地方看见这首诗的尾巴。"这里遭遇的具体事像都已剥去，只剩下事物的核心和诗人自己的推理和判断。这是客体刺激灵魂后，由灵魂深处产生出的创造性直觉。创造性直觉一词源自法国美学家雅克·马利坦，在这里我理解成直接给出喻体，直接用意象喻出他抽象出的真相和真理。

既然写作是被刺激后的反应，那就说明诗人的写作依然没有逃离情感，因为只有情感被触动了，语言和想象才能运转并飞升。所以诗歌变化的只是方法，不变的永远是情感之源。只是这里的情感更强势，它逼迫事物随诗歌显各种形，而非被事物所形成。

（引用诗句源自臧棣作品）

2

与此种风格殊途同归，或者是同一棵大树上的另一个枝杈的，是淘洗得非常新奇的诗歌。读这样的诗歌心里会情不自禁地"咯噔"一下。这是诗人非常规的意象组合和词语嫁接，让人大吃一惊。这样的诗同前面说的一样，也像利器一样撞击着我们惯常的思维，甚至揪着我们的思维向陌生的地带拓展。于是，被炙刺的思维开始苏醒："今天我变得如此安静／像玻璃杯子，知道了自己的身世。像杯子中的茶叶／泡得忘记了惊叫"（金铃子诗）。茶叶能"惊叫"，就不是简单的比喻，而是一种创造，如同上面说的，是对传统思维的扭断和改道。从而拓宽和提升了诗人的心智。

诗人不仅是粘贴高手，把各类事物黏到一起，她仿佛有着神灵，朝杯子、茶叶等物品吹口气，这些物件便有了生命，发出了声音，在自己的前世今生蹦跳着。这样的诗人是一个魔法师，也是一个点石成金的高手。这来自于诗人活跃不羁的智性和自由开放的心性。人的心智犹如雄狮，一旦从沉睡中觉醒，一切栅栏都将被踏碎，一切禁地都成为诗性活动的新场所。所以这样的诗歌常常越过思维的边界，风马牛不相及的组合让扁平的立体化，让光秃的石板长出青苔，让聋聩者听见雷鸣，瞎子的眼眶盈满闪电和光明。譬如金铃子在《我这样厌倦了词语》中对词语的冶炼和锻打；还有她的《雷雨当前》："雷雨当前，我应该准备好自己的天空／重新整理骨头里的闪电／理顺头脑中的狂风。雷雨当前，必须仔细／看一看，哪些峰峦，需要惊醒……"。这不是简单地把不相干的枝枝杈杈捏巴到一起，而是让中了魔法的各种意象像精灵，在不同时空跨界穿越，虚与实，人与物，天与地，生物与非生物，互相渗透互相衍化着。当然我说的是诗人的思维能力已经呈立体化了。诗歌不仅有了奇巧，还附上了性灵和心灵。

这依然归功于诗人的直觉，直觉让诗人只一下就找到了诗歌的主穴，激活了思维，并驱赶着意象的羊群漫山奔跑。这是写诗的秘诀，也是生产力和技术支持。而推动直觉运动，并在运动中承载的散发的主体都是情感。这说明情感是诗之源，只有浸淫了情感的直觉才是诗性的直觉，才能自由自在，穿透一切。所以柏拉图认为，诗的自由是儿童的自由游戏的自由梦的自由，更是创造性精神的自由。这创造性的精神自由就是有了情感的诗性体验，它让诗人在精神无意识下展开无边无际的创造力和想象力。就像一个外国老头说的，诗不是智性单独的产物，也不是想象单独的产物，诗不仅仅是它们的产物，它出自人的整体即感觉、想象、智商、爱欲、本能、活力和整个精神的大汇合。

正因如此，这样的诗人总是能越过诗歌的皮肤，直抵性情。并自觉冲出语言的羁绊，让情绪的冷暖直接本能地呈现诗与人的或率真或戏谑或凛冽或缠绵。让陈词唱出新曲，让古老的汉语生发出新枝，让我们感到诗歌无穷的魅力和深不可测的潜能。更让我们着迷的是诗人的内心，不论美好还是凶险，她（他）都义无反顾地显现自己的单纯鲜活幽默和热爱。而诗人的热爱又是无指的，无指让爱广阔无边。这就切合了周晓枫所言："但愿我能获得能量和勇气，越过自恋、唯美和抒情的重重障碍，迫近生存真相。"

技艺下的隐与显

其实诗歌就是技艺，只不过有的是借技艺来彰显诗人的情感和意蕴，有的是以技艺展示技艺的价值，当然也不是没有内容，但它主要还是以技艺的超人超智，让人对诗歌和人心智的广袤和深远而震撼。技艺的诗歌更需要激情的力量来推动和发射。只是过了中年，有些诗人激情中多了沉稳和老练，少了急躁和偏激。其技艺不刺目但炉火纯青，品相上更像秋天的深水，外表平静清澈圆润，而水中却储藏着雷霆和凛冽。以技艺见长的诗人李轻松有组诗歌叫《诗歌剧场》，就代表了这类诗歌的顶峰。整组诗歌以时间来推进剧情，不动声色，却激烈灼人，还有锋刃和火焰。这时的诗人更像一个铁匠，把诗歌烧红锻打，直到诗歌变得锐利，然后呼啸着逼近人的灵魂。读这样的诗歌，你要屏住呼吸，不然，目光轻轻地滑过，心扑跃如虎。其中一段："两人一时打住，气氛变得不安起来。/跳支舞吧！羽毛飘荡起来/在音乐的恩怨情仇里/他们更像一个前世的约定/脚步的丛林伸向大海/欲望的碎片整合起来/被魔鬼说出：在这个慰藉多于罪孽的夜晚/他们找到了性别中自己的属性/一个充满磁性的声音响起：/你的手指青葱一样美；/（停顿了一下）/你的头发雨丝一样香；/（迷醉地闭上眼睛）/你的嘴唇花朵一样性感；/（开始颤抖起来）/你的身体太柔软了，就像……"。

　　这文字像蓄满了炸药。读这样的诗歌一定要小心翼翼，似乎稍稍大声点，仿佛就会引爆我们的身体。而我们不必去探究诗人写的是生活还是剧情，是木偶还是人，是魔鬼还是天使，是身体还是灵魂，是真实还是想象，是爱还是性。关键是这燃烧的文字点燃了我们身体里的汽油，让我们从自己出发，从个人出发，让潜伏在我们身体里情感里心灵里的潮汐澎湃起来，咆哮着去体验生命体验爱，从而减轻生命的重，也从而更清晰地了解自己了解灵魂了解爱。

　　技艺性的诗人大都是感觉型的，他们一向不大理会理智逻辑和推理，而且充满了一种神秘的力量，仿佛有第三只眼睛，能看见别人看不见的东西。超验地先天地带着某种暗示，像巫师一样。但太内视了，就难免太隐晦和神秘，这是技艺性诗人共同的特征，这也不是错误。只是从接受上来说，直接点也许更能让这些诗歌更易于理解和传播。所以对迷醉于技艺性的诗人来说，要解决的是隐与显的问题。隐得太深诗歌的意旨就变得模糊，繁密的意象也容易让心灵和读者一起迷失。同时所有的诗歌都是这样的过程和模式，就显得有点单调。变化并迅速显露意旨都需要这些诗人在"显"上下功夫。简单朴素也许不是他们的长项，但是往这方面靠拢并推进应该是值得他们思考的。这涉及到思维的变化，完整并呈线性，诗歌结构的整体性等等，都需要这些诗人深思和探索。

这让我想起十年前我曾经对技艺性诗人李轻松一首《托尔斯泰的最后一个冬天》（见前面的《诗随年龄递简》）赞不绝口，那是一首叙事性的诗歌，从头至尾在叙述一个事件，诗歌的表达是简单和单纯的，但读起来却很劲道、整体、秩序、清晰，更主要的是朴素还有可知感，替代了烦琐零碎无序模糊的意象和超验性，我当时把这看成李轻松完成了一次蜕变。诗的视角变大，由内向外，由隐向显，由抑郁变明朗，由个人变大众。所以我当时欣喜地说："诗歌就像洗掉了灰尘的脸，去掉了铅华而呈现出本色的美和自然真实的魅力。"

尽管十年过去了，但我的评价还没有过时，同样这样的评论也适于所有以隐为瘾的诗人。当然这些诗人的写作还在不断地调整，风格也正呈多样化。我们不要求这些诗人的写作都成为大众喜欢的单纯和朴素，但一定要变化，一定要敢于否定自己，一定要从隐走向显，让一首诗歌呈千姿百态，而不是让一百首都是一种方式和意旨。

无解与空洞

在我的家乡去年建了一座大桥，远远望去，巍峨雄伟，彩灯闪烁，每天吸引很多游客观赏拍照，有外地朋友来玩，我都骄傲地向大家介绍这座象征着繁华与繁荣的大桥。今年春天我又一次回到家乡，发现这座大桥锦绣凋谢，灯光暗淡，走近一看更是惨不忍睹，桥面坑坑洼洼，很多地方钢筋暴露，甚至有些破洞已经透亮，拉货的汽车已经不敢上桥了。这让我想到一句成语：金玉其外败絮其中。所有的繁华不过是昙花一现，空虚与衰败才是它的本质和核心。

我是用这个事实来形容一种言之无物的诗歌。有些诗歌不是在建大桥，而是把各种词汇当作钢筋水泥，在修建一道道墙，然后再在这些墙上涂上形容词和比喻的颜料，让诗歌成为一座堂皇而绚丽的堡垒，让很多读者撞得头破血流也无法走进去。即使有少数读者费了九牛二虎之力，终于拆开了混凝土般的语言之墙，发现的却是：空空如也。也就是啥都没有，连虫子都没有。意义、意味、感觉、情感等诗歌要承载的东西这里都被排斥在外。原来这种诗人写诗不需要内容，他的目的就是为了技术而技术，为了砌墙而砌墙，并乐此不疲，执迷不悟。

空洞与无解，是所有技术主义写作者走火入魔时的共征，也是歧途。他们像吃了语言的鸦片，迷狂在自己制造的疯癫世界之中。语不惊人死不休，物理性地将一些产生不了意义的词语强制地扭结在一起，以达到他们自己认为的新奇特的效果。这种诗歌我不知道除了他自己，会有多少人有耐性去读完它？他表达的是什么？诗歌难道都是这种人为制造（靠药物）的幻觉？其实说它是幻觉似乎还有了可溯之源，更真实的事实是写作者为了迷恋语言的惊奇而在东拼西凑，问题不是毫无相干的事物搅拌到一起，而是搅拌到一起后没有产生化学反应。

玩得太过了！玩技丧诗，玩象丧情，玩物丧志。作者一味地迷恋制造马甲，却忘了马甲里面的心灵、情感、生命和意与志。不要用诗歌都是无解的来辩护，好的诗歌无解但有感，像鸟鸣和音乐，你无法说清它们的内容，但是你能在鸟儿的叫声里和音乐的旋律中欣喜或者流泪。但是你能在这些诗歌中感觉到什么呢？除了闹心，只有放弃，你已经别无选择。因为这些被人为捆绑到一起的词语本身就是一座废墟，拆开了还是一堆没有生命温度的零碎。

不要用诗歌就是玄学来辩解，玄学还有一种吸引我们去探索的神秘的感知；也不要说诗歌就是游戏，游戏会有一种浓烈的趣味性让我们上瘾。而这样的诗歌外表华丽形式唬人，其核心就是空空荡荡，甚至连坏都没有。三十年代有人确实说过诗歌起源于语言游戏，但它的前提是调侃、猜谜并能撩拨起人强烈兴趣的语言游戏，这种游戏可能没有什么微言大义，但是却能让人笑，让人着迷，并启发人的心智和抻长人的想象力。如果诗歌能具有这种价值也算是好诗，但是我们依然无法在这些诗歌中感受到这种趣味性，这些诗歌带给我们的是味同嚼蜡、费劲和厌倦。这样的诗歌是游戏但无趣，是玩但不好玩。

在读这样的诗歌的时候，我总想起庞德的《地铁站口》："人群中这些面孔幽灵一般显现／湿漉漉的黑色枝条上的许多花瓣"，还有托马斯·特兰斯特罗默的《序曲》中的"醒悟是梦中往外跳伞／摆脱令人窒息的旋涡"，这些经典的句子能经久不衰，并时时擦亮写作者的目光就在于这样的比喻准确生动，同时你会陶醉在语言的深邃和高妙之中，仿佛有一道电光穿透思维，给我们的心智打开一道窗口，我们自身的想象力也被拓宽了。应了那句古人对诗歌的认识，即人人心中有，人人笔下无。与这样引领我们的思维往纵深和辽阔拓展的诗句相比，这些无解的诗歌还停留在一个平面上，而且越来越窄小，犹如一个闷罐车，哐当哐当的是车在移动，诗歌的界面和境地却蜷缩在很狭小的空间里。

我不愿意引出这些诗歌的具体诗句，因为废话多了依然是废话。这些诗歌中所有的事与物都在一个镜面上移动，罗列更多与减少至没有，最终都是一样，因为它们都是语言的赘肉。作者显然也在跟我们捉迷藏，东拉西扯拼成个"乱炖"，却因为单调和索然无味而没人品尝。为什么要把简单的弄成复杂，为什么把本来清晰的烦琐到混沌含糊？所有的阳光都被密密麻麻的意象之墙给挡住了，留给读者的是黑暗和烦躁。这就是唯诗歌技术主义带给读者的麻烦，也是给自己制造的迷宫。我这样说，不是要否认诗歌的技术，只是强调技术要为诗服务，技术的目的是让复杂变简单，模糊变清晰，让不可言说的更直观化和形象化，让心灵和诗意更直接准确生动鲜活地呈现出来，而不是让技术为诗歌添乱，为本来顺畅的诗途添堵。

也许诗歌的技术主义者会理直气壮地为自己辩护，说诗歌与内容无关，说他们在建设诗歌的文本。但是文本不只是语言的砖头瓦块，也不是纯粹的符号组合，诗歌从来都是将来更是诗与人的组合，诗歌乃至所有的艺术都以透析和表达人性的全部幽深与微妙为职责和荣耀，而且文本本身就涵盖和囊括了人的全部欲求，比如生命和灵魂，诗歌文本在形成的同时，其意义和体验也在瞬间爆发和形成，譬如上面引用的庞德和托马斯·特兰斯特罗默的作品。所以就仅仅退回到技术的层面上，这样的诗歌也没有令人拍案叫绝的奇妙和创造，整个诗面都流于一般。只是由于事与物运行时的突然断档，或者称之为意象之间的跳跃和频繁变换而出现一些离奇感，这除了增加了读者阅读时候的难度，并没有给我们任何新鲜和惊奇的感觉，冷僻和冗长不仅没有突显诗意，反而让诗本身变得暗淡甚至消失。这种为技术写作的诗歌就是一种欺骗，是貌似先锋，其实是新文本下的一种假大空。因为它不仅没有表达心灵，而且离心灵越来越远。

诗歌要洞彻人意识中的神秘，但不要把诗歌本身弄成神秘性；诗歌要呈现生命的深度，不要把诗歌变成一种学术，让读者像研究高等数学那样去专研（主要没有内容，专研没有意义）。诗歌就是一种文体，一种轻灵自在随口随手的写作方式。触景生情，有感而发。景和感永远是诗歌产生的本源和驱动力，是过程也是抵达。所谓的技术所谓语言上的创新以及所有的修辞学，都是为了"感"或者体验更直接强烈清晰深刻地凸现出来。

拓智与性情之外无诗

好的诗歌让人有人生犹如初见的感觉，这是因为诗歌捅开了一个我们有所感却无以言的感觉。这也证明一个老生常谈的话题，就是发现。写诗就是不断发现新的世界，包括感觉和意蕴。言前人无以言，是发现，也是先知；在熟视无睹的事物中发现大家没有看见的东西，就是一种刷新，更是开悟。后者难度更大，需要诗人更刁钻的眼光，敏锐的感觉和比常人抻出更远的想象力。具备这几点的诗人，是一个诗歌智商很高的人，而且嗅觉异常灵敏，会在别人还没有品出味道的时候，已经把诗歌显形成型了。迅捷而轻松。而且即遇即写，即时性和真实感非常突出。这样写出的诗歌像刚出炉的铁，鲜亮烤人。也让读者身临其境，被现场气氛笼罩。这就恢复了发乎自然吟咏性情的诗歌常识和伦理。也是前面提过的法国美学家雅克·马利坦说的创造性诗性直觉。诗歌少了胡诌八扯和不知所云，就变得非常亲近和亲切，有形有义有理有用。我视这样的写作是对诗歌写作方式拨乱反正的尝试和实践。

但写这样的诗歌有两个危险，也是难度，一是必须要超出读者意识之外，就是没人这么写过，如果你的发现没有超出读者或者诗人掌握的感知，那就失败了。二是诗歌必须有寄托，就是言之有货，在平常中发现不平常的真理，大而准。这就要求形与意都是自己的，而且是自己的第一次。这样就既不是因袭别人，也不是重复自己。所谓创造就是如此而已。读这些诗歌你会感觉有种被蜜蜂叮咬的感觉，不是身心的疼痛，而是思维被掐拧着，被诗的纤绳拉扯着往陌生而新鲜的地带蠕动，并且让你时时感觉有斧头劈开事物间的纹理，把蕴含其中的秘密和真理挑出来。比如李皓这首《处女座》中有：

> 揉进了沙子的眼睛／就像枪没了准星，怎么／也瞄不准你那颗高贵的心／只好用泪水将沙子一遍遍淘洗……我喜欢用泪水跟一粒沙子赛跑／直到被洁癖，硌得千疮百孔

这里，沙子与沙子迷了眼睛是两个真实的物和事，但它同时又是两个喻体，代表着实与虚、情与理、诗与思。而且它们还在运动着、搅拌着、加深着，像河里的漩涡，不断地旋转中产生了巨大的力量，而且外表圆润美丽，让你不知不觉中被吸引，主动掉了进去。迷了眼睛就是中了邪，是病，或者是中了一个圈套。而沙子本身就是一种病，是恶，更是坏和阴谋。它昭示的是很小的物很小的事，却能让人迷失方向，甚至是非颠倒，把世界"硌得千疮百孔"。这样一来此诗就有了巨大的社会学意义。这就是一个及物的诗，诗以载道，诗以载情。道和情是诗之根本，有了它诗歌就有了感染力，既柔软又坚硬，花木掩映下是深邃和哲思。这在他的这首《有限的春天》中更明显：

> 我只喜欢有限的春天／骨朵是有限的，那是春天尚在发育的乳房／小草是有限的，那是春天刚刚拱出的胡须／雨滴是有限的，那是春天喊叫的唾沫星子……／就像一个人一辈子只能真正爱上一个人／我只爱这个春天里有限的事物／那些猝不及防的，通常都有着深刻的寓意／只是它的快意不是来自浩荡的春雷／而是一声喘息，或者一声叹息

好的诗歌界面都鲜亮如朝雨浥轻尘，那些新奇的比喻也如新雨后的豆苗，激灵着读者的思维。还有中间流淌的情绪，像从石缝中穿过的泉水，清鲜爽。这构成一种氛围，也就是气场，预示着潜在内心内部的隐秘和美好在兴起，哪怕多么有限！有限是遗憾，更是美，因有限而更显出美的高贵，诗意的珍贵。而且这一切都是自然自在，猝不及防。

猝不及防是诗歌自动呈现，而且迅疾地点中诗的核心点。让读者的思维慢了。不论是美的亮的喜悦的还是坏的黑的沮丧的，它的来临与失去都是突然的且无法阻挡。猝不及防是真相也是命运。所以由猝不及防带来的"喘息"和"叹息"，就是对生命和生存的有限性残酷性的惋惜和感叹，这就让这微小的声音比春雷更深刻，比一切叫喊和自以为重大和庞大的事物更有力量，也更恒久。这样此诗就像晴朗的天空下打了一个响雷，让人震惊也让人清醒。诗歌也因有了这样的思想而有了骨头，有了心脏和肝胆。诗歌就是诗人对世界的态度和看法，好的诗歌不论怎么对万物激动和耿耿于怀都要有真理的发现，要把存在引入到哲学的领域。因具备了这些因素，此诗有了形而上和对人生的解谜功能。所以一首好诗的主题都是多元的，让你感触深刻，又无以言表。每个人会根据自己的经验来理解并从中找到驾驭自己人生的方式方法。作为诗人不是帮助读者射击，而只是提供给读者子弹，或者只是点燃他们的情感，诗人只是凭借自己冥冥之中的神力，和常人无法企及的如闪电一样倏忽即逝的感觉，将杂芜事物中的诗歌逮出来。剩下的事情就和诗人与诗歌无关了。

那么诗人是怎样把暗淡无味的生活烹饪出诗意，又是怎样把游移不定的思绪凝固成诗歌的呢？再看这首《秋天的镰刀》中后面的一段：

镰刀在水的抚摸中亢奋起来／水在镰刀睁开的眼眸里打着转儿，楚楚动人／这时，石头矮了下去／／与石头一起矮下去的还有水稻、玉米、大豆、高粱／还有金黄的田野／那是分娩的母亲不再隆起的肚皮啊／磨石上残留的水像极了脐血

这是作者技术上非常成功的一首诗。而且这种好的诗歌技术让一个陈旧的题材和事物复活，并生发出新的意境。他从磨刀这个细节出发，通过"石头"、"镰刀"、"水"、"庄稼"几者的关系，写出了镰刀在秋收中的作用。重点不是写镰刀怎么收割，而是在于磨刀的过程中诗意的介入，奇峭的想象和出人意料的比喻："唯有一块石头可以让那颗坚硬的心／复活"，把镰刀说成"坚硬的心"，把刀刃变锐称之为"复活"，这就不是简单的比喻和拟人化，而是掠过现象直接进入到事物的本质和核心。以虚写实，他用的是直觉，没有挖空心思，没有反反复复地删改，而是一下子想到了喻体，一竿子触到底，直接用人的形态来替代和说明了磨刀的意义。这就是诗，就是美。而且又符合事实和情理。下面"硬碰硬"两句是写实，依然是以虚代实，而且是一种隐喻，或者说是象征，是思的力量。再下一节"镰刀在水的抚摸中亢奋起来"，以及水在镰刀的眼眸里打转并楚楚动人，又将诗歌撩到了一个高潮。把磨刀这个粗糙冷漠的细节，变得真切、火辣、陡峭，还有柔情和楚楚动人。因此诗歌有了性情有了肌理和灵秀。不仅刷新了人的眼球，还让人的思维有震颤，并被撞开了豁口，视野一下子就开阔了的感觉。

其实诗人比拼的就是这样的开掘，也是意境更是性灵。技术提升了境界，也激活了性灵。诗歌中有性灵就有了生命，有了鲜活。所以清代诗人袁枚说："凡诗之传者，都是性灵，不关堆垛。"性灵就是性情和灵动，就是诗歌的真、新、活。袁枚甚至认为较

之性灵，品格都不能作为评价诗歌优劣的标准，因为品格高不一定诗品高，而诗品高一定蕴含了境界高。诗品首先是诗歌本身的魅力和创造力。李皓的这首诗歌就集中体现出诗歌的无穷魅力，也表现了作为诗人先天的才能和无限的创造力。

此诗后一节，写的是磨快了的镰刀出场。但他不直接写镰刀的动态，而是从磨薄了的石头"矮"下去写起，引出各种被收割的庄稼。把田野比喻成分娩后母亲不再隆起的肚皮，这个不算新，但说"磨石上残留的水像极了脐血"，就是一个发明，一个创造。所谓"诗贵创新"就是前面说过的在无中生有，即迄今为止还没有人用过的仅此一次的发现和比喻。诗人们最较劲最难得的就是这种前无古人的创新。因为古今中外诗歌上天入地，几乎没有没涉猎的了，要创造出一个完全新的诗句来真的比登天还难。事实上像作者这样能做到稀有就很不错了。但是诗人们依然不屈不挠地向难度挑战，这给诗人带来了不尽的快乐。因为诗歌博大的美让诗人情不自禁地去朝拜，去苦行。偶尔窥见诗歌美丽的惊鸿一瞥，足以让诗人幸福一生。恰如李皓的《睡莲》给大家带来的美感和兴奋：

一万头雄狮在里面奔跑／跑着跑着／月亮就爬了上来

把睡莲比喻成不动声色的美人，一般，但是说这些花或者是花的内部有"一万头雄狮在水底奔跑"，思维就有了被抓挠的感觉。这是通感，也是凝视花朵久了，产生的幻觉。是以实写虚，以动喻静，以具象喻可感却无以言的感觉。花朵里有雄狮在奔跑，这预示看似静美的睡莲其内部却永远涌动着激情、火焰和野心，而且因为这些潜伏而变得汹涌的岩浆，花朵才呈现其绚丽。这也象征着很多看似沉静的事物其内部和背后都有时刻涌动不止的东西在奔跑。而且跑着跑着，"月亮就爬了上来"。我不把这看似简单的白描，而是用月亮爬上来形容睡莲的纯白而动感美。又是一个通感，也是幻象，是以一个动态画面来拟化睡莲之纯洁之阴柔之美。再换个角度看，或许事实上就是诗人站在池塘边赏花，水的波纹在颤动在扩张，而此时，月亮正好也印在了水里。这就成了一个客观的情景，是生活中真实的美的刹那地绽放和制纯，也是诗意从乌烟瘴气的生活中挣脱出来并在瞬间生成。诗歌凝固了这个美的瞬间，定型了这个诗意的细节，这样诗歌的作用就是还原美和截取美。证明了诗人对美的敏感，有发现美的眼睛和心灵。这也客观说明诗歌一旦完成，就与诗人无关，成为一个独立的客观存在，欣赏者有权利根据自己的经验和体悟来理解和阐释它。

其实不论是哪一种解释，诗歌都是诗人自己的心灵和人格的曝光。能在生活中发现诗意，并赋予睡莲那么多层次的美，说明诗人也怀揣着美和诗意，透过他生活中胡言乱语的外表，他内心深处一直凝结着对美的尊重和敬爱，还有对诗意的仰望和力求企及的期待和悸动。这是诗的品质，也是诗人的品格。诗人有两个身份，一个是生活中的，也许粗粝毛糙；一个是诗里的，规矩细腻，还有高傲唯美。所以诗歌更见人的性情，也更凸显性情和平时难以窥见的真实。诗人显然是把美和诗意作为最高理想，骨子里又结晶着诚朴、善良和感恩。这让他的诗歌不论飞得多高，最终都要落到大地上，回到他的善美和对万物的拳拳之心里。

自此，似乎解决了诗歌的普遍性与独特性的关系。当然，如果做得更好，还需要逆转顺流而下的想象，让思维拗着走，再叛逆一些，再狠一点。这让我想起李皓另一首诗《我得坐车去一趟普兰店》，这首诗展现了李皓诗歌的另一面，自然率性之中的凌厉和不羁，戏谑中有剑锋也有坚守和虔爱。有关这些也许预示着李皓诗歌将出现新的转机和可能。由于篇幅所限，这里仅提供两段，希望大家能窥一斑而见全身：

> 就像雷平阳只爱云南省昭通市／我只爱普兰店市，
> 狭隘，偏执／只有这样我似乎才像个真正的诗人／尽管
> 在大连生活这十来年／我已很少写诗，我看不惯圈子
> 里／一些所谓诗人的狭隘与偏执／想写诗就回普兰店去
> 写！那个／诗人扎堆的小城可以最大限度地／容忍我，
> 放纵或者胡言乱语／／我得坐车去一趟普兰店／就像我
> 从未去过一样／／我身体里牢牢的普兰店的印迹／不时
> 被我的口音泄露，被我／城里的女友诟病，她总是对我
> 的／方言进行秋风扫落叶般的打击／总是希望我变成地
> 道的大连人／才好跟她般配。我说的话／不是海蛎子味
> 大连话，也不是／普通话，但朋友们都说我说人话／性
> 情，不装，骨子里有小城人的／耿直，自卑，不合时宜
> 的豪爽

这首长诗让我想到斯蒂文斯在《徐缓篇》里说的一句话："诗
歌试图捕捉的是生活，生活不是任何的事件、人及场景，而是精
神与感情。"这首诗确实凸现出诗人全部的精神和感情，而且只
属于诗人自己，而不是共同的符号。这里文字和语言似乎已经不
存在，或者说不重要，一个人，活生生的人，还有他的真性情，
他的心灵和品性像一根针从缭乱僵硬的生活棉絮中直挺挺地穿
出，耸立在我们眼前，水灵灵的，鲜活生动，带着呼吸和呛人的
烟草味，让我们感到这就是生活，就是我们自己。

读着这诗歌，想起几年前的一个早晨，我与一位朋友在一个
市委停车场，等接一位官员去开会。正是上班时间，目睹了一个
个从豪华轿车里钻出的人，几乎一个模式，衣冠楚楚，面无表
情，且一律把视线举过别人的头顶。我和一起来的朋友几乎同时

笑了，他情不自禁地说："个个都是自命不凡啊"。我想不论这些所谓的公务员是否真的装逼，但此刻绝对不是一群可爱的人。而我们的诗歌很长一段时间就是这样一群人的表情：装，自以为是，高高在上。读起来却味同嚼蜡，不禁让人敬而远之。所以这首《我要坐车去一趟普兰店》真实又真诚，读起来亲切，有人味。这就是不装的诗歌，也是说人话的诗歌，更是见性情的诗歌。这就对应上了袁枚所言的"诗者，人之性情也，性情之外无诗。"能做到这点，当然就进入唐代皎然说的境界："但见情性，不睹文字，盖诣道之极也。"就是说诗歌显见了人的性情，就忘记了文字词语的存在，这才是诗歌的最高。读李皓此诗确实忽略了他的文字，或者说这朴素的文字，口语化等更显见了诗人情感的真挚，且推动着情性在流淌，让人的本性一览无余。即真诚质朴，热爱不忘本。有了性情，诗歌才如雨后的青韭，郁郁葱葱；用性情写诗，才可见到感到诗歌和情感的真。另一方面，情感一旦真了，动了，说话写诗就不再云山雾罩，花拳绣腿，表达就更自然直接，像泉水汩汩冒出，也像微风吹来枝叶自动地摇曳。这就是钟嵘在《诗品》中强调的"直寻"，就是不拐弯，直奔目的，即直接和直觉。而越直接就越见真心。所谓的赤子之心就是如此。

所以这首诗就是李皓捧给故乡的赤子之心，炽热滚烫，满怀虔敬。尽管信息量不够大，缺乏立体化和纵深感，但情感之热忱激烈，足以撼动更多的心灵。具体到美学品格上，就是"真，趣，淡"，这是明朝后期公安派提倡的文学主张。真，前面已说过。淡，我理解就是写诗行文不绞尽脑汁，不过分雕琢，不浓妆艳抹。趣，就是风趣幽默。在这首长诗中，就是调侃和自嘲，正话反说，这是此诗的主要特征。诗歌中有风趣，就有性情，就有鲜活，就有生命，就有滋味，当然也就有了感染力和穿透力。很多时候，诗歌中的趣味性胜过哲理和思想，也蕴含了哲理和思想，而且能起到"谈笑间墙橹灰飞烟灭"的效果。

所以，此诗所有的这些品格，都是在呼唤或者是恢复诗歌的伦理。映射在思想和情感上就是回归本源。这是一个古老的话题，但是在当下浮躁虚肿还有欲望膨胀，情感寡淡盛行之际，诗人去一趟家乡，就像安泰回一次大地，不但吸吮了力量，创伤也得以治愈，干枯的心灵也吸了一次氧。诗人在家乡获得的真实自由，充实和"心无芥蒂"，也再一次启示一切艺术的根源和方向不在未来，而在我们的身后。

戏术

（游戏入诗，戏谑中让诗歌焕发青春，推动文体改革）

诗歌小品

写着玩——优秀和不优秀的诗人都喜欢说的一句话。我认为"玩"是写作的最佳状态。玩就没有必须的目的性，所以玩就没有压力，这也是很多运动员取得好成绩必须具备的状态。玩就是不装，就别于那些肃穆庄严摸不得碰不得的诗歌。写着玩的诗歌姿势是俯视的，或者是和生活平行的，这样的诗歌视野很大，一切皆可入诗，随时可以成诗。诗歌平常了也就正常了，日常了琐屑了，也就有烟火味也就有趣了。

有趣的诗歌新奇而机智，真实而幽默。与生活有着很融洽的亲近感，真实感，使人感到这一切就在隔壁，推门就能过去。在不动声色的叙述下面，蕴含着盎然的情趣和鲜蓬蓬的活力，且不时令人捧腹。这一切令人想起时下流行的小品，诙谐幽默，小中寓大，且直抵生活的核心，又具有真实性和亲历感。

有人说现在是小品的时代，戏剧小品，影视小品，漫画小品，甚至思想小品，新闻小品，也开始流行。既然是小品，首先是有趣。在有趣的前提下，再去表达思想和意义。从这个角度来说，我们姑且把这些有趣的诗歌称作"诗歌小品"，但是这些有趣的诗歌不是靠夸张来表现幽默的小品，而是依赖"还原"的方式去发现诗意，还生活以真相。换个流行词就是"非虚构"，就是把诗的视角从虚妄的幻想和泛滥的激情中拉回到真实的现实中来，让生活本身的魅力和趣味自然呈现出来。

诗歌小品就是将好玩的诙谐的使人发笑的情节和细节引进诗歌，使人在轻松愉悦中走进诗歌的内核并接受有趣的审美。这也让我们想到我们习惯的原来那种诗歌：装腔作势，自以为是，满脸的肃穆敬畏，而且故作感动状、洗礼状。有趣的诗歌放下了诗人们习惯端着的肩膀和绷紧的脸，赋予诗歌以轻松和幽默感，这样的诗歌肯定要比那些满脸乌托邦的圣洁，类似教堂里的咏诵更活跃更有活力，从而也就更真实更有生命力。而且这种令人捧腹的幽默和诙谐不是直接说出来，而是藏在语言背后，叙述的故事之中。也就是说在不动声色的叙述下面，暗藏着一个起伏简练而又捉摸不定的情节，所有的故事都发生在这条链条上。这酷似小品中的'包袱'和抖"包袱"。这就使诗歌小品化特点非常明显。

这些有趣的诗歌写作构成了叙事化的大势，即一个小小的情节蕴含其中，起承转合使诗显得很紧凑，读起来有起伏感。而且一种与生活同步及在场感使我们更强烈地感受到这些有趣诗歌中的幽默气息。有趣的诗歌就像一个左撇子球手出现在球场上。新鲜又不太习惯，它有别于抒情、秩序、美的诗歌。

我曾固执地认为，诗歌应该餐风饮露，一尘不染，而且必须远离凡世，拒绝人间烟火。同时在红尘滚滚的现实中，我又强烈地感觉到诗歌与生活的隔离，好像写诗是一回事，生活又是一回事，而且那种诗歌和诗人一样，在生活面前是那么苍白无力。特别是遭遇具体事件时诗人几乎不堪一击。诗人变得身份不明，仿佛只能做生活的张望者，这就使诗人成了生活中的"多余人"。

造成这种局面的一个事实就是诗歌与现实的疏离，诗人与生活的疏离。这与诗人只做生活水面上的油珠而不真正揳入其内核有很大的关系。要改变这种处境，必须做到诗歌和诗人及生活保持一致，诗歌和诗人一样决不能做生活的旁观者，居高临下，以俯视的姿势鸟瞰人群，而且必须以平视的眼光介入到人间烟火之中，只有这样，我们的诗歌才能增添点气血，才能蓬勃才能摆脱萎靡而焕发活力火力和生命力。

游戏之诗的举重若轻

以玩的心态和方式写诗，诗歌必定有了玩味和趣味。但让很多习惯于诗歌固有模式的人感到别扭，因为这么写诗超出了他们对诗歌原有的认知。一些读者更习惯于那种神圣庄严犹如教堂里铺排似的颂辞，而这些好玩的诗歌更像街头巷尾田间地头即兴的嬉闹和戏谑，在一些人眼中这不应该是诗。的确，有些诗人就是想把诗歌写得不像诗，不像传统的呼号如大江东去似的抑扬顿挫，也放弃一般诗人那种非得在字词句上语不惊人死不休。这些诗人就要拗着这些诗歌传统，把诗歌写得好玩和有趣，诗歌在他这不再是舞台上的合唱或独唱，也不是各种乐器，而更像他手上的筷子和香烟，想吃啥就夹啥，来情绪了就抽一口。他是在以游戏的方式写诗，而游戏中的人都是全神贯注并充满兴致的，所以这些诗歌都很盎然和真诚。即兴即时即事，让诗歌与我们的生活和心灵都是零距离。可以说就是从生活扒下来的皮肉，也是情感脱下来的外套。因为近，看得就清，清到一目了然一针见血；因为近，也能嗅到一些气味，柴米味辛酸味以及活着的滋味。所以游戏在这里不过是手段和手艺，通过游戏显现出来真相和真理才是这么写诗的目的和宗旨。譬如刘川这首："周六周日/吾常带上吾狗/去逛书市/从头到尾/它都跟着/时不时/朝这本嗅嗅/冲那本啃啃/虽屡遭书摊主人呵斥/仍不改其乐/与满街乱跑乱吠之土狗相比/吾膝下之狗/之所以/文质彬彬/气宇轩昂/通情达理/儒雅俊朗/风度不凡/被吾尊称为犬儒/一定是与它/若干年来/不间断地/闻书啃书/舔书嚼书/分不开的"。

读到这里除了忍俊不禁，你会觉得作者有点"坏"，应了那句社会嗑：骂人不带脏字。而更坏的是这家伙还在这首诗前面加了个说明：请广大知识分子不要多心，这首诗里面绝对没有使用比喻、暗示、象征和讽刺等手法。哈哈，不多心是不可能的，只有多心这首诗才有价值和意义。

这样看似容易的诗歌里面却蕴藏着大谋大智，体现了诗人耍戏法的本领，和力求从自己写作习惯里挣脱出来，让自己的诗歌从大众的写作范式里解脱出来的意识和决心。还有怎么持久地保证诗歌的写作状态，怎么让自己的心灵和行为都与诗歌进步保持一致，等等种种关于诗歌的纯文本的思考，这些都是让这些以玩创新的诗人寝食难安并奉为大道的。

所以在或老实巴交或狡黠机敏的诗人背后，有着一颗诗歌的"野心"，或者说是抱负。这装着抱负的心是勇敢的也是高傲的，勇敢是说诗人在诗歌文本的探索上无所畏惧，"不老实不正经"。譬如刘川生活中低调沉默，诗艺上却翻江倒海。我个人比较喜欢他这首《失物招领》："昨天散步／捡到一根／粗大的铁棒／是谁所失／有急用否／是否在苦苦寻觅／我攥着铁棒／站在路旁／想做活雷锋／但一个个路人看着我／胆战心惊／侧身而过／落荒而逃／过去自卑的我／也一下子阳刚起来／一根铁棒／难道就是／我丢失已久的脊梁／人们如此胆小／难道它也是／他们刚刚／被抽掉的脊梁"。

不用我解释大家也能感觉出来，读这首诗，在调侃诙谐的后面，有像铁棒一样坚硬的东西不知不觉中击在心上。所以游戏是圈套，通过游戏给你真相给你启示才是刘川和写这类诗的诗人的共同目的。这些诗歌像诗人本人一样，那些粗粝平实随便只是表面，细致关怀直捣本质才是核心，并在你被文字的嬉笑好玩吸引时，突然一亮剑，有被刺中要害的感觉。所以他这是言此而意彼，是一种更广阔的暗喻，只是这比喻对他来说是一种无意识的甚至天生的习惯。再譬如他的《爱情的工作》："爱情总是很忙／爱情整日的工作就是／把两个人变成一个人／把许多人捆成／一个

164

个小家庭／爱情的工作就是一有机会就／再拆散他们／爱情忙来忙去／直到把多情的人／变成无情的人／它的工作就完成了"。

这里诗人用暗喻还原生活的本真，用暗喻剥开事物的皮从而进入本质，或者用比喻营造一个诗歌氛围，然后让读者在真相面前目瞪口呆，或者情不自禁地掉进这个诗歌情境中。

这种诗歌看似简单，但写起来很难。这不是技艺问题，而是要保持这种写诗的高潮状态，只有每天都沉浸在写作状态中的人才能从惯常的琐碎中发现有诗味的笑料，在看似不相关联的事物中寻找到恒定的诗意，这是一个去伪求真的过程，也是一个艰难的思与诗的旅途。写过诗的人都知道这里的难度和快意。

以游戏入诗的诗人的贡献就是把这种很难的情理趣结合操练得得心应手，并让诗歌有了子弹上膛端起来了的紧张，随时一动手指，就是一串子弹一样的包袱，一个意料之外的戏剧效果。而且这些比喻不是破碎的单一和独自的，高明的诗人的特点是用情节来比喻（或曰叙述）一个事物和事件的过程，在漫不经心对琐屑的事物的叙述中突然逼近趣与理。更重要的是在比喻的后面透视着诗人随时捕捉的本领。平时这些诗"料"被杂乱无序遮盖着，诗人只有保持像警犬一样敏锐的嗅觉，才能在不经意间把这些诗歌的宝石叼出来。当然要保持这种嗅觉要有一颗无功利的干净清洁的心。这又回到前面说过的老问题上了。

游而戏的写作也是应了诗的趋势。而且当下文化的大态势就是混搭和出位。混搭就是把各种不协调的色彩服装糅合在一起，出位就是偏离传统和主导。思想的混搭，诗歌技术的混搭，风马牛不相及地搅和到一起，像东北的乱炖，不仅让人大吃一惊，味道也好吃爱吃，就是说不清到底是什么滋味。这就焕发了诗歌的朝气，拓宽了诗歌的疆域，增强了诗歌的冲击力，和延长了诗歌的生命力。

如果追溯一下历史，二十世纪三十年代朱光潜在《诗论》中认为诗歌的起源是游戏。具体就是：一是谐，就是说笑话或曰诙谐和调侃；二是隐，就是谜语，隐藏真相并留下线索，让你像捉迷藏那样去找；三是纯粹文字游戏，就是放弃意义去寻求文字和语言本身的趣味性。他说："谐是人类拿来轻松紧张情境和解脱悲哀与困难的一种轻泻剂"，从而达到"丑中见出美，失意中见出安慰，哀怨中见出欢欣"的效果。朱光潜的解释未免有点悲观，其实就是欢乐的人也喜欢有趣的东西。诗歌中引进诙谐和有趣就是让语言变得生动，让领导讲话一样八股文的诗歌，重新充满亲切活力和健康的气色。隐就是说谜语，故意不把意旨说出来，这样你才有兴趣去猜去寻。经过冥思苦想最好赢来恍然大悟的欣喜和愉快。在诗歌上这就是比喻，指桑骂槐，说此意彼，从而彰显意义的重大和深刻。纯文字游戏就是通过文字和声音本身的有趣和魅力，来调动读者的兴致，从而唤起他们对诗歌的爱慕和敬意。我啰嗦这些，是给这些探索诗歌的写作者找到理论根据，同时也是用这些渊源的理论鼓励他们坚定不移地走下去。

诗歌的说、隐、讽

承接上文，具体说说诗人是怎么把诗歌当小品写的。

有小品性质的诗歌，被诗人梳理成脉络清晰的三段式，蔓延的思绪也被情节化故事化了。这不是简单的叙事性，因为有时候根本没有事，大多时候诗人面对的就是一个静体的物，或者一个不在场的人。譬如一块玻璃，一个搓得浑身皱褶的洗衣板，一个回忆中的母亲。人和物是静止的，但是它们引起的思绪是流动的，甚至是起伏的。怎么把这些稀溜溜的思绪凝固下来，并让它生成意趣，让散漫的诗歌变得有条理有节奏，这不仅需要智慧，还需要与生俱来的会讲故事的特长。有些诗人天生就是一个会"说书"的人，所以这些事和物被他说出来，就有了起承转合的戏剧效果，哪怕仅仅三五行的诗歌，也囊括了把弓拉满又把箭射出去的过程。这样的诗歌结尾让人精神一抖擞，思维一蹦跶，并有东西击中你。这就契合了叙事性文学的经典秘籍："情理之中，意料之外"的收官效果。

会讲故事的诗人就是一个制作锥子的人，老家叫"捻"，就是用捻的动作，让锥子越来越尖。有些诗人写诗就是把一块粗糙的铁，烧红锻打磨制，最后成锥子。锥子的尖就是他诗歌的结尾，尖尖地扎在读者心上。譬如这首《玻璃》，前面通过玻璃的特性挖掘对应的人性，虽然精彩但还只是顺流而下，直到结尾："玻璃也有性情/阴雨连绵的时候，我们忧伤，它也忧伤着/我们能够忍着酸楚，它已在窗上泪流满面"。出人意料的最后一抖打破了平静，让诗歌有了波澜，让读者有了回味。

还有《在黑夜中醒着的母亲》："母亲是个盲人。白天和黑夜/对于她，没有什么区别……可一到天亮的时候，母亲就显得兴奋/她就会喊：都起来吧，天亮啦//她比我们，更知道什么时候天亮/她愿意让我们从一个个黑夜中，早点脱身"。

前面是说事，后面是评说，没有后面两句的评，前面的诗歌就是个盲人，结尾两句点亮了这首诗，给诗歌安上了眼睛。我读到这里心头一热，鼻子一酸，差点流出泪来。母亲的光明和大爱凝成针尖，扎在我们心上，也让这首诗歌有了分量和高度。

"编筐织篓，重在收口。"写作上收好了尾，不仅故事好看，而且境界全出。而且不论多么调侃幽默，其实质还是感动和摇撼。诗人只是用故事作为符号，把思想和情怀用小品的方式投射出去。这就让这些故事化诗歌有地气有超拔。地气是这些诗歌从生活身上扒下的血与肉，超拔是诗歌在提升，是仰望和理想。它们都蕴含在充满情与趣的讲述中。情是动力也是抵达，趣是过程也是形式。情趣是药和药皮的关系，但有时你又分不清哪是药哪是皮，它们已经融为一体。

例如:《臆想中的火车》:"铺铁轨的民工,每天铺着铁轨/他们要把铁轨铺到/火车从来没有去过的地方//铺得越快越好。这些民工不时地回头/臆想中的火车把他们撵得满头大汗//这些民工从没见过火车,只知道火车很快/他们拼命地往前铺。他们担心/被一列火车追上"。

这种大辛苦让诗人写起来像搭积木一样充满了趣味,但收尾两句暗喻了这些民工的辛劳和意义,一种感动把心灵掀翻:撵民工们在太阳下蚂蚁一样紧迫奔忙的不是火车,而是他们的责任和义务,更是不可规避的命运。真实就是力量,这种以轻松写沉重,以快乐写痛苦的方法,也让诗歌具有了此时无声胜有声的爆破力。

诗歌这种变化不仅是技术、思维的更新,一个优秀的诗人还要顺应诗歌的大势,其次是在共性中坚持和凸显自己。一个时代有一个时代的文化形态,时代精神决定文学类型。在当下这样一个迅捷实际,一切都要简化和轻松的现实里,诗歌也必须要从天上回到地面,更简单直接地和读者面对面,生活化大众化是必由之路。这也不是当下诗人们自己的发明,古人和外国诗人都这么干过。像前面提过,我们的前辈们早就把诗歌的起源归结为游戏和说笑话。说笑话本身就是小品和戏剧的核心。越有情趣的作品越考验人的心智,心智越高写出的作品也就越有兴趣,带来的就是更多的阅读兴致。于是我们看到了大批的诗歌从神坛回到民间,从神曲变成口语。即使也是文以载道,但已经潜移默化在欢声笑语中了。

但是用什么样的车来载这些情与意,这就是一个手艺问题。陈词滥调肯定不行,没人用过没听说过的段子进入诗,才能刺激人的感觉和笑腺。诗贵出新就是这个道理。而呈现上一定要真实朴素简单直接。这八个字是形式,也是内容,更是诗人自己的胸襟和品格。但是怎么把这八个字具体地呈现出来,明白了前面说过的把诗歌情节化，弄一个出人意料的直捣本质的结尾等方法外，还有个基本原则就是新奇巧。新奇巧，看似陈旧，其实它是所有好诗歌共有的品性，也是所有优秀艺术共享的绝技。譬如前面这个诗人在《山路》中把蜿蜒到山顶的山路比喻成粗大的古藤：

"从山顶飘下来。上百年了/一直是它把人们牵上
去//现在我们要下山。我们看着它/根本不像古藤；它
只是一条路/被我们从山下，刚刚带上来"。

把山路比喻成古藤是新，人们顺山路上山，看成是藤把人给牵上来的（下山时主体又发生变化），这就新得出奇了，而本体与喻体怎么那么准确恰合上了呢？这就是巧，因了这鬼神般的巧合，读者的感觉被刷新了。

除了新奇巧，诗人的经验还有——

说。这不仅是口语，而是一种写作的姿势，说明诗人写作能放下身段，表情不再神圣，更不神神叨叨。改庄严的书写和吟唱为随便的说话。常态的交流，平时的语气，不拔高也不做作。自然的状态带来的必然是更真实直接的效果。口出我心，句句进心，看似漫不经心，却无意间让你锁喉："一辆卡车在倒车的时候/反复播放着这样的声音/'请注意　倒车；倒车　请注意——'//豆豆没有注意。他才三岁多/还听不懂大人说的话/也不知道，这车，还能往后开"（《倒车》）。

语调平静平淡，可是读者的心却好像被钝器狠狠地锤了一下，并久久缓不过来。这就是平常说话的效果，反之拿腔作调用华丽的词汇穿靴戴帽，诗歌的力量就会消弭。

隐。就是把意图和谜底藏起来不直接说。也可理解成含蓄。需要解释的是这与前面谈到的直截了当不矛盾，直接是语言与意义的零距离，隐也是追求说与意义的零距离，只是让人意会不必

表露。像上面那首诗，其实就是一个三岁的孩子让往后倒的汽车轧死了，但是作者不直接说，而是让读者去理解。这种让读者回味的方法就增加了诗歌韵味，读者自己悟出来的东西总比听别人说破更有味道和滋味。所谓古人说诗歌三分写，七分读，就是这个道理。另外这里还有还原生活真相的意图，呈现生活的原生态，这样诗歌的意旨就呈多维性。譬如这首《我们走在大街上》，我们也经常遇到这种情况，几个人往前走，有人打招呼也不回应也不停步，后来："一个朋友气喘吁吁地赶上来/夹在我们中间，继续往前走//我们一共六个人/没有谁知道要去哪里"。

这里诗人就用的还原法，力求客观化。其意义可能是仁者见仁智者见智。我个人理解成人生其实很盲目，无目的无意义才是人生的本质，就是人生的真实状态。

讽。也可理解为调侃，有嘲笑自嘲的意味。自嘲与反讽是诗歌成为幽默的小品的主要途径。正话反说，反话正说，使诗歌趣味盎然、生机勃勃。譬如这首《下夜班的孟》，这个平时总是下班后以冲刺般速度往家赶的男人，现在不能按时了。因为"今天晚上，小李没人来接/孟，必须把胆小的小李送回家/然后以最快的速度离开/除非小李家的灯泡坏了/除非她的家人不在家/孟就只好耐着性子，/把黑暗中的小李弄亮"。

看到这我想没几个人不笑，我甚至笑出声来。但这些文字又是绷着脸的，属冷幽默。这种讽和谑是诗歌的糖衣炮弹，让你愉快地吃下去，又在思想上轰隆一响。它们是诗歌的鞭子，让这些作品明快又锐利，一不小心就把你的笑和眼泪都抽出来。

这首诗涵盖了前面说过的所有特征，平常的说话，不明说真相（隐），又暗含讽刺，这三者合成为新奇巧的效果。而所有这些意外正好又显现了真实朴素直接简单的诗歌品格。

（引用诗句作者为赵明舒）

狂与狷

一个信奉技术主义的诗人，能把作品打造得精致剔透，并无比锐利，让你只轻轻一掠过，思维就被刮破。对待语言执拗的着迷者，就像一个中邪的人，执迷不悟，语不惊人死不休。或者是打造神秘兵器的人，不断地磨制，直到锋锐得无法再少一点。每一句来得又很自然，绝没冥思苦想的痕迹。

穿刺的语言，把人厚厚的思维茧皮划开了，也把人的想象力抻长了。哪怕是一厘米也是对人智力的发掘和激发，这是让古老的汉语返老还童，让那些几近腐烂的陈词滥调发出新芽。这里已不是简单的纯粹的诗歌技艺问题，而是对人自身智力的开疆扩土。技术带动了诗歌气质的变化，让诗歌变得轻盈和青春。

譬如有人把中年写作看成两头雄牛的角力，犄角对犄角，四目相瞪，八蹄蹬风。中间的进攻与后撤，凸起与崩塌，雄壮与惨烈，只有写作者自己才能领会和体验。这是个互为喻体，不仅用两只雄牛顶架来比喻写作，也用中年写作的状态来比喻雄牛的对抗。两个结果都是："一阵电锯声/把个完整的夜晚切割成/昨夜与明晨/从夜的断口，他总能听见/两只犄角同时折断的/那一声脆响//他很想把嵌入肉里的一截/迅捷拔出/像投一枚断剑/奋力掷向那个铿锵的瞬间/这一刻，他又将看见两头/健壮的雄牛！"

用视觉对应视觉，还有声音味觉冷暖和情绪的疼痛混杂在其中。这就是通感，但作者又越过表面性的通感，把虚拟的不可言说的感觉形象化立体化，用动喻静，用实写虚。比喻之狠、之惨烈、之真切和新奇已经越过了常识性的修辞，进入到语言的内核和事物的灵魂，从而带动了诗歌内容的深化。这就是诗歌技术的力量。

这就如上文说的，把趣味游戏的东西带进了诗歌。如果根据前面提过的朱光潜诗歌起源说，我们现在谈论的这些诗歌更像隐。这样做的目的是为了把表达说得更准确更生动更让人惊奇惊喜，目的就是把诗歌要表现的意旨更突出。这本来是诗歌最初发源时的目的和特征，后来由于一些因素的影响，诗歌承载了更多的社会元素，让我们审视诗歌时总是看重思想性，而忽视了诗歌本身的魅力和情趣。其实做到像游戏一样好玩有兴致非常难，这需要挑战诗人的心智，需要改变习惯的思维，需要艰苦卓绝的挖掘和炼金术本领，与两头牛角力有过之而无不及。所以很多诗人坚持不了了，去写其他体裁了，或者转而给自己找个容易下的台阶，那些过分的叙事，像口水一样的口语等等，其中就有诗人为了给自己写作减压而撤退造成的。

沉迷技术的诗人是固执的，他们不在意外界怎么变化，而固守自己的美学原则。他们也没有给自己寻找捷径，就在诗歌本体上使劲开掘，不断地演练和实践着，成为一个擅用智性又挖掘拓展智性丰富智性的高手。像有人说的"诗的语言就是一滴蜜，百分之五的花粉味和百分之九十五的甜，这是蜜蜂吐纳50余次的结果。"其目的是"我所做的一切就是要让中国诗歌长高一厘米！"

重视技术，追求纯粹的诗歌技艺，使很多诗人不在意身边的琐事和具体的人或物，这使他们的诗歌少了尘烟，多了自然和生命的东西。天空、大地、万物、人，还有生命和时间，有限和无限等是他们诗歌的主题。对这些事物的追问必然使诗歌多了哲学思考，少了人间烟火。譬如有组诗歌的题目叫《瞎者的目光》就说明这一点。失明者看不见眼前的东西，却能看见更远更深更大的，目光无法企及的地方和事物。这盲瞳向远远到人类的终极，向深深到生命的最核心。其实就是想象力和神奇的魔力。诗歌在这里就成了诗人的瞭望镜和探测器。他用它们去解决人类存在的大问题，也追问生命的终极意义，并且像诗人的性格一样固执刨根问底地追问下去。这种追问像波涛一样一浪接着一浪地拍击，紧迫而不间断。譬如："那些干净的雨滴从山峦、树冠、房子、伞上、人的身体、鞋子攀缘而下／……绕过若干植物根系与洞穴机警地游向低处／在一个三面环山的村子／它们摩肩接踵着抵达了一个小小的池塘／像一粒经年的种子破土而出，／它们有些懵懵懂懂小心翼翼／在没有风的日子那片池塘就像一只睁大的独眼／安静地注视着星空月亮／有时是薄云后的太阳／那是它们来的方向。"（《小雨》）。

　　诗人从雨的去向写起，写雨经过了树——人——泥土——河流——村庄——池塘。在最后的归宿池塘里还瞭望自己的来向——天空。有疑问也有懵懂。这就是命运，是个回环，生命的大回环。引申出人自身的追问：我是谁，我从哪里来，到哪里去？我的存在为了什么？这些古老的问题确实困扰着生命，虽然不会有答案，虽然依然困惑着，但是追问的本身就是意义，也是一种乐趣。像雨像更多的生命存在的过程就是一种美，即使懵懂即使流逝也是一种幸福和美好。因为它跳跃过美过活过，甚至爱过。

　　至此，我想到大家常说艺术家是疯子，疯子的背后是自信执着和创造。这种狂对艺术家来说是一种珍贵的品质，它可以让诗人更自由和开放地打开自己，不被权威和条款所限，让自己随心所欲地驾驭万物统领大自然，最终将人的精神力推向更远更自由的地方。

　　我又想起另一个字，就是"狷"。它是与狂相反的一种品质，但是大家又都将狷和狂搭配起来形容艺术家的性格和状态。那是一种什么性格和状态呢？为了准确，我查了几种字典对狷的解释，大致有三种，我取"狷介""狷傲"之意。综合起来就是：孤僻高傲，洁身自好，不肯同流合污之人。同时又偏激，耿直；固执不虚伪，并坚持自己的观点，而旁若无人。我想正是狷介让诗人坚持自己的立场和美学观念，不随波逐流，坚定地旁若无人地修剪和打磨着语言，直到把诗歌削成绝壁或者刃，陡峭得让人无法攀援。

可以这样总结，狂让诗人跳出事外，打开自己自由的想象，狷又让诗人固执地进入事内，封闭自己苦修磨炼。漫无边际的"狂"照进诗歌，诗歌就变成了严谨又充满棱角孤傲自我的"狷"。狂狷成就了诗人，并让诗歌成飞船穿越时空。

（引用例句作者为鹰之）

诗之味

（诗有味道方为上品，几种味道常常

交融一起，分成类别只是侧重而已）

情味：情感的感染。

意味：意义的穿透力。

况味：意与情的结合，意境高远宽深。

禅味：飘渺中见仙会神，净心静魂，并飞升了。

趣味：乐心悦魂开智，诗已尽，趣无穷。

【开味】·儒学诗人的品味

与李松涛交往，你会发现一个有意思的现象，不论是举止儒雅还是习惯于没大没小不拘小节的诗人们，只要年龄比松涛小，交往久了，都一律称呼他为"松涛大哥"。这里既不叫他"松涛"，以显示与他亲密无间，也不叫"大哥"来表示对其敬仰。深究一下，就是两层意思都有，又亲近又崇敬，可以平视但绝对信服，愿意聆听但又不是外人。这就让很多人愿意去他身边，把幸福急于分享给他，更多还是把委屈和对世界的疑惑倾吐给他，以便让他指点迷津。而每次有客来，他都非常的兴奋，一定让你的肠胃和心灵都装满玉液琼浆高兴而归。所以应该给他发个奖，名字就叫：中国诗人和谐幸福贡献奖。他不仅让诗人自己和谐，还让诗人与诗人和谐，更让诗人与社会与天地和谐。前两项他用的是真理和真诚，后一个他用的是他的长诗和思想。

在漫漫的旅途，我常常想起松涛大哥，有时我故意去探寻他不和谐的地方，但是除了他身体的有些零件总出毛病之外，生活中他几近完美，对朋友更是无可挑剔。让我惊讶的是他的宽容，不论多么有缺点的朋友，只要不是品质上的坏，他都能够接纳，而且非常耐心细心地帮助你，让你不得不在他的真诚和高屋建瓴的建议下，变得正经和温顺。这一点笔者本人就是受益者。本人年轻时候非常的操蛋，急躁暴躁加上酒精来添油加醋，常常做出让人目瞪口呆甚至怒火万丈的事来，但每次松涛都不急不躁地和我推心置腹地交流，最后让我这公认爱尥蹶子的驴变得温柔起来。嘿。有时在难眠的冬夜，回忆这些往事，我的内心会很温暖。同时我也在追思，一个一生都不说朋友坏话的人该有多么干净的心灵和辽阔的胸襟，一个三言两语就能化解别人内心块垒的人又该有多么深邃又灵透的智与慧！

除了天生的秉性之外，我想一定有一种与生俱来的大智慧让李松涛了然了万物的根本，让他洞悉了万事万物的核心，于是他才能漠视人世间那些无益的杂事凡尘，而专注于自己的热爱，和珍视最宝贵的真诚和友爱。而所有这些都是无意识的，这些都融化在他的本能中。这让他有了大视野和大胸怀，这后者让他在当年同辈人拥挤的写作圈中脱颖而出。所以任何人的成功绝不是偶然，人生就是没有终点的马拉松，你可能在一两圈时领先，但始终跑在前面的人一定有必然的过人之处的东西。所以我坚信文如其人。有时一个品行差的人，可能写出几篇中等的作品，但绝不会写出流传千古的大作。松涛是这个时代写出了大诗的人，那他的人格魅力必须也必然的是这个时代最优秀的领跑者。

我清楚我在向大家介绍李松涛，所以我必须减少我个人与他的交往史。但是我想对那些年轻的诗人们说，请你们认真地阅读李松涛作品之后再评价。不要动不动就说某某的诗太政治。我对你们说，政治不是衡量诗人优劣的标杆，一个不关心政治的诗人不会成为大诗人。不回避政治并阐释自己的思想和独立人格才能成为大诗人。而且在政治面前一定不虚假，真实才有力量。松涛诗歌的核心一直是真实的，即使他的早期的作品。虽然那是一个带着镣铐跳舞的时代，但是李松涛们并没有感到禁锢，因为他所看见和感受到的都是他认为真实的一切，青春在沸腾理想在喷薄。所以有人说（好像我在一篇评论里也说过）在一个虚假的年代单纯的李松涛在真诚地歌唱。而39岁的时候，李松涛写出了《无倦沧桑》，这部通过水浒来解析中国政治的长诗是李松涛写作的一个分水岭，从这里开始李松涛的内心和文字终于达到了统一，他开始成为一个对中国腐朽政治和文化的反思反抗反省的诗人。他的这些淋漓的文字犹如轻骑与飞刀，一路狂奔与啪啪啪，几千年的丑恶纷纷中镖。我当年读此诗时，也犹如夏夜豪饮，痛快如李白当年遥望庐山瀑布一泻千里。所以我一直认为《无倦沧桑》是松涛诗歌写作的制高点，虽然他最喜欢他后来的作品《黄之河》，但是就作品的生成而言，《无倦沧桑》来得更自然轻松，仿佛春风自然来，冰面自动开。劲小而力大，中了那句：谈笑间墙橹灰飞烟灭。后来的两部虽然更有力，但就诗而言，似乎能看出使劲的痕迹。不过这三部长诗让李松涛成为一个与腐朽的中国政治决裂的诗人。我曾经在一篇评论中这样评价松涛和他长诗的价值和意义：李松涛属于这样一种诗人，他们一开始写作就自觉地把自己融入到他所生存的土地和更辽远的时空，他们诗歌中的爱与怨、愤懑和温情都是属于他们所生长的时代，而和个人无关。这种特殊的心理特质决定了他们这代诗人的道德水准，决定了他们的诗歌不是个人生命的分泌物，而是整个时代乃至于人类发展所发出的声音和交响！所以我们轻而易举地在李松涛的作品中发现一个献身者的冲动、豪迈和悲壮，还有英雄主义的历险、无畏和豁达。只是到了《黄之河》，李松涛已经彻底地摈弃了早期的单纯和热情，跨越了《无倦沧桑》以及《拒绝末日》时代的激情四溅和焦虑急切，而呈现出一个从容自省和深邃沉静的辽阔境界。这标志着李松涛成功地从一个清亮明晰的抒情歌手成为了博大深沉、不懈追问和探究生命和人类生存状况及意义的智者和醒者。而《黄之河》更明显地将李松涛那孤独的求索者形象托举出来，并将他渗透在诗歌作品中的的悲悯情结以及愧疚和救赎意识推向极致。这是李松涛诗歌的精神实质和方向，也是他诗歌的价值和全部意义。

从这点来说，李松涛后期诗歌应该用《诗品》中"悲概"来定位。就是说他诗中的情感如壮士断腕般的悲壮和豪迈，诗歌的品质和改变现实的愿望又有"大风卷水，林木为摧"一样的气概。我偷换一下概念来形容，就是诗歌的气势如大风卷起狂浪，坚实的林木都被吹断。三部长诗都具有摧枯拉朽之力，摧毁一切不合理不人性的东西，让世界和谐，政治清明，人性自由。

所以李松涛是一个坚定不移地坚持和奉行儒学思想的诗人。他写作的初衷和写作的最终归宿都是儒学的。修身齐家平天下，这是他写作和生活的核心。所以他生活中和蔼可亲宽于待人，作品中又一丝不苟锋芒毕现。也许生活中太和谐了，把余下的力量和刃剑移到了作品中。或者说他在作品中太剑拔弩张寸土必争，剩给生活中的他就是宽厚和仁慈。再更高一点理解就是他写作的锋刃锋芒锋利的目的和意义，就是为了让我们的生活和人生变得平坦和和谐，所以他在生活中要身体力行去实现自己的文学理想，所以他平时就做平视平易平等的"松涛"，而对朋友生活和思想的求助，又主动关怀热心帮助，犹如令人景仰的"大哥"。

而这一切并非他刻意为之，而只是一种本能一种素质和一种品格。

情味

（情感的感染力）

忧伤减缓诗歌的流速

我喜欢诗歌中忧伤的成分，忧伤减缓了诗歌的流速，使诗歌变得深沉给力，也让我们更直接触到情感的底部，并对人生有了更透彻和深刻的了解。所以忧伤是诗歌中不能缺少的色彩，甚至是最深美的颜色。这说明诗歌不能太亮，太亮了反而刺眼；但也不能太暗，太暗了就是黑漆一团。所以好的诗歌不刺眼也不黯淡，能看见光芒但又必须穿过云团，这种美是低沉的也是真实的，它有时是一种气息让你感到凉，但依然迷醉。有时看似漫不经心又能一语中的——

> 给我一截寂静，一截虚空别靠近我／……让我在升起的寒意里保持沉默／让我接受草木牺牲的事实／让我相信，它们会从死里挺起身子……（路亚《在秋天——》）

诗歌的表层是清新的，但清新的气息下面，有忧伤在凝聚，这像深水下有一块石头，这石头让诗歌变得凝重和低缓，也增加了诗歌的分量，并呈现出一种低沉的美。这就是忧伤的作用，假如没有忧伤的底色，这首诗歌就没有了重量和感人的触点。所以忧伤是诗人触摸世界的一种方式和姿势，是一种真实又直接触摸心灵的方式。让人感到了疼。还有比疼更让人明确而真切的感觉吗？

这是写与季节抗争，也可理解成人在生活里突围。整个情绪是低沉凝重的，而结局又是高扬的。这是诗人的人生态度。这种姿态会形成诗人很自己的写作风格和审美惯性，会辐射到更多的作品中。譬如方海云的《等待一趟回乡的车》："……多少年了，这条路就一直这样泥泞着/不平/而我，却似乎什么都想不起来了/只是紧盯着车玻璃上那个贴心的地名"。

回乡的路是坎坷的，整个情绪是阴郁泥泞的，唯一的光明就是用贴心的地名来给自己取暖。忧伤就是这样低沉地让人看见残酷的现实，又在乌云密布中自信地凿一角蓝天，让光明漏给我们。

低沉让诗歌摆脱了轻浮的鼓噪，也让我们看见了不圆满的现实。因为现在不美，那就更让我们对未来充满期待。这就是诗歌哲学。所有这些来自于诗人生活的经验和先天的感应。当诗人从泥泞中走来，泥泞就成了他（她）关照生活的底片。而作为一个诗人，尤其是一个女诗人，天生的敏感让女诗人比男性更多地感到了命运。先觉性的、宿命的、突然触底的、预言似的忧伤成了很多女诗人诗歌的一个情结。经验加性格让诗人比别人更能感到命运的力量。因为生命都是有限的，而时间是无限的；快乐是短暂的，而劳作和艰辛却是永恒的。像方海云的诗："一生就这么璀璨一次辉煌一次/是开花也是结果"。

其实人无法支配自己，更多的是随着生活的波浪沉浮。但重要的是人不是动物，人活得要有尊严，生命不仅有意义还要有意思。这种看似矛盾的价值观往往会成为诗人的人生理念，和他们诗歌的方向。于是我们在诗歌里总是能读到这样的诗句："……叶落的时候我曾扶着冬天恸哭/而后，仍要鲜血淋淋地咬破食指/咬 破 食 指/涂抹生命雪白的画布"（方海云《命运》）。

这就是诗人理解的命运。明知失败，却不甘于失败；明知结果，却要改变结果。甚至要咬破食指去把生命画圆满。这应该说是一种强力的生命哲学。承认悲观人生，但要突破人生的悲观。其实悲观只是一种人生态度，并不是一个人的行为和作为。而悲观不等于绝望。

叔本华把人生道路比喻成是一条铺满炽热火炭的"环形轨道"（就像400米跑道一样），人生就是双脚踩在炽热的火炭，在上面绕着跑道一圈又一圈地奔跑着，在跑道中间只有几处清凉的落脚点被看作是幸福的地点。每个人都在不停地奔跑，总期望或许确实能碰到那清凉的地方，获得片刻的幸福的感觉，然而人们最终还是倒毙在炭火中。

叔本华是彻底的悲观，更是绝望。但经常写忧伤诗歌的诗人不是这样。如果也用这个痛苦的环形轨道来形容人生的话，诗人们要在轨道上铺下无数个可以落脚的地点，像河面上用来过河的石头，让人轻松地踩着它一圈圈走完痛苦又美好的人生。

在诗人看来这无数个落脚点就是诗歌，就是艺术。诗人是通过写诗摆脱悲观和无聊，通过诗歌拯救自己和拯救世界。于是痛苦被诗人挤出体外，剩下的是幸福和爱，而爱让诗人对世界充满了谅解宽容和诗意："我遇见过一个小孩／它也很爱说话／但不大有人听／后来小孩变成了一株花住在了花盆里／它不停地用花说话／说了很多／后来都落了。"（吉葡乐《说话》）

这是一种诗化的人生。忧伤让我们触摸到人生的真实，凉而不冻；忧伤让诗歌有了深度，不盲目也不麻木，不肤浅也不黑暗。这是一种柔和的光芒，这光芒让平时灰暗低矮杂芜的生活变得豁然和明朗。

蓝色：忘我的写作

蓝色让我们想起天空湖泊和大海，这三者都给人以辽阔宁静和温润的感觉。这是成熟的诗人成熟的写作。像一个阅历人生后的中年人谈起人间语调沉稳目光平静。一切如烟，天高云淡。那是一种彻底的蓝，蓝得近于无和空。一切都释然，一切都放下了，只有静和美在弥漫。这样的作品看起来朴素和单纯，但平静又储藏着风暴，看起来像静止的水，但深水的下面却生长着火焰。这是经过了激烈的奔涌后的一种安静，也是由于蕴含了太多的内容而呈现出的简约和自由。像圆样平均而光洁。

蓝色也是忘我的写作。忘我——就是创作主体暂时地消遁，在诗歌中看不见作者直接的明显的形象和情绪，作者的情感和思想是埋在诗歌的形象之中，或者说作者的立场已经消融在作品的客观表达之中。但忘我又不等于无我，忘是把我的情绪融化在写的对象中，但我还有迹可循。而无我是我消失得没有踪迹。忘我如一首题为《最美》的诗：

> 简单的生活/其实就是这般模样/日子/是由这样一些元素组成/比如日本酱油、泰国辣椒/比如澳洲龙虾、美国黑牛/比如青菜、白菜/比如油麦菜……你如此小心翼翼地/将它们/一片一片放进沸腾的生活/又一片一片热腾腾地捞起/一半放在我面前/一半留给你自己//我一口一口地品/一点一点地消化/……这是情人节的日子/在西直门外在澳门豆佬/不知是沸腾的生活/还是甜蜜的爱情/令我的眼睛里有了一些湿润/但我知道，这个日子/在我对面的这个女人/最/美（祁人）

这不过是日常生活的一个小场景，类似戏剧小品中的一个片段，按戏剧的元素来解析就是——人物：夫妻，场景：饭店，事件：两个人吃火锅，细节：老婆给老公夹菜，结果：老公感动了。这是一个太平常的生活了，也不是一个好的小品，接近静止的画面，没有起落的情节，但是作为诗歌，你只要用心去吟诵，你就会感到情感在一点点爬升并随时要掉落，你就会感到有一种感动在不紧不慢的节奏中一点点成长、凝聚，最后成熟并滴落。整个过程像在剥一个榛果，一层一层深入，最后将果实也就是真理挖出来。这里我们看不见作者情绪的剑拔弩张，在琐屑的叙述中我们几乎忘了诗人本身，诗人只是作为一个事件中的客观存在，像一个道具，直到读完默默地被诗意笼罩，我们才会想起这是作者的经历和感受，我们读者不过是在阅读中身临其境而已。

　　这看似絮絮叨叨的叙事，其实是一种更深刻的抒情。因为它不动声色且有点漫不经心，然而却有于无声处听惊雷的效果。这是一首好诗必须具有的品格。也是一个诗人想成为大家应要修炼的素质，更是作为一个人成熟所具有的品质和标志。

　　写作到了这份上，诗人已经进入到写作的黄金时代。因为他们懂得了平易和简单，学会了在杂乱和琐屑的日常生活中捕捉诗意和美。诗歌不再是情绪的宣泄口，也不再是情感的承载器。诗歌是亲密的朋友，也是诗人相依为命的伴侣，更是尊重和热爱的艺术。诗人视诗歌为独立的殿堂，自己要努力进入这个殿堂，而不是再让诗歌成为自己的附属品。而诗人更像一个辛勤的劳作者，努力在满面灰尘的日子里寻找和过滤诗意，并用真情掸去蒙在诗歌上面的尘埃，让原本就具有诗意的生活和细节重见天日。譬如：

　　……今生，我无法变成一棵树／在故乡永远站立在母亲身旁／当我走出南疆的戈壁与沙漠／母亲献上这一只玉镯／朴素的玉石，如无言的诗句／就绽开在母亲的手心／／如今，母亲将玉镯／戴在一个女孩的手腕／温润的玉镯辉映着母亲的笑颜／一圈圈地开放在我的眼前／戴玉镯的女孩／成了我的新娘／／为什么叫作新娘？／新娘啊，

是母亲将全部的爱/变做妻子的模样/从此陪伴在我的身旁（《和田玉》祁人）

和《最美》一样，诗人只是叙述一个事实，一个自己生活中的经历和事件，那就是自己从远方带给母亲一个玉镯，母亲把它给了妻子。那么诗意在哪儿？那就是：母亲将全部的爱变成了妻子的模样。这个诗意的细节不是作者创造的，而是本来就客观地存在在事实之中，只是平时我们视而不见，现在诗人在情感的冲洗下，发现了这个细节，并把它曝光。从而给新娘赋予了新的厚重含义：既要有娘的责任和义务还要有娘的温情和博大。哈，看来这个玉镯不是那么好戴的，新娘不仅是妻子还是一个新的娘。这就是此诗获得好评如潮的原因和理由。

诗人开掘诗意作者用的依然是还原法，回到最初去，回到事件的本身中去。把被杂乱的生活蒙蔽的美抢救出来。而"我"不必张扬，甚至消遁，让事实说话，让客体的美自动地绽开，让诗歌进入到真实自由，朴素简单的境界。而这才是诗歌乃至于整个艺术让人仰望的最高。

无色：好诗有感而无确解

好的诗歌应该是有感而无解。因为诗歌是感性的产物，只要一种情绪下的一气呵成，就不必在意主题要明确，意旨要鲜明。过分强调意义和说理，势必造成理性大于感性，读起来干巴巴的没有水分。这是论文而不是有血有肉的诗歌。我这个想法最近在读袁枚的《随园诗话》得到印证。他说诗歌最好就是似是而非。就是一首诗歌或者一句诗歌像说甲也像说乙，不同的读者得到的感受和启示都是不一样的。这就是我说的诗歌意旨的模糊性和不确定性，因不确定而呈现意旨的多向性。当然这不是胡写乱写，似是而非的前提是有感而发，而且每一句诗歌都应该是心灵上滴下的雨露，甚至血和泪，当然也包括欢乐和激动。既然是心灵，那谁能言说清楚自己的内心呢？其实说出内心的体验和感受就不在意内心是什么样子。有人问毕加索说你画的是什么我怎么看不懂，毕加索说你能说出贝多芬的音乐是什么吗？此人说有感受但说不出。毕加索说我的画就是这样。此人连连点头。

有人打电话让我举两首这样的诗歌当例子，那我就想起我当年解读过的两首最典型的吧，一个是卞之琳的《断章》："你在桥上看风景／我在桥上看你／明月装饰了你的窗子／你装饰了别人的梦。"还有顾城的《远和近》："你一会看我／一会看云／你看云时很近／你看我时很远"。

这两首诗写的是什么？我当年曾解读过，凭的是那时我的经验，也就是当时我对世界的看法，在这两首诗歌中找到了对应。但我相信每个读者都会有自己的解释，那解释就是读者自己对人生和世界的体会，在这两首诗歌中找到了呼应和平衡。诗歌就是给大家提供一个安慰和发现自己的契机，读者顺着它把自己内心的沉积排出来。就像这两首诗，恋爱中的读者，失意中的读者，还有装逼的人失意的人看了它理解肯定不一样。

譬如我是一个悲观的人，是一个对人生理解不太明亮的人，所以我就觉得那首《断章》中人是很被动的，有种螳螂捕蝉黄雀在后的感觉。而后一首我就觉得人和自然比较亲近，人和人就比较冷，甚至这距离是永恒的。但是一个当年被爱情烧得有点傻和异常兴奋的朋友却觉得这两首诗是写爱情中人的变化，像电影中的蒙太奇，各种情绪的转换。这就是人和人以及不同时期的人感觉的不同。所以阅读者的档次决定了诗歌的高尚与低下。对这两首的不同理解看出我朋友是光明高尚的，我就是阴冷卑下的。所以诗歌是试金石，也是知音，给不同人提供相同的愉悦和情感的出口。

诗歌与美术和音乐都是一个血脉，都源于心灵源于感觉源于情感和超然的冥冥中的天籁之音和神来之笔，这就是神的力量和旨意。从颜色上说赤橙黄绿青蓝紫，但也可以什么颜色都没有。无色即空，空就是巨大，巨大到无的程度，是一种轻，也是一种恐惧或者是巨大的敬畏。

说到无色，我前几年曾经借代这个来评价过一种诗歌。这里称谓的无色写作与上面说的不是一个意思，而是表示作者不被自己的情绪乃至于境况所限，而超越自己的一种写作。回顾一下也许会有一些别的启示。

无色就是没有颜色的写作，这种诗歌作者不再突出个人的境遇和生活。因此我也把作者这种写作称之为超我写作。因为在这些诗歌中作者的情感已经跨越了自己的命运和自己生存的时空，更多的是给予他人和世界更多的关怀和爱，希望用诗歌去滋养和照耀别人乃至世界。而这些作品的核心就是——爱。爱亲人爱朋友，爱他所居住过的城市，以及生长的万物和一切美好的事物。可以说是一种大爱和博爱。爱成了诗人写作的原动力，这来源于诗人们开阔的心态和对生活的感恩之情。

我们拿祁人写于一九九六年北京一个地下室中的作品《寄自西绦胡同13号西门》为例："现在，我生活在这里/居住在西绦胡同/地址：13号西门//我要告诉你们，……你所关心的这个人/如今携妻带子生活在这里/自然，我会接到你们的来信/熟悉或陌生的笔迹/常令我感动不已……热烈、生动而又朴实的语言/促使我一遍又一遍地回信/告诉你们，地址，西绦胡同/请记住，13号，西门/……"！

我不厌其烦地敲下这首诗歌的部分文字，也是旨在告诉你们，这是感动我的一首诗歌。同时它也具有了好诗的优秀品质，那就是简单直接，真实自然。这里的每一个字都浸泡着作者的情感，而一层层的倾诉就是一串串音符在心灵上弹奏，让我们被诗人的真诚热情、达观喜悦的情感所笼罩。这里我们看不到漂泊生活中的辛酸和苦难，我们能感受到的是一个诗人对艰辛的坦然，对亲人的挚爱，对友情的珍惜，对平凡生活中每一个微小的事物的深情和抚摸，我们可以把这首诗歌理解成一个漂泊诗人的幸福生活。这是一首有热度的诗歌，带着作者的体温和热泪，也让我们从中感受到诗人和生活的休戚与共和肝胆相照。同样这样一首和生活肝胆相照的诗歌难道不是更博大的爱情诗吗？

西绦胡同13号西门，那是一个让所有去过的诗人感到心跳感到血热的地方，那里留下了太多诗人的足迹和心血，甚至美好的青春时光。那里曾经是全国诗人的中心，像现在的宋庄和798之于中国画家的意义。诗人把那里生活的情境和意义呈现出来，就是点燃诗人们的记忆，也是提醒那些写诗或者不再写诗、青云直上或者依然跋涉在泥泞里的诗人们不要忘记我们从哪里来，我们的血液里曾经流淌过诗歌的颜色！这让我们再次感受到诗人热爱诗歌，珍视友情，感恩生活的心灵。

这种更广阔的爱让诗人超越了个人生活的幸福和苦难，诗人用善良和豁达去体恤去照亮别人的生活，这是一个大诗人的胸怀。这也证明诗人是这个世界上天生地具有无缘无故的爱和怜悯心的人，不论是对人还是对世间的万物。这就不能不提作者的另一首诗歌《鼓楼上空的鸟儿》：

> ……鼓楼上空的鸟儿/你翅膀下面的这座城市/没有树枝没有草坪/没有你的栖身之地/你回家的情景，此刻就要/写进我的诗里/愿你美丽的羽毛/别被风雨淋湿//鼓楼上空的鸟儿/你低头瞧见的这个行人/也是一位匆匆游子/在这座城市的天空和大地上/与你有着相同的经历

我猜想这首诗一定和前一首《寄自西绦胡同13号西门》写在同一时期，前一个关怀的是人，这一首怜悯的是鸟。当然也从鸟的处境中联想到自己的命运。从中看出作者其实骨子里有一种天生的悲观，只是后天培养出来的积极和开阔的心态，才让这种情愫化成更普遍的悲天悯人，化个人的痛苦为同情别人的泪，化自己的泪水成照耀世界的阳光雨露。

　　仔细体味，你会看出这两首诗的发生都源于同一个胚胎。而且它们都是中国式的思维，重叠、回环、反复的吟诵，类似《诗经》的写作范式，而且思想上也继承了《诗经》的传统，那就是根植现实，用诗歌的触须去触摸生活的根和广袤的大地，你走心了，不论用哪一种方法和形式写作，你写的作品都能走进别人的心，扎进更多人的心。

　　所以，诗歌永远是情感的使者，它的出发和抵达永远是从心灵到心灵。而心灵的颜色是无色的，无色包含了万种色彩，所以越是说不清看不懂似是而非越是内容的含量之大，也就越是最好的诗歌。

伤感即美感

　　伤感的时候读感伤的诗歌，心灵会获得一种少有的宁静和美感。这是不是就是我们常说的负负得正呢？随着那些美丽而忧伤的文字，燥热开始消退，喧闹归于宁静，看窗外树叶一片一片摇晃，听诗人的心灵焚烧时的回响，一种古典的抒情，深刻的忧伤在空气中弥漫。让我不由自主地为一种圣洁低头，为一种宿命沉默。凡是理想的都过于纯粹，凡是纯粹的都易于破碎。这就是命运的力量吗？这就是诗歌抑或诗人的宿命吗？感伤的诗行让我触摸到一种本质，它高贵而纯粹，坚强而脆弱，纯洁又孤独，冷漠又热烈。就像沉静的秋水下燃烧的火焰，让我们为一种柔情感动，又让我们为一种炽烈震栗。

但是我们曾经作为人类良知的诗歌在今天为何变得这样迷惘和混乱？我们曾经唤作精神火把的诗人为何变得这样盲目和狭隘？作为新时期文学的先锋，是诗歌最早提出了对"人"的关切，也是诗歌最早为人自身的价值和理想呼号奔走。然而时至今天，我们很难读到那些关注人类的生存和命运，表现人类的现状和梦想的诗篇。很多诗人退到心灵的反面，像手工艺操作者一样，制造一堆堆与情感无关的文字。还有些人打着"现代"的旗帜，不但拒绝情感，而且在诗中对人的要求和愿望进行敌意的蔑视。这样的作品除了一堆堆废弃的如砖头瓦块的文字，还能有什么呢？这也是我很久不读诗的一个原因。在这种背景下，重新读这些美丽而忧伤的诗歌，我会获得一种情感上的愉悦，并由之带来精神上的净化和普照。

以上这些感想，出自我手上这本几位女诗人的诗集。女性诗歌较男性诗歌更感性更柔软离心灵更近，这不论是单纯的心灵暴露，还是现代意味比较强烈的幻像重叠，都没有回避自己的心灵，以及情感处境和生存现状。那种对人的深刻关怀，爱的愿望的强烈绽放，精神梦想的全面修复，都闪烁着人道主义的光辉。她们从人道主义的故乡出发，去寻找（表现）理想主义的彩虹。在她们的诗中闪耀着道义上的悲悯与关怀，精神上的救人与自救，灵魂上的放逐与皈依。这些诗歌不论是对亲情刻骨铭心的眷恋，还是对明亮爱情的清澈流露，抑或对个人命运的沉郁低吟以及对女性的生命意识的深刻探究，无不透露出善良和关怀，同情和祈盼。

正因如此，当诗人路过秋菜市场便想起母亲每年站在秋天里忙碌，便忘不了"风把你的披肩从后面吹起的样子"；在车上，与一个人相遇，他走路的姿势也令诗人突然想起父亲，于是"像突然遭遇到雨天，我想起雨具/想起雨里晾晒的衣裳"。这是一种传统而平常的感情，但没有什么力量能摧毁这种温情。在这些写亲情的诗歌中，作者置身在旧时代的门槛上，体验着某些细小却永不再现的情感瞬间，当我们重读这些诗篇，一切都染上了诗人自身的忧伤；"今天下午我将和你（父亲）一起经历老年/经历歌声中传来的伤感/你以为我什么都能承受/不呵，我的脆弱是一只熟透的桃子/一碰就是一个伤口"。这是一种刻骨铭心的血脉相连的感情，是割不断的草木，分不开的骨肉。在最真的感情面前，你可以摘下面具，卸去坚强，灵魂不再设防，心灵自由流淌。这是一颗对人类有着宏大的善良和悲悯的灵魂，这是能征服一切、摧毁所有情感堡垒的人性之光。在诗里人道主义永远是诗人出发和最后归依的家园。

在这些诗里，我们很容易读到一种伤感。与其说这种忧伤来自于作者先天的敏感和脆弱，还不如说是理想主义在现实中散落的破碎之光，那是一种对理想深情的呼唤以及由此产生的焦虑和忧伤。但这些诗中的理想并不是海市蜃楼，而是人性中最具体最真实最基本的东西，那就是理解和被理解，爱和被爱。这样的主题贯穿了这些女诗人的全部诗歌。

然而残酷的现实却没能使诗人起码的愿望得以实现，黑暗常常淹没了人性中的光明。呼唤没有回声。正如诗人林雪说的"在歌唱的时候失去旋律，在说爱的时候失去爱"。理想与现实的巨大反差，使诗人的热情渐渐冷却。那种单纯炽热的歌唱逐渐地被复杂阴郁的低吟所取代。热情的篝火熄了，流进我们视野的是深邃沉静的秋水。只有那束蓝色的火种在深深的水下发出细弱的呼唤。

其实理想主义是人道主义的漫延，表现理想更是人道主义文学最本质的要求。这些感伤的诗就是从人道主义的家园出发，去寻找和表现理想主义的彩虹。这艰难的历程，为这些诗歌留下许多特征，笔者就印象比较突出的几方面略谈一二。

沧桑感。跨过青春时代的女诗人们再也不是唱着浪漫的情歌，在青山绿水间撷花采蝶的少女，再也没有了"……桌上放着我的退稿信；墙上挂着你的溜冰鞋／还要挤出一个空间／放置一个摇篮……"的浪漫情怀，已经被风吹雨蚀成"没有谁能瞩望天空／啊，我是这样脆弱易折断，沉积千年的叶子／想起破碎的足音／那母性的兽走来／冷漠地注视世界／之后走开，绝望而神圣。"（林雪《远离》）。

经过春天的浪漫，夏天的燥热，秋天里的诗人们以一种成熟、冷僻、孤独，高傲的目光注视世界。躁动起伏的情绪化做一种平静（平静得让人窒息）。平静中蕴含着更深的寂寞和伤感，因为秋天不仅收割成熟。秋天中还有凄凉的风："在微茫的幻术中，慢慢倒向／独自一人的床。这儿那儿的发丝／已被收集一空。……／有谁馈赠的花束在倦于料理中枯萎／有谁的诗集未曾打开，积满灰尘／犹如对那油腻的领子／与陌生的气息／手儿想到了抗拒／又能有什么／多么寒冷的双脚多年的疼／在冷风四溢的房间里独自地／慢慢拉上披肩"（林雪《城市之舞》）。

时间的秋风吹灭了所有浪漫的火焰，少女时代单纯明亮的梦想和忧伤被幽深的思绪和沧桑所替代。这里平静变成了平常，从身在其中继而置身其外，仿佛都是一种宿命，由它去吧！就像绿叶不能长久。这时的诗人们不再祈盼爱情的永恒，情感的岩浆激烈地奔泻之后，是一片冷漠而坚硬的花岗岩。曾经沧海难为水，鲜艳过后是深沉。

琐细感。80年代后期，在中国诗坛掀起女性诗歌热。一批女诗人以一种颠覆式的写作反抗男性为主的话语世界。她们大胆地暴露自己的隐私，夸大自己的生命意识，用自虐自毁的方式与男性世界抗衡。她们从精神到写作都试图走出传统意义上的女性世界，甚至不屑于爱情，不屑于做一个好妻子、好母亲，这种精神上的乌托邦的冲动只能导致行为上的荒诞和盲目。就像一个人揪着自己的头发要离开地面一样。充斥在她们作品中的是一些抽象的概念和玄想，她们以为如此就能摆脱了男性、走出了世俗。

所以我更喜欢那些没有反叛和夸张的女性诗歌。这些诗歌不屑于做那些生命意识上的抽象探索，也不有意强调女性女权，只沉醉于聚合个人的心灵碎片。她们理解的幸福是建立在原有的社会结构之上的一个女人平凡的起码的幸福。那就是爱和被爱。做一个好妻子，好母亲、好女儿，对这些女诗人来说是一种真实的幸福："我闭上眼睛。亲爱的，我的灵魂张开／在星团上面，在彩雾上面，在我上面／亲爱的。我这一生只为了爱你或等待你"（《四点钟的夏季》）。诗人爱人也自爱："永远不在爱情中退缩／永远使自己纯洁／永远保持沉静"。

这里我们看不到那种歇斯底里的尖叫，也没有那种充满玄思和层层叠叠的象征。诗人的要求是建立在传统文化上传统意义的诉求。她从自己的情感和愿望出发，接受传统，以真诚换回真诚，以信任换回信任，通过爱的形式实现人的价值，赢得人格上的尊严。而"这世上永远没有什么伟大正义的事业／使我停止为逝去的爱情痛苦。"（《倾述》）。爱情就是诗人人生的宗教，是她们实现灵魂自救的唯一方式。也许有人会觉得有些极端，但是，她们确信也坚守着自己的理念，因为"在当一个正直的普通人都不容易的情况下，我不奢望当英雄"（舒婷语）。

说这些女诗人不屑于情感之外的任何抽象的探索，我并没有意贬低那些女性诗歌的探索者们。她们都是自己诗歌中的英雄，只是那些女权诗人们一直想从俗常中走出却终没有走出，而这些女诗人却是一直想走进俗世却终没有走进去。

她们都是失败者。

残缺感。我们说有些女诗人是失败者，是因为"理想主义者都有光辉的痛苦"（王光明语）。在这些诗里，我们常常读到一种梦想与现实，爱与被爱，理解与被理解之间的反差。愿望与实际的背向行驶使我们诗人的生活总是倾斜，总是"残缺"。所有的诗人都在追求完美，而完美总是易于破碎，亦如人格和瓷。其实完美只是老妪时对少女的回忆，是树桩对成长的树苗的期待。所以在这些感伤的诗里，我们很容易读到那些"残缺"的诗句："诗与爱情，我的两个相互搀扶的盲人／用创伤来医治医生的伤口／用偏瘫来照看护士／用我们仅有的一条腿成为健全的两条腿的拐杖"（《印有名字的桑树》）。多么让人同情的处境！生存已经到了如履薄冰的危急时刻。而"这个完美的世界。已容不下一朵花，一句歌声／可是为什么。我们的残缺仍持续不断地被剥夺"。脚下的冰块已经破碎，我们已不能自持。在无根的状态下我们该如何面对生存？我们又该怎么面对诗歌？自救不能又怎能救人？这是诗人面对残缺世界时的诘问。那么诗人面对爱情又怎样呢？"还有谁爱你／在日出的地方；有一个姑娘修女般度日／等待你像基督降世"（《情人》）。

读到这里，我感到一种凉意正从某个残缺处渗入骨髓。那是炼狱里发出的声音，是铁淬火时的呼叫，是心灵焚烧后飘零的黑暗和灰烬。苦难的诗人们在极端困苦的情况下，在混浊的黑暗中为我们保存下精神的火种！可为什么贫困、疾病、孤独、失恋、早亡还有人为的迫害总是追随着他们？荷马、萨福、彭斯、拜伦、雪莱、普希金、裴多菲……还有我们的朱湘、海子、萧红……他们都没有活到40岁。生前没一位得到过保护和荣耀。

完美的诗人残缺的人生！

期待感。尽管诗人的命运总是那么残缺，但是我们透过这些忧伤的诗行，依然能看到善良、热爱、期待的灵魂。她们在许多诗中给予现实和时间更多的宽容和等待。哪怕是来自恶意的诋毁和伤害，她们也能保持内心的平静和行走的端正。在她们许多阴郁低沉的诗篇中，我们依然看不到那种自弃和逃逸。更多的是沉郁不沉沦。失望不绝望，还有贯穿其中的自爱和自洁。不能够救人便自救，不能爱人便自爱。正如诗人自己所言：永远使自己纯洁，永远保持沉静。这些我们都可以看作是诗人的自我完善。血液中天生的善良淳朴，人性中光明的普照，使这些女诗人能在不如意的境遇中一如既往地给予世界和他人以关怀和同情，不论是抚养自己的父母，还是哺育自己的故乡，抑或所有善良的人们。不论现实多少冷酷，生活多么阴暗，她们的诗依旧保持着对美好的祈祷、对幸福的等待。虽然没有了单纯明亮，虽然增加了冷僻和阴郁，但是发自灵魂深处的那种热爱依然执着地燃烧着："世界如此喧嚣，湖水／渐渐发白。在前世里相约／做哪一种事情，都不会／持久不变。我们依如朝圣者／在蜜蜂与蚊子的舞步里坐下来，等待"（《远离》）。

叶子凋谢了，树干还在，水面结冰了，但河水依然在执拗地奔流。没有了浪漫和浮躁，却增添了成熟、冷静和坚定、热爱的灵魂、善良的精神内核犹如永不熄灭的光芒，闪耀在这些感伤的诗篇中。希望还在，明天更好。这种色调的诗歌不是情感的灰烬，也不是心灵的避难所，而是休眠的火山，正等待更壮烈的喷发，也许一切都还来得及，只是要耐心地等待。

（以上引用的诗歌除署名外，均出自诗人林雪的作品）

诗是电出来的情火

擦电，是网上流行词，原意是指两人有眼缘，只看一眼就有触电的感觉，不仅生情，而且电得晕眩。用在诗歌里就是说诗人只与生活擦下肩，情感便被点燃，这擦出的电凝固下来，就是一行行诗。像公共汽车上怀孕的母亲，自家院子里成熟的石榴树，一次简单的朱雀行，广告牌下翻滚的男女等等，都会在诗人的内心腾起大火。这就应了那句古人说的"登山则情满于山，观海则意溢于海。"这说明诗人的内心装满了干柴和弹药，与生活中人和事的邂逅，仅仅是火柴头在磷片上擦了一下，于是这情感的烈火开始燃烧，并逐渐放大且成为一种图景，给灰暗的生活以灿烂的一击，也让寒风中的心有了温暖和沉醉。

所以诗歌里照耀着一束阳光，这是诗人的热忱，它让文字热烈又明媚。于是那些庸常的、琐屑的、不规则甚至有点阴冷的事物都变得俏丽完整，且有了曲线美和暖洋洋的光辉。于是诗人发现了"怀孕的女人登上公共汽车/扶好车门里侧的立杆后/对着整个车厢，她很快地瞥了一眼/她那么得意/像怀了王子/她的骄傲和柔情交织的一眼/仿佛所有的人，都是她的孩子"（蓝野诗）。还有"亲水别墅的广告牌下/一个男人和一个女人在翻滚/这是春天的北京//远处的人悄悄看着/不，不要惊扰了他们/因为这是春天/大地已经回暖"（蓝野诗）。显然这是属于春天的诗歌，有青草像火焰一样在萌发，在向上沸扬，一切都是那么鲜活又生机勃勃。这昂扬而善美的人生态度让诗歌有了热度和力度，对阴郁而萎靡的诗坛是一种补充和呼唤。

也正因如此，我们在这样的诗歌里看到一种情怀，一种掏出自己的心去体恤和温暖别人的情怀，一种对微小的美好倾注了全部的真情和爱意的情怀。所以诗人写诗就是让情感燃烧，像一颗蜡烛牺牲自己的肉身而换来微弱的光芒一样。这让我们读诗的时候，总是小心翼翼，这是诗人总是为美好祈愿，祈愿生活少一点颠簸，祈愿回暖的大地不再有倒春寒。这份慎重和珍惜让诗人的诗歌更加真诚和深情，而只有深情的诗歌才是最真实可靠的，诗歌的法则永远是情感、想象和爱。

另一方面，我们不能不佩服诗人对诗歌的敏感，以及对语言的掌控力和即时性。这需要一种状态，一种长久的经常的对诗歌的痴迷性和灵敏度。灵敏和迅捷，这是诗人天籁。当然更需要有一颗诗心，一双无邪的天真的清澈的眼睛。有了这一尘不染的诗心，诗人们就能在生铁一样的表情里击打出柔软，哪怕只是一道光与影，也能被诗人逮住并凝固。因为你看没看见，诗歌都在那里，并且只生不灭。诗人的工作就是唤醒它，然后再用诗歌唤醒读者蒙蔽中的眼睛和心灵。

意味

（意义的穿透力）

及物就是有物

一个追求意义的诗人，努力使自己的诗歌及物，并从物中抽象出更广阔甚至无限的真理。这让这些诗歌像一块刚出炉的钢钎，随着思的进入，渐渐冷却冷静并凝聚成金属般的思想，这思想就是刚打制的剑，短小精炼，但锋芒毕现，并直指心灵，直到你的情思被刺中，并淌出血来。

我们可以把这种诗歌看作新的咏物诗，每一首都有一个具体的事与物，然后用自己的激情和沉思去撞击，直到这些平凡的事物迸发出诗意和真理，这就是凝思。整个过程就是灵魂在搏斗、跋涉、逐渐凝结和超拔，最终进入纯粹净美或者深邃而无穷。这样的诗歌外热内冷，外表是激流，内核是礁石。这是诗人在逼近真，而真的东西都不烤人，而且伴随着冷静甚至冷酷，从而刺痛麻木的神经，唤醒沉睡的灵魂。

所有这些，让诗歌穿过激情的蒸汽和情绪的泡沫，最后抵达理性和思。整个写作的过程是剥离法，剥离掉事物表层的浮尘和迷雾，甚至耀目的光芒与花环，让事物的真相裸露，让真相后面的意义显现，让花朵后面的果实呈现。让诗后面的意义呈现，诗意就是诗与意义结合后的"诗义"。而思从一开始就伴随着诗，诗把情感烧红，让思运转起来，而思又把诗精粹成剑，它们共同让诗歌有了意味。所以诗是思的血肉，使思形象化；思是诗的骨头，使诗有了思想和坚实的内核。

这样的诗歌会出现两极分化又两极对抗的心理特型。一面是代表诗的，有激情、火焰，瞬间爆发和无限的张扬；一面是代表思的，有理智、冷静，永远沉思和有节奏的内敛。这就使诗歌具有了感性和理性，抒情和思想，热爱与批判，缅怀与前瞻，超拔与入世等等相对抗的东西。所有这些都是为了直抵真相和真理，让诗歌具有济世和启蒙的作用。从而写作不再是个人趣味的迷恋，也不再是保护和保持自我的一种方法，而是对低俗的拒斥和超越平凡生活的尝试。

这些构成了诗歌最基本的咏物方法，即由此及彼，由实转虚。先是对写作的迷狂使诗人找到了观察和回忆，观察和回忆帮助他找到了一个抒情或者叙述的诗的原型，再经过感悟和静思，原型的胚胎开始发芽并生成意义和思想。而思想和意义并不是直接抽象出来的，而是通过再创造的意象来象征和喻示出来的。于是诗意产生了。而这个过程依靠的是体验，是生命的一瞬间的体验作用为这些原型找到了诗性和意义，或者把这些琐碎的不规则的原型升华到美感之中。原型有的是往事，通过回忆的链条来接通；有的是作者经验的事物或经历的人，通过静观和沉思来抵达。这时诗人像一个局外人，站在客观的角度来探究事物的本质。就像一个矿工，先一层层剥离掉杂草、尘土，然后是穿过岩石和黑暗，最终把矿藏给挖掘出来。这正应合了外国哲学家瓦莱里形容纯诗的过程："某一时刻我们沉思默想直达意境深处，但我们的思想还是堆埋在琐碎杂乱和粗糙笨拙的零片之中，我们必须把这些宝贵的金属从堆积中选择出来，把它熔解在一起，从中锻炼出一个宝石来。"

这宝石就是瓦莱里说的纯诗，也是"绝对之诗"。在这里就是诗和思，是诗和思联姻后产生的诗意和美感。

但是这样的方法也会随着诗人写作的经验而发生着改变，譬如下面这几首诗歌。《劈柴》："不点火/我/也是/愈来愈小的/木头"。《雄心》："找来一滴水/那会是/筹备大海的/开始"。《掌中血》："一巴掌/拍死蚊子/掌中血是我的/这滩血/再无用处"。这三首诗并不是在原型中挖掘哲理和要义，而是写诗人所看见物象的另一面。也就是说不正面写这些事物隐含的对应意义，而是跑到这个事物的后面看看这些事物本身存在的另一种形态。这让这些事物的意旨产生了多种指向，也就是不确定性。就是让诗歌不单一地绑在一个意义上，诗歌的意旨不确定，就等于给读者提供一个根据自己的经验发挥的空间。

比如我就从劈柴不点火也得消亡的结论中产生了生命在于质量，宁可被点燃壮丽一瞬，也不慢慢地在漫长中腐朽掉。而找来一滴水准备筹备大海，是雄心也是谬误，是不是所有的雄心都含有并要经历谬误的锤炼的过程。而拍死了蚊子，获得了无用的血是不是意味着有很多行为其实都是徒劳，很多成就其实也都没用，你千辛万苦找回的东西其实已经没有意义。我知道我的这种解释并非作者的本意，其他人读了也会产生其他的想法。但是正是这些诗歌因主题的多向性，让我们产生了更多的想象和追寻，这也正是这些咏物诗的价值所在，也是诗人对咏物这种写作的拓展和探索。

而拓展和探索还在继续着，到了下面这两首诗歌时候，咏物诗达到了一个新的高度，我视为一种贡献——《钓》："钓起黄昏/明显觉得/鱼篓/太小了"。《牧羊人》："羊呢/问草/草/已叫羊/吃/光/了"。这两首诗歌虽然更短小，但是意义却更辽阔和深厚，思也更多维更多向，让我们有所感又无法言明。尤其后一首其意义更重大，那种震撼力犹如储藏了核能量的微小的镭。更重要的是这两首诗并非以微言大义取胜，而是诗歌的美感在先，思在美之中。因为美感是诗歌的生命，有了美感就是诗歌最大的成功！这不是不要诗歌的思想，而是要把思熔化在诗的美感之中，像盐溶于水。具有了美感的诗同时肯定也蕴含了深刻的思，只是思是隐形的，你只有在被诗歌的美感击中之后，才会感到思的力量，才会感到诗意的美好！这两首小诗，首先打动我们的是诗歌本身的美，至于它表达了什么思想，作者没直说，也不用说了，因为美感在向我们笼罩的同时，已经把思想和意义撒在了我们的心。

（诗中引用诗歌源自饶彬）

平易与仗义

现在是怀旧的时代，诗人们也在蜕变着，当年那些先锋的诗人，现在写的作品越来越朴实，当年诗歌中充满了隐晦隐喻凛冽和阴柔之美的诗人，现在也变得明朗柔和温暖直接。这是他们本来的性格，还是经历了若干风雨与花簇之后的一种洗练和简单呢？

不管是本性使然还是活到了份，这都标志着这些诗人在往回走。往回走不是倒退，也不是复辟，而是寻根和回归，回到自己最初的样子，回归到人性本来的模样。这也是一种抵达，一种经历了舞舞咋咋复复杂杂后的真实和自我，一种洗去铅华后的质朴和单纯。正如林雪在诗中的直言："如果你从没对一棵小草俯下身去／如果你的双膝，从没跪在泥巴里／如果你从没使一首诗／从树枝流到根部／我们只为我们所知者哀伤"。这种真实和真诚以及担当和责任让她和更多行走在回归路上的诗人的诗歌视野变得很开阔，于是水洼照亮的羊栏，甬路旁的野蒿，黄昏下的白杨树，麦田里无家可归的鸟儿和孩子都成为他们诗歌中的主角，而这些物与人不再是情感的喻体，不再承载对应象征自己的情感和命运。

诗歌在这里只是一种呈现：这些事物就这样生长生活着，与人无关。人的感慨和感叹那是人从它们身上看到了自己的未来，诗人没有用主观来改变它们。这就让诗歌的主体和客体发生了改变，写的事物变成了主，诗人的位置变成了次。这种改变对这些回归的诗人来说，也许是无意识的，但越是没有痕迹的不刻意的变化，越标志着诗人的襟怀已经打开，并越来越辽阔。它让一个诗人能随时发现那些可怜的弱小的事物，也让一个诗人的目光越过自己旁及到那些和自己毫不相干的别人的境遇，这就是一种品质，一种关怀和爱，更是一种有情有义，和侠骨柔肠。

情和义是诗人写作的发动机，它让你总能发现要写的东西，要说的话，这些对诗人来说就是总能有感而发。对于一个职业写作者来说，抒发不是问题，重要的是要有感。漫长的写作过程，会一点一点磨蚀掉一个作家的敏锐力，并变得迟钝和失语。而这些回归的诗人的写作越来越宽泛，越来越机敏，而且万物皆能诗。他们的心中仿佛有无数的胚芽在孕育，春风一过就是绿茵满坡。这也说明他们对万物充满了侠义和关爱。这主要有两条线，一个是视觉里的万物，一个是回忆里的人与事，有时也是先看见了一个事物，然后引出回忆一个亲人。但不论写的是什么，他们的诗歌中都充满了疼痛感。这源于对诗中人与事的遭遇的同情和怜惜。

这让他们的诗歌温情中突然有了坚硬的东西，或者说温热的情感遇到了冷而浓缩和凝聚，仿佛一股秋风在深入骨髓，这种冷聚集成一把剑，有寒气但还不逼人，锋不利但足以让心流血。这就是爱受阻，愿望不畅通，生命有限，人多么无奈无措无力等等人生存所面临的困惑。过去这些诗人同样遇到过这样的难题，但那时这些诗人采取的是退回内心，现在是直接面对，揭开也亮出个人的倾向，诗人不再束手就擒。而且这些已过天命之年诗人的心灵充沛沸腾中多了成熟和坚定，他们要通过自己的激情力量还有热爱来捅破这一切，让心灵脱窒。于是火焰与冷水、理想与现状、有限与无限、爱与剥夺的抗争形成了诗歌的抑扬顿挫和高山盆地。读者也随着连绵起伏的文字在波峰和浪谷中间跌宕。侠义在这里的精神是我要我要的生活，我要我要的爱。诚如诗人林雪诗中所坦言："我只想活着，并一直爱下去。我来到这里/寻找和给予/不被猜忌和误解的幸福。寻找和给予更温柔的一双手/在夜里互相擦去眼泪和血迹。寻找一个臂弯/以便支撑着不被生活的巨石碾碎。寻找一只翅膀/加上我的一只，逃离或跃入命运的深渊"。

情与义在这里变成一种互相温暖互相给予，并绝不退让。这也说明林雪包括这些回归的诗人不是先天悲观的诗人，只是善于感觉到悲观罢了。而反抗这种悲观的态度更决然更彻底。这种心灵上发出的呼喊，虽然声音不大，但坚决，会持久下去，并直接穿透另一颗读诗的心灵。

值得我们注意的一个变化是，与这些回归的诗人情感上越来越求真求实相配套，在表达方式上他们也越来越平易自然，更朴素和简单。这让每一首诗歌来得都很轻松省劲。让他们写诗更像是说话，不论是自言自语，还是有话要说，都是随时随即。不沉思默想，不搜肠刮肚。而是谈笑间诗成意出。其思维也从过去的顿悟、断想、梦呓的点射变成整体、线状和顺水而流。这里重点推荐林雪的两首诗，一个是《母亲与碗》，一个是《电话》。

这两首诗歌都是结构完整并奇妙，而且它们集中了我前面说的所有的好诗歌元素，平淡平静的陈述却有着无限的杀伤力。前者是通过母亲的碗由多到少，来展示一个家庭的变化和聚散，也说明了人类的生存生长过程的悲喜与无常。其中的骨肉情肠让人有种利刃刮骨的感觉，不动声色的叙述中让你眼泪一点点积聚，最后泪如泉涌，直至一塌糊涂。而后一首则是通过一个独眼建筑工人给家里打电话来展示他真实的生活。他每一句都是很好，吃得好，住得好，挣得多。但每一句后，诗人都把真实的生活刨开给大家看。她一刀一刀下去，最后剜出你的心。其残酷的真实让你不得不号啕大哭（与前一首对比）。

这两首诗最好地体现了诗人的仗义和悲悯，到这里诗人的心已经完全敞开，自动（不是主动）地去接纳和感受别人的苦难，而一个与苦难能肝胆相照的诗人才是大诗人。同时诗人似乎也放弃了诗歌的技术操练，因为写诗对她犹如习惯，似乎她不是在写诗，而是她用习惯的写诗方式在记录生活，在向世界说话。这精神与方法的敞开与大气，预示着她以及所有走在返乡路上的诗人的心灵和笔尖都和生养我们的大地接壤上。

诗歌的重与轻

1

不同的地域造就了不同的诗歌，相对原始的地方诗歌就相对慢、静、理想和抒情；商业化的都市就相对快、噪、功利和叙事性。这两种品质没有优与劣，但对诗人是一个考验，尤其是都市里的诗人，怎么在铅块一样的现实中凿出一坊清风明月，实在是一种挑战。

欣喜的是我们高兴地看到，身处商业都市的诗人并没有拗着工业化滚滚前行的履带，而是理解和拥抱现代化，心态一变，诗就在钢筋水泥里诞生了。这些商业前沿的诗人要考量的是在一切都机械化程序化的城市里人的状态和位置，还有生命的感受和灵魂的重量。所以他们的诗歌平视着，并成尖锐状，扎进城市的心脏，扎进人的灵魂。这些诗歌扎实踏实真实，并因此而有了重量。

正因如此，扎实的诗歌拒绝虚妄和泡沫，让诗歌呈现本来的样子，即真、冷、硬。反映在技术上就是不用至少是慎用修辞，这让诗人几乎成了旁观者，仿佛在讲述着别人的故事。所以这样的诗歌都不艰涩，轻松随便，收放自如。甚至不是诗人主动说，而是一种不由自主，是诗中的事物自己在流动，在催生着语言自动地生成，诗人只是被迫地来承接。所以这些诗歌都是线状的，像流水一样从上往下流淌。这让写作变得举重若轻，譬如身处广东的诗人杨克，写《孙中山》这样宏大的题材也轻松灵动，毫不费劲，好似在急湍的激流上漂，虽然惊险但也享受到了飞驰的惬意和陶醉。其实这类题材不好写，很多人很多年写了很多篇，共同的特点是空洞和浮肿。因为这些作者都是从概念和口号出发，没有感情更没有形象和思想。杨克把一个重大的历史事件甚至伟人的一生，放在方寸之间的舞台上，像情景剧一样，有情节有细节，随着镜头的不断切换，那些历史尘烟中的人物越来越清晰，并且有声音有呼吸，当这些人物的命运凝固下来，诗人那迥异于历史和公共印象之外的新发现新思想像炮弹一样击中我们的灵魂，这是一种反思，也是一种雄健铿锵的美。

读这样的诗歌有一个发现，就是很难把这些诗截断，好像诗歌是连贯的链条，断了就不能转动的感觉。这也说明这些诗人不是把诗歌雕琢成精美的器，而是追求一股气。这气源自作者的激情，让诗歌外显为气势，内蕴为气韵。我相信这些诗都是一气呵成的，所以节奏紧凑，紧密相连。随着气流的轻重缓急，情节也跌宕起伏。开始是匀速，然后急促并上扬，是呼气激越带出的波浪，有时有些缓慢，这是气在沉郁凝聚，最后又归于匀速，是诗人在深呼吸。气的背后是情感，气的变化就是情感在喷发，或激烈或深沉或忧伤，但最后带给诗歌的是丰满蓬勃和连绵不绝的浩然正气。

这就是诗歌的韵律，也可称之为韵味，这是诗歌的内在节奏，是看不见的情感在起承转合。所以这种叙事性诗歌不好写，没有内力的人很容易写成一堆废铜烂铁。而诗人写作的过程就像在铸剑，烧红锻打再用冷水凝固，最后形成一把锋利的剑，剑尖直指读者的咽喉和心灵。

2

身处边远的诗人更像一个摄影家，那完美的大自然，还有没被异化的人性本身就是诗就是美。青海高原就是这样一块天然的大璞玉，肃穆又朴素，浑然又澄明。让人想到一颗未经世事的心，每天滋润着清风和明月，早已透明开阔并内含微微的暖，以及不动声色却深深的爱。这就是我读青海诗人杨廷成组诗《风吹故乡》的感觉。这组诗境界很辽阔，却写得很温软很宁静："鸟儿的翅羽掠过长满麦子的天空，淡蓝的蚕豆花与黄金般的油菜地，以浓墨重彩的色泽涂染着村庄的温暖"，还有绿艾滴着露珠一样的村女，和卑微但不卑贱的羊群和亲人。一切像温柔又细微的歌声，在心上轻轻地揉来揉去，直到揉出泪水和感动。这一切启示着诗人们，不必在打磨词句上呕心沥血，而是把眼睛当镜头，用心当剪刀，把看见的风景和人剪辑下来，让真实的自然呼吸起来，让麻木的感觉苏醒过来，让诗歌简单而直接地抵达心灵。

这让我坚信，自然就是诗，就是神。一切没被污染没被破坏，自由自在的东西都是诗歌追求的境界。完整的自然和没被开垦的故乡都是神，都是诗歌要表达和要回归的地方。青海的诗意就是它还保留着大自然的本色，它身上还有神赐予的美和神圣，这一切也是诗歌应具有的本质和品格。显然，杨廷成在用"远"来表现他诗歌的美。远体现在空间上就是远离都市；在时间上就是远离当下，回到故乡回到人性和自然的原点和原生态。因为自然的诗人知道现代都市当下的生活很多是混乱和无意义的，诗意被大量的垃圾和庸俗所覆盖。寻找灵性和诗意只能去喧嚣够不着的远方，还有没被现代污染的记忆和源头之中。所以诗人选择了青海高原和故乡，还有童年记忆和人性源头来作为他超越现实和凝结他美学理想的象征和图像。

这就是我读自然之诗的感受，这也肯定是这些诗人写作的意旨，更是他们以及更多的诗人的精神去向。

所以，都市里的诗歌是重，重到砸地有坑，这是思想在发力；自然的诗歌是轻，轻到把酒临风，这是理想在飞翔。轻与重是诗歌也是人生的两极，境界和意义就在它们之间折返并生成。

诗歌良知与灵魂救赎

1

在诗人变得越来越复杂的今天，我认为衡量诗人的主要标准是良知。一是对艺术的良知；另一个是对现实的良知。对艺术具有良知的诗人敢于超然于世俗的种种物欲之外，孤独寂寞地把生命投入到艺术的建设中；对现实有良知的诗人，会自觉地以社会责任感和历史使命感作为担当，冷静、真诚地剖析人生与社会，勾勒出灵魂与人类精神的喧响。前者将诗歌回归到艺术的本身，使诗歌具有美学意义，进而起到净化灵魂的作用；后者则提倡诗歌的现实精神，以其思想的深邃、情感的真实、反映生活的准确来震撼人心，起到文学的启蒙作用。下面我就找出具体的文本来具体证明这两种诗歌的美学品格。

有一位诗人用13年的坚韧，呕心沥血完成了五万行的《中华史诗》，上溯远古神话，下至最后一个封建王朝大清。从中可窥见诗人的豪迈气概和悲悯情怀。用诗歌来穿越历史，串缀历史，是一种献身也是历险。这让《中华史诗》成为激情一路燃烧的长诗，同时它也成为一部诗化心灵诗化历史的史与诗。无疑，作者在提升着诗人的诗歌品德，这样的写作不是个人情感的宣泄，而是自觉地把自己融入到人类生存的土地和更辽远的时空。但这绝不是一部诗歌写成的史料，而是诗人以这些史料作为平台和符号，把自己全部的人文理解和才智写在了大地和史册上，这是一部沾满了个人气质的英雄史诗，也是一个人的心灵史。这标志着一个清亮明晰的抒情歌手成为了博大深沉、不懈追问和探究生命以及人类生存状态的智者和醒者。渗透在诗歌作品中的对人的同情与关切，对中国历史文化的追问与探求，还有不绝如缕的悲悯情结和雄阔的救赎意识，让这部长诗具有了深邃沉静的境界。我把这理解成诗歌道德在上升，诗歌精神在放大。

阅读这部长诗，我情不自禁地想起几千年前那个"世人皆醉我独醒"的屈原。那个衣衫褴褛独自徘徊在江边不断拷问灵魂不断求索的背影，它像一道闪电划破了历史的红尘，让那高傲又孤独的形象成为中华历史上永不陨落的雕像，那是思想者心上永不愈合的伤口，也是中华历史上的清醒剂和强心剂。诗人选择了这样一条写作之路，无疑也是在为自己塑造了这样一个孤独的追问者的形象，在一个不需要思想的年代诗人选择了思索，在一个自我已经"自"到丧心病狂的境地里作者却在为自身之外的历史操碎了心，在一个信仰模糊的时代诗人坚定不移地探究着真理和人类生存的方向和意义。所有这些构成了诗人孤独和豪迈的前行者和思想者的形象。

孤独和豪迈来自于诗人内心的自我救赎，来自于他对世界对人类现状的焦虑和关怀，来自于他自愿沉重的献身精神和英雄主义情怀。

翻开人类的精神史，自屈原到鲁迅，孤独从来没有中断过。正是这样一个甘为人类和民族受苦的灵魂和英雄气质，才让作者倾注几乎全部心血打造出这部大型历史文化长卷，这部长诗其实就是一条中华民族精神的血脉，诗人在这里就是一个警醒者，在深情地触摸和梳理历史的脉络，理智地刨开历史人物的真实灵魂，让我们在惊心动魄的历史事件和触目惊心的真相面前沉思并反省着。诗人用这样一部长诗敲击我们麻木的良知，轰炸我们休眠的心灵，这是在给我们的精神补课，给我们的时代补钙！透过诗人特立独行的献身精神和他孤独的身影，我可以预见，体系宏博的《中华史诗》必将成为挺拔于我们汹涌时代水面上的一块丰碑。而作者张况也将永久地把名字镌刻在这座丰碑上。

2

与鸿篇巨制相比，还有种诗人是从细节入手，从所见之物中挖掘出普世的真理。由于诗人写的都是他亲历的体验，所以这些诗句都带着诗人的体温和呼吸，又因为有思想的渗入，这些诗歌虽然短小但有力量，像突现的闪电，和发烫的炮弹，随时炸翻麻木的灵魂。

这是一种小快灵和言之有物的写作。具体到诗歌的美学品质，我想用清凉这个有感觉的词来概括。清是视觉，清澈透明，是指这种诗歌简洁透亮，读起来不费劲，因为思想离诗之皮肤很近，轻轻一读就触到了诗之内核。凉是身心的感觉，指这诗之核心和果实不圆润和嘹亮，而是深沉和深刻，给人以针刺的感觉，犹如一股凉水浇在头上，让发烫的灵魂震撼清醒并疼痛。这是诗人的良知在觉醒，诗歌的如雷之思在炸响。譬如那没有了鲜草吃的《羊群，放牧着弟弟》，只吃草料不理百元大钞的牛，还有对死者种种无端、无视、不恭、猜疑甚至相反的幸灾乐祸的《鬼话》等等，其主旨都是多层次的穿透，每一首都是凝聚了浓重炸药的榴弹，在地层深处爆破，在广大的时空与读者一起共鸣。这不仅是因为他化难为易，简单中变幻无穷的写作方法，更主要的是他说出了类似古人说的言我心中有，写我笔下我的感觉。这样，诗人就把自己的体验转化成了大众有所感却无法言的公共经验。

这让我想起作者曾说他当过兽医，那么他写诗也像在给动物治病，先拨开假象，然后切开脓包，刀刀见血，刀刀逼近病灶，最后切下毒瘤。这是传统的诗歌精神，也是现实主义的精髓。所以我们在这样的诗歌中看到了诗歌的伦理在恢复，譬如诗言志、诗歌的医疗功能，还有前面提到的触景生情有感而发的诗歌常识。这些宝贵的品质都被当下诗坛的雾霾给吞噬了，诗人用他以不变应万变的写作习惯把诗歌从偏差的路上往回掰，虽然是无意识的，但这也正说明他写作的姿势和态度的端正和严肃。当然诗人并不是强硬地给那些景物贴上思想，而是从发现诗意的美感和尊重事物的事实出发，用小快灵的艺术手段将所视之物擦亮，于是，那些凝结在客观事物内部的思想就自然而然地显露出来了，这就让这种写作倾向比他作品本身更值得诗坛的重视和深思。从而我们也记住了这位诗人的名字：韩辉升。

柔媚与冷静

1

有一种诗歌就像清晨草叶上的露珠，晶莹透明的背后，是一颗尘埃无法扑灭的纯净而单纯的心。这是一颗童心，它淌出的诗歌就是童话，带有一种久违的清爽和童真的美。诚如我说过的谁能用儿童的眼睛看世界谁就是最好的诗人。所以说好的诗人与年龄无关，或者说优秀的诗人能超越时间和一切写作上的障碍，让自己的心灵保持婴儿瞳仁般的新鲜清亮，随时透视出万物的丝毫，以及灵魂里的风波草漾。

所以，诗人的心灵就是一面镜子，它明澈，映照出来的人与物就清晰美丽；它污浊，照出来的东西就模糊丑陋——所以有些诗人一直在用写作拂拭着这面镜子，一刻也不停息。这种与诗歌的长相依，诗歌的真意和天性已经浸透了诗人的心灵。诗歌是一个巨大又温暖的蛋壳，诗人的心灵就安稳无忧地睡在里面。像蛋黄。这让诗人的心灵丰沛有力，敏锐锐利。譬如具有这种品质的诗人傅天琳的《一滴水》，首先她从我们习以为常的石缝淌下的水滴中发现了诗意，然后紧紧抓住水的"滴状"，蔓延开去，太迟等于断了，太快等于水流。然后诗境向前推动，最后"为了这一滴，它汹涌澎湃过／挤痛过内心的大海／它是石头中的泪啊／一滴，一滴"。像乐器弹奏，高潮处"咔"地停了！让人有种意犹未尽的感觉，同时又恰到好处。因为诗歌到此已经达到了出人意料的效果。

诗歌写作是对人智力的考验，这是因为创新永远是诗人面临的难题，情与思古今变化不大，主要还是表达上要标新立异。但是古今中外诗人们几乎把所有的道路都走完了，想要独辟蹊径，比登天还难。我们对傅天琳的敬仰就在于她比年轻人还活跃，还在用她写作的实践，拓展着诗歌想象力的边界，她的很多诗歌都有让我们心灵一颤的感觉。而更让我们吃惊的是在她想象力的后面，汹涌着绵绵不绝的情感之水，而且一浪推着一浪，滚滚向前。仿佛她的心中鼓荡着一个洞庭湖，只有通过写诗才能让湖水得以平复和安静。

所以这样的诗歌流速很快，也带动着读者的情感在波峰浪谷间颠簸。但诗人不是一味地放排，在诗人的心中有一个准则，那就是遵循和维护自然的天然状态。就是说在物与物、人与人、人与事物的种种关系中，诗人认为最诗意的就是一种浑然天成的自然状态，也就是原生态。异化了就不是诗，人为地去破坏这种自然状态就是诗歌的敌人。这自然法则是傅天琳诗歌的红线，达到了，诗歌就有了童话般的贞洁和美，没达到或者弄弯了这红线，诗歌就充满了忧悒和苦涩。譬如与姐妹们保持四十年和谐关系的果园被买断了，还有古老的墨西哥湾上演着暴力的悲剧，这种种破坏了原始自然和谐状态的做法，都让她的诗歌和心境变得凝重和愤懑。这说明诗人是一个理想主义者，她写诗是因为她想让世界像童话一样完美，这完美的理想也让诗歌具有了童话般的斑斓和单纯，更让她的心灵充满了童话一样的晶莹和美。我把这看成她写《让我们回到三岁吧》的宏观原因和具体理由。

2

与柔软的感性诗歌相比，还有一种诗歌多了一种硬的东西，那是理性或者说是思的力度。前者是情在释放，后者是铁在凝聚，凝聚成剑，果断简练精粹。这后一种诗歌更像太阳下的石头，外表温热，内核冷静而锋利，不动声色中扎人心灵。这样的诗歌充满了哲学的意味，诗中也一直对"此在"挖掘和追讨，一个对世界具有恒定的终极意义，一个活着的目标和理由。这让诗歌有了秋天的寥廓和萧瑟，诗中的情感也变得深沉，有时会出现迟滞。所以诗人不轻易地去爱，更不盲目地拒斥，更多时候诗人要经过考证让接纳与拒绝、宽恕与惩戒都有充分的理由和根据。合理性。爱得合理，活得合理是理性的诗歌一直在探究的核心。当然在写作上诗人没有排斥感性，而是从感性出发，但又超越了感性，通过感性抵达理性，或曰真相和意义。

譬如娜夜的诗歌《个人简历》："使我最终虚度一生的/不会是别的/是我所受的教育/和再教育"。这个发现刻骨得让人目瞪口呆，这也是生命本体论的结论。比如以失去活着为代价，最终成了房屋中栋梁的木头，与那些弯弯扭扭却自由自在呼吸的树相比，谁更幸福有价值呢？这些诗歌就是从质疑开始，一点点挖出"此在"的意义。《真相》强调的是真相的客观性，不为个人和团伙所左右。《拉萨》是对神的质疑。而更多的是一种事物在不同的境遇呈现不同的姿势。譬如对自己而言，她说："肉体比思想更诚实"，在两性生活中，她又认为"肉体的亲密并未使他们的精神相爱"。这看似矛盾，但在具体的环境中都有其合理性。同时也表明娜夜一直在思，用思梳理生活，挖出生命的真，从而找到更合理生存的方法方式。

显然诗人的标准是审美伦理，就是让生命活得更完美更自由的原则。目的就是超越此在的烦躁、虚无和短暂，进入到彼在的无限、绝对和永恒。这是一种理想，与现实就是一种乌托邦。爱不能永驻，青春渐行渐远，美不堪一击，这一切让诗人的歌唱变得低沉而惆怅，更让这样的诗歌整体充满了悼念的味道和气息。这气息反而成就了诗人的写作，让诗歌有了一种丰富和忧伤的美。譬如《想兰州》中，那种想念友情的痛让诗歌有了些许的凄婉，但更多的是温暖。也正是这种推向极致的情感，才让这天才的佳句自动绽开："谁在大雾中面朝故乡／谁就披着闪电越走越慢老泪纵横"。痛苦是生活的溃疡，但对写作来说，却是一种驱动力，应了那句：精神创伤成就艺术创作。

　　所以，尽管诗人一直在诗歌中刨根问底地追寻着生的真相和此在的意义，但这些都不是有意为之，而是诗人写作中主观倾向的自然倾斜，也许诗人自己并无意识。诗人的写作动因还是诗歌产生的根本，即永远不变的触景生情和有感而发。譬如在这娜夜的诗歌里都有一个具体的人和事，这是导火索，点燃了她诗歌的引捻，让她一发一发地把炮弹射出，每一发都向着人生的终极目标。需要指出的是傅天琳是机关枪在连贯的扫射，娜夜是迫击炮，不连贯，但每一炮都很具有杀伤力，或者把山头炸平，或者在心灵掀起滔天巨浪。所以她的诗歌是跳跃的。留下的空白，就是让读者在重炮轰炸的间隙，熨平思绪并沉思、联想和回味。

　　感性与理性，一个柔美，一个冷艳；一个情感在绽放，一个情感在攥紧；美学特征上一个是露珠，一个是雷霆。但诗歌的走向是一致的，那就是从心灵出发再抵达心灵。

况味

（意与情的结合，意境高远宽深）

况之味与旷之微

我理解的况味在这里有旷与远、静与凉之意。这是一种视觉反映到心理的感觉，是诗歌中的寂寥把我们的情感带向远方，让我们从繁杂的事物中抽出心来，来光顾一下早已分离的自己，来回望一下被遗忘覆盖的故乡，这时会有一种苍凉又温暖，千言万语又哑口无言的感觉。我把这理解成人生的况味，就是自然的苍茫与生活的沧桑带给我们情感上的滋味。这滋味用一句诗来概括就是："贴心的苍茫是那份薄暮时分的无言"。况味在诗里就成了一种回味，像空谷中的回音，起起伏伏飘飘渺渺，在心上缭绕，并让情感漫延，久久不能自拔。

况味的诗歌是走心的，深情大于字与句的拿捏。读这样的作品你会忘记哪个句子多么美妙，但整首甚至整组诗歌创造的情境，就像一个大沼泽，你踩上去就不能自制地掉进去。这就是一种况味，是诗歌和生命之根散发出来的气息，让你缅怀让你迷醉，让你一遍遍站在山冈瞭望自己的故乡，从别人家乡的麦子里嚼出自己生命的味道："父亲的一袋老旱烟，在黄昏或明或暗／这时候如果谁突然喊出回家这两个字／一定有人一眼就望见远方升起的炊烟。"

白描又白话中，一种很重的东西砸在心上。因为故乡是所有游子心里的块垒，而乡村、田野、粮食就是整个现代都市的母亲，这样的诗歌点燃了哽在读者心里的乡愁情结，让我们不得不让冒着油烟的生命停顿下来，眺望沉思并深情地抚摸一下那些哺育我们生命的一草一木。这样的时刻是最诗意的，一种难言又胀满的情感让眼眶发热，让心灵空茫又温暖。

这就是况味，凝结在诗歌中像秋天的晨霜，有点薄凉的味道，那是一种对幸福怜惜又格外小心翼翼的情感。可衍化为诗中的红山果、摇曳的谷穗、将要收割的丰收、像女儿一样珍贵的荷花等等，这感情和感觉犹如捧在手里的瓷器，无比珍惜又战战兢兢，生怕一失手就碎了。这幸福卑微珍贵更脆弱，非常像这样的诗句："在秋风乍起的官道梁，我不说出丰收／是怕我话音未落，一场秋雨就连绵而至"。这种对幸福的胆战心惊以及对幸福的虔诚和匍匐姿态就是况味的形象化。

为了能顺利兑现一年的收成，有诗人写到乡亲们从不矫情，永远不会有什么嗜好，更没工夫凝望远方。节制快乐，以最小的欲望最大的耐力对待生活挖掘衣食。这就是我们父兄的本质生活，也是况味诗歌的一个燃点，对上了，就燃烧了读者的情感。所以与那些闲适浪漫的田园诗歌相比，况味的诗歌凸显的是真，真实真情的背后是诗人的情怀。情怀在诗中无意识地乍现，正说明作者比那些陶醉于乡村景致的诗人更多了一份深情和同情。

诗人写故乡的苦难并没有哀伤，在他和他的故乡看来，这点苦难根本就不算事。当然最好不发生，发生了也有勇气和自信来承受。这说明诗人已经从苦难中跳出来，再躬下身来写这些乡村苦难，于是这些苦难就沾染上了诗人的赞叹、仰望还有释然和美。这是一种光芒，在这种光芒下，一朵朵野花恣肆的美会"让他们忘记身前身后的苦"。而丰收的麦芒就是他们的幸福时光："我看见父亲的脸庞，凝重而无怨／在割麦的日子里享受着孤独／拼凑着人间一闪而过的安静"。知足、感恩，安静，坦然。这是父亲也是故乡更是况味诗歌的品质，它构成了况味诗歌中温暖的部分，并让诗境变得宁静而明亮，纯净而寥廓。

我强调寥廓而不是辽阔，是因为况味的诗歌不仅宽而长，而且高而远。辽阔是平面的，寥廓是立体的。更重要的是寥廓带有寂寥的感觉，是人的主观感受，是情在改变着物。高而远，宽而大的寥廓装着诗人云一样的情感，它有时凝聚低垂成各种水分子。但它不是雪，也不是阴雨，更接近霜，初秋早晨的霜，微凉而短暂。随着诗人心境的打开，它也随情感的气流向远处扩散，从而让诗中的况味变得秋高气爽，悠远绵长。这又回到了情怀，唯情怀让诗境大出，让况味的诗歌变得天朗气清。

所以况味的诗歌更像是太阳未出前拂晓时分的天空，旷远得清静清亮清凉，而且都是微微的。更重要的是，这湛蓝的天空离我们是如此接近，仿佛抬手可摸，虽然实际又很遥远。这净而静、高而远的黎明鱼肚白，就是况味诗歌的境界，那融在其间的是诗人那颗对大地和故乡谦逊而诚朴的赤子之心。

（引用诗句作者为雷霆）

沾了灰的人道主义诗歌

1

在乏情无情又故作高深装神弄鬼的诗坛，诗歌需要的不是出击，而是回归和恢复，回归触景生情的写作姿态，恢复原有的真诚理想还有美的诗歌精神，让诗歌重新变得崇高感动，深情温暖。

当然还有同情和怜悯。首先是对天地人，诗人要充盈着一种爱，一种深沉的潜入血脉的感恩和热爱。诗不只是一个人的立言，诗人代表的是他（她）的族类，星星和河流。他（她）也不只是苦难的言说者，更是万物的口舌和见证者。所有这些将构成诗人写作和思维的原点，这是诗歌的发射台，所有的作品从这出发，又都沾染了这最初的色素。

诗人要习惯以类群代言的角色进入诗歌，最后感染着个体。这样的诗歌是一个巨大的泪水，温软阴柔，深入其中又有点冽有点寒。这是一个怀揣感动的诗人面对生命和世界的态度：恩爱悲悯还有点惊惧和敬畏。所以更多的时候，诗人从自己的记忆出发，通过自我体验呈现出每个生命以及人类的共同遭遇和情感，让诗歌进入到无限和超验的神灵与神圣之中。

做一个善感的诗人，善于也易于感受到灵魂的战栗和诗歌的莅临。只要寂静的河流和风中晃动的草尖能让诗人泪水涟涟，他就是一个纯粹的抒情诗人，一个和许多优秀诗人一样用预感和冥想写作的诗人，一个人类命运的占卜者，一个沾了点浪漫主义灰的感伤的人道主义诗人。

2

另一种诗歌来源于生活，平易亲近，写作方式更像是交谈或者是自语。也是从自己出发，从微小的事与物的线头出发，逐渐地扯出一个个活着的和故去的亲人，还有油米柴盐。读这样的诗歌总有泪水涌动的感觉，这是因为诗人不经意间捅破了人类命运的泪腺。通过这样的文字我们看到了自己，看到了人类共同的晚景晚情，这也是挽歌。看这样的诗歌心有被剔骨的感觉，一股悲凉和温暖一起渗入骨髓。悲凉的是不甘不愿又无法挽留的青春生命以及一切美好事物的消失，温暖的是时光永远无法带走和覆盖如宝石一样深沉明亮的亲情、感动和爱。

诗人如刀的敏感和敏锐，总是能在庸常的生活中把米粒一样细小的诗意找出来。这表明诗人是一个生命里储藏着火焰的人，只要与事物擦一下肩，平凡的事物就被内心的诗意点燃。我把这看作是诗人生命的泉水在涌动。这让这些文字真诚又干净，像被泪水洗过的眼睛。而眼睛后面又是堆积如潮的情感和丰腴而葱郁的心灵。读这样的文字要格外小心，仿佛轻轻一读出口，就有刀芒划过你的心灵，让你的泪水情不自禁地流出来。这深情就来自于诗人的心灵，也净化着读者的心灵，让你忘记你正经历着的污垢和虚假，让你不自主地敞开心灵去承接诗意的清和澄，还有那重新复活的美和爱。

我喜欢这样人性充沛，干净又宁静的诗人。他们用完整的心灵去爱这个残缺不全的世界，尤其是看见了悲伤还依然爱着，或者是为了爱宁可悲伤着。这样的诗歌像深秋的河水，虽然有点凉，但澄清并坚韧地向前流着。

无性别诗歌

当然衡量一个作品的优劣与性别无关，但是在写作中尤其是诗歌写作中一般都留下作者性别的痕迹。尤其女诗人，一般都沾有母性的光泽。但确有一些女诗人的诗歌更呈男性化，她们很少在细节上缠绵，更多的是全景式的扫描和果断地奔赴与告别，情感上很少拖泥带水，其抒情方式是一种敞开和重（zhong）唱，用声音模拟就是吼吼的，这是情感敲击大地的声音，也是内心穿越尘嚣与荒芜，向旷野向灵魂的自由之地皈依时的急切和欣喜，还有奔涌的思绪如她们自己的诗句："连绵的海涛，一波连着一波"。

这是诗人写茫茫荒原的诗歌。为什么女诗人对荒野如此着迷和热爱，甚至"没多久不见你，心就发慌……"？

这里我们先不去探究荒野所喻示的超验、理想和审美的诗意化世界。首先荒野作为一个客观存在就在那里，浩浩荡荡，一览无垠。上面还有芦苇野花，成群的野鹤和鸟鸣，春天来了，"孩子们柳笛般的歌声发芽／与冰雪，汇成清凉、宽谅的小溪……"，所有这一切，在城市化、工业化、污染化、欲望化的当下就是一个梦，一个纯洁的梦，一个让人身心松弛精神自由的大梦。所以女诗人在荒野面前让心灵彻底打开，一种喜悦和兴奋难以抑制："没边没沿儿的荒，使我心明眼亮／即使黑夜，也能摸到脾气／直来直去的性格，不会转弯、打折／像乌有的骏马，一泻千里……"。

这显然不像出自女性之手，她对荒野的爱是匍匐的敬畏的彻底的，同时这无边无际的荒野在诗人的心中也是圣洁崇高的，是神、神灵、神圣的，更是她的命她的唯一。所以此时的荒野从空间上就是城市之外的一滩清泉，是诗人屏蔽乌烟瘴气的避风港。同时这荒野也是一个精神的高地，一个理想和一个灵魂皈依的家园，这时荒野走出了生态的自然进入到审美的人文的境地，成为一种精神的明澈和朗照的象征。

这一切说明，我们一直被城市、污染、欲望和虚假包围着笼罩着。但我们忘记了自己有时也参与其中，也就是说我们被遮蔽，我们也是遮蔽的一部分。所以当一丝不挂的风和万箭穿心的阳光突然出现在诗人的视野，诗人一下子恢复了全部的记忆，好像瞬间云开雾散，也好像瞬间打开闷罐的车门，清风抚弄麻木的神经，视野和心灵豁然开朗，诗人开始"用小虫的眼睛来回打量你／荒野，便有了宏廓的思想和意义／／六点二十四分，我听到第一声春雷／这确切的呐喊和操练／就在今夜。……"（《惊蛰之后》）。

诗人在自然面前完全是敞开的，荒野在诗人眼中也是敞亮的。敞亮是没被破坏的荒野本身的光芒，也是诗人心中被照亮后的光明。我们生活在一个不断被涂改的世界，对物欲的追逐，让我们不仅丧失了大自然，也让我们生命本身在裂变，人返祖成动物，人异化成机器。人原来的本来属性，还有心灵和梦想都已经把现实和物欲打压在心底看不见的地方。正如海格德尔说的，对利欲的追求让人与世界与人本身离异并对立起来。于是，人变得空虚、轻浮、疯狂、愚蠢、六亲不认、丧失信念、狂肆情欲。所有这些，让人遮蔽了人，遮蔽了人性，人丧失了内心的感受力和想象力。

从这个角度来说，写诗就是穿透遮蔽在人性之上的种种桎梏，直抵人性和自由，写诗也是诗人敞开自己，让世界逐渐廓清显明的方式和方法。而荒野就是点燃诗人写作的火种和导火索。同时荒野除了是理想和审美世界的象征之外，也说明只有最初的原始的没被破坏的东西才是最充满灵性的东西，也只有它才能使人的性灵彰显，才能让诗人恢复感觉，充满创造力。所以一个包裹着名与利的翅膀是飞不起来的，而只有拥有一颗天真纯净的童心才能思维敏锐，情思汹涌。所以诗人以孩子的眼光瞭望荒野，就像推开四面封闭的墙，让自己一下子灌满光明："它不是我的，而我完完全全是它的／发肤、小毛病、口音、胃口，以及思想……／／是的，我是狭隘的／……不能不心甘情愿地爱着——／我的兄弟姐妹、至爱亲朋／只有他们，才会让我疼、让我伤／我越走越沉，越远越没有方向／最终，也将是他们——／一句话、一个眼神儿、一个手势／就轻轻地把我安慰，把我宽谅"（《这一亩三分地》）。

这是诗歌在回家。由荒野想到一亩三分地的家，想到"鱼蟹欢跃，人民安康"的家园，这就是荒野激活了诗人的灵性，激发了想象力，让诗人由荒野这个原型出发，一直深入到对应的整个农业时代的生活和爱。诗人的性灵开始翩飞：旷野中静默的白桦，走出家门的人们，枯草中翻飞的鸟雀，娶妻生子的亲人，往事中走散的朋友，田垄上来回走动的牲畜，还有一切能够回忆起来的陈年旧事都有着和荒野一样的品质，那就是真而纯，并由此而显露诗意。

正如里尔克说的："在我们的先辈们的眼中，一幢'房屋'，一口'井'，一座熟悉的塔尖，甚至连他们自己的衣服和长袍都依然带着无穷的意味，都与他们亲密贴心——他们所发现的一切几乎都是固有人性的容器，一切都丰盛着他们人性的蕴含。"人性就是真，诗歌就是没有掺杂利欲的事与物，人性创造了诗歌，诗歌也拯救了人性。这是诗歌在深化，也是诗人的思想在繁衍，更是诗人的性灵在开花。

传统的诗学一直对灵性推崇备至，先是去垢净物，让心静并入境，从而创造出清澈而澄明的境界。这看似写作的过程，其实也是人生本身的过程，是开始也是结果。这里的荒野不仅是诗歌中的审美之地，也是人生要抵达的地方。自然自由，光明朗照，像黎明的天空，明亮但不刺眼，有点甜但不腻人。这是最好的时间，清澈又深邃，我们承接它沐浴它呼吸它，让我们的诗歌和人生都充满了这种诗意和气息。正如十八世纪的德国诗哲赫尔德说的"如果这种神圣的气息还没有在我们周围吹拂，如果它不像一阕魔音般地回旋在我们唇边，我们就仍将在林中漫游漂泊。"

荒野的完整与原初让诗人找到心灵和诗歌的归宿，也启蒙了性灵，并带动诗歌一泻千里。这是灵性化作了气息，这气息在鼓荡奔流，让诗歌流速很快，并伴有内心的欣喜和激动。这让诗人对荒野上的一切感觉都《那么甜》："仿佛一切都满满当当而又疏朗有致/这大地，是视野中少见的极品/无须点缀、修补、再度创造//仿佛一切美好的事物都是软的、甜的/需要拱起双手，顺着风，逆着风/微笑着，小心呵护//仿佛如此廓大的雪野中，我是多余的/贪恋空气、音乐、微微的斜阳和风/不是妄自菲薄，也不高深莫测……我的确是多余的——/这么多年，在敦厚的黑土地/我多余地占用着：房屋、时间、粮食、/布匹、盐、水和香料……想不起归途"。

速度很快，但很稳，语言在鼓胀但不能删减。这是因为诗中的气息是一个整体，虽然有时短促有时舒缓，但它是电流，切断了就一片黑暗。像这大地自有它的规则规律，无须人为地去做任何努力，哪怕是好意也是对大地的伤害。相反只有人在完美的大自然面前不仅多余，而且就是一个污点。好的诗歌也是一样，无须反复推敲，好的诗歌就是自然天成，无须增减，而且更不需要解释。在好的诗歌面前你只能默默地感受和体悟，仿佛一说出口诗味就荡然无存。

所以在诗歌面前，让我们都做荒野里的孩子，用童心真话还有明净的眼睛，去映照自然，并借助灵性的力量，掀去心灵上的硬壳，击碎我们现实中的不知所措和无能为力，带着诗歌回归敞亮而又朗照的荒野和家园。

（引用源自宋晓杰的诗歌）

耐烦与诗歌气象

耐烦的诗人要经得起烦闷与无聊、琐屑与日常化、当然也包括孤独和利欲的侵略和打磨，淡定又坚定地跟随自己看见的光明走下去，而且有节奏和韵律。这一点非常像时钟，旧城堡里的古钟，老派的执着而顽固。风卷云涌，褪色的只是容颜，内心的步伐整齐而从容，且一丝不苟。所以耐烦更像诗人的气血，让诗人专注慎独，而慎独才能让人心神沉静，而沉静的极致就是灵魂出窍，看见了肉眼看不见的风景。应了《菜根谭》里说的："静中念虑澄澈，见心之真体；闲中气象从容，识心之真机；淡中意趣冲夷，得心之真味。"就是说只有宁静心神才会明而亮，随之才能发现人性的真正本源；也只有在闲中气概才可舒畅悠闲，随之才能窥见真正的灵魂；一个人只有在淡泊明志中内心才会像平静无波的湖水一样谦冲和蔼，于是也就能获得人生的真正乐趣。

我把这些看作诗人对待诗歌和人生的态度，更是诗歌内部的节拍和美学品质。静、闲、淡都是一些轻的东西，能向上飘扬。这是耐烦诗人写作的方向，这让他不论是写夏天还是写黄河，其主旨都是要甩掉沉重和污浊，让诗飞起来，让灵魂干净并飘升。其目的是让一切都放下，让心灵和人生自由自在并灵活而葱茏。这个过程充满了上与下、喧与静、晦与明、疼痛与舒畅的纠结与

221

对抗，还有超拔世俗时的焦虑与坚定、微羞与宽慰。这让诗歌欲展开飞翔的翅膀，却被看不见的东西羁绊了一下。像谷禾诗中所言："此时挣脱了地面，但离天空并不更近"。这是现实：超越尘世只一点点，要小心掉下来；而理想还很遥远，路漫漫其修远。这是耐烦诗人诗歌的核心，思想的核心，焦灼与欣喜的核心。一切由此向四处蔓延并浸染。这也让诗歌轻中有重。轻的是理想，是静也是净，更是境界；重的是思想，是飞翔中的铁，是力量。耐烦的诗人希望他的诗歌是羽毛，有轻盈的美；又希望他的诗歌是一个巨大的石头，甚至是炸弹，对现实有着冲击、警醒和医疗的作用。诚如古人所云："热闹中有一冷眼，冷落处存有热心"。前一句是说不被现实的热闹和利欲蒙蔽，始终保持清醒并冷静地观察和思考；后一句是说人生冷落时也保持对理想的热爱和对现实的赤子之情。这让诗歌像大海下的火焰，表面是平静耀眼，其内部却是熊熊的大火，而大火的中间又是责任和悲悯。

这让耐烦的诗歌变得浩瀚。就是说广袤而又汹涌。犹如七月晴朗的大海，外视激滟而荡漾，内里却是凝重而苍茫。这是一种深远更是一种力量。这力量来自于诗人对世界深入骨髓的热爱，以及由热爱而衍生出的忧患和关怀。这热爱化作诗人的激情，并成为诗歌的气脉，使诗歌如长河奔流，让我们不得不投入全部的注意力，然后，情感因之而汪洋，也让我们的心灵品尝出人生的百般滋味！诚如谷禾笔下的黄河："斗折于漫漫黄土／时而逶迤时而飞流，时而在牧羊少女的眼睛里／闪烁，跳荡"。这也是激情在顺流而下，并驱使着诗歌破字而出，并向寥廓和大美逼近。这是耐烦诗歌铺开的境与界。

挽歌与救赎

1

评论家写诗，是不是有一个无形的卡尺在规范着他的方向、节奏以及字与句的拿捏？这无形的卡尺就是理性。一般来说，理性统摄着诗人的情绪以及直觉向审美转化，而这种理性在霍俊明的诗歌里，被凸显的性情甚至火星四溅的激情融化。或者说这种理性已经被稀释成一种看不见却又无处不在的格调。这让他不论写什么，哪怕是有意平易甚至戏谑，也挡不住总有一个高于视线的诗格让我们仰望，然后又颔首沉思。

这是他诗歌的整体气质，也是他诗歌透出的气息和况味：阒寂、寥廓、温存、悯爱。这些品质像薄霜的秋晨，凉而不冷，爱而不昏，高而不渺，远而不隔。这让他的诗境如他自己写的"生锈的锯子在嘎吱的声响中也发出少有的亮光（《燕山林场》）"，还有"那匹晨雾中喷着响鼻的枣红马／她曾深秋时节在二峨山麓徘徊"（《这一年的小镇》）。前一句是记忆中的"亮光"，也是他诗歌的光芒，是时间和尘世都不能扑灭的诗意，是诗人从无数的尘土中筛选出来的金屑，并打造成金蔷薇的永恒之光。而后一句那山冈上从晨雾中渐渐显形的"枣红马"，就是他的诗歌在高蹈，是他追求也是需要我们仰视的境界。这"亮光"和"红马"虽然飘渺，却又那么真切，仿佛唾手可得。我把这看成是霍俊明对待人世的态度，超然又爱怜，俯视又敬畏。这让他写诗像水在过滤，从而让心灵真而纯，意境高贵而绵长。

霍俊明是一个情商很高的诗人，他经历的人与物，哪怕是倏忽一现都能让他情喷，他借万物拽出灵感的线头，也借万物让心灵显形。这让他不狠思苦想，不抓耳挠腮，诗来得自然偶然突然，也即时随意。他靠的是直觉，是意识之外的神赐的灵光一闪，而非意识之中的智性和悟性。譬如他的《热爱失眠的人吧》，通篇都是幻视，是反逻辑反常识的思维。这是长期失眠造成生理反常后产生的一种幻觉和奇思妙想。那是另一个时空，秩序重新排列。从心理学上讲，这看似思维出了岔子走了神，其实是被日常掩藏的潜意识显影了。古人也说过："夜深人静独坐观心，始觉妄穷而真独露"。就是说静夜观心始见真。所以霍俊明诗中写的"跳伞"、"到楼顶上去"、"摸摸星星的童年／揉揉自己的脚踝"，都是他内心深处的真实愿望，是被禁锢的人性中自然自由属性的变形和借"象"还魂。所以看似感性蔓延和思维无序，其实一直有一根感情的逻辑线穿着它，这情感的逻辑就是理性，这些毫无关联的意象在理性的线条上发光，让诗歌有了温度亮度和人生的千般滋味。

所以，霍俊明的很多诗歌总有一种挽歌的味道，这是对往事和记忆的祭奠和缅怀，是对永远消逝的一切美好事物的挽留和刻骨的怀念。这增添了他诗歌的沧桑和苍茫感，也让他的诗歌像一颗柔软的心在山谷中发出悠远而空灵的回音，于是他的诗就有了"于天地之外，别构一种灵奇"（方士遮玉）的效果和境界。

2

聂权的诗，让人感到残酷和冷酷。残酷是他诗歌暴露的现实，冷酷是聂权写这么残酷的事自己却能兜住，而不让情感决堤。当然不是他真的无动于衷，而是为了写诗采取的手段，是用冷而显出酷，让诗歌的锋刃在冷石上磨快磨尖，然后更准更狠地扎在人心上。所以聂权的冷酷也是冷静，这是写悲剧，写比现实还现实即超现实的高手必须具备的素质。因为只有冷静到冷酷的地步，作家才能像雕塑家那样，拿稳雕刀，清醒清晰深刻精细地在石头一样坚硬的现实上，刻画出事之骨髓和灵魂之真核。

冷酷让聂权从容地布局，像拉弓射箭一样设置情节，把气氛挑到可以点燃的节点上。这一切像猎手巧妙地制造陷阱，让读者和猎物一样，不论你多么小心翼翼，屏住气，也不知不觉中掉进去。所以聂权不是简单地叙事，而是让故事走在钢丝上，读者的情感也跟着如履薄冰。譬如他的《理发师》，理发师（逃犯）在为"我"理发，这时追捕他的两个警察来了，警察没有马上动手，要"让人家把发理完"。诗歌重点放在警察在等待，理发师在默默干活这个短暂的时刻。这是一种对峙。作者写了理发师的沉默、耐心、细致，但"偶尔忍不住颤动的手指／像屋檐上，落进光影里的／一株冷冷的枯草"。作者善于用不动声色营造大紧张，把惊涛骇浪摁进人为的平静里，微微颤抖的小细节烘托出内心的大摇撼。诗完了，读者还陷在那种情境里不能自拔。这就是诗歌的余韵。

聂权的诗歌让人想起卡夫卡小说，荒谬里的合理性，魔幻中的大真实。前者是手段，是对真实和现实的变形和放大，让人看得更清更深。譬如《下午茶》，不同地点同一时间的两件事同时推进。一条线是我们喝茶，胡扯，嫌鳄鱼肉粗粝腥膻等等；另一条线，在地球的另一端，一个母亲为了活下去，把几个小男孩卖给了饭店，老板挑选后，"小男孩，已经被做成了／热气腾腾的／几盘菜，被端放在了桌子上"。太冷酷了，比雷平阳的《杀狗的过程》还狠。结尾非洲的人肉菜怎么端到了我们的餐桌上？这就是魔幻，魔幻中有实有虚，实的是幻觉，虚的是隐喻。这样风马牛不相及的两件事就重合到一起了。整个过程，我们佩服的是诗人的控制能力，对情节和情绪的控制。情节一直在几十米的钢丝上摇摇晃晃，让读者的心提到嗓子眼；情绪上一直保持平静冷静，不让个人的愤怒和悲伤脱缰而出。因为他知道，零态度才能保证诗歌的原生态，而原始的故事更有杀伤力。需要指出的是，聂权每首诗歌的结尾都收得非常好，几乎都有"咔嚓"一下触目惊心的效果，随之读者也被电击，被点中穴位。诗意在读者目瞪口呆的瞬间也耸立起来。

在聂权这些冷酷和诡异的情节背后，是诗人一颗拯救世界的心，那是一种大温暖。救赎就是他诗歌的主题，但他否认原罪，诗歌表现的人之罪都来自无奈，来自生活的迫不得已。这就让他的诗歌有了社会性，也让他的拯救精神具体化并有了普遍性。

禅味

(见仙会神，净心静魂)

写诗就是修行和化禅

诗人是一个有禅缘的诗人，他（她）通过写诗参悟到了静修的境界，过程就是去芜、提纯，冶炼，让心灵彻底地净和静。所以这就不是简单的写作，而是把写作看成一种修行，这让写作行为变得很纯粹，让诗人在写作的那一刻也变成了诗，甚至禅化和羽化。让我们读诗的时候，也变得纯净并超然起来："葵花在村边／静静地开着花／／炊烟在屋顶上散去／树影在水里／白山羊在吃草／／我坐在田边／／我们谁也不打扰谁／我们静静地睡去／或醒来／我们从来都这么安静／谁也不能出声"（红土《有一些时间是安静的》）。

整个诗歌像白描，素淡静。但是我们想一想，能这么细致清晰地录下这些景物，作者得在田边坐了多久？凝视了多久？让内心安静下来又打扫了多久？这更证明写诗的过程，就是把内心的东西往外搬运的过程，从杂草到欲望，直至空下来。这还不够，因为这只是修炼自己。写诗还需要映照别人，所以还需要擦拭，需要把心灵擦拭得放出光亮，直到映照出景物来，于是诗就产生了。整个过程应该就是从杂芜的矿石里提取金子的过程，就是从缭乱到纯净，从喧嚣到安静，从社会人到自然人，再返身成了自然，成了诗的过程。这个过程和学禅的人修行并进入禅境有什么差别呢？而且心空了，欲望就没了，恶也被空挤走了，人变成了风景，变成了大自然的一部分，诗就出来了。这样的一个结果难道不是和到处朝拜和面壁修行的人殊途同归吗？

但是，与那些想羽化的人不同的是，诗人的禅化不是成仙，而仅仅是让自己成诗，让自己的内心在写诗的瞬间诗意起来，让心灵映照出来的那些风景也诗意起来，纯净起来。这时诗人与景物互相渗透：静静开放的葵花，屋顶上闲适的炊烟都是诗人心的投影，诗人成了葵花和炊烟的一部分。物我交融，物我两忘。于是诗有了境界，人也有了升华，诗和人就一起超度了。

诗人写诗或曰修行的方式就是静观，静静地久久地观望与凝视。通过时间的培育和集中注意力，让自己进入到沉醉甚至迷狂的状态，这时不用意志甚至不用意识，思维便活跃起来，心飞升起来，诗也像泉水咕咕地往外冒，一切来得自然自动，随时随意，诗人只需用笔和纸承接即可："田里刚刚收了豆子／荒草就漫出了树林。有一些野花／是为这个时候开的／不知道它们是不是也可以叫／迎春，海棠，牡丹／或另外的名字／我从一开始就不知道它们的名字／我有时唤它隐士或小姐／隐士孤独／小姐活泼／他们有时唤我，有时／唤春风"（红土《有一些时间是安静的》）。

以动写静，或者说是静得都动了起来。其实不是景物在动，而是作者凝视久了之后，思维开始活跃起来，感觉也像火焰在四处窜延。"我"张口了，那些花儿就变成隐士或者小姐，开始说话了。想一想，如果不是静得久，静到极致，自然生长的花儿草儿怎么会变得吵吵嚷嚷起来呢？这是作者的主观情绪在改变着事实，在涂抹着自然。"我"安静得想喊起来的情景，是安静进入了更深的层次，它们让诗歌变得灵动起来。

于是我想到显灵这个词，它包含两层意思，一个是自动呈现，一个是灵魂复活并异常活跃。那么在这样的诗歌里我感到了自然在显灵，诗意在显灵。这让诗歌灵而活，纯洁机灵，新亮鲜活。这也映照出诗人心灵的光洁度，像镜子净而静，只有这样万物才能光鲜不染尘埃。诗能显灵也说明最完美的纯净的东西是不能被玷污的。说到底，诗歌的显灵得益于诗人的修为，只有真的以坐禅的方式写诗，诗歌才会这么报答诗人。

人是上帝的映像，诗是自然的投影，诗人是从自然上掰下的一块。做到这一点，需要诗人付出全部的爱。也必须赋予诗歌和自然全部的关注和最高的信仰以及最伟大的爱。唯此显灵才能生效。在爱面前人是渺小的，而爱又必须在具体的事物中才能显灵，才能强大和无所不能。所以诗歌也是爱的投影和爱的附属品。譬如同一个作者的《天这么蓝》："哈一口气／把花朵贴上去／把小草贴上去／搬来小木梯／牦牛山羊爬上去——天那么蓝／我一仰头就能舔着它的脸／像舔着甜甜的糖果皮"。因为爱，天变成可以够得着脸，爱也让想象力抻长了，让诗歌变得活泼水灵，也让诗人开始重新生出了童心。

我曾经说过，谁能用儿童的眼睛看世界谁就是最好的诗人。孩子的眼睛是最明洁的，孩子的心也是最灵敏的，万物映射在他们的眼睛里，万物就充满了生机和诗意。于是生硬的变柔软了，遥远的变得触手可及，死板的事与物也开始生动有趣起来，那些不可能的也变得轻而易举："一点阳光顺着树干往上爬／我跟着它／一直爬到树梢上"。只有儿童才能说出这么有趣而生动的诗句。所以要做个好诗人，就要返老还童，永远别长大，永葆童心。只有心灵像儿童一样明净，感觉才能灵敏，思维才能明锐，才能在杂乱无章的生活中，看见针尖一样的诗意并一下子挑出来，并且让诗歌完好无损，且灵动新鲜。

做一个生态的诗人，一个环保的诗人。这不仅是指诗歌要纯净澄明，更重要的是，在写诗过程中，诗人不用主观的情绪改变和伤害自然的生成状态，一切物像都是自动地自然地呈现和绽放。葵花静静地开放，炊烟慢慢地散去，即使从主观的角度写阳光照在树上，也是"阳光顺着树干往上爬"，也不像有些诗人表达成：阳光掏出皮鞭在树干上使劲地从下往上抽。尊重万物的自然属性，客观地摹写自然的原始状态，不用主观想象和烦琐的比喻给自然万物变形，不改变它们生长的常识，也不改变汉语常规结构即说话的习惯，这样的写作就很生态绿色没有污染。

这就是说，物我可以两忘，这是境界的交融，但在文字的表达上，物就是物，人也还是人，它们都遵守自己的习性。这样的诗歌很有镜头感和视觉性，视觉随镜头转换，看见的风景，就是诗歌的层次，就是无数个镜头的组合。所以对于诗人来说，不用"语不惊人死不休"地去锤炼语言，诗人需要做的就是用坐禅的方式擦拭心灵的镜子，这样诗歌就会在上面清晰地映照出来。

真诚清澈，单纯自然，这在当下这样一个复杂又世故的时代和诗坛显得极其的清纯和珍贵。我把这看成诗人和诗歌的本质，也是诗人力求禅化的诗心。

超度与神明

写诗既然是修行，或曰超度，那诗人，至少是诗中的诗人就要卸去沉重的肉身和俗世，进入到没有尘埃和喧嚷的神明和圣灵之中。神明和圣灵是神的品质，也是几种宗教追求的终极。诗人把它们作为自己诗歌的最高境界，说明内心有神，也视诗歌为神。所以写诗更像在建造教堂和庙宇，这使诗歌具有了庄严肃穆还有不染灰尘的品质，诗歌因此充满了纪念告别甚至哀悼的气息。这是人即将进入到神时对凡世的依依惜别和严肃宣告，还有对未来的仰望和庄严，纯净和些微的冷。

这让写诗成了皈依之途。一场洗礼之后的净化和升华。忘记爱欲情仇，受持斋戒，从此清心羽化。清心即空。空正是佛家的核心。空去的是一切杂念和欲求，空的是又一种充盈和敞亮。佛家称之为圆满，基督教谓之为圣灵。上帝用圣灵柔化人和心灵，诗人通过诗走向圣灵和神明。圣灵是一种光芒，就是诗歌要抵达的境地，它让诗歌弃绝凡尘，让心灵明亮，让人生不迷茫。需要强调的是，神明不同于常说的诗歌中的神性，诗歌的神性是指诗歌有别于日常生活，是说诗歌的品质中有一种不可侵犯的神圣感和崇高的精神境界。

但这里说的神明，属于个人的修为，是心灵的皈依，代表着灵魂的方向和根。整个过程就是佛家的修行之路。这是一条通往人的内心最深远的路，而人的内心又是最神秘和深不可测的，诗歌就是探测人的心灵同时又是引导着心灵走出迷惘走向圣灵的道路。在这个道路的尽头是一种自由的充满的超然的明亮和透彻，是完全卸去欲望后的轻松安详平衡和美。这就是圣灵柔化心灵的方式，也让诗歌和心灵一样变得真而纯。

诗歌有了这种神圣感和修行之为就有了上升和净化，过程就是从凡尘开始，逐渐超越凡尘并进入到静和虚最后抵达空。在这样的诗歌面前，你不能有一点邪念，甚至一丝嬉笑。而且要洗目清心。这也正好验证了我刚才说的写诗就是修行，就是一种朝拜，就是一种皈依和涅槃。神圣增加了神秘性，神秘性又渲染了神圣感。

这样的诗人让我感觉就是一个女巫，因为能在飘渺中预感事物的结局。还能在光天化日之下讲述着我们无法看见的人和事，那是四维里的世界，有城堡河流，还有白马王子和女仆。我们凡人的肉眼是看不见的，只有具有了神的使命和特质的人才能洞悉和明察。从这个角度来说，诗人是被施了法术的人，是神派来的使者，是天生有点特异功能的人。所以诗歌有时就是一种预言和谶语。

这让诗人把没影的事说得活灵活现，仿佛真的存在过。这是梦境，还是大白天的谶语？是事实还是某种预示？这和一个人的生命有什么关系？是命运的预兆还是一种暗示？这像谜一样的东西只能留给不同读者，读者用自己的经验来阐释其中的天机。

和以往的诗歌不同，通常的诗歌是给我们意义和意思，修行的诗歌是给我们一个神秘的启示，像神给我们寓言，人们根据这个寓言去深思自己的命运和未来。这就不是一般意义的抒情诗，而具备了预测的功能，仿佛有神在谕示，诗歌更像圣典和经书了。这不是诗人为诗而独辟蹊径，而是诗人自己潜在的功能和特殊的心理机能在写诗时自然的呈现。因为写诗是需要些独特的机制，譬如神的仙的冥冥中感觉有什么突然飞来的异乎寻常的生理和心理机能。所以有人说诗人不正常，正面理解就是诗人和正常人有区别，他（她）能看见常人看不见的事物，也能预感常人无法感受到的幻觉中的天和地甚至命运和未来。所以说诗人是先知，是有人味的巫师。

德国一个哲学家（忘记什么名字了）曾说"诗人和教士最初是一体的，只是后来的时代才把他们分开了。但真正的诗人却永远是教士，正如真正的教士永远是诗人一样。"这也就是说诗人写诗类似教士的寻道和殉道，同时也是布道。因为诗人和教士对心中的理想同样怀着虔诚和热爱，只不过诗人的修行和升华更多的是自然自发的，而教士更多的是意志力，是责任和使命。但诗人与教徒有着根本的不同，教徒是整个身心皈依化，但诗人的目的不是羽化成仙和禅坐成佛，诗人把诗歌看作神，他们皈依的是诗歌，他们为诗歌去修行去苦行，这虽然与教徒的修炼相似，但诗人的背后是对红尘世界渗入骨髓的热爱，借诗歌追求神圣或圣灵只是为灵魂找到家，让自己的心灵变得安详和明亮，让诗歌变得澄明和清澈。

所以更多的时候，爱让人变得不从容，爱让人有时要下地狱，有时又要上天堂。爱在这里也是一种更广阔的情感，它的对象是世界和万物。但不论对象是什么，诗人都被爱折磨着，因为诗人比常人对爱更敏感。无论是幸福和痛苦，诗人都会把这种情感推上峰巅。于是爱带给诗人想象、直观、回忆、思念、懊悔、爱怜。当这种情绪蓄满诗人心灵的时候，诗人就产生了一种魔化心理，这魔化就是幻象。就是诗人创造的白日梦，就是有别于我们这个时空的四维世界。这凡人看不见的四维世界或说幻象是一个自由的王国，这也是苦苦修行坐禅要进入的境界。于是诗与禅重合了，这是现实中爱的显灵，也是爱的变形和升华。

因此，诗人经常写一些生活化的诗歌，比如父亲母亲孩子，还有城市表情和火锅豆捞等日常繁杂的事物，但是这只是起点，诗歌的落脚处也就是诗歌将要抵达的终极还是天空，还是需仰望才见到的神明和圣灵。

其实基督教曾说，上帝的语言在凡人聋聩的耳朵里。就是说上帝依附在凡人的身体里，众人不必特意倾听上帝的教诲，更不必为表示尊崇上帝而举行特殊的仪式。所以对诗人来说，怎么把自己内心的上帝也就是苦苦追寻的神明和圣灵化作自己的一种素质，把神平常化日常化经常化，这样的心态写出的诗歌会更平易和亲切，这样在诗歌的表面看不见神但是神明却无处不在，这样的诗歌就会走下神坛，也就是从天空回到地面，其姿态是从上至下，诗境就会深入浅出，简单朴素，其境界和诗意又是高不可攀。

总之，诗歌中的神圣感和圣灵之光对当下普遍低俗和嘈杂的诗坛是一种改造和提升。这是修行诗歌的价值，更是这些写作的全部意义。

绝尘与灵仙

读无尘之诗，好像油垢的卡车开进了青山绿水，一股花草与晨露的清新滤去了满身的杂污，让人心透神明。仿佛水回深潭，月返前身，一种久违的净与静，浇注了我身心，也让我找回了诗歌的本质。自然之子写自然之诗。这样灵仙的作品，一定要慢和细，慢慢品味才知品位，细细体悟才有意味。本人慢过细过，所以在此记录十品：

一品为显。显现，这里指诗歌自然与自主的呈现状态。诗人该谓为春风，山坡的草木，逢春而萌，不需苦求。诗人写诗也不苦思冥想咬牙切齿，他只需扫去尘埃，用一颗干净的心去承接自然来临的诗歌。他与诗歌的关系是遇见，诗歌在散步，诗人在溜达，擦肩瞬间，诗人的镜头曝光了。所以写诗不是制造而是发现，但只有好视力不行，更需要一颗净而静且敏感多情又自由的心。

二品为朴。返璞归真，大自然也。这里自然是名词，是神是主，而诗人是人是仆。诗人尊崇自然，尽力呈现它，而不是把大自然作为表达心象的符合，不用主观去变形和掰扯自然，而让自然独立又自由地绽放它的优美。诗人努力的是怎么让自己融入自然，融入他所遇见的细雨、红树、喜鹊之中，并成为它们的一部分。这里诗人的情感被大自然啄食并消融了。可谓无我之境也。

三品为简。简单简洁，是文字也是精神。诗人文字上求洗练，精神上求沉淀，外去繁杂，内除欲望，其宗旨是用减法来对待文法和人生，像在矿石中炼出黄金，如从铅块里提取白银。所以诗人追求简单又悠远，又可谓之为韵味，对着洪钟，当当几下，余韵却绕梁三日；又如中国画，寥寥几笔，意味无穷；诗人写诗好似掘井，小小井水，舀不尽，且深不可测，清冽幽远。大道至简就是此也。

四品为素。素面为真，是远观其妆容也。诗人洗去铅华，剔除技巧，使诗歌露出本色，其意味倾向于冲淡。屋檐下种花，随白云看古松，都是素的状态，核心是自由散淡随性而为。引申就是"拙"和"虚"，拙与机相对，表明诗人写诗不要技术，虚就是不要急功急利。后者好理解，但不要技术是不可能的，可以理解成看不见技术，因为这时技术已经化作诗人的素质和习惯了。

素乃最高术也。

五品为秀。就是典雅，是走近所见的气质。这样的诗气韵是标准的古典美人，素淡中有高贵和优雅。看似随意，其实是长久修为后形成的自然品质，一投足一抬眉都是贵族的，且冰清玉洁。按审美要求，读这样的诗最好先沐浴，然后在修剪后的竹林里，面对长满青苔的深潭或清泉，端起红酒，最差也得是十年以上的黄酒，然后诌几句听不懂的诗文，边喝边诵，其实质还是可远观不可亵玩也。

六品为奇。清奇和惊奇，文字之技艺也。"草莺被赶上树"，"屋顶上蹲着炊烟"，这一"赶"一"蹲"，不仅见了文字功力，更让看诗者思维一抖，让诗意从庸常的生活向上突地一跃，耸起一道奇峰和绝壁。诗人乃修辞高手，有着手成春之妙招，常把生锈之词语镀上光辉。但诗人不破坏原装的诗意，只是掀去遮蔽诗歌的盖头，让诗意更直接地裸露出来，用新奇一次次刷亮读者的眼睛。造境也。

七品为灵。灵动和鲜活。这样的诗歌是有呼吸的，是正生长的诗歌。虽然短小，但每一句都如闪电带来雷霆，或者是藤蔓，掐一下，就有浆液淌出来，有生命在蠕动。诗歌流动着婉转着。犹如面对空谷，喊一声就有无数声音相互撺着。这是一种的灵气，化作诗歌就是一片荫凉，去除人心头的燥热和烦；化作诗人的品质就是生气和飘逸，蓬勃地生长着，又时刻准备飘然而去。灵气之诗有魂也。

八品为洁。绝尘与真纯。洁的诗歌是绿色的，是没被污染的植物，纯而净，静而澄明，这是诗歌的灵魂。它的境地犹如真空，但不是空洞，而是逐渐制纯的成果。诗人写诗就是从心灵里挑出草芥，从血液里排除污垢。其主旨还是超拔和提升：人不能这样不干不净地活着，人必须要飞翔于尘俗之上。诗歌在这里不是盾，而是舟楫，把人和人的心灵从烦的此在摆渡到理想的彼在去。诗乃真境界也。

九品为古。高古。精神的根本，文本与人性之源。此种诗歌以远为隔，以古为鉴，犹如一位手托芙蓉，乘风而行的高人。一切往回回，文本上恢复美和意境，人性上复原真善纯还有自由。古代表了万物的核心——道，也代表了精神和诗学的极地——信仰。这些都是失去的天堂，诗人写诗就是躲过世上的尘埃，重回天堂，执古之火把，导引迷路的灵魂重回故乡和本我。写诗乃回家之路也。

十品为禅。皈依与觉悟。前几天我写下这样一段文字：应该有这样一位诗人，他的作品一尘不染，内心也没有尘埃；他不仅写诗更像诗歌那样活着。这样的诗人能朝饮白露，晚看菊花。每天端坐在白纸旁，看朝阳老成夕阳，任时间在自己的身体里编织着春夏秋冬。而且几十年就这样过滤着，纯粹着，直到把自己纯成陶器，哪怕落满了灰尘，擦一擦依旧闪烁着新鲜而深沉的光芒。

有人在微信里质问我有这样的诗人吗？那我今天告诉你，有，就是何三坡，以上这些文字就是我从他诗歌中品出的十种味道。他的诗歌让我悟出了"神出富贵，始轻黄金"（引自《二十四诗品》，意为：精神世界丰富了，才能对黄金轻视。）的真义。我把这理解成何三坡诗歌的启悟，以及与他相同品质诗人写作的价值和出口。诗乃精神方向也。

静穆与禅净

写禅净之诗就像从种子里往外挑瘪子，从心里往外赶杂念，都一样的细心耐心真心，直到种子没有一点杂质，心也没有一点尘埃：

　　热爱着的人，从来不说热爱，／他像暗恋的少女保持着自己的秘密。/五月喂马，十月劈柴，/他只是在夜深人静的时候，/才拥自己的所爱入怀，或/——相对而坐。/热爱着的人，尊重自己的内心，/他认为热爱是自己的事情只与自己有关。/七月胼胝，九月褴褛，/手捧一小朵烛光，让自己/快乐地滴血，/不管世界看没看见。/热爱着的人，当然不怕别人知道，/他知道爱是一树桃花难免伸出墙外。/三月芬芳，五月蓊郁，/在很多人知道之外，/他更想让一只翠鸟或一条/透明的虫子知道……/热爱着的人，他用刻骨的爱，/使自己，一次次获得生命的丰盈，/并拥有了凡人的高贵。/他坚信，穷人的诗也是诗！/而上帝的废纸，也/依然只是——废纸。（《热爱着的人》）

质地像青铜，纯粹而宁静，敲一下声音清脆而悠远，纯净而空灵。在这样的诗歌面前，一定要洗目清心，去除邪念，哪怕一丝嬉笑。因为作者不是在写诗，是在通过写诗来超度，通过写诗让灵魂皈依和涅槃。而净是禅之旅，静是禅之终，也是禅的最高境界。静心凝神思大道，详察万物品无常。尽管诗中的热爱在蒸腾，常常像桃花伸出墙外，但这感情像血一样纯，心也如镜一样亮而净，这热爱就变得真洁而无杂念，这心这诗就是禅，禅的品质和禅的音质，而写出这诗歌的人内心也一定没有一丝尘埃。诗和人已经融在一起，净化升华成空山新雨后一样清新的意境。

这让我想起司空图的《二十四诗品》，它的宗旨都是超脱世俗，归隐自然，所谓"名应不朽轻仙骨，理到忘机近佛心"是也。禅净之诗沾有二十四诗品中清奇和超诣的品格。但是最接近上面这首诗歌意境的是典雅，典雅含有人工努力的作用，不只是随性而为，这符合更多凡世间写作的诗人状态、心态。典雅用白话译过来就是："用玉壶载酒游春，在茅屋赏雨自娱。坐中有高雅的名士，左右是秀洁的翠竹。初晴的天气白云飘动，深谷的鸟儿互相追逐。绿荫下倚琴静卧，山顶上瀑布飞珠。花片轻落，默默无语，幽人恬淡，宛如秋菊。这样的胜境写入诗篇，也许会值得欣赏品读。"

　　将诗歌风格和意境形象化，类似现在读图时代的视觉化。这里的两个关键词就是高雅和恬淡，高雅必有人后天的修为，恬淡是顺其自然，它们的核心又是禅，就是蜕去世俗的肉身，让心灵虚静，让灵魂飞升，这是诗人和诗歌欲去的方向和追求的目标。

　　为了抵达这样的境界，诗人须让心灵诗化，甘愿以头击壁，甘愿沉寂和流离。让诗歌与诗人成恋人关系，爱让诗人的行为真纯，让他们只知奉献不知索取。这种没有杂念和无功利的行为，让他们的写作变得非常的通透慧明，他们无须准备就会进入静思，然后就是沉迷，再然后一种如电流一样的直觉就会穿过杂乱无序的思绪，直接进入所思所观之事与物的核心，重叠并迅速显现，化复杂为简单，化单薄为丰富，让混杂为清澈，让灰暗为澄明。以这首短诗《静穆》为证："鱼在水中，鱼是鸟的倒影。/鸟在枝头，鸟是花的倒影。/花在路边，花是人的倒影。/人在山巅，人是山的倒影。/——倚着风，一个跛子不甘弯曲，/他用手挪了挪天空，/稳稳地，把自己影子扶正。"

　　由表及里，由浅入深，由晦暗走向清晰和明亮。而结尾陡然一跳，让画面由静转动，又由动更显出静。是幻象也是想象，是发现也是创造。"跛子"的行为，除了情趣和灵动之外，还有一层意义就是：一个人的先天不足可以通过主观的努力来纠正和改变。这是反讽还是正能量的暗示？就只能由读者的心态和价值观来给出答案了。总之看似静穆的图画其意义并不平静，而且像炸弹一样在我们的内心爆炸并波及更多更深广。

　　这些让我想起前苏联流亡诗人布罗茨基说的一句话："诗是在惯常的生活中努力地向上一跃"，先把它用在创作上就是说诗歌不能平淡，要有往上一跳的冲击波，就是不能一个调调，不能死水一潭，要有波涛来拍岸，要有变化，就是我们常说的起承转合。同时这也说明诗歌要有境界，要高于生活，诗歌的品格不能平庸，要充满理想，有美有意境，让我们仰望。诗歌更要拒绝低俗和坏。像这些诗歌就都是优雅的高尚的更是美的，读它你会不由自主地端坐起来，甚至用一种美好清洗一下自己的内心，让灵魂也纯正起来。诗人不仅修剪和淘洗这些语言，更提炼诗歌的意境，尽量让自己内心的崇高和典雅与诗歌互相照耀，让我们仰起头，内心重新充满热爱和理想。

这是在恢复诗歌的传统，努力把被很多人亵玩了的诗歌清洗掉污垢，把被弄弯了的诗歌重新掰正还原，让诗歌重新绽放它原有的真纯美，还有意境的博大深邃和清澈。

在恢复诗歌传统过程中，即使禅净的诗人也不能不涉及到触景生情和有感而发，这是诗歌受孕和产生的动因和引爆点，它也让诗歌回避了空洞而有了分量和意义。上面这位诗人恰恰做活了这一点。以以上引用的两首诗为例，不论把诗歌的境界引领到多高，不论意境多么的空灵，也不论多么的禅和虚静，其思想和情感都是往下沉的，而且一直往下，成为所有诗歌的源头和根须。这就形成了思想下沉与境界上升相对应，但它们不矛盾也不对抗，正因为思想和情感扎得深，从它们躯干长出来的境界才能伸展得更高更远。像大成功者大凡都是低调的人一样，禅净的诗人在写作上一直都是一个思考着的人，他要诗歌的美和境界，也要思想更广阔的哲学底蕴，《静穆》是这样，引用的第一首《热爱的人》尽管情感飞溅，但是句句扎实，句句有情，句句有所指。最后两句更是像铁碰铁，锤碰锤，火花四溅，铿锵有力："穷人的诗也是诗！／而上帝的废纸，也／依然只是——废纸。"

好恶表露得果断干脆，清晰明显，没有一点含糊和退让。这就是一个诗人的良知，更是一种悲悯和关怀。悲悯情怀就是诗歌的根基和胚胎。所以清初诗论家叶燮最推崇杜甫，说杜甫所有的诗歌都是真情实感，而且都是博大而有立场的，这就是老杜的胸怀。也是今天诗人追求的情怀。有了这胸襟和真情做基座，耸起的诗歌才博大深沉牢固和美轮美奂。

（文中引用诗句作者为王鸣久）

诗的空与满

我喜欢这个诗集名字：月光草垛。这名字本身就充满了诗意，它让我们感觉到宁静和柔美，还有它的静泊感和原初性。月光加草垛或者月光下的草垛抑或月光堆成的草垛，绝对就是一座家园，静止得稳定得让人放松让心恬适又无限怀想。这感觉就是家的感觉，而且是乡下的老家。不论是地理还是情感都有一种归宿感和舒适性，还有点沉醉和幻想。这感觉正好和风所蕴含的意义相反，风总是游移漂泊，并且单枪匹马四海为家。这是不是这本诗集的作者以"风儿"为笔名的缘由？

当然风也喻示着自由，天马行空无拘无束，但这自由的状态是需要付出代价的，伴随自由而来的还有飘摇与惶恐，孤独与无助，无根的感觉和被击碎的内心。正因如此，风儿找到了诗，开始用诗来校正自己的生活，修正被风吹散的内心，让被生存撕裂变形的自己慢慢地复原最初的本来的样子。那样子是丰盈的，像露珠一样晶莹透明，而且月光下开始自由地漫想，所到之处所抚之物都被这种灵性和柔情罩上一层温暖虔敬和美好，这就是诗就是诗意的世界。而且所有的诗所有的梦想都朝着一个方向，那就是爱和心灵，亲人和故乡。这就是月光草垛的内容，就是诗歌的家园。诗人就是借助诗歌这个神奇的女神，这个想象世界里的诺亚方舟回归家乡，回归自己。

其实我们都是被生活整了形的人，看见的自己并非是真实的自己。所以人有两个自己，一个是生活中的自己，一个是心灵中的自己。类似我们常说的泛我和本我。第一个自己是为了生存常常背叛本我，流汗流泪，泪多了就会变成石头和信念，生存或者信念中的自己更多地已经不属于自己，他（她）所面临的世界也是与自身离异独立存在的世界，这个世界不属于他（她）并且与他（她）对立着。如何使这个异在的、客观化的世界成为属于人的世界，成为依附于人的世界，这个过程其实就是把泛我变回本我，从生存的自己返回心灵的自己的过程，这过程也就是把冷漠的信念的世界和自己诗意化的过程。人类也只有通过诗通过艺术才能找回自己并让世界充满诗意。这让诗人的写作有了更大更辽阔的价值和意义。首先诗人通过诗找回自己让灵性彰显，也软化了生冷的世界并使之变得柔情和浪漫，这是诗歌的力量，让人对诗歌更加尊重、热爱并敬畏；其次在诗歌中诗人倾注了爱，热烈的爱，这爱也感染了更多的人，也激活了更多的心。这就有意无意地改变了人性，哺育了人性，美好了人性。

正因如此，我们在这样的诗歌中很少看到阴郁的情绪，更没有怨恨和愤懑，虽然有时有些孤独和忧伤，但那是爱不能抵达，愿望被搁浅，亲人和故乡被重洋阻隔而产生的焦虑和怅惘。这不是黑暗，而是晴朗的天空有几朵白云飘过，不但没有破坏天空的湛蓝，反而使蓝天有了层次和绚丽。蕴含在诗歌中的这种不顺畅的情感也使诗歌起伏跌宕，深化了美，也加快了加重了诗歌的速度和力量。譬如风儿这首《亲爱的，我要用满身桃花映红你的春天》：

> 亲爱的，我要掀开春天的土壤，要让深藏的/那颗红豆，裸露出来，重新成为火种/种在离一个词最近的地方。我要让/小草唤醒泥土，鸟鸣沾满闪电，奔跑的风/裙子上缀满蒲公英的翅膀。亲爱的/整座山都是我为

你预备的，冰雪已消融／山坡上，那喊破嗓子的一树桃花／正低垂着眼睑等你／／亲爱的，我要让春风打开我满身桃花／用我所有的羞涩，映红你的春天。

整首诗歌都在倾诉和倾注，是自语也是扫射，突突突，情感如枪膛里发出的火苗，连贯而猛烈，一下紧似一下，直到把人轰倒。同时我也认为这是诗人技术最好最能代表自己诗歌风格的一首诗歌，集中展示了她的抒情方式她的情感模式。那就是她不在意诗的对象，也不在意射出的子弹是否击中目标，她的目的就是倾诉再倾诉。仿佛她的内心储藏着电闪雷鸣、惊涛骇浪，不挤压出去，她的内心就会决堤。她需要迅速地排洪，这最好的渠道就是诗歌，就是以吟唱的方式让内心减去重量，重归平静和安适。所以风儿的很多诗歌更适合朗诵，更适合用声音来给诗歌穿上服饰，用语言的轻舟承载着情感去抵达另一座情感的码头。其中"那喊破嗓子的一树桃花"和"我要让春风打开我满身桃花"的拟人化点亮了读者的眼睛，并使诗歌的境界变得凛冽和醒目，有了无穷的诗意和无限的美。

诗人的情感如弹，但诗歌有序而不蔓延，灼热而不崩堤。集中起来，又显得柔和静美，缠绵和谐。像月光下的清泉，能听见水的流淌声，也能感觉出月光的皎洁，月光撞响泉水，但是清泉没有骇浪，月光也不暴烈。一切在美的影像中有秩序地绽放和灿烂着。

所有这些不是诗人没有力量，也不是内心不够澎湃。而是个人的气质类型决定了审美类型。风儿就是一缕夏夜流淌在花园里清爽而不毁坏花茎的清风，而不是也不做摧枯拉朽的飓风。但是震撼人心的东西并非都是狂风骤雨，月光下草垛上飘下的几个花瓣一样可以让人心灵久久不能平静。何况诗人写诗不是去撼动世界，而仅仅是让淤积的情感淌出去，让新鲜的气息流进来，挤出与吸纳，反复着，让心灵获得平衡和舒适。像风儿的《空白》："除了海，我们之间还隔着/辽阔的空白/我们需要一种着色与填充……从开始到结束/从结束到另一个开始/我们一直进行筛选与剔除/近和远都空白着/我用风声不断地缝补/却迷失在空白深处"。

与此相关的还有《空房子》《空椅子》《空海螺》等等。看来"空"是诗人的一种状态，空也是诗人写作的动因，空就是一种需要诗歌干预的缘由。诗人的生活与心灵诚如这首诗结尾说的：满满的与空空的。满和空都不是平衡的合适状态，满需要泄出，空需要填充。空是孤独，满是不需要，其实就是另一种空，也是孤独使然。它们都需要不断地抒发与吸纳。于是风儿在诗歌里沸腾起来："……在诗中，我是你的女人/用文字，栽花种菜，绣蓝天白云/放养喜鹊。喜欢用浪花，为你织布/一捆捆雨丝，为你点燃炊烟//亲爱的，我要用诗搭一座桥/等你。用力牵我的手，不放开"。

这就是理想的生活，诗意化的世界。但这显然是一个虚构的事实，一个用想象完成的幻象。想象的世界都是超验的，是用浪漫化更改了的世界。这个世界混搭着回忆、幻想、梦呓和错觉。它不存在但是它更合情合理，因为它就是理想，就是我们希望的样子。所以说经验的现实的世界是无意义的，只有超验的梦想中的世界才是有意义的审美的世界。而只有诗歌才能帮助我们打通这个虚幻但情感真实的世界。

这超验的世界就是诗意化了的世界。而照亮我们茫然无措的心灵，也使我们空洞苍白的人生变得美丽而充实的光芒就是诗歌。诗歌就是让世界想象化浪漫化诗意化的一种方式。按海德格尔的说法这种诗歌化了的世界和美又是无蔽的，也是亮光朗照的。从这个意义上说，诗人找到了诗歌，也就是找到一条通往光明的意义的真理的美的永恒的人生之旅。具体如诗人所说："我将用细细的笔，画一座房子/一座透明房子/让花可以在花中开放//

我要用形容词装饰房间/用名词命名我喜爱的植物/让绿色的血液随音乐/流过我身体……//如果文字可以/我要在纯棉的布上写一组长长的诗/做成床单、枕头和被子/让文字在我的呼吸里/沉睡，或者醒来"(风儿《如果文字可以》)。

这就是具体的诗意化了的生活，是诗人期待的美的神圣的亮光朗照的世界。平常但不平淡，单纯又不单调，像月光草垛一样朴素但诗意无限。同时也显明诗人用诗歌化解了满也填充了空，让自己的心灵充盈平和美丽，像海德格尔说的："她在'神圣的朗照'中怡然自乐，所以她是'喜悦者'。"这欣然自得就是灵魂暂时出窍，进入到禅化之中。

趣　味

注：《趣味》与游戏入诗的《诗之术》中的《戏术》有相似之处。只不过戏术是针对写作者，指写作方法，是过程。而趣味是指接受者的感受，是作品完成后的效果。但它们具体内容上有一致性。故不再另行分析。

诗之境

（本质　品格　境界。诗歌的欲抵之地）

超境：超诣，超拔凡尘，进入美而自由的高度。

志境：诗言志，诗人对世界的发言和态度。

真境：真言，真相和真理，对现实辟析的力度。

璞境：返璞归真，还原人性本色，包括大自然故乡童年，心之纯度。

智境：启智，文本的魅力，美而新而无穷，陶醉的深度。

【开境】·诗歌碎想

1

花开花落，诗歌又一年。诗歌烂漫，但没见果实。且没等开大，就遍地遗骸。

诗歌是否要回纸的时代？纸是诗之家。先仪式上庄重一下，温习一下真和朴素。

水墨是诗歌的源泉和血脉？

那网络上的诗歌是背井离乡，还是新的移民地？

微信让诗歌烂却没灿烂。因袭已成潮流、大流，离诗越来越远。后果是创造力衰退，智慧枯竭，灵性委顿。

遍网狼烟，没有烽火。

诗歌需要血肉丰满的躯体，天真充盈的文字，像新生儿，抑或是刚出炉的红薯。

2

真心庸俗是可爱，真诚的庸俗之作是生活，但满目皆是就反胃欲呕。

过量了就费流量，也费电。诗歌需要节能。

灿烂的作品需要烂品做土壤和肥料，胚胎。但不知道烂品之烂，还以烂为灿，又加速传播，灾难日不远了。

3

诗人需要孤独，孤独才能成绝壁。万众瞩目的风景。

天马行空才是诗人，但现在诗人像苍蝇，嗡嗡地成群结队，不下蛋，扰民乱心，制造垃圾，成害虫。

很难做到不扎堆，诗人需要挤在一起取暖。但诗人更需要抵制乱窜和走台。

4

为人生，首先要是诗；为艺术，也要是诗，但最好能看见人生。启动的原因无所谓，重要是落地后一定是好诗。好诗的标准：一个是真，一个是新。

老生常谈是避免忘本。

所以诗歌不分题材大小，也不存在非得要慢下来。写什么怎么写，取决于诗人自己的秉性和习惯，想快就快，想慢就慢。人的头脑发育不一样，擅长就不一样。硬让模特不走台去搬砖头，让农夫不种地去走猫步，这才是扯淡。

原来我们没少干这种事。每每前台高呼的总是那些只啼鸣不下蛋的评论家。

5

所以不要听评论家的，尤其会议上，什么主题的会说什么话，有时正好相左。评妓也。

评家总想把你塑造成他希望的模式。诗人千差万别，岂能一种？

好的评论家是想法帮助诗人去看他没看清的东西，帮他找到写作加速的工具和方法，而不是改变他的方向，更绝不拉他走自己自以为是的道道，何况很可能是一条死路。

那些只会总结会议内容，空话大话套话屁话，对诗人写作毫无帮助的评论家就是阉了的性器，摆设而已。

诗歌批评能不能对同伙下手，不留余地，一刀见血，多刀见命，再多刀除病。

多情剑客无情剑，好的评家也。

6

诗歌不是工艺品，它有呼吸有命，而且如刚破土的青葱，水灵灵的，率真鲜活毕现。假花假景那是生殖器的模型。

不要指望诗歌扛起一个国家。坚挺所向披靡。那是伟哥。诗就是小妾，安心怡情养性美魂开智。

诗歌是无事物处的闲物，与有用无关，无用才是大用。

问题是诗人刚一出道，惊艳时空，可再写，就臭气熏天。

人出完名，就绝经了。

7

诗歌过分的热就是病。过分的牛逼就是装逼。雅过了线就是俗，俗得过了底线反而是大雅。开心得笑掉大牙。

诗歌是一个散淡旁观者，从来不着急。着急的是诗人，写不出好诗，欲跳楼，摔成肉饼了，诗歌没有眼泪，死者成笑柄了。

所以我鄙视那些自杀者。不提责任，演技也很拙劣。

敢于活着才是好汉，死有什么好玩？

8

诗人需要有一点脾气，固执偏激。迂，轴，犟。九头牛也拉不动。

这样才敢跳火坑而不眨眼。敢于自找苦吃，敢于拒绝嗟来之食。

"贫穷能听见风声也是好的！"我不把这句诗人嘴边的话当作自嘲，自慰，王婆卖瓜。这是诗人在自勉，甘于自闭。我相信诗人只要愿意都有能力脱贫。但他不愿意。

这和信念无关。他们只愿意做他们喜欢做的，不喜欢的再牛逼再显赫也没兴趣，且弃之如敝屣。

这是成为大诗人的一个条件，能不能成，还要看天意，天分。

好诗人需要大傻和大瞎，看不见门的时候，心里那道门开了。北也找到了。

现在我看见太多聪明的诗人，世故、圆滑，趋炎附势，攀龙附凤。橡皮人，变色龙。

他们让我不舒服，想骂人。但我憋住了，我已经学会了闭嘴。

9

喜欢有刃的诗歌，喜欢能解剖现实，承接苦难的诗人。

直接一点，狠一点，诗歌全裸就是极景。不喜欢隐喻，绕来绕去，鬼话连篇。不痛不痒，还自我陶醉。

所以李南、沈浩波、刘年、张二棍、朵渔、余秀华的诗歌，常常让我心一揪一揪的。有时不快乐，但过瘾。

今年最打动我的是衣米一的《姐妹》，其中《疯女人》几乎能背下来："她扒在垃圾桶上/这个疯女人。在榆亚路纸醉金迷的路边/像一粒尘埃//一粒有血有肉的尘埃，一粒知道饥饿的尘埃/在垃圾桶里，奋力地翻找她的/晚餐//在南方或者北方，在某个大家族或者小院落/多年前，她的降生，应该也像一颗星/照亮和惊喜过一些人"。

句句掏心，句句扎心。

刘年说诗歌是人间需要的药，我说诗歌是需要药的人间。

大人间，见命运。衣米一的诗歌就是。

10

不外瞰的时候，我喜欢何诗人和臧棣。前者让人有种解脱感，人生有了着落。后者让人看见了诗歌自身的能量，太神了。让人飞起来，体验了自由。

读他们的诗，要把门窗关上，入境，灵魂开缝，出窍了。

一流诗歌能按摩情感，超一流诗歌让人发现人自身的神奇：
"原来人能这样!""原来诗可以这么写!"

大自在需要大生态，我期待这样的环境。
不着急，着急也没用。不知道余生够不够?!

超境

（超诣，超拔凡尘，进入美而自由的高度）

想象中的诗人

应该有这样一位诗人，他的作品一尘不染，内心也没有尘埃；他的诗歌超拔，行为也与之一样超然物外。这样的诗人是文本与行为统一的诗人，是一个有境界的诗人，他不仅写诗更像诗歌那样活着。这样的诗人能蘸露水，写兰花。每天端坐在白纸旁，看朝阳老成夕阳，让时间在自己的身体里编织着春夏秋冬，脸上的皱纹多了，心里的斑点打磨光了。而且几十年来就这样过滤着，纯粹着，直到把自己纯成陶器，哪怕落满了灰尘，擦一擦依旧闪烁着新鲜而深沉的光芒。

当我的内心兵荒马乱，当我的梦想被生活践踏得狼狈不堪，我总会期待有这样一个视诗歌为宗教，视写作为情人的诗人。读读他们的诗歌，你的心会慢慢地静下来，并随之也干净起来。这样的诗人是这个飞速物化的时代中遗落的浪漫主义战士，更是诗歌麦田最后的守望者。生活中又朴素如瓷器，端正低调，沉静和澄澈，这一切都是为了守住内心，不随时光和时事篡改自己。

不篡改自己，不是诗人努力的方向和结果，而要成为一种习惯，成为诗人平常和正常的生活。三十年前这个样子，三十年后依然这样。在这样的诗人面前，我们很惭愧，这是因为我们总是与时俱进，俱进成时代的河流上漂浮的腐叶与腐臭。回头望去，真正的灯塔是那些在激流中沉静并挺出水面的礁石。这样的好诗人就是这样一块礁石，也是这个时代真正的中流砥柱。功名利禄与荣华富贵都不能撬动他一点沉静的目光和对诗歌的热爱。他在用减法对待生活，减去一切沉重的背负，剪去一切与诗歌无关的枝枝蔓蔓，让心灵轻松，让写作飞翔。

这样的好诗人心如磐石，他们的信念是这辈子如果不饿死，就永远只是读书和写作，决不做其他。这在别人那里是终其一生的修炼也难以达到的境界，在这样的好诗人这里只是一种习惯的延续。我们这个国度不缺乏优秀的诗人，缺乏的是把生活活成诗歌一样的人。像诗歌那样活！就是把诗歌的境界和精神带进生活，那种超然与绝尘不再只是写作中的一种高调和作秀，而是化成一种行为，一种实实在在看得见摸得着的走动和声音。这对于那些习惯于写与做的分裂，纸上高尚仁义，生活里男盗女娼的伪诗人伪君子就是一面镜子，一个照妖镜，同时也是一柄剑，一副良药和一种值得参照和反思的榜样。

这样的好诗人让我想起那些抛弃了华丽的生活，隐居在深山中洞穴里甚至常年在地窖里的作家。他们重新变回"野人"的目的，就是为了保持写作的状态，让灵感来得猛烈些。类似的例子有前面提到过的福克纳，还有德国的海格德尔。海格德尔曾经到乡间逗留，住在山上的小屋，独自倾听群山深林和无言的农田，和农民们一起烤火，看豹子钻进鸡棚以及母牛在早晨产下牛犊。那个时代作家们还没有学会作秀和炒作，他们的这种做法，除了减少无用的世俗之举，专心写作之外，更重要的是寻找一个自然自由的精神之所，让心灵得到庇护。因为只有静才能沉思，也因为只有思了才能产生真正的诗。

这样沉静自由的状态，让诗人明净无挂碍，心里一旦空空的白，很多诗句就会自动地爬上来。所以他们的诗歌速度总是缓慢的，情感平静而沉着，即使有很沉的东西击在心灵上，他们也不慌不忙一丝不苟，冷静平易地一下一下倾诉着。即使是那些对生与死、有限与无限的思考也笼罩在清新和湿润的气息中，一种美减缓了重大的思带来的冲击和摇晃，像糖皮包裹的良药，苦涩减缓了，但药力依旧。

这显然与好诗人语言上的精妙有关。写过诗歌的人都知道，看似平静的叙述，其实凝结着诗人深厚的功力。越是平淡越是显现诗人的内功，这需要持久的磨炼。所以我把诗人比喻成磨刀的人，短短几行诗，后面可能是无数废弃掉的石头。但这种修炼已经化作诗人的一种素质，不再是刻意为之，而是随性而为，犹如水龙头，轻轻一拧水就淌出来了。所以他们写诗就是说话，口语，只是这口语净化过了，没了乌七八糟，保留的是和诗人品格一样的东西，就是：真实自然，朴素简单。

这也让这些好诗人的诗歌界面变得干净和单纯，那些被生活烟熏火燎过的痕迹被抹去了，浑浊的水逐渐被沉淀和纯净。所以诗歌之于诗人不是抵御社会的盾，也不是从复杂的此岸摆渡出去的舟楫，而只是保留和坚守。保留人的自然属性，坚守人最初的品质。而且也不是还原，不是从社会人重返自然人，因为对于这样的诗人来说压根就没变过。他们需要做的就是拒绝改变，这让他们的心灵非常完整并敏锐。所以对于他们，题材不是问题，目光所及的一切都会引爆写作点。周围的事物，不论多么渺小和琐碎，他们都能从中看到人类生活的样子，复杂的被诗人的单纯过滤成简单，简单的又被他们的思想放大成普世性的真理。所以他们的诗单纯却深刻，细小却深邃。那些生命、存在与时间、有限与无限等重大问题在他们的诗歌中都统统简化成一缕轻烟，简化成一种美，一种爱。

所以好诗人拒绝世俗，但不拒绝生活，而且对生活充满了一种热爱。不然那些平淡无奇的事物何以在他们的笔下充满了灵秀和美丽？而且那么细致和细腻。这些说明，唯有热爱达到执着的时候，人的心境才会变得豁达起来。一切都无所谓，该放弃就放弃，名利场，滚滚红尘，凡是与诗歌与所爱无关的事物都弃之如敝屣。同样因为执着，心也变得宽容起来，那些自己不喜欢的人和事物，已经无足轻重，不再计较挑剔，该容就容该放过就放过。因为执着于热爱，人的心胸变得博大，变得柔软，变得淡泊和干净。从而人和诗歌都进入一种真境界。

所以不能说这样的诗人和他的诗歌是超诣和飘逸的，因为他们有一颗坚定的心和一道对生活惊喜的目光。如果用《二十四诗品》来对应，应该是沉着和清奇。沉着是他们对人生和诗歌的沉静态度和品质，清奇是他们诗歌文本的品格和品位："……可人如玉，步屟寻幽。……如月之曙，如气之秋。"以此形容这种诗人的诗歌就是俊逸的人好像白玉般高洁，迈开脚步寻访幽静的美景。其境界就像黎明前的月光那样明净，像初秋时的天气那样清秀。

这种真境界的诗人，对待万物都是谦逊的。因为他们了然世界的本质，从而变得清澈和简单。这让我想到春天家乡柳树上的嫩芽，这样的好诗人的心永远单纯得像这柳枝上的一抹鹅黄，这是一颗永远鲜活的童心，让他的人和诗歌是一个整体，密不可分。

诗歌与仰视

除了爱和痛诗歌还要有美。美即境界。

在爱和美面前诗人的姿势是仰视的。诗歌的方向是向上的，是神性的，是敬畏的，是一尘不染的。这时诗人和诗歌的状态都呈现出"净"。"净"是他们的理想，是诗歌的境界，是诗人的诗学终端，也是人类的走向和将要达到的终点。

为了表现这种净，诗人往往用距离，用时间和空间的"远"，来作为至纯至美的精神极地和诗歌高地。"远"隔开了现实，远离了现实。我把诗人这种行为称之为"返朴"。这里的"朴"代表着我们悠久文化中那些清明的思想和人性中没被破坏的原生态的真纯与美好、圣洁与纯粹。

"返朴"就是恢复我们传统中那些具有人类普适性的美德，那些在历代备受推崇的仁爱廉耻，那些为了保持清白而不惜牺牲生命的高洁的精神，那些宁为玉碎，不为瓦全的大义凛然和豪迈，还有那久违的血性和骨气，这是几千年来我们民族生生不息的营养和血脉。也是诗人和诗歌的血脉。更是有骨气诗人的诗歌信仰和价值理念。

时间上，"返朴"就是怀旧。都市中一声久违的鸡鸣，会使诗人思潮澎湃，热泪盈眶。这让现代的我们看到了农业时代人与人，人与动物，人与自然那和谐的情感关系。诗人呼唤这种和谐："鸡是农业文明的鸟／鹅是农业时代的鱼／牛呵羊呵马呵／在老祖父的鞭儿下／长哞短咩，踢踢踏踏……／——辘轳和水井说话儿／鸭儿狗儿喧哗／我们的母亲握一掌小米晶莹地扬起／一把汉字飘飘洒洒"（王鸣久《都市闻鸡》）这是多么亲切多么和谐的人类情感的早晨呵！诗歌就是努力要回到这记忆的源头，寻找人之为人的本质。

"返朴"，当然不是"返古"，怀旧，更不是"还旧"，诗人所呼唤的是这种和谐的情感模式和生存方式，用它来医治现代社会人与人、人与自然的疏离、对抗和陌生。

"返朴"也表现在地理的距离上。深山和远水，还有令人敬畏的高原甚或西藏，常常被诗人作为精神的宗教和诗歌的核心。这地理上的又远又险，象征了精神高地的远而险。由于远而清，由于高而洁，"至高绝险，方显大生命的浩荡"。而诗中的雪山之巅，也是诗人的精神之巅。它预示了走向精神高地的艰难和遥远，也预示着追求高洁纯净的精神之旅就是炼狱之旅，必须具有古代"逐日"精神的决绝和凛然，也必须有西方"圣徒"那永不打弯的信念，才可有望到达。于是，这"返朴"就有了宗教般的意义，我们的精神就不再苍茫，我们的脚步也不再迷茫；于是诗歌和人类都找到了路标，诗歌博大的精神气质和诗人的终极情怀也就凸现在了高处。

有境界的诗歌，诗人不因现实的苦难和丑陋而慷慨激昂，也不用高远的境地来象征精神的极地，诗人强调的是诗歌本体的魅力和意蕴的美，在这里，诗歌和生命是高度融合的，诗歌的境界就是生命的境界，而且生命的追求和诗歌本体的美是浑然一体的。或者说诗人努力在把生命提高到诗歌的高度，诗人也努力在把诗歌的境界，化作诗人的血肉、诗人的呼吸。生命因诗歌而净化，诗歌因生命而有形，生命诗歌化了，诗歌也就有生命了。

这是诗人人格魅力与诗歌精神的统一，是诗人内在素质与外在自然的结合，是灵魂、自然、诗学和哲学共同完成的诗歌大美。

在有境界的诗歌中，愤怒和激烈的情绪消弭了，诗境带来的天高云淡，让我们对诗歌文本的深邃美沉醉并无言，摇撼我们的是诗歌本身的魅力，而不再是社会意义上的愤怒、呼喊和鞭挞。这是诗歌的另一面，也是最理想最应该的一面，当时代和人的处境都回到祥和和美好的时候，人就不再被良心逼着去为那些不人道的东西牵扯消耗才华，随之更大的思考进入诗人的视野，譬如生与死、美与永恒、人与自然，等等，诗歌有了这些，自然就有了大美，诗人就可以专心地仰望天空，而不必担心脚下的石头和陷阱。

真诚与脱俗

诗人需要一颗真诚而脱俗的心灵。这是因为真诚而脱俗是诗的品格，更是诗的底盘。同时也只有真诚和脱俗才能让诗人保持写作的敏锐性，才能时刻能在灰尘满面的当下发现诗情。所有反对脱俗的说法都是为自己去低下和龌龊而强词夺理。诗人也只有坚守真诚和脱俗才能写出清澈澄明的作品。当然那些伪清高表面化形式主义的故弄玄虚的脱俗行为除外。

所以我总是喜欢干净又宁静温软又绵远的诗歌。读着它们像走在南方苍翠又松软的湿地里，深一脚浅一脚的下面，会有新鲜的泥浆咕咕地冒出来，还散发着青草的香气。我把这看作是诗人生命的泉水和情思在涌动。那些真诚而又干净的文字，像被泪水洗过的眼睛。而眼睛后面又是堆积如潮的情感和丰腴而葱郁的心灵。所以读这些文字要格外小心，仿佛轻轻一读出口，就有如刃的发丝划过你的心灵，让你的泪水情不自禁地流出来。这些深情的文字来自于诗人的心灵，也净化着读者的心灵，让你忘记你正经历着的污垢和虚假，让你不自主地敞开心灵去承接诗意的真纯和光明，还有已经失去的那些美好和温暖的记忆。

这些干净的诗歌往往通过复现记忆来呈现诗意，当然这不是单一的原封不动地照搬记忆，这些回忆已经经过了感情的整合，诗人把记忆中被扭曲的人性和自然重新掰过来，或者把不美好不诗意的记忆过滤掉，通过幻想重新组合成新的秩序。让那些充满情感和美的诗的细节和瞬间凝固下来，像一个个特写镜头，生动而细致地显现出来。这是看得见的理想和理想化了的现实。所以我喜欢卜寸丹散文诗《时间简史》中这样的片段：

"你回来了。"母亲拿围裙擦了擦手。
"回来了。"父亲低头应着话，卸下物什。

黄昏的霞光映过来。

还有："这是我命定的南方。那种潮湿的腥膻的味道，在矮小的灌木林，菜园子，大大小小或光滑或粗糙的器皿，在木柜存放着的新新旧旧的衣物中纠缠、弥漫。父亲母亲烹茶煮水，在一丘丘毫不规则的水田，种下稻秧，在屋后的坡地搭好竹架子，栽上一线线瓜藤。"

真实朴素的场景，普通而又不动声色中蕴含了生活的本质和永恒的美。这种美只有在失去之后，在我们用情感从沉埋的记忆深处挖掘出来之后，才觉得那么的动人那么珍贵和幸福。这就是我们愿意生，愿意活着的状态和意义。

我们生活中不经意的事物只有在永久地失去之后才被理解，才被发现它的美。诗歌也只有在把记忆中的瞬间再现并永久地凝固下来，才具有了永恒的价值和美。记忆打动我们，是因为记忆本身就是一种美一种诗意，也是因为这记忆永不再来，更是因为这记忆融进了诗人的深情并被诗化了。而这诗化了的记忆也唤起了读者相同的记忆。而不论是作者还是读者对回忆的沉迷和陶醉，都是因为现实失去了美感和诗意。这包括人对自身美好时光永不再来的惋惜和依恋，还有现实的龌龊导致人对过去的美的流连和向往。

所以回忆是对失去的美的一种召唤，也是对这种生活重新复现的期待。所以诗歌中的回忆既是过去也是未来。回忆是对期待中的乌托邦重新创造。当美好的回忆唤起我们对过去充满甜蜜和温馨的时候，也是我们审美升华心醉神迷的瞬间。在这个瞬间里，我们仿佛经历了一场心灵的沐浴，让我们的灵魂变得真诚纯洁并高尚和美好。这就是诗歌也是所有艺术的作用和价值。那么艺术就不是虚幻的影子，而是一种改良我们灵魂提升我们精神的良药。

所以大师马尔库兹说："完美的艺术品使我们对那心满意足的瞬间的回忆永恒凝定下来。艺术品愈是以其特有的秩序与现实秩序相对抗它愈是显得美。这一美的瞬间打断了连绵不断的动乱状态"，让我们记起我们不只是为了生存而活着的动物。所以诗人常常通过回忆带来美和诗意，也是对不理想的现实的一种质疑和调剂，这照亮我们心灵的瞬间，就是永恒的一美。

诗与贵族

读完朋友的一本诗集，脑中突然冒出"掩盖"这个词。是的，掩盖无处不在。果实被花朵掩盖，真理被谎言掩盖。我没能发现我身边朋友诗歌的光芒是被熟悉掩盖了。而在媚俗的诗坛，我的朋友和他的诗歌被那些徒有其名的诗人和作品掩盖了。这不是说我的诗人朋友没有机会，而是他没有把诗歌作为抬升自己名利的手段，诗歌对于他不过是支撑心灵的工具，抑或是精神的依靠。这真实和真诚的写作态度，让他的诗歌更纯粹更本质，离心灵更近。也就比那些自我吹嘘自鸣得意经常在一些大刊上晃荡，表面光鲜实质上是粪便的诗人和诗歌更纯洁更有意义。

与这位朋友的友谊已经十多年了。自以为对他及他的创作非常熟悉，以至我们在一起从来没有谈过诗歌。所以当我阅读他新出版的诗集时，惊诧代替了漫不经心，拨去蒙上固有经验的灰尘，我们窥见了诗人那纯净高贵的诗歌素质和精神品质，以及那颗博大深沉的灵魂。一个善良柔软与世俗保持着距离，又对美敬畏不能自持的贵族形象，从冷硬的粗暴的醉眼蒙眬的身体里剥离出来，并渐渐高大起来。前者不可避免地带上了社会性，而后者是去掉生存强加给他的枷锁和雾霾后的纯净和超然。显然这后一个才最真实，因为它代表了理想和诗意。

我们站在大地上，眼睛却瞩望着天空。人类天生具有对高度的向往和企盼。而诗人更是避实就虚，对精神的乌托邦有着不可遏制的期待和冲动。也正因如此，他们才能平静地面对种种苦难，将全部的智慧和神思献给自己钟爱的缪斯，使世俗的抒情具有了明净的高度。正如这位作者自己所言："十几年来，我一直用诗歌给自己扶贫，流浪在贫穷和贵族中间，想象着重新建设属于文化中的自己，属于自己中的文化。"我们可以把这看作是作者在"精神的提升"过程中的宣言。是诗人的写作立场和丰盈的精神牧场。

诗人贫穷，诗人更高贵。他们是旗帜，是挺出水面的卓绝的风景。我们可以把这些看作是浪漫主义的最后高蹈，也可以看作是作者努力从世俗中超拔，提升自己灵魂的一种自救行为。

在我们这个眼花缭乱的时代，一夜之间就会有无数暴发户如雨后春笋般冒出来，而一个高尚、纯洁的"贵族"的诞生需要几代人的奋斗！我们需要财富，但不要被物欲蒙蔽。在纷乱中找到秩序，从俗世中接近高贵，污浊中过滤出澄明。诗人就是这个时代的良心，虽然他们贫穷，但他们光明朗照，也洁素澄净，透着善，闪着美。

澄明是一种境界，她永远在我们的头上，俯视我们，校正着我们的行为和目光。这位朋友的诗歌为我们留下了种种对澄明的探寻，也留下了为此而付出的痛苦和感伤。

在一个充满机会的社会里，诗人并非没有别的选择。选择诗歌需要眼光、勇气和历险。正如这位诗人写的：诗歌导致我在现实生活中失去很多别人认为宝贵的东西。可我并不遗憾。诗歌是血，是肉，是精神。所以他眼中的《诗人》是："诗人的眼里从古至今／没在乎过谁"，他们"能从一把刀上躲出善良／而在现实中啊／永远不能把事办明白"。

内心太丰富了，反而显得更愚钝。一个好的诗人总保存着最真实最丰富最善良的心灵。而太完美的东西总是不堪一击。但是诗歌使他们宽容，使他们坚定，使他们从痛苦中找到一条拯救自己的道路。

苏联诗人帕斯捷尔纳克说："没有一个坏人能成为一个好诗人。"爱和同情构成了诗人的精神素质，朴实和谦卑奠定了诗人的品格基座。也正因如此，这些诗歌即使忧郁但不悲哀，即使低沉也不颓废，他总是能从晦暗中浮上来，透视出旷达和光明，体恤和关怀的光芒。

都说诗人的天职是还乡，可诗人的故乡在哪呢？很多次我的眼前总是出现这位诗人酒醉后那无家可归的身影。雪地上的影子拉长又被缩短，那是自由的灵魂在燃烧和挣扎。正如他在一首诗中写的："顶着风大声呼喊：'生活'／生活没有回答"，也许酒和灯火永远是诗人寻找的亲人和家园，但是任何墙壁都将是诗人心灵的牢房。灵魂不能羁绊，心灵不能囚禁，也许永远的漂泊才是艺术真正的归宿。

在忙忙碌碌的掩盖下，有谁看见哭泣的心灵！在旷日持久地攫取物质的同时，我们欠下了一笔精神的债务，人生就是还债的过程。活着，意味着报答。我们写诗就是偿还心灵的债务，通过写作建设我们的灵魂，拯救我们的良心。我谈论的这位诗人朋友蔡成利，在他的诗集《贫穷的贵族》中已经这样做了，并努力使自己以及诗歌接近艺术乃至人生的最高境界——澄明。

缅怀与守望

好诗人是一个对诗歌心怀敬畏的诗人。诗歌之于他们不单是一种文学样式，而是永远钟爱仰望甚至膜拜的女神。这让他们的写作变得谨慎严肃而纯粹。在他们的头上有一个标杆，他们在努力使自己的写作向它接近。向上，再向上，直到脱离平俗混杂的庸常生活，进入到一个没有尘埃又听不见杂音的纯净又宁静的境地。这是他们追求的诗歌高度，也是诗人人格的焕发。诗人通过写作让自己人生诗歌化，也把诗歌融化在自己的人格里。这是一个理想的人生，也是一个真实的诗歌大梦，诗人们为此努力着，这使他们的写作充满了英雄色彩和道义关怀！

所以我们在这样的诗歌里读到一种追索和追忆。追索是对理想和真理的探寻，以及对不理想现实的诘问和思考；追忆是对被时光掩盖的那些美好品质和思想的缅怀和守望。前者追求思想和力量，像铁，沉实黝黑，这是思考的形状，理性的结果；后者清澈微明，草色，像春天山坡上发出的草芽，这是感觉和感性自然呈现的结果。我个人比较偏重后者。因为我喜欢不由自主的东西，没有什么比自然更美。这也能显现人天性的魅力，从中可以看出人心智的神奇和深奥。

但不论哪一种写作，都需要诗人写作时精神集中，似乎要把身心全部与诗歌融合，让读者分不清是写看见的景物还是自己的心灵，譬如这首《白雪君临大地》："白雪君临大地／爱情抵达内心／／无数只白色的蝴蝶／在节日的天空翻飞／而你说／我只看见两只／一只在你的心里／一只在我的心里……"

白雪，爱情，诗歌。三者至真至纯至美，融为一体。这就是王国维说的无我之境，无我之境是诗歌中的最高境界，它指主体与客体弥合，情思意融为一体。这说明作者是一个对诗歌沉醉的人，他的心灵肯定比雪花更透明更美，不然他就不会在一场平常的飘雪中发现诗意和美。而且从中可见诗人对诗歌始终保持着一种敬仰和期待。像对待理想，虔诚而执着，渴望走近但绝不亵玩。

这一切源于爱。热爱点燃激情，激情让诗人把自己变成一团火，让诗人不顾一切去爱人类爱万物爱艺术。而爱和激情又让诗人产生不可遏止的创造力，让诗人在那些冷漠的事与物上敲出诗意来，让诗人在那些平凡而琐碎的日常生活中发现美。所以不论是四季的转换，还是亲人的重逢，抑或是一场细雨，几只闯入视野的动物，诗人都从中看见美，并将他们引入诗歌。

能否遇见诗，关键是你心里有没有诗。而一个随时能遇见诗和美的人，他的内心一定是一个干净没有灰尘的人，也只有纯净和宁静的心灵才能保持对事物的灵敏度和敏锐力。而且诗人通过写诗不断地净化灵魂，这无疑是对心灵的一种保护和滋养。敏感的心让他们的写作充满激情，而诗歌又使他们的心灵纯洁和美好。这种相互促进的过程，让诗歌变得更纯粹更锋利。譬如这首《羊群经过城市》："一群羊／在秋日的午后穿过大街／把乡村最后的气息／留给城市……其实羊群／只是这个城市的偶然过客／身怀城市疾病的我们／无意挽留／只是在羊群走过的地方／久久不能离开"。

我们没法断定这是诗人看见羊群后的即时写作，还是追忆往事中的一幕情景。但是诗人能够把这群衣衫褴褛的羊队伍引进诗歌，并上升到对都市和时代的关怀，显然需要一个诗人敏锐的眼睛和厚重的思想。好的诗歌乃至文学最重要的就是思想。思想是诗歌的灵魂。这首诗歌的价值在于反省。羊代表着人和世界最初的原始的那些品质，譬如真、善、温良和朴实。那么我们这些被都市异化忘记了来路的人群，粘了满身的铅华还保留多少最初的真诚纯洁和朴素呢？因此这首诗歌就不是简单的追忆和怀旧，而是一把鞭子，抽在我们的灵魂上，让我们警醒和清醒。

一个好诗人需要对与自己无关的事情投入更多的热情和关心。这是一种气度，也是一种胸怀。诗人对诗歌的敬仰和热爱不只是个人的偏好，更是一种信仰。而最高的信仰不是自我的救赎，而是对大多数人的启蒙乃至于拯救。诚如《草地·白马》写得这样："一匹白马／孤独地站在草地上／不吃草也不奔跑／只静静地祈望着什么／草原少女／或者驭手／／这小小的草地……为什么只轻轻一瞥／就再也无法从心底／拂去你的目光／冷艳　高贵／洞穿……一匹白马站在草地上／等待花朵／踏花归去之前／谁的缰绳在把你羁绊／最后的王子／走不出自己的影子／就永远别想成为诗人"。

走不出自己的影子，就永远别想成为诗人！我们可以把这看成是诗人敞开胸怀的一种方式，或者是诗人给自己写作设定的方向和坐标。这也是对所有诗人的一种鞭策。但是读这首诗歌的时候，我一直被诗歌中的气息笼罩着，这气息让人有点伤感有点孤独还有点骄傲和牛逼。这被作者称之为"孤独的王子，永恒的王子，最后的王子"的白马总得象征点什么？——青春爱情真理，还有宁可碎骨也绝不堕入凡尘的凛然和纯粹？！

但我觉得这白马更应该是诗歌，是诗歌在当下的境遇和永远让人仰望的品质和姿势。既孤独又永恒，即使无边的冷寂也无法遮蔽它的沉香和高贵。而追求它的诗人就是这个时代最后的王子和骑士。

诗人就是这样的王子，他们对诗歌无怨无悔地追求正是诗人对这种境界的慧悟和接近，诗歌是他们的精神出口和人生信仰，是他们灵魂质量真实的显现和人格魅力的全面曝光。在与诗歌相近相融的过程中，诗人的心灵也因此变得和诗歌一样博大、柔软、淡泊和干净。所以不论诗人遭遇到多少伤害和打击，在他们耸立于红尘之上的灵魂里始终"相信激情　相信诗歌　相信　爱"。

（文中诗歌引自李皓的诗集）

爱情诗的四阶书

一个人全神凝视爱情的时候，生命会静止下来，甚至呈真空状态。此刻时间是停顿的，一切声音和物象都无法进入他的知觉，只有渴念让他的内心掀起巨澜，席卷别人也淹没自己。这是写作最好的状态。对爱情的虔诚和迷醉让诗人的想象力广阔无边，而绝对的纯洁和宁静又让诗人的内心异常的敏锐并瞭望得更远。于是爱情带着诗人的灵魂一级级上升。这是解蔽的理想在攀援，也是超验的精神在净化和提升，它的目标是要抵达自由、美还有光明和神的境地。这是爱的方向，也是诗歌的终极，更是理想的审美化了的人生。这就是我读雁西诗集《致爱神》的总体感受。

地面的爱情：体验激情

地面的爱情作为单纯的两性之恋给生命带来的是热烈、沉醉还有癫狂和摇撼。这里的爱情没有更多的象征和文化涵义，但爱情让人生完整。正如德国浪漫派诗哲施勒格尔说的："只有通过爱，通过爱的意识，人才成其为人。"作为人的证明，优秀的爱情诗不仅表达诗人能爱懂爱会爱，还表现了爱给人生带来的幸福美好以及痛苦和懊悔。更突出的是爱情在这里是独立的，鲜活的，排他的。因为在诗里爱就是一种个人情感，与他人无关，与意识形态无关。仅仅是一个生命对应另一个生命，一颗心对应另一颗心。如诗人说的："亲爱的 今天醒了//一个人的活着是因为另一个人的活着"。而且陷进爱情里面，诗人是旁若无人的，听不见山呼海啸，也感觉不到饥饿和冷暖，更不屑旁人的眼神和指指点点。这是良性的爱和心态。

我们可以把这些看成是诗人通过爱把异化的人重新还原，还原到人之初，像一键还原功能把电脑恢复到出厂状态。诗人通过对爱情的一往无前让人性排出病菌，让生命回到本原状态：真实自由，明亮自然。于是在爱情面前一切都是美好，哪怕是没爱上或者没爱够，甚至是来自爱的伤害和失落也是爱神赐给生命的大餐。是啊，人生还有什么比两个身体两颗心互相吸引并逐渐交织和交融，一同体验和感受情感澎湃时的激动战栗更美妙和幸福呢？

恢复到原始状态的"我"没有束缚、杂念和压力，会产生无限的动力。这动力就是感觉、热忱和冲动，还有想象、幻觉和爱。这些元素让诗人的激情无须点燃就燃烧起来，并被无形的巨力推动着，于是一些伟大的诗篇和伟大的爱情就这样自然地诞生了。但诗人也有遗憾和伤害，那就是时间，是有限与无限的冲突。有限的生命局限了爱情的无限，而爱情本身的不能持久也让心灵和人生出现了黑洞："亲爱的 我常常害怕时光/想到时光就会疼痛很久……"。

这就是地面的爱情，人间的爱情。也是诗人烧沸的情感与冷酷的现实碰撞时发出的幸福又疼痛的叫喊。它蓬勃生动，但不能永垂不朽。这是永恒的伤口，为了缝合它并记录下这耀眼的光芒，诗人出场了。诗人将爱情的新鲜和光明永远地保留在诗歌中，并把灵魂一起带进来。于是，那幸福的感觉让有限与无限，爱情与艺术融为一体。换言之就是艺术永久地保存了爱情带给人的美妙和幸福，并让这种美好的感觉瞬间化作永恒。于是爱情开始向上提升——

仰望的爱情：理想在攀援

到这个层面，爱情诗不仅是男欢女爱，开始具有了文化的意味。爱情在这里代表着理想，一种需要仰望的情感和存在。

美好的爱情是向上走的。诗人更是精神乌托邦的追随者和实践者。诗歌所传达出的爱情和诗意代表了这种理想，即是与地面的污浊和琐屑相对立的美好和秩序。它是经过淘洗和思想过的生活。苏格拉底说，没有经过思考的生活是不值得过的。这是人区别于动物的根本所在。圣人们早就教导我们：人的全部尊严在于思想。爱情诗就是通过对爱情的仰望和歌唱来表达自己要从灰尘满面的俗世中超脱出来，进入到一种理想的诗意的超验的世界中。这是一个经过审美化了的世界，是理想过滤过了的世界。在这个世界里，时间是停止的，爱情是香，是可以触摸的梦，是蝴蝶，是一尘不染的莲花。

这显然是超验的。是心灵化的、诗化的现实，是浪漫化了的爱情和世界。理想的出现，是因为经验的现实的爱情和世界往往是污垢的庸俗的功利的甚至非人性的，所以诗人要从超验出发，把世界重新洗牌。于是理想帮助我们超拔，诗歌和爱情把现实浪漫化。正如先哲们说的："这个世界必须浪漫化，这样，人们才能找到世界的本意。浪漫化不是别的，就是质的生成。低级的自我通过浪漫化与更高、更完美的自我同一起来。……在我看来，把普遍的东西赋予更高的意义，使落俗套的东西披上神秘的外衣，使熟知的东西恢复未知的尊严，使有限的东西重归无限，这就是浪漫化。"

显然这也是诗人们的理想，是诗人写作和恋爱的潜动力。这让诗歌超越了对爱情本身的描述，进入到对人的存在方式和状态的关注和探索中。爱情让生活浪漫，而浪漫又让人充满诗意，而充满诗意的人最终让世界和人生进入到审美之中。那么审美的世界诗意的人生具体是什么样子呢？我们从这本诗集中提到的"蝴蝶"、"青鸟"、"莲花"、"仙境"，还有"一尘不染"和"净土"等形象和语境中便能窥见一斑，并感受到一种宁静和纯净。

这是一种境界，用诗歌来对应就是反复提过的清澈和澄明。清澈和澄明犹如阳光下蜻蜓的羽翼。它本原的意义应该是形容水和光，一种绝对的静和净的状态，还有透明和光亮。而这种光亮不晃眼，是干净柔和的。我想应该是月光，不应是烈日。用王维的诗歌来比喻就是"明月松间照，清泉石上流"。再进一步引申至诗歌和人生就是单纯和自然、超诣和飘逸。

我不能说这些诗歌和爱情达到了这个境界，但我想在诗人的心中，一定潜伏着这样一个目标，虽然它是朦胧的无意识的，但是它在一定程度上导引着诗人的写作和爱情。所以读这些爱情诗篇，热烈而不猥亵，冲动而不过格。属于发乎情止于礼。这也许就是诗人对爱情的理解，是他的诗歌理想，更是所有诗人的精神导航书。

幻境的爱情：精神的救赎

这阶段的诗歌是第二层面的延续。在前面爱情作为理想，是与繁杂的现实分界的标志。现在这层面的诗歌却代表了诗人灵魂的自我救赎和完善。

这里面的诗歌几乎没有对爱情理性的分析和阐述，有的只是诉说，像大海的潮汐一浪高似一浪，而且永不停歇。这里的听众只有一个，那就是诗中反复提到的"亲爱的"。这个亲爱的显然不是具体的哪个人，也许是爱的总和，或者干脆就是一个虚拟的倾听者，仅仅是为了自己倾诉时找到一个立足点。所以真正的听众只是诗人自己。其实诗人也不在意听众，他要做的就是通过倾诉让自己的情感得到释放，让灵魂得到救赎，让精神得到净化，让自我人格得到修补和完善。所以诗人在诗里写了爱情可以让人不惧灾难和死亡，甚至战胜了时间和死亡。这是诗人给世界的药方，也是给自己迷惘的精神找到的出口。

但是这爱情是诗人凭空想象出来的，在现实中并不存在，是诗人的幻觉和想象的投影。这又是一个超验的世界，独立的时空。诚如施勒格尔说的，只有想象才能把握住爱的秘密。所以在这个想象的爱的秘密里，诗人就是君主，当然还有王妃和公主，甚至宫殿和臣民。而法律就是诗歌。在这想象的诗歌中，人们相亲相爱，自由地来去和绽放。鲜花覆盖了仇恨，充实和愉悦代替了苦闷和彷徨。诗人的精神在这里得到了恬然和自足。这是爱情的功效，也是诗歌的力量。显然这是一种仙境，是诗人沉醉在爱情花园里产生的幻觉。而这种幻觉又是合理的，是人应该有必须有的存在。这也说明我们经历的看见的现实是不合理不人道，甚至是与意愿背道而驰的。所以我们才情感失陷，精神迷茫。

正是这个原因，诗人开始写《致爱神》，开始用幻境中的完美和永恒来救赎失衡的心灵，给自己也给世界找到精神突围的方法。同时通过诗歌把冷酷变柔情，把无价值的变得有价值，把粗陋的失意的人生转化为审美的诗意的人生。这也就是诗人在生活中想法大于行动的原因之一。因为诗人不愿意让现实击碎他对爱情的憧憬，最好的爱情和最完美的女子永远在未来，在自我幻觉中，在诗歌里。

这是一种精神治疗，可以称作爱情疗法或者诗歌疗法。它拯救不了世界，但它可以让诗人在爱情和诗歌里沉思反思甚至解剖自己，从而救赎自己，获得精神上的平衡和圆满。

终极的爱情：爱即神

这是前面三个层面后的最终抵达和归宿。这里诗人把爱情视为宗教，并以此作为灵魂皈依的圣土。

在这些诗中有两个关键词，即爱与神。诗人选择爱神来作为他的抒情目标是他对爱情独特的感知和理解，也是一种必然。因为只有爱不够强大，还略显肤浅，而有了神不仅有了强大还有了敬畏。

没有谁看见过神，但我们能感觉到神的威严，神的至高无上，神的广阔无边和神的无处不在。有神在注视，所以我们规范自己的行为，对美好保持崇敬而不亵玩。把对爱的咏唱献给这样一位主管爱情的神，是敬仰也是尊重，它标志了诗歌的品格和高度。神是中心也是根本。诗人心里有这样一个神，所以这些诗歌就具有了尊严和方向。另一方面，在诗歌里，爱就是诗人的神，所以哪怕爱情触手即碎，内心也不迷茫："亲爱的　耀眼的寒光和尖叫/正渐渐靠近我们的爱情……//我不害怕　将爱情藏在心脏里/一定会坚持到心脏最后一跳"。

不失落是因为拥有；不迷惘是因为灵魂有了皈依的神。这一切都因为爱情是诗人的宗教。一个内心有上帝的人是不会迷失的。而相反在当下很多人心中的上帝早已死亡，没有了信仰灵魂开始倾斜并坠落。于是我们看见不论是富有还是贫穷，到处都是慌慌张张的面孔，而那些急匆匆的脚步又不知道迈向哪里。意义丧失，精神空虚，无家可归的灵魂在流浪。这正中了一千多年前美学家诺瓦利斯所说："这个世界的意义早已丧失，上帝的精神得以理解的时代已一去不复返。"

在这样的一个背景下，诗人写作爱情的意义就不只局限于爱情了。因为这些爱情诗不仅重新确立了神的中心地位，还具体提出了爱就是神，就是信仰，就是可以让人皈依的宗教。一个内心充满了爱意的人，他最可能成为一个善良的人，也最可能把爱恋人的感情推广到爱别人、山川河流以及万物。爱让人充满人性，即使是恶魔，因为有了爱情也能放下屠刀，至于成没成佛那是后话。更可贵的是爱的情感可以帮助或者推动诗人和其他艺术家创作出更多的伟大的作品。

而艺术本身就是宗教，就是信仰，就是神。这个神导引着诗人的精神不断地提升，并超越自我进入无穷无限的意义之中。就像尼采说的：纵使有恐惧与怜悯之情，我们毕竟是快乐的生灵，不是作为个人，而是众生一体，我们就同这大我的创造欢欣息息相通。

复活的文本：神性写作

当下诗坛是令人担忧的。繁杂的叙事，沉湎琐屑，讥讽崇高，把下三滥当趣味，以及失去了方向和高度，都让诗歌变得狼狈不堪。神性和美都已经被迫退场，或者说是被低俗挤出了场。怎么恢复诗歌原来的博大和崇高，还有境界和抒情在当下是又一场战争。我个人认为，诗歌还是要坚持敬仰和高度，还是要从平俗的生活中脱颖出来，让我们仰望和追慕。施勒格尔说：谁心中有了宗教，谁才有资格谈论诗。这就要求诗人必须心中有神，并在诗歌中写出类似神的品格。把神具体在写作上就是思想、尊严、境界和美。

在《致爱神》中我们就有缘与这些品质相遇。可以说美、抒情、秩序还有境界构成了这些诗歌的神。这组长诗共80多首，每一首都是直抒胸臆，写诗就是推开闸门，让积满心中的潮水倒出来。

这里的境界就是诗歌的"神"，写作的灵魂。它是博大与柔美的组合，是花朵与剑的联姻。它高于我们的生活，可又仰视可见。它导引我们的思想和情感不断地向上向美接近，却让我们无法平行。这就是我理解的神性写作，这就像哲学家谢林自己说的那样："灵魂不是生硬的、没有感受性的，更不会放弃爱，她倒是在痛苦中表现爱，……她从外在生命或幸福的废墟之上升起，显现为神奇的灵光。"用这段话来对应《致爱神》的言说方式，也是对神性写作的肯定鼓励和支持。

通过诗歌试图找到爱的神。又通过描摹爱神的奇妙和美丽让生活和人生诗意化。一个人的爱就是一切人的爱，爱一切人就是爱自己。爱让人活得更自由更美。但这一切都归功于诗歌，因为这一切都是通过诗歌才得以显现。诚如谢林所说："不管是在人类的开端还是在人类的目的地，诗都是人的女教师。"

（文中引用的诗句出自雁西《致爱神》）

志境

（诗言志，诗人的抱负和对世界的态度）

诗人有时候需要一种支撑

诗人有时候需要一种支撑，这不是通常说的信念和信仰，而是具体写作时候的自信。这包括对自己写作能力的自信和对自己生活现状的自信。前者让我们敢写多写经常写，后者则让我们保持内心的平静，不慌张不浮躁。

自信哪怕是盲目的，对一个诗人也是有益的。因为过于理智和清醒会使我们的写作停顿或者夭折。我自己的体会是对诗歌知道得越多，看得越清晰越不敢写，觉得自己写的很多东西都不配叫诗。这样写作就陷入停滞和观望状态。反之，对不如意的生活现状和生存状态的清醒和不自信会让我们整天焦虑，慌忙，犹如悬在半空中的鱼。这无疑会断送写作的好状态，甚至让我们对生命和生活开始怀疑和失望甚至绝望，很多自杀的诗人就是从这样的心态开始的。

所以一个好的诗人要保持这种自信，哪怕是盲目的糊涂的，甚至是阿Q的，强加给自己的，也要坚持并自信地认为自己是最好的，才能真正地感觉到贫穷能听见风声也是幸福的。

但是很多时候我觉得我自己，包括很多诗人，都是多余人。就是那种游离生存核心，在生活边缘背着手，睡眼蒙眬地四处张望的一群闲人。造成这种状态的原因也并非全是诗人不合作的生活态度，更多的是与生活本身不需要诗人，而诗人又不知道怎么介入生活有关。

其实在社会变革和重大事件中，诗人从来没有缺席，而是呐喊着冲锋在前。这是天生敏感激情和不可遏制的冲动的性格使然。诗歌从来没有回避过生活的洪流，只是二十几年来，由于整个文化都处于边缘地带，诗歌只好被迫地去挖掘内心和潜意识，在技术上做自身的探索和完善。这种类似自慰的写作状况使诗歌成为私语者，也使诗歌越来越多地失去了读者和生存空间。

但是诗歌没有消亡，这是因为诗人的良心和责任还在，他们也是有血有肉的人，一旦时代呼唤，他们会义不容辞地递上自己的肩膀和使命，让诗歌再次成为带领时代呼啸前进的大纛。

2008年五月份的汶川一场大地震彻底让诗人与生活发生了共鸣，在巨大的灾难面前，诗人与生活与时代与民族休戚与共，肝胆相照，诗歌本身也在这次大事件中，有了方向，有了温度，成为有血有肉，能安抚人的心灵，振奋人的精神的一杯水一块面包一面旗帜。

我终生难忘我在北川的十个日夜，那是我老泪纵横的十天。它让我感受到真正的苦难和力量。每天几乎二十个小时的工作，让我无比的疲劳也无比的充实，我从没感到自己会这么有用。我虽然没能像消防战士那样亲自搬运钢筋水泥，但我可以把一瓶水，一个面包亲手送给那些正经历着噩梦的老乡们，我也可以一天弓着背一张张写着遗失人群的名字。当我用结结巴巴的语言朗诵着自己的诗歌，看见孩子们因为我的存在眼睛里没了暂时的悲伤，我内心涌满了巨大的幸福。

这就是生活的核心，诗歌的源泉。我记下了他们，我记录了时代，诗歌就是紧紧拧在生活和时代上的一个螺丝帽。我也更加明确了诗人和诗歌的本质就是——爱！永远的关爱，无缘无故地爱一切美好的事物！诗歌和我的胸襟还有我的人生都因此而变得广袤和踏实。

所有这些再次证明，看似无用的诗歌，总是在人生关键的时候起到关键的作用。当一个人最幸福和最悲痛的时候，譬如人在恋爱时候或者生死关头，都会想到诗歌，或者写几句或者念几句来抒发情感或给自己壮胆。这说明人和时代是需要诗歌的，当然好的诗歌永远离不开人的情感，人的心灵，人的灵魂。所以诗人们在写作上需要更直接的，单刀直入的一步到位，而不是一味地让诗歌穿靴戴帽，花里胡哨甚至于云山雾罩。诗歌和其他体裁一样，也需要生动的细节，而永远拒绝假大空。

　　所以诗歌和诗人应该是苦难的承载者，和苦难同行，给苦难中的心以温暖同情和力量。我也鄙视那些用诗歌去粉饰太平，尤其是整景的虚假的根本不存在的繁荣和高大。这样的诗人是给权势者擦屁股，借诗歌实现自己的野心，最后脏了自己埋汰了诗歌。因为真正的诗歌是雪中送炭，而不是锦上添花。何况实际上没有"锦"，他添的也不是花，而是屁屁。

诗中的士与士人的诗

　　不能把诗人理解成知识分子。或者诗人与知识分子仅仅是交叉关系。因为诗人不需要成堆的知识。知识多了反而会毁坏诗人的天赋。诗人是天生的。不是所有人都能写诗，而知识分子则是大多数人的可能。更主要的是真正的诗人必须是感性的冲动的自我的有独创性的，宁可毁灭绝不谄媚的一个人。

　　而大多数知识分子都是"述而不作"，所以叫他们"知道分子"更准确。当下很多知道分子没有脊梁，因袭前人失去自我，是腐朽的没有创造力的犬儒。从人格和气质上诗人更类似于古代的"士"。

　　我理解士人首先是一个有境界不与世俗同流合污敢向丑恶表

示愤怒，思想和行为上都特立独行与文字为伍的人。他们有正气雄气骨气勇气，自己内心又充盈着充足的阳气和元气的读书和写作的人。

而"士"，我们首先想到的是"士可杀不可辱"这样的名句。这是儒者的风骨和气节。说明士人把名节看得比生命更重要。这样品格的作家写出的作品当然也就具有了坦荡和刚直的魂魄，也就是孟子所说的"至大至刚"、"配义与道"的"浩然之气"。这不是简单的担当和责任，更要有一种自我清洁的精神和决然的姿态。

士人们的诗歌也不全是大炮和原子弹，很多时候写的是他们内心中的柔软和唯美。像一场炮火过后战场上细细回荡的音乐声，也像一场暴雨之后黑云中乍露的月光。这也是一种力量，像翅膀掠过花朵的尖，让人的灵魂渐渐安静，也让人的心灵慢慢地浸满泪水和感动。

这构成他们诗歌中的温软和纤细。这种美，有时诗人会通过几组事物或者形象的"聚集"，将诗意完成，像把散乱的草木束成花朵。而且像一组蒙太奇的慢镜头，缓缓地最后把心灵放大。整个的诗境是纤细和舒缓的，一点一点由外向内由目光所见向心灵聚集，这有别于那种由内向外像骤雨鞭打土地一样暴烈的抒情。但是温软和纤细并不一定没有震撼，有时候它对于一个人的心灵来说更容易产生沉湎和怀想。

这种诗歌中隐约的光辉让心灵得到沐浴和摇撼。那是青铜剑锋芒背后的一种宁静，也是强力意志推进时不经意回眸一瞥的温柔。她很细小又广阔无边，她是爱，给文本带来了光辉和快感。

所以，我眼中最"士人"的朵渔说："如果你愿意，我可以摘下那/七岁的蜂巢，为你掏出生活的蜜"。温柔是以牺牲自己为代价的。用舍己救人的方式拯救爱情是有效的，也是榜样们留下的灵丹妙药。诗人的内心是敞开的和明亮的。诗中有小小的愉悦和温暖在上升，这是作者情感在升温，情感能消耗心灵，但好的情感更能温暖心灵。

这是诗人以假设的方式让感情更真。我把这种诗歌中的"虚构"理解成王国维说的"造境"。就是作者根据自己心里所想重新构建的一个现实。它不是幻觉，但它可能是诗人长期所想，精神高度集中后无意识中图景的乍现。无意识的东西是高度的真实，它是潜在作者生命中最根本最原始的材料。

所以诗人虚构的爱可能是他内心最真实的隐秘，是从他情感和思想扒下来的最真切的皮和肉。所以它疼，它凉。这也就形成了诗人的人生态度和诗歌的底色。而它的疼和凉又是通过温软的方式表达出来的，这就更让读者飘渺中有一种隐隐的痛。但诗人的态度是专注的，甚至因专注而出现了幻象：

> 雪在山上，树在窗外，名声在风中／白木桌子上是
> 剩余的睫毛、油彩和睡眠／成堆的木材是其中最坚实的
> 部分／失眠的大师在追寻他昨夜的面孔／／你剪下白纸开
> 始作画／／此时那灰发的叔叔正在敲门／一封信来自遥远
> 的北方……（朵渔《老年虚构》）

这虚构和心造的"境"是超然的，也是轻松随意的，更是诗意的。一切都可以放下了，成就、名声、面具和刻意的一切。让一切重回真实和自然，让生活呈现简单和朴素：雪、树、白木桌子，还有"简约的一生适合用铅笔来描绘"。"铅笔"蕴含了真实随意，超然一切的心态。一切都无所谓了，只有代表友情的信笺来与心灵做伴就已足够。这最后两句是诗眼，也是最温暖的地方。

心可以纯粹到"空"的地步，心态可以和大自然融为一体，但生活中不能没有"信"，不能没有友情来敲门。这是人性的美，

也是诗歌要去的地方。老年和童年，最初和最终达到了融合。诗歌也挤出了悲凉和惊悸，呈现了宁静和温和的美。

有些诗人天生就有一种悲观态度，但在写作中他又积极努力改变这一切，让生活有微笑，让诗歌有温度，让这一切给人间和艺术带来大美。

诗歌与光

诗歌里有光，就有清亮和热量，有时虽然还有点羸弱，但让人感到温暖。这是诗人心中的善念使然。用慈悲抚摸世界，写正知正觉的诗歌，以接纳的方式对待世界与万物，并让心和诗歌都融入生活，这样的诗歌每一句都像冬天早晨呵出的热气，真切而有体温。这就有别于那些专写孤独和幻觉的内视的诗歌，也区别于那些在文本上锐意创新内容上却隔靴搔痒的诗。有温度的诗歌，能看得见心灵上的血管起伏收缩，这样的诗歌有流动的生活波，有一个平凡的人对幸福和爱的感觉和理解，总之这是一个正常人写的有生活滋味的诗歌。

"滋味"具体起来就是真诚亲近，且温馨柔软，每一首都是心灵体验到的冷与暖。这让诗人只写自己看见和感觉到的，而不去理会那些虚无缥缈的生活。看似平淡大众，表层和简单，但寄托着诗人的情感刻度、审美取向，还有心灵深处的归宿感。向亲情皈依，向爱情皈依。这都是作为人尤其女人普通普遍的欲求，也是她们人生最高的理想。诗歌也因表达了普遍的情感而具有了典型性，其中的深情、热爱还有潜在心底的渴望与向往，不仅感人撼人也因可视性变得真而生动。

写"看见"的诗歌，说明景在前，情在后，情由景生。但选择什么样的"景"入诗，却取决于诗人的情感趋向和审美倾向，还有心肠情怀等等。诗歌和人格的核心就是前面说过的"善念"，这是诗人写作的主因，决定了诗人会"看见"什么样的景物，也让这些景物镀上一层明亮而温情的光泽：深夜中降落的白雪，这是天生的纯洁之物，而秋天的沙果树变成"满院里飞动的黄金"就是心境使然；"溪水泛起红晕/像女孩的初夜"，这是看见的记忆，是回忆在选择；"走来的乞讨者/垃圾桶边翻卷着花白碎屑"，就是诗人的慈悲心温暖了冷硬的现实。善念让诗歌有了曙光，有了苦难中的美。这样的诗歌确实是向阳的声音，是在寒夜努力向着太阳唱出的善和爱。

向阳是诗歌的貌相，善和爱是诗歌的心源，也是要抵达的目标。这样的诗歌虽然不是晴空万里，有时也会有丝云和细雨。这丝云与细雨不是阴霾，反而增加了诗歌的层次美，让诗歌更真实更有节奏。丝云和细雨就是诗人的心态，是个人情绪上的忧悒和波动，是敏感于生命和万物的脆弱引起的怜爱伤感还有危机感。而诗歌的明亮之处在于虽然看透了这些，对生活和人生依然执着地爱着，并尽量诗化它。这让诗歌像初秋的池塘，朗清而温润，纯净而宁静，但秋水的深处却有点寒凉。

这微凉不是诗人的价值观和人生观，而是诗人心理生理中本能的反应。诚如杞人忧天，在好日子、爱生活中对失去和断流的担忧和敏感。这也是视幸福和爱为生命最重之后引起的过激反射。就是看得越重就越怕失去。它让诗歌中有一种颤若琴弦的东西，我们姑且叫它命运感。

没人能理清命运，但命运又无所不在。当诗人预感到了这一点，一切便都变得战战兢兢且小心翼翼。这小心翼翼就是诗人对待命运和诗歌的姿态。不论是遇见自然景物，还是邂逅内心的情感涟漪，抑或是亲人、故乡，还有被命运压榨成碎屑的卑微如拾垃圾者，诗人都谨慎地轻轻地浅浅地从口中吐出，并缭绕于纸上。让读者也小心翼翼地读着，仿佛一使劲诗歌的生命就会挣断。这就是微凉中含着暖，暖中又有点玄的诗歌。而小心翼翼进而也成了诗人对待幸福和人生的态度。那就是不激烈不外溢，理性而隐忍地活着。

这让小心翼翼本身就成了一种美。同时它也有一种魔化的作用，导引着诗人建立与此相类似的写作品质。驱使诗人写了更多的午夜，或者说诗人更多的时候是在午夜写诗。这是小心翼翼的心理类型造就的特殊的审美类型。夜晚在这里不是屏障，不是逃避，不是诗人用来遮掩自己真相的面具，而是一个舞台，一个能让诗人的心灵更自由更舒适更酣畅淋漓表达的用武之地和场。同时夜晚也是一个窗口，让诗人更能清晰和清醒地看清人生和世界。小心翼翼、夜晚、人与人互相影响、互相渗透、互相照耀、互相塑造，最后形成诗歌的珍惜、感恩，微凉又微暖、清亮又清净的品格。

这样的诗歌不以文本的无中生有、语言的出人意料以及思想和观念的惊世骇俗来震惊诗坛。它更像寒夜中的星星，一朵朵，给人温暖和爱。不管怎样，诗人以真诚、温情和小心翼翼的写作，来触摸这个残缺不全的世界，而且无怨无悔。

（由宗晶诗集《向阳的声音》想到的）

劲健与悲概

我的朋友郭栋超的诗歌热烈又扎实，像烧红的铁在铁锤下锻打，并在水中冷却和凝聚，挤出所有的杂质和泡沫，让思想坚硬，让语言尖锐。这说明郭栋超是一个有胸襟和情怀的诗人，也是这个时代少有的冷静和自省的诗人，同时也是一个对诗歌忠诚痴迷并不断淘洗打磨的诗歌赤子。所以，他的诗歌有气血贯穿其中，随着气与血的贲张、鼓荡，诗歌有了气势和气脉。尤其是系列长诗"三原"（《高原》《草原》《平原》）和"三行"（《壮士行》《悲歌行》《丽人行》）犹如大河从天而降，它们是长歌也是悲歌和挽歌，是热血也是热泪，更是一颗大爱与大痛的悲悯之心在抚摸这个苦难又苍茫的大地。这让他的诗歌有了博大而寥廓的意境，也灸刺着我们麻木的精神，使之复苏并清醒，更是对当下琐屑冷漠自私的诗坛的一个冲击，并拓宽着诗歌写作的疆域。

纵观当下诗歌写作，多是一些对智力的挑战，其结果是技术超群但内容肤浅。这是诗歌中"志"的消失和退场，志，代表了诗人的理想和胸怀，还有对现实的关怀和爱。有志，诗歌才有道有魂，有温度和气度。虽然有些诗人意识到了这一点，并有意加重了诗歌中志的成分，但是由于才智不够，诗歌失去了诗歌本身的魅力，成了图解概念和思想的符号，变成了假大空。郭栋超的诗歌兼顾了志与智，并使之有机地融合，让诗歌既有思想的力度，又有文本的深刻美，让我们在诗意的感召下，重温热泪抚摸良知，并感受到诗人的灵魂和诗歌本身的雄健与柔软、凛冽与温暖。这就是诗歌的意境，是孤独的英雄主义和温润的人道主义在闪光。

需要强调的是，即便是郭栋超这种大志与大智结合的作品，诗的特质也是首位。因为你写的是诗，是诗就要有韵味、意味、情味和诗歌本体所散发出来的文体美，和"言有尽而意无穷"的大况味。所有的情思都要也必须在这种诗的质素中展开。否则理想再远大，思想再深刻，没有了诗味就不是诗，而成为了其他文体。那么什么是诗味呢？明代朱承爵《存余堂诗话》说："作诗之妙，全在意境融彻，出音声之外，乃得真味。"这就是说，主观的意与客观的境不但要通明透彻地融合，而且那种让你真正深陷其中的味道是在音声之外，即使声音消失了，你还不能自拔。这就是象里象外欲说又休，可意会不可言传的艺术意味。也就是宋代的范温所说的韵味，韵味犹如连绵不绝的美妙的钟声，或通称为音乐之声："概尝闻之撞钟，大音已去，始音复来，悠扬婉转，声外之音，其是之谓矣。"

这种韵味以及所有的诗味映射在郭栋超的诗歌里，就变成了情感的抑扬顿挫，意韵的错落有致又层层相叠。这就是诗歌与叙事文体的区别，它不像小说那样与故事和情节肉搏和厮杀，而是通过巧妙地传切和突然地从庸常中向上一跃，让你的心灵为之一颤。所以郭栋超通过旋律构成漩涡，而且漩涡套着漩涡，再一起构成一个大漩涡，让读者慢慢地沉进去，被濡染被淹没。譬如他在"三行"长诗里，急促激烈如疾风暴雨的倾述中，总是出现四言、五言、七言的整齐句子，既有抒情性，又有意境。

诗歌就是这样，不在意事件的连贯性，而重情感的逻辑，这种逻辑就是情感织成的网，哪怕你是铁石心肠，也会被它罩住，并磨出泪水来。从这个角度来说，《悲歌行》《丽人行》都是悲歌，不论其中多么的磅礴和壮烈，其内核都是一个大殇歌，是中华民族历史上心口上永不愈合的大殇，也是人类发展必须经历的殇场。《壮士行》是战争之殇，《悲歌行》是政治之殇，《丽人行》是命运之殇。这几种之殇又纠缠到一起，互相渗透互相影响和作用着，让个人的命运轻如鸿毛，甚至连鸿毛都不如。但是个体的生命在这样巨大的历史背景和节点上，显现出的忠诚、勇气、坚定、果断，还有无所畏惧和视死如归，以及大情大义、大慈大悲，让个人品格完善并升华，让茫然冷漠的历史有了红润和暖流，有了燃烧点和制高点。这就是郭栋超诗歌撼动人心之处，也是感动他促使他写作的驱动力和缘由。

郭栋超的系列长诗是当下罕见的大胸怀大视野的作品。但"大"从何来？古人云："相由心生"，诗歌中的相就是诗歌的表面之相，或者说诗歌所表现的所有品格，都是诗人的外相，是诗人心灵的外化。由此往回推演，那郭栋超诗歌所表现出来的大壮烈、大气魄、大悲悯、大孤独就是作者自己灵魂的写照。他的大江山的雄心，为理想敢于断腕的决心，士可杀不可辱的洁心，对美和理想只远观不亵玩的敬畏之心，还有面对美丽被摧残、爱不能照应爱时的无奈又疼痛的温软之心，这一切，都构成了他灵魂的核心。辐射在诗歌上，就是大江东去般的豪迈和叹息，就是会移动的高山峻岭般的坚定和不屈。这也证明，郭栋超是这个喧闹而危机四伏时代的孤胆英雄，在不需要思想的时代里他在思考，在平庸和混世成王的时间里他高擎着理想，并在呼啸在前行。这让他的长诗似长卷的书法，而且是小楷，一笔一画中可见他咬着嘴唇用力的情形。那如骤雨般密密麻麻地向前蠕动和蜿蜒的，是他的激情和永不停休的沉思和诘问："老父呀！儿谨记/生　不能辱门风/怯　只要仰大义/一生一死　乃知炎凉/一贫一富　始见交态/一贵一贱　人性方现/儿呀！不能忘家乡河水中母亲的船/头上要顶起先父的山"（《壮士行》）；再看《悲歌行》中："雪埋离恨，斜阳流光/桦林断肠处/两朝亡国人/词动江河，画连山峦/无才复神州/一个是：点愁似流水，鸠亡黄河边/一个是：乱马踏身死，皇陵无枯骨"，还有"武将鼠胆，文官贼目/休道商女不知亡国恨/谁懂歌者凄凄拂琴弦/悲秋苦击筑"；而《丽人行》题记——只需看一下题记，就有万般情思如雷霆炸响在心中："你见过几个君王的宝剑能气贯长虹，你看过几个男人，敢在黑夜迎接雷劈！昭君出塞，公主西行，文姬归汉，瘦弱的双肩，挑着民族的江山。谁人能托起她单薄的羽衣，谁人又能把今世的葡萄为她捧起。关山虽是多情，谁为她春心泣血，珠泪涟涟。"

　　诗歌与人的心灵最近，它也最容易泄露人的内心和真相，这些文字所暴露或者说塑造的就是一个在黄河边徘徊，雨水和泪水都在脸上流淌（假如没流泪，那是心在流血）的思想者和诗人的形象。他吸进浊气、吐出骨气，他就是诗中的李广、张骞、司马迁，是岳飞、文天祥、李清照，是昭君出塞、公主西行、文姬归汉中敢于在黑夜迎接雷劈，愿意用双肩挑着江山的写诗的郭栋超。这是一个有肝胆的诗人，他的诗当然也就有了心肠、有了侠义之精神，悲悯之情怀。这样的诗人写出的作品，才能大起大落、大开大合，才能在《高原》上找到神性和召唤，在《草原》中找到自由，从民族大迁徙的《平原》里找到生活和人的命运以及生存之根。

如果用诗品来形容这些长诗，就是：劲健和悲慨。这是司空图《二十四诗品》中的两个诗格。前者强调强健有力的人格，宏伟雄劲的诗风。这力量来源于作者自己内心的强大和自信，是充沛的真气和正气。具备了这种品格，作品就有了浩然之气，并"行神如空，行气如虹"。悲慨是诗人的情感形态，他含着悲愤去追问信仰和拷问灵魂，通过不灭的幽灵和历史的残垣断片，述说民族一路走来的坎坷与教训，让作者的情感和诗歌都呈现了"壮士拂剑，浩然弥哀。萧萧落叶，漏雨苍苔。"的悲壮美及慷慨之响。从而让作者对理想更加坚定，胸怀更加旷达。也让自己和诗歌的境界都如皓月当空，明洁而高尚。

"走神"抵诗

企业家写诗或者诗人摆弄企业像一个传说。因为普遍的印象里诗人习惯于游手好闲和放荡不羁，让他们做具体的实事经常是成事不足败事有余。但确有一些诗人不仅把企业做得井井有条风生水起，而且他们的诗歌技艺和境界都比专职的诗人更出色。我把他们的写作看成是他们职业生产线上的"走神"现象，就是在他们身心像机器一样运转中，思维在瞬间分叉和跃升，虽然短暂，可是心灵已经从泥沼中超拔出来，灵魂也随之重返本我。超越出诗意，返回见真己。所以读他们的作品有一竿子触到生活和艺术之底的感觉。

这唯物又唯心的双重能力的原因之一，就是他们原本就是诗人，也就是说写诗在先，做企业在后。他们边做企业边写诗，或者是且诗且企。更好玩的是他们用诗歌的方式经营企业。譬如保傈的企业招员工，考试的主要项目是写诗和喝酒，他们企业的规范条例都是诗歌体，而且经常请诗人来为员工普及诗歌美学。傈傈就是以这样"超人"的方式将自己的集团做到了本行业的全国前三名。真是诗歌推动生产力！而杨北城是做药厂的，可是在他北京的办公室里看不到和药品相关的物品和资料。他的公寓门前挂着世界诗人大会和诗人之家的牌子，屋子里堆满了诗集，还有供诗人聚会用的茶座、酒具，竟然还有小舞台和麦克风，让诗人们趁着酒兴大喊大叫。在他俩身上没有常态中企业家的装叉和精明，相反是一副散漫和随和，习惯聚众和豪饮，他们是隐士也是骑士，在我心里更把他们看作浪漫主义的战士，而且是这个时代最后的也是最高的之一。所以从宏观上说，写诗不是他们做企业的"走神"，而经营企业反而是他们写诗生涯中的临时"走神"。因为写诗是他们一辈子的事业，更是他们的心灵之重，而做企业只是为了让生活稳定心灵自由，保证写诗更从容的一种手段而已。所以他俩的写作就迥异于那些有了钱，用写诗来玩票的老板，更与那些用钱雇佣写手，再贴上自己名字的无耻之徒有着天壤之别。

对傈傈来说，这种"走神"现象发生得比较频繁，经常性又随即性。这让他在紧张的谈判以及酒足饭饱之后的一抬头一侧目，思维就脱轨，灵魂就出窍，这是因为他看到了诗，或者说他看到的事物让他瞬间从云山雾罩的假象中返回真实的内心。这事物有时本身就蕴含着诗意，让傈傈的心灵曝光；有时所见之物本身离诗歌很远，但掀起了他情感的波澜，让他想挤压出心灵中的积水；更多时候这事物两种品性兼而有之。譬如《献给坐在酒店大堂里的一位陌生女孩》中，这让他走神的女孩本身就是美是诗，同时也催促他的心灵之水滴出来："你坐在那里/像一株谦虚的水稻/头上结满稻穗/你或许是一位歌者/已完成了歌唱/你或许是一个侍者/刚刚跑完堂//你就那样坐在那里/静静地/像一件瓷器/在这个喧闹过后的午后/在空空荡荡的酒店大堂里/放着寂寥的光//我打着饱嗝从你身边经过/泛着红光的脸上/忽然有了忧伤"。诗中我们看见的是像瓷器一样安静的女孩，看不见的是诗人内心堆积的忧伤和记忆。表面上说明作者善于发现，而更深层的是诗人内心对蒙尘的美的同情悲悯和不忿。这后者才是傈傈诗歌的精神内核，也是他诗歌中温软的成分，更是让他能经常走神的原因和驱动力。

这一切说明傈傈心里满满的，正等待相遇的事物来捅破。因为不是什么人都能够走神，也不是走神了就能出来诗。这需要一颗不忘本的心，它善良温暖又柔软得遇风呈浪。这情感日积月累地堆积着，并撞击着他的胸膛，当外界的事物闯进来，这瞬间的走神就是一个倾斜，让心里的波涛倾泻出来。像他写的："我最近老是自言自语/在无人的走廊、街道。或者洗手间里/哦，心中的痛，它就要跑出来"（《自言自语》）。这痛是爱、同情和关怀，也是理想和美对内心构成的焦虑和期待。前者让他用悲悯去抚摸推销员、表弟的命运，后者让他对美充满了深情和仰望，譬如《花》、《秘密的春天》等。这样的情感原型让傈傈的诗歌生出了两极，一极是深深地扎进生存之根部，扎进心灵，让诗歌和心灵一起淌血。另一极又从灰尘满面的现实中跳出来，进入云端进入理想进入美。这就让他的诗歌有了深度厚度和高度，更重要的是温度。所以傈傈的诗歌是有境界的诗歌有温爱的诗歌，傈傈也是一个温暖且有崇高感的诗人。他写诗，就是从庸常的日子里盗取光（傈傈自言），他深知诗人的使命，并把它上升到哲学的高度，那就是他自己的宣言："一个人的一生何其短暂，如果不坚持一点崇高的东西，生命必将暗淡无光。那一点，正是生命的勋章。"这勋章就是诗歌，写作就是铸造勋章。

与傈傈随时"走神"相比，杨北城的心里好像有个按钮，一摁，频道就转换了，就从企业家转换成诗人了。所以我接触到的北城一点企业家的痕迹都没有，永远地那么低调朴素，真诚性情，还有更可贵的童真。童真像早春树丫上的嫩黄，干净清澈不染风尘，似乎掐一下就有嫩浆冒出来。这正是诗歌的品质，也是诗人要抵达的境界。所以北城"走神"到诗歌的频道中，尽量待得更久，好让自己的灵魂得到冲洗和净化，让思维变得敏锐和锋利，让心灵更敏感和善感，从而让自己生出百里耳和千里眼，在别人看不见听不着的地方发现诗歌，并从司空见惯杂乱无章的生活中一下子把诗歌逮出来。所以他在雾霾弥漫的都市里能看见爬山虎在黑暗中转过身来，还有蝉在秋天空出了自己。尤其是在吵吵嚷嚷的北六环，听到了清亮如晨曦的虫鸣："我惊异它们，那么小的身体／竟能发出如此嘹亮的声音／酣畅，放纵，像金属的演奏／一片片削去了城市的耳朵／可这些年，我却一直在诗歌里假寐"。

虫鸣唤醒了世俗中浑噩的身心，在喧嚣的时空中能听见如诗般水灵的虫鸣，同样也需要一颗干净宁静又单纯的心。所以北城写诗就是要抖落掉心上的尘埃，努力从红尘滚滚中拔出来，让天真回来，让社会人重返自然人，让变异的"我"返回最初的本我。这是北城诗歌的方向。所以我们在北城的诗歌中听见了风声看见了清泉，还有与尘俗抗争和超拔时留下的叹息忧伤，惋惜和坚定。所以北城的诗歌中弥漫着一种让人不平静的挽歌的气息，以及挽歌的沉郁中激荡不屈的心："他要为终将消逝的一切献上挽歌／直到一只蝉在秋天空出了自己／由我代替它活着并鸣叫"。这是一种凛然的美，其中包含了义无反顾的姿态和自我牺牲的精神。这让我想到物质围困中的抒情诗人，他们一边为即将消失的美痛惜，一边从容而坚定地歌唱，因为他们相信美不可战胜，诗歌以及真纯永恒。

所以杨北城是一个内心有激流的人，这激流有漩涡低谷但一直坚定不移地滚滚向前，这是诗人与世俗绝不妥协的态度，和对诗歌以及回归人性不可动摇的诚挚之情。诚如他的诗句："只有死亡，能让我放手"。因为他明白"一个落寞的世界需要欢畅／哪怕是一棵尖叫的藤蔓／在黑暗中猛地转过身来"。我把后一句理解成北城写作的意义和他诗歌的高度，因为摆脱尘俗重回人性是个人的修为，而给冷寂的世界增添欢畅就是一种义举，哪怕诗人的力量多么微弱，也在黑暗中捧出一点温暖和爱。这种侠肝义胆让杨北城的诗歌除了清澈和宁静之外又增添了宽阔和高远。

真境

（真言、真相和真理，对现实辟析的力度）

诗性　血性　人性

现实：铸把剑挑开患疾

我热爱的诗人和诗歌一定要有勇气和骨气，血性和人性。他们让诗浩荡起来，是洪流也是岩浆，更是浓缩的雷霆和风暴。读这样的作品，我的眼前幻化出一支像飓风一样摧枯拉朽的队伍。雄起！我很自然想起这个雄壮的呼号。这在我们疲软的时代，尤其是沉陷在床笫与糖分过量的诗坛，雄性的阳刚的文字就是青铜做成的钟鼎。我敬佩这些用勇气和担当，还有孤独的英雄主义在给这个写作的坛子补钙甚至补钢的诗人：

> 我画了无数地狱的草图给暴戾者和恶棍们看，我还画了红苹果和红草莓给旅行中饥渴的人。
> 你回忆那些高高在上的人，他们用大词汇写下充分的文件，醒目的红头，如同祖国的鲜血。不平等算不了什么，明火执仗都应该忍受。
> 所有的苦难让风吹走，一起不畏强权，不畏暴力，不需要流血，纯真的信念便能营养我们的美好。

刀刀见血的诗句，让你情不自禁地站起来，倒上满满一杯酒，然后一饮而尽。我是想用酒来浇灭心中的火焰，也是为诗歌重新有了一剑挑开顽疾的直接真实又血性和骨气而庆贺和祝福。

很长一段时间，有些诗人的作品像被阉了一样，软塌塌地没了精血。诗歌本该拒绝琐屑和无聊，而要有血脉和血性，还要求真，真相和真理。我热爱的诗人一定要拔去所有心上的杂草，包括诗歌中的泡沫和胭脂，把文字磨砺成快刀把伪装剖开，把真理救出来。这样的诗人是一个良知的诗人，是一个清醒又自省的诗人，是一个有着悲悯情怀又敢于对黑暗和丑恶揭竿而起的诗人。他们会把大爱和大痛放在熔炉里，加温熔化再捶打成无坚不摧的锋刃，成为他诗歌和人格的钢筋铁骨。我们会在这样的诗歌中看到一种光芒，这光芒深沉而醒目，它执着地导引着我们的灵魂在激情澎湃之后，走向思想和觉醒。这正是有骨气勇气、血性人性诗歌的内核，概括起来就是：正义、救赎、温暖、自由。一切由此辐射，这也是思想之核能，是诗人呈给世界的炽热的心。

这光芒如灯，且迎风而行，越过雪地、山谷以及人性的黑暗处，去敲击那些麻木的灵魂，去指引那些陷在泥沼中孱弱的手。这光芒也是放大的显微镜，把历史的瑕疵和现实的危机大大地投影在墙壁上，让我们清醒反省，从而走向拯救和自由：

> 伟大的鲜血一样的景象感动了我。我知道我应该热爱什么了，曾经的人民把自己都埋在地下，我不能仅仅用泪水去怀念。这广袤的大地，我支持你所有的梦想，左的和右的，它们都是杂音，我们怎么来的，就怎么继续。
>
> 我放弃伟大，你们让我简单地活着。我自由生长，我的头颅愿意是什么模样就是什么模样。

诗歌像从高山峡谷进入到平川大野，舒缓、辽阔、达观、自我。诗歌的方向是不变的，那就是热爱和梦想，责任和忧患，还有宁愿不要伟大也绝不交出的自我和自由。除此之外，心可以打开，可以容纳，可以忘记。忘记伤害，忘记泪水，只牢记露珠。并"把全部的金钱给予慷慨，把心交给贫寒"。

这是一个有胸襟的诗人。胸怀大了，心灵就善美温爱，照耀在诗歌里，就热烈明亮且郁郁葱葱，而且简洁准确充满哲理的美。这是诗中溶解了思考的力量，而思考只有通过诗才有生气和美感。同时也只有思才能让诗有心有灵魂。所以我们在陶醉于诗人语言的优美和情感的纯净之时，每每灵魂被诗人的弹片击中，这射穿读者心脏的就是埋藏在诗中的思，就是独特而凝重的思想和思考：

> 我不主张岸以陡峭的方式对待潮水。作为陆地的边缘，一味地冷峻，会影响潮汐的情绪。
> 一把麦种撒在土地，不争麦子王，只做麦穗。田野幸福，人幸福。//乱，出在这里，总有一些麦穗自命不凡。它们脱离了群众，浑身长刺。田野就是这样难以简单。

这思想太有力了，就要涨破诗歌的皮肤，迸溅出来。诗人像从内心里往外掏炸药，步步紧逼，直到把感情推向绝壁，然后把你的心炸成碎片。这个过程，需要我们集中精力细细地看，慢慢地默诵，于是一种劲力就涌上来，这劲就是思想，就是骨髓和剑。但是你看不见思想，因为它已经附体在诗中。

思考让诗人愤懑，让诗人借画家戴卫《石壕吏》发出自己的感慨。石壕吏，这个唐朝杜甫笔下的凶神，让诗人咬牙切齿，那个被欺凌的老叟又让他泪流满面："让我无法控制仇恨的人不在眼前的画中，恶吏没有资格与画一起出名。是这位，白发苍苍，皱纹里有多少绝望的悲怆？人民的形象……祖先受苦确实很久了，石壕的老叟爱孩子一般地爱他的土地，几个木条和竹子做成篱笆，加上土坯房一所，家有多温暖，国就有多伟大。"

诗人坚定地表示不能让老叟的眼神继续悲伤，他呼吁："太阳升得高一点吧，当初的红艳艳的血性只需一点点的高度就会有光芒，请一视同仁地照耀人间每个角落，尤其不能让石壕那里继续黑暗潮湿。"

就文本而言，这是融情感、诗意、哲思结合得最完美的一首散文诗。

诗人像一个医生，他同时为现实和历史诊脉，用历史的药来医治现实，用现实的教训来为未来找到一条康庄大道。对丑恶决不姑息，对善美毫不保留地拥抱。他把理想主义的光辉，人道主义的体恤，还有批判主义的犀利融进文字中，也就把血性和阳刚补给了疲软的人类，把温情、关怀和热爱还给了人性。这因现实之痛而产生的深沉真挚、勇敢担当的人格力量，让诗歌显现出青铜剑一样的力度与厚度。

高度：远方就是爱就是家

现实让诗人痛而把诗铸剑，那么远方就让诗人爱，并把文字培育成花朵。而远方和花才是诗人的最爱，才是他的方向和终极。那么人为什么需要远方？怎么才能到达远方呢？

从生命学来说，人天生对远方有一种莫名的激动甚至躁动。对于诗人来说，远方就是诗，就是爱就是美和自由。生命需要提纯，人生需要升华，生活需要美轮美奂的境界来照耀，来使人生充满温暖和光芒。对于诗人来说，远方就是诗化了的人生，就是把生命写成一首至真至纯的诗。在爱和美面前诗人的姿势是仰视的。诗歌的方向是向上的，是神性的，是敬畏的，是一尘不染的。这时诗人和诗歌的状态都呈出纯净和宁静。纯净和宁静是远方的状态，也是诗歌的境界，更是诗学终端，也是人类的方向和将要达到的终点。

在诗人看来，为了抵达远方，首先要学会爱。爱是他超越现实的方式，也是他抵达远方的方法。对现实之痛的拍案和亮剑是爱的另一端，是所有诗人该具备的侠肝义胆，是不得已的责任和义举，但热爱和远方之恋才是诗人自动自愿的，是他们内心的快乐和幸福。所以诗人把《人生》定义为：

> 还是要爱。而且，爱一个人远远不够。//这是我慎重的决定：尽可能喜欢更多的面孔，直到世界上最后的那个人。//倘再想到人生不可避免的仇恨，已无人可恨。如果仍然想恨，所有的人就一起恨。恨泛滥的洪水，恨山崩地裂。

我们可以把这弃恨求爱看成诗人走向远方的第一步，是远方之诗的第一个境界，用王国维的境界说就是："独上高楼，望断天涯路。"怀揣爱，孤独踏上远方的路。那么为了这种爱要"爱到佝偻，爱到腐朽，爱到烟消烟散。"就是第二步，也是诗歌的第二重境界："衣带渐宽终不悔"。不屈不挠，为了远方披肝沥胆。那第三重境界显然就是："蓦然回首，那人却在灯火阑珊处。"经过百折不挠地寻找，诗人要的远方和境界，竟然在不经意间来临：

> 把一片土地爱成国家，把长满庄稼和花朵的田野爱成祖国，把我们的祖先静静地爱成一个又一个的家族，把一片云和另一片云放在这个狭窄的锋面，让我们历史的天空再也没有血雨腥风。

说得多好啊！这是一种爱的感觉。是一种美和情感的曝光，瞬间的诗意体验洞穿了人生的灰暗和无聊，直接切入真理和审美的中心。诗把心灵诗化，反过来，也只有心灵映照过洗礼过的事与物才是真正的诗。

需要注意的是，在诗人这首第三境界的诗句里，出现了土地、祖国、祖先这样象征原初的词，把这些代表最初的名词和远方联系起来，是不是说远方其实就是起点就是开始的地方呢？不然王国维的第三重境界怎么把突然回首看到的旧人旧景作为最高境界呢？"却在灯火阑珊处"中"却在"是不就是原地没动啊？这样说来远方其实就是：好像天边却近在眼前。于是我想到了诗人写的《老屋》一章。老屋就是一所土坯房，是诗人的故乡也是他出生的地方，那里阳光干净，亲人慈祥，所有的风景都美丽静好：

> 我背靠着老屋，守着最初的朴素。像我们众人所依靠的许多事物一样，它们已经破旧，但拥有最后的力量。／爱你，就爱到最后。／老屋不说话，老屋只慈祥，在故乡的暖阳下。

多么亲切和谐的人类情感的故乡呵！这就是诗人要去的远方，这里有完整的人性，完美的情感，这就是最真最自由的美和诗。所以有人说失去的才是最美的，如天堂。当然现实中我们不可能重新回记忆中的老屋生活了，但是尽可能地在我们的性格和品质中保留住在老屋时候的心态和情感，再通过我们的写作与过去相通，在诗歌意境中享受自然随性浑然朴拙的感觉，因为写诗就是搭建一条通往记忆的桥梁。

所以把远方感觉化就是浑然朴拙。这让我想起金庸笔下的剑客独孤求败，他的几把剑代表了他追求武功的不同时期，也可以喻指不同的人生和写作的境界。第一把剑"凌厉刚猛，无坚不摧"，青光闪闪，锋芒毕露，是刚出道时所用；第二把剑叫紫微软剑，锋芒有所收敛，但仍削铁如泥，是三十岁后所用；第三把剑是玄铁剑，重达七八十斤，剑锋已钝，曰"重剑无锋，大巧不工"，是四十岁前所用；最后一把剑是一柄已经朽烂的木剑，其文字说明为"四十岁后，不滞于物，草木竹石均可为剑。自此精修，渐进于无剑胜有剑之境"。

无剑胜有剑！这就是浑然朴拙，与大道无痕，大美无言有着异曲同工之妙！这是剑术也是诗歌技术最高境界，更是剑客和诗人仰视并追求生命的大境界。我评论的诗人不论是年龄还是心胸还是技术，都已经到了随心所欲的阶段，他正在去除胸中粘滞，澄心以空，以空待静，用婴童的眼睛和赤子的心灵来接纳诗意的莅临，诗之于诗人如水般柔顺，他堆积了就是海，放开了就是江！

与此同时，散文诗与自由诗的界限已经模糊，散文诗与自由诗不过是剑与长矛的关系，两种兵器，看谁更熟练而已。在这样一个自由解放、规矩渐失的时代，散文诗也许更能让人得心应手。如果哪位犟家硬要说散文诗就是边缘的诗，那就只能这样说，此诗人以深远的意境和美和如核之思，把散文诗提升到与自由诗比肩的地位，甚至是对自由诗的侵略和逼宫。其实散文诗与自由诗不过就是不同的容器而已，装的是钻石还是狗屎取决于诗人自身是矿藏还是狗。举个例子，面对下面这个情感真纯，意境朴素的诗句，你能分清它是散文诗还是自由体吗？"如果一年四季是个诺言，我只能在春天把田间垄上的一束小花给你，全部的心情只呈现朴素的美丽。"

需要强调的是，到这里，诗人面对现实苦难时那种愤懑、激烈和焦灼的情绪开始减少。诗歌的审美逐渐代替了情绪的审美，让我们看到一个抒情的歌手在吟唱。虽然声音低沉忧郁，还时不时地剑拔弩张，但他开始有意识地歌唱梦想与花朵。人在理想和美面前，都会变得温情而柔顺。美的意境把心境涂抹得一片宁静和疏朗，诗已经完全回归到诗的本体，并凸显出自身的美丽光芒。但是诗人对现实的关注，对人类的同情，还有无处不在的疼痛感依然堆积在作品里。只是这情感被美和诗梳理得深沉了、深化了，形而上了。

艺术规律告诉我们，不要让情绪过分的激烈，太猛烈了就会破坏诗歌的美感，把这种疼痛稀释在诗歌的细胞中，让它在诗歌美感和哲学意味的感召下，一点点将疼痛渗透给读者，这不但不会减少诗歌的同情心，反而会使这种疼痛具有了美的品质，同时也使诗歌更有力度并具有沉郁的美。

（文中所引诗句均出自周庆荣的

散文诗集《有远方的人》。）

重水时代的冷思与温爱

一个教授诗人，用重水给这个时代命名。重水与普通水相似，但密度大，人体吸纳多了就会死亡。在诗里，重水象征着污染、变异、过分，还有慢性自杀。我觉得非常准确而且是一种创意。这种把智性和知性带进诗歌，用诗去稀释这个重水时代，同时也用思考去穿透生活的雾霾，这算不算知识分子写作？而且诗不是在批判，也不是在泄怨，他是以诗人哲学家的方式去探究人生之谜之困境，把缭乱复杂琐屑的日常生活提纯到反思的高度。他在寻找一个方法，即怎么让重水变轻，让阴霾散去，让人生重回晴朗，让重水的危机只是对人类的一次恫吓和提醒。而怎么诗意地活着，过形而上的生活才是人类的梦想和归宿，这也是他写作的意义和目的。

在这位诗人看来，当下我们的环境、生活以及精神和思维都处在重水的包围之中：

> 我居住的地方／是地球的心脏，近年来／一直听到地心的喃喃自语，从表面上看／地球得了帕金森综合症，全身痉挛、抽搐／从中医的角度看，地球得了心脏病／呼吸急促，心律不齐，时刻都有窒息的危险（《我居住的地方》）

还有破坏天性的整容变性，学者在冠冕堂皇说谎言，儿童失去了天真，爱情变了味道，心灵变硬，精神失航，等等，这一切都预示着危机正逼近我们。而最大的危险是我们不但浑然不觉，还陶醉其中。不但陶醉而且已经习以为常：

> 在重水时代／我们虽然活着，但四肢麻木／对事物熟视无睹／只看见鲜花在荧屏上闪烁／爱人的脸像窗花贴在别处／我们和机器猫一样用餐／发出骨折的声音（《活着》）

还有音乐，奢华的晚餐和婚礼，甚至熄灯后的性欲都变得程序化物理化，缺少温度和热烈：

> 我们早已成为卡通人物／活着，但没有任何疼痛

这就是重水症的表现，也是诗人忧心并疼痛之处。诗人教授用整整三十多首诗来集中表现外表蓬勃其实委顿的现状，是在思考和寻找重水的病因和解决的方法。这是一组大诗，是诗歌中的核武器，也是这个时代缺少的有力度高度又有温度的疼痛和爱交织的好诗。

很多诗歌都是从日常生活中去发现和总结出思和意义，而这个诗人教授的写作正好相反，他先有一个重大的思考，且已经成

熟并缭绕于胸，然后用这个思去梳理整理生活中的种种碎片。诗中的人和物都是他思想的道具，同时又反过来更深刻生动地印证着他的思考。他的这些诗歌有一个共同的方向，就是重水下的人生百态，以及必须稀释重水，解决重水。这也是生活一遍遍洗刷冲击后留在意识中的烙印，于是诗人把这种体验凝固成了思想。这体现了一个知识分子的责任和良知，也显示了一个诗人对时代和人类炽烈的爱和赤子之心。

爱之强烈，痛就剧烈。让诗人就去做了一个哲学家要完成的使命，就是审世和疗世。这是因为一个诗人比哲学家更灵敏，对生命的感受更直接更强烈。当时代出现混乱复杂，又矛盾深刻的时候，诗人们会第一时间感到不适，怎么了？怎么办？这些拷问会自动让诗人陷入沉思。现实越坚硬，诗人探索的勇气反弹得就越大。诗人刨根问底的不仅是个人，更是整个人类的行动目的和终极价值。诗人不弄那些虚和玄的命题，他要解决的就是重水之下人和情感怎么才能保持本来的样子，而不被篡改和变形，还有幸福、爱、美、自由，这本来是人最根本的东西，现在都中了重水的毒素。这就必然牵扯出是什么原因使我们以及整个时代患上重水病呢？在诗人看来，造成时代重水的原因是欲望和无主，欲望推动了破坏力，无主就是精神失去了方向，从而失序并开始混乱：

今天，我决定呼吸第一口新鲜空气/冒雨来到森林，植物们正在发表怨言/现在的开发商多如恒河之沙，比我们植物要茂密得多/我们自身的空间在快速减少，健康每况愈下/哪里还有余力为人类供氧

不仅是开发商，还有其他各种商，都是毁灭地球和人类的核武器，但是他们仅仅是炮弹，真正的刽子手是欲望，如果不制

止，欲望这个魔鬼就会呼啸着拉着人类直奔深渊。鉴于此，诗人呼吁：要慢下来，慢就是要剪掉欲望的翅膀，就是要过人的生活。但是怎么才能慢下来，诗人给的药方就是要有神和诗，神就是信仰就是方向，而诗就是美和爱。于是他在《想起上帝》中写道：

> 上帝健在的时候/重水不会四处泛滥/不会在植物的花叶上输送毒液/不会让人们寝食不安//所以，在今天的时代/我们依然渴望上帝复活/带着圣杯回来/让即将枯死的大地/重新回到春天

上帝就是信仰，就是神，内心有神的人才能对万物敬畏，才能遵从自然和内心的秩序。所以可以把这里的神看成神性，就是内心要有一种不可侵犯的神圣感和崇高的精神境界，以及对大自然的神秘神圣保持一种普遍的崇敬和遵从。它构成对人的心灵和行为的统摄，可以让人自觉地遵守和敬仰。有了这种神性，人们就不会对大自然和社会伦理肆无忌惮地掠夺和破坏，从而内心有了方向和归宿感。

而诗歌就是神性的一种扩延，写诗就是对心灵的拯救，写诗不仅是表达情感，更是对人的心智、灵性的挖掘和开发。正因如此，诗人能把错综复杂的社会现象归纳为重水，又能在重水之中打捞出轻盈的诗意来。前者需要智慧，后者需要灵性。这也证明了诗人心灵的纯净和思维的敏捷。因为纯净，思维才能锋利到在毫无诗意的地方梳理出诗。诗就是美和爱，就是具有了神性光芒的人性，平时它们被功利的灰尘和世俗的泥巴覆盖着封锁着，写诗就是要与世俗和功利斗争，掀去这遮蔽在美和诗意之上的厚厚的灰尘和泥巴，让原本就如同儿童眸子一样清澈而纯净的诗性和灵性重新照耀世界，从而让心灵里的重水减轻。

（引自邱正伦的诗集《重水时代》）

胆识与担当

与美、抒情和境界相比，有种诗人更强调诗歌的现实性和批判精神，这对80后出生的诗人来说非常珍贵，即使在整个诗坛像这样直接表达自己对不和谐现实的愤怒，让诗歌像烈火一样呼啸着推进的作品也非常的稀少。正是因为情感的鼓胀甚至溢出，这样的诗歌突出了性情，而忽略了文字和修辞。这让我想到古人说的"直寻"，就是直接抒写诗人的"即目""所见"。这样开门见山的诗歌都是因为情感的激烈燃烧，省却或者来不及修饰和妆容，而直抒胸臆。明代的袁宏道曾说好诗应当"情真而语直"即是此意。譬如《在人间》开头即情感奔泻如洪："这珠光的宝气、衣衫的褴褛/这来往的人群密密如雨滴/无论高低贵贱，他们肚皮后的/大多都埋下了地雷，装上了利刃"。

诗歌直接揭开现实的皮肤，让我们看到了残酷的真相，更让我们感受到生命的灼痛。而且诗歌的流速很快，这是诗人胸中之气在奔涌。读者随着他贲张的情感起伏颠簸，而忘记了语言和文字。这样的诗歌打动我们的是它的"真"，还有真的后面诗人的关怀和赤子之心。诗人有了这种正义感和同情心，诗歌就有了火焰和热量，变得侠肝义胆起来。

前不久我针对诗歌现状写了一篇《缺火的诗坛》，其中就说现在的诗坛缺少烈火，呼吁诗人要有良知，要用刀剑将现实剖开，让我们清醒和警醒。这烈火就是激情就是责任，更是诗歌的肝胆。所谓侠肝义胆，我更喜欢其中的义举，那是行动，是奉献和牺牲。这种精神浇灌在诗歌里，就是钢水和铁流，就是对软绵绵油腻腻的诗坛的一种补充和修正。所以我珍惜这些诗歌中的道义和担当，我视这些为恢复和回归了诗歌的伦理。而下面诗句中的自省和反省又让诗歌升温："人世浮华，我苟活了多少光阴/死亡是我最后的刑具/我来到人间，就是为了学会向生命鞠躬致歉"。

品格中有了谦逊和感恩就是风雪中有了炭火。诗歌不仅需要一针见血的直接和尖锐，还需要像炉火烤身一样的温暖和关怀。诗人的"向生命鞠躬致歉"，就是一种胸襟和大爱，我把这样的诗歌和品格称之为"炉火"。炉火就是传递温暖的诗歌。因为诗歌不仅要有痛，还要有爱甚至美。就像《流水的一天》中记录的经历，那是炉火在燃烧："我在街口邂逅了两个乞丐/一个躺着，一个跪着/仿佛受伤的小兽正等待善良的拯救/虽然我知道，我们的善心/曾一次次地遭遇践踏。虽然我也知道/我的年收入，还不如一些乞丐的两根指头/但我还是丢下了二十元，……"读这样的诗歌，会浑身发热，内心亮堂。这就是正能量，这在冷酷又冷漠泛滥的诗坛显得弥足珍贵。每个写诗之人应全当珍惜，并对美好和万物永葆敬爱敬畏之心。所以炉火的诗歌是境界，也是情怀。是情怀的潜动力让炉火自然地发热，并催生着诗歌自动地绽开。

这是一个有情怀的诗人，他也有理由也配做这样的诗人。最后我告诉大家，我谈的这位诗人就是熊焱。他的这些诗歌就是他人道主义和现实精神的具现和外化，更是诗歌中的黄金和宝石。

诗人的怪癖·有些诗只配扔

诗人要坚持一些怪癖，譬如：偏执、冲动，甚至尖刻、爱急眼和不合群。这些特性让他们眼光尖锐，思想坚定，思维敏捷，才思涌涌。锐利的东西都是能伤人的，譬如能迎风断发的刀锋，如果不小心碰上它，就会血流如注。所以想寻短见的人都用它来割腕。

这些怪癖就是保护诗人敏锐和纯正的壳。否则太大众太合群他可能是个受欢迎的好人，但是他的目光锈滞思想迟钝，在写作上就是脑瘫。如果太世故甚至市侩和圆滑，不但写作上毫无发现和创造还会违背诗人的天职变得美丑不分善恶难辨，甚至伸着喉咙为虚假歌唱。

后一种虚假的人不论他的地位有多高名气有多大都不能算诗人，因为他们是借用诗歌来实现自己的野心，来飞黄腾达。至于他写的是大粪他自己也不在意，因为这个对他有用，他就视为黄金。

更重要的是在这些歌颂大事件和大人物的作品中没有发现和真理。他们只是用分行的文字和押韵的形式来复制人人知道的事件和经历。而所有的文字最终都应表达思想，诗人的天职就是洞见思想和真理。但他们没有，他们有的是空洞的呼喊和虚假的抒情。我把这些诗集视为用金钱包装的金碧辉煌的砖头。尽管这些作者有的是不错的官员和朋友。

这些作者普遍没有前面说的那些诗人的怪癖。他们一般都是面带微笑，态度谦和，喜怒不形于色。这是因为他们人情练达世事洞明。他们的心灵经风吹雨淋早已腐蚀，变得圆润光滑了。这样的人对美好都不激动，对丑恶的怎么能愤怒起来呢？而愤怒对一个诗人又是多么重要！

如果说诗人的这些怪癖核心是一个诗人的自尊，那愤怒就是诗人良知的爆发。是诗人越过个人的得失对世界的一种献身。敢于对与自己毫不相干的事情表态和愤怒，说明这些诗人是有良心的，是有责任的。世界需要良心，尤其是这个时代。

于是我想前面那些只会振臂呼喊的诗人为什么不关注那些让人愤怒的事件呢？譬如那些为了生存流汗流血流下屈辱的泪的人群，那些在阳光下校园里被杀害的儿童，那些用假粮食假蔬菜假奶粉坑害下一代的骗子。这些让我们生活和心灵变得黑暗的事物，我们的诗人难道不应该愤怒不应该拍案而起吗？

所以我想对以上那些专职说假话的诗人说：如果你们对这

些事情无动于衷，那你就是一个诗歌太监，别花公款出豪华的诗集了。

愤怒出诗人。敢于对丑恶愤怒是诗人的素质。我想起本人前年年末写的《我理解的好诗人》中有对愤怒的表述，搬过来加深一下我的思想：

苏东坡曾经问她身边的女人：先生肚子里是什么？大老婆说是学问，二老婆说是大粪，只有他喜欢的小妾说先生是一肚子的愤怒。还是苏老大视为知己的小三理解诗人。

一个好诗人是知识分子倡导的精神和品质的行为者，那就是独立之人格，自由之精神的践行者。除了蔑视权贵还是质疑权威传播智慧的大者。不但说真话还要为真理而献身。他代表着社会的乃至人类的良心。所以我反对中国一个老知识分子说的：我不说真话，但绝不说假话。在真理被强奸的年代这样的态度是没有责任感的，更没有勇气。那我只能这样理解，你说的是废话或者是屁话。或者说你还不敢愤怒。

有以上这些感慨，源于我书架上厚厚的几本印刷精良的诗集。这是当代最豪华最奢侈的标语口号大全。能花这么多钱出版它，能把假话说得这么华丽，把废话和屁话说得这么认真和动情，足见这些诗人的天才和实力。不但让人敬佩，也让犁叔愤怒。我决定把它们扔到垃圾桶里，这是我新年干的第一件好事。

诗成肉身

有位女诗人写了女性敏感的器官，而且洋洋洒洒，如丰波肥浪。网上网下两军对垒，除了刀枪相见，还有诽弹谤雨。最有意思的是本是两位诗兄弟，为此在酒桌上大动肝火，不欢而散。

我认为写作无禁地，格调有高低。美国诗人写《我赞美子宫》，在广场上朗诵，没有人淫笑起哄，听者都表情庄严，因为这是一首赞美生命和母亲的颂歌。允许你写女性身上任何东西，但崇高与苟且，美与淫秽，取决于诗人自身的档次和价值取向。我相信读者自有判断力和审美力，阴损的东西肯定长久不了，即使有个别欣赏者，也不敢拿上台面来。

一日我上网把这些写女性器官的诗歌找出来，看看是什么原因让两位兄弟同室操戈呢！

我仔细看了这几首写女性器官的诗，我想说的是这两位吵架的兄弟可能都没认真看，因为两个人都没有说出作为正方或者反方的理由。盲目和想当然是我们很多诗人和卫道士的坏习惯，听了一句敏感的词语就立马有了结论，这是造成很多好的诗歌受到谴责的原因。这个女诗人是写了女性的器官，但是一点都不下流，读完之后反而感到有点凄凉。因为在她的诗里，这些器官不过是一个说事的媒介，一个符号，而且她并没有多在这些器官上掐扯，而是写有没有这些器官，几个女人的命运是不一样的。也因为这些器官，几个女人的生活被捣得七零八碎。她通过这些器官在写社会的千姿百态，写人情的厚薄冷暖，其中有浓郁的人道关怀和对不公不义的批判。而我们的诗坛似乎确实有点太敏感也太正统，看看莫言那些小说，有些细节已经远远地拉开了与诗歌的距离，要是让这些诗歌的掌权者来当他的责任编辑，一个诺贝尔文学奖的得主可能早就被掐死在萌芽里了。

我觉得这位女诗人从这些器官诗开始，突然有了一个飞跃，就是她的视野一下子打开了，并且诗歌越来越锐利。虽然还有破绽还不圆润，但是其冲击力让我们震惊也让我们摇撼。很多诗人写了好几十年诗，从技法上你无懈可击，但是读起来就是犯困，这不温不火的状态就是一种亚死亡，就是死不死活不活的植物人。随这些器官诗浩浩荡荡的，是她新的视角新的态势的诗歌诞生了。

这事件给诗人们一个启示，就是要不断调整，总在一个笼子里蹦跶，不闷死也无聊死了。要找一个突破点，先抢占一个有利的地形，然后开炮。调整即选择，写什么，怎么写，这个允许诗人喜新厌旧。选择一个更舒服的狙击点，其实就是返回常态，写作的常态，日常生活的常态。常态更自由更自然更从容更随意。像长江经过了三峡的惊涛骇浪之后，一下子进入到平原，有种辽阔有种豁然开朗的感觉。谁经过这番巨大震动后的折返，谁的写作就进入广阔无际的状态。

由一个业余写手变成了职业诗人，是由依赖经验和冲动进入到凭心智和发现的随性写作。大凡写作伊始，诗歌只是作者的一个泄洪口，诗人把堆积多年的情感向外倾泻，但是激情和冲动是靠不住的，一旦掏空，一旦退潮了写作还怎么维系？很多诗人的写作就死在激情过后干涸的河床上。成功的诗人越过这个坎，除了天资，还有大量的阅读在支撑着他们扎实地往前拓进。所以一个诗人的成功与学历和职业无关，但学习是必须的。

上面提到的这个女诗人从中学时代就开始大量地阅读，现在也在如饥似渴地学习，不仅是文学的，还有大量的哲学和美学著作。这不仅让她写作的根基越来越厚实，也让她的视野越来越广阔，更让她的思维和写作姿态和方法都始终站在写作的前沿。比如她最近的一些新作，写的都是身边日常生活中的庸常事物，但是读起来却很有顿挫和节奏，这是蕴含在这些事物中的"道"与作者内心深处对人生的深刻体悟相谐和，再一层层有秩序地呈现出来。自然自动自发，像唠嗑也像喃喃自语，轻松自如，完全没有传统方式的正襟危坐，苦逼似的抓耳挠腮。顺手拿她这首《它从不看我们悲伤的脸》为例：

> 一个人也能赌：用左手和右手赌／我喜欢让左手大行其道／于是暗中做了手脚／我把大小王分给了左手。意外的是：／右手居然赢了／重要的筹码并没有改变牌局／

后来我把两张大牌又给了右手/这次，左手还是输了/卡在左手和右手之间的我/仿佛一条被扭曲的被单。这说明/"事物存在局限性，合理性和不确定性"/就像总与我们作对的生活/它从不看我们悲伤的脸。就在刚才/我得知一对恋人在大海里消失了/大海的浪花/不过暂时多了一点点。

平静散漫。这是叙述方式，也是人生态度。但当你轻声或者默诵几遍后，一种深刻的冷会渗进骨髓，那是对人生刻骨的认识，还有同情和爱。这就是人生，非但不能掌控，更多时候总是走向愿望的反面。而这一切又都那么正常，即使是再大的悲剧，也不过是让生活的浪花暂时多了一点点而已。人生要平静接受这种残酷并无惧，也就是看见了结局，继续往前走。

深邃的态度溶解在平常松弛的表达中和散淡琐屑日常的生活细节里，这里诗歌的边界似乎也消失和模糊了，就是说诗歌的形式看起来不像传统意义和教科书上定义的诗歌，这预示着诗歌从内到外都在发生着变革，这种写法与当下前沿写作态势呼应着，一齐向更前推进着。

基督教里有句名言叫"道成肉身"，这是说耶稣下凡降世道成肉身，然后替人赎罪并拯救人，道成肉身就是神借人体来示予神性。那么引申为诗，就是诗成肉身，将诗意溶解在人的举手投足之间，包括日常的生活细节里，日常生活诗歌化了，诗歌本身也变成了肉身也日常化了，这就让诗歌与生活融为一体。所以我们在诗歌写作中看到了文体本身与生活化语言越来越融合，诗歌内容与诗人的境遇也越来越重叠。这就使诗歌变得很真实，诗歌就是诗人真实生活的映照，包括孤独与坚守，漂泊与坚定。

为了生存，诗人们常常背井离乡，在孤独的漂泊中，诗歌就是诗人的情人，就是伴侣，每天对诗歌说话，也用诗歌说话，诗歌就是诗人工作外的全部生活。在异乡生命无法承受的不是重也不是轻，而是一种空，空落空茫，像一个巨大的黑洞，或者是巨大的恐龙的嘴，这需要写作来填充。

所以写作对诗人来说，绝不是那种小妇人日子的锦上添花，也不是鹅绒枕头旁的闲愁絮语，而是命，诗歌就是诗人的命，也是诗人与命运抗争时的工具："在异乡，我有浮云之感／在车水马龙的家乡，我也如过客／没有人注意到我／'从歧途误入更深的歧途？'我点上一支烟／我有，从未有过的孤独"（《回家》）。

在异乡的浮云之感是孤单，在家乡还犹如过客就是孤独。孤单是有形的，是缺少同伴。而孤独是思想上的无伴，是心灵的空，是理解缺失，是呼唤没有呼唤来承接。这些生活中真实的感受和体验让诗歌变得很沉实，像剑，没有凛冽刺眼的锋芒，但是很多心能被它击中，甚至一命呜呼，至少长昏不醒。

诗人用各种方式甚至是自戕的方式来摆脱这种孤独，但是孤独始终像热气一样笼罩着她，因为她本身就是沸腾的水："我藏起身份，虎牙，可疑的言辞，新旧心事／在小酒馆喝得半醉半醒，把两条烤鱼喂了野猫／铺天席地的榕树下，我还抽出背包里的纸牌／占卜了下半年的运气／整个下午，我游荡在小岛上，像一个阔别家乡多年的浪子／慢走，快行，不管去向"（《鼓浪屿》）。

我把诗人这种种的行为，看作一种抗争，与孤独与命运与内心中满满的空。孤独划伤了诗人的生活，却成就了她的诗歌，让诗歌充满底气。这也是地气，是生存之根发出的带有泥土的呼呼气息。其实孤独也是一种思想，坚守孤独就是不沉沦，并努力从滚滚红尘挣脱出来。而无家可归的感觉一百年前那些先知们就体验并开始寻找药方了。德国诗人哲学家荷尔德林对此有吐血的体验，他认为现代人的无家可归主要就是技术、功利、实用等把人的自然属性瓦解了，把人引离了故土，让人远离了人，那些原属于人的理想、神性、灵性都被遗弃，人变成实用的机器而不是人了。所以他深切地发出"还乡"的呼唤，也就是重返神灵，重返故乡和童贞。他说诗人的天职就是返乡，因为只有诗人才能激发人们去温爱，温爱那矜持温柔的人灵。只有这些虽然远离故土，却一直凝视、眷恋、光耀自己的故乡的游子，才能深怀执着地牺牲，向故乡的亲人们发出诗意的呼唤（这些问题将在《璞境》中细谈）。从这个角度来说，诗歌中的漂泊感和孤独感就是在寻找精神的故乡时留下的足迹和影子。但愿荷尔德林提出的重返神性和灵性对当下的诗人也是一剂良药，让诗人、诗歌和孤独都找到方向和神灵。

诗人自己开的药方就是写诗，在诗歌中发狠发飙，用极其残酷的方式来对待这种孤独和消解这种精神的异乡症："作为一个每每像赴死的／过时的浪漫主义者，现在，我充满了喜悦／……二十年来，我坚定不移的，不过是／假象。现在／我一下就能喜欢上一个人／一下就能进入爱的身体／一下就能养出无耻无畏之心／一下就能忘掉一个人／一下啊，只一下就完成了爱情的全部"（《爱情之远》）。

我想这首诗会启发那些好事者的想象力，编造出很多离奇的故事来。其实作者只是在表述一种观念，一种对付这个稀奇古怪时代的一种方式，"一下"就完成，这是快刀斩乱麻的方法，也是这个速朽速变时代的无奈之举。更多的是作者在以矫枉过正的方式自嘲和反讽。但这种观念和率真却成就了这首诗，让它饱满锐利并深刻和快速地直抵核心。同时这种决绝自由的态度也是人感性的审美解放，它驱动了人的创造力，并把人的灵性、激情、想象、智力、魄力等感觉力量显现出来（马尔库塞有过这方面的论述）。

我想在真正的好作品面前，一切鼓噪之舌都应该闭嘴。诗人之间较量的应该是手艺，而不是流言蜚语，你不服你就拿出好作品来，否则你就是一个人见人烦的事逼。对于本文谈及的诗人颜梅玖来说，除了把诗歌当作一种瘾之外，还应该有足够的勇气和从容来面对一向就喜好无事生非的诗坛，把那些中伤和飞弹当作种种的传说和传奇，一笑而过。

好心肠与肝胆相照

在阴阳怪气众多的诗人乃至文人中，我喜欢犹如夏日的阳光，以明亮和炽热让人感到舒坦和温暖的人和诗。我见过太多的聪明过人和才高八斗的诗歌才子，但他们终没成大器，就是缺少一副好心肠。好心肠就是侠骨柔肠，它让你对万物肝胆相照，对弱者拔刀相助。我的兄弟王文军和大路朝天就是两位有心肠的诗人，具体就是赤子之心和古道热肠。他俩让我想起《菜根谭》中的几句："君子与其练达，不若朴鲁；与其曲谨，不若疏狂"。这就是说，精明圆滑，不如朴实笃厚；谨小慎微精雕细刻，不如坦荡大度。前者是自然，后者是自由；前者是天性，后者可修为。对比这两位诗人，王文军多一点笃实，大路朝天多了些豪放。这好心肠加之个人的性格元素让他俩的诗歌本质一致，但风格和方式却明显不同。

"朴鲁"反映在王文军的诗歌里就是抱朴怀真，"鲁"在他的诗歌中体现为没有被开发和破坏的本真，并非是笨拙和粗糙，相反他的诗歌却很机敏和灵秀。比如他的这两句诗："如果你累了，就看看我吧／看我眼中的泪水，比月光还亮……"。这如露珠一样清凉又透明的诗句折射出文军的机智、细腻和婉转的心。所以朴鲁是文军骨子里的东西，是他的朴素和纯真。这让他的写作一直没有离开乡村和田野，故乡和亲人。这不是写作上的策略，更不是对现实的逃避，而是文军的身体和心灵始终在这块土地上生长着，他笔下的河流、树木、白雪和乌鸦都是他正在经历的生活。这纯美的风景不是他的回忆，更不是他的梦幻和精神的乌托邦，是真实的即时的正在发生着的现实。在他看来，大自然和亲人才是生命的根本，也只有这些淳朴的没被破坏和异化的人与物才是诗，才是人性中最美最永恒的品质。这让他的诗歌与这些不与时俱进的风景一样显得淡远和古朴，又真切而永远地拨动人心。因为这是我们生命的根，触及了它就等于捅碰了人类敏感的神经和情感的泪腺。

正因如此，王文军的写作有了向生活的本源和艺术的本质回归的意义。所以我们可以把文军诗歌称之为环保的诗歌，绿色的写作。这也是当下呼吁的慢生活的一种。在王文军的诗歌里，不仅慢还有轻和静。譬如他写山溪："它清澈得／好像没有一样"，而羊肠小道："一会儿被杂草吃掉／一会儿又被荆棘吐出"。读这样的诗歌就像瞭望家乡上空袅袅上升的炊烟，淡远而宁静，而胸中却有雷霆在轰响。而当情感的潮水退去，留在心灵上的是至绝的净和静，犹如文军写的"旷野无声，白茫茫的一片"。这是实景，更是他心灵之境的外化和具象化。这一实一虚，让诗歌有了意境，有了让人仰望的高格。对诗歌而言，就是清澈和澄明；对诗人来说，就是超拔和升华。而这一切，都源自于文军的心灵在写作的瞬间轻轻地向上一跃。

所以我们可以把王文军的诗歌称之为"轻"的写作，轻一是说王文军写作的状态不是老牛拉车似的较力和苦想；轻二是说王文军诗中没有浓妆艳抹，更没有呼喊尖叫，整个过程都是轻描淡写，犹如素描和白描；轻三是说他不追求重大的意义和思想，而是让诗歌轻轻地飘起来，直飘到凌云处，成为一种让人敬仰的风景。从审美品格上来概括王文军的诗歌就是冲淡，即朴素清淡中散发着自然的气息，而这气息也是向上冲的，能飞多高，取决于诗人的心肠以及时时刷新的感觉、思维和技艺。

与王文军诗歌的"轻"比，大路朝天追求诗歌的重量，也就是诗歌的意义和思想。如果用一个审美品格来衡量他的诗歌应属于实境，就是在实际的事与物中抠出与之对应的意义来。反过来，他的内心有着对世界无限的看法，平时这些思想休眠着，一旦与一些事物相遇，这些生活中的实景就勾出了他的人生以及对万物之思。所以他的诗歌实而重。实是指他不写那些虚幻的东西，重是说他的诗歌承载了太多的经验和思考。譬如："那只精灵的藏羚羊/在发现枪口和雪豹的一瞬/闪电一样跃起来//那些修行者/努力平息着身体里的电/下意识地隐居林泉/把自己变成食草动物/他们洞明披着人皮的社会里/那些四伏的虎狼之心"（《作一只动物是多么不容易》）。我认为这是大路朝天写得最好的一首诗。首先说修行者是把自己变成了食草动物就是一个新的发现。所谓诗人的创造也就是发现出人意料的发现。而在独特的发现中放进了深刻的思，诗歌就有了力度和高度。人为了剔除和回避恶而通过修行变成动物，而动物同样活得捉襟见肘，无缘无故地遭遇枪口和危险。这就直接思进了人和动物的命运和本质中去。这思是诗中的核分子，微小几近于无，但爆破力足以让读者目瞪口呆。

诗歌凝重了，但是大路朝天的表达却是非常的轻松自如流畅，没有生拉硬扯和牵强附会。这是他的个性使然，也就是前面说的"疏狂"的效果。疏狂表现在他的性格中就是坦荡和豪放，犹如大风在原野上铺开，广袤而浩荡，摧枯拉朽也泥沙俱起，这让他的诗歌既有力量也显粗粝。粗粝反映在这组诗歌中就是有点粗糙，许多地方似还可打磨。粗粝的优势是让这些诗歌拉得很开，思维和意象之间跳跃得很自由，比如他把月光切成片，"这一片是李白的/这一片是王维的"，竟然还有"唯物主义的"。这就是他性情之疏狂带来的不羁与超常的想象力。所以大路朝天是一个举重若轻的诗人，很多重大的重要的题材他捏巴捏巴就变得轻松和愉悦，这增加了他诗歌的趣味性和鲜活感，让人在这个密不透风甚至有点窒息的时代感觉到清风和流水。所以大路朝天的诗歌像他的名字一样奔放大气，有丝丝不悦和孤寂也被他的坦荡所稀释，这就是诗如其人。所以大路朝天诗歌的价值就是让诗歌走下神坛并兄弟化。当然在平常甚至嘻嘻哈哈的下面是他的炭火和暗器，前者是诗人的好心肠，后者是诗歌的批判精神。

世界上只有读诗才愿意从中读出"人"来，希望通过诗歌见其诗人的精神和品格。也只有诗歌才能凸显出诗人的性情，或豪爽或闷骚或其他。这两个家伙的共同点就是情怀，这是成为大诗人的硬件。当然硬件不仅这一个，还需要同时具有天分和技艺。对这哥俩来说，前两者不是问题，唯一需要锤炼的就是诗歌的技艺，当技艺化成他们自身的素质，他们诗歌的气质就会越来越迷人。

璞境

（返璞归真，还原人性本色，包括大自然故乡童年，心之纯度）

自然与心灵

诗歌有制纯的作用，读着读着，内心的杂草就被清除，人真的成了在天空上休息的白云，或者是白云下面随风呈形的青草，不但干净而宁静，还有完全放下后的自然和自由。这让我想起钟嵘在《诗品序》中提倡的"自然英旨"，这是强调诗歌要自然而然，也就是说诗歌要有人的自然情感和自然本性。而人只有在大自然面前，或者说只有身心全部地融入了大自然，才能彻底地打开和真正地恢复自然属性。所以在诗人看来自然就是神，就是诗。

正如李少君在《敬亭山记》中写的："我们所有的努力都抵不上／一阵春风，它催发花香，／催促鸟啼，它使万物开怀，／让爱情发光"。这就是自然之力，自然之神圣。面对大自然，诗人无须雕琢和粉饰，只要真实地表现了大自然，就是"英旨"之诗。从现实角度来讲，当下的生活是窒息的，是对人性的腐蚀和变异，而只有到了大自然中人才能通畅并复原。像李少君的《西湖边》："为什么走了很久都没有风／一走到湖边就有了风？／杨柳依依，红男绿女／都坐在树下的长椅上／白堤在湖心波影里荡漾／／我和她的争吵／也一下子被风吹散了"。这里大自然不仅能镇定安神，舒通心脉，还有化解情感之瘀，和谐家庭之功效。这说明大自然是一切生命之源，走进大自然就是回家，就是社会人向自然人还原，更是向自己还原，还原本真的自己。

作为诗歌理论家的李少君能把自然作为书写主题，绝非是随机随想，而是他漫长思考中形成的写作方向，是他哲学思想的外化和形象化。这思之内核，让他的诗歌柔软中有了硬度，抒情里藏有刀锋。而且每一首的最后两句都成为一种跃升，是对前面叙述的归纳和总结，我们可以看作诗眼和思想的剑尖，也是意境更是觉悟，是诗美更是境界。譬如我最喜欢的这首《致——》："世事如有意/江山如有情/谁也不如我这样一往情深//一切终将远去，包括美，包括爱/最后都会消失无踪，但我的手/仍在不停地挥动……"读这首诗，眼前一直晃动着一只手，而且挥之不去。这最后一句就是整个诗歌的峰巅，是诗歌的心脏和发光点。它凝结着诗人对美和爱以及一切事物的态度。这是一种精神，人类因有了这样的热爱和锲而不舍的精神而超越了生命的短暂和有限。

其实我们追求诗歌，就是让我们从缭乱的尘俗中超拔出来，让心灵呈现自由自在自主的状态。这也属大自然的一部分，且诗境清明，甚至多了一层圣洁的光芒。这光明是黎明的自然色，更是人内心中天然的色彩。所以大自然就是诗人的宗教，是诗人的理想所在。而诗人需要做的就是努力擦净心灵，让它清晰地映射出自然的真意，以及深藏在灵魂中的"小径与藤蔓"、"寂静与肃穆"，从而让自己摆脱沉重的肉身，进入到自由绝对永恒的诗意之中。这就是自然之诗，永恒之诗。

恰好与本然

还有一种诗歌能听懂大自然的呓语，用一个词来概括，那就是：通灵。这样的诗歌中有一种神灵，让万物附上了灵性，让人充满敬畏。这样的诗人仿佛能通晓自然和万物的心，冥冥中能听懂并感受到隐藏在树木河流以及花草鱼虫中的秘语和真意。所以这样的诗歌中是有神的，并由此带来圣洁宁静还有不炫目但深沉的光芒。这让诗歌不只是返璞归真，更多的是让心灵里的明月清风借自然和万物呈现出来且活灵活现。那是一种冉冉上升的诗性的与尘俗绝缘，尘俗无法伤及更无法扑灭的纯净湿润又骄傲的心。这让诗歌像净化过了的晶体，透明清新散发着清晨森林中绿叶的气息。这有氧的诗歌养心养魂也养性灵和创造力，让诗人在诗中自由地呼吸，完全地敞开，还有兴奋以及灵感和想象力，像雨点一样跳跃汹涌又向四方扩展。

这样的诗中充满了火焰，一朵一朵扑腾着，这是充沛的情感欲要冲出文字的束缚，要燃烧和绽放。但它不蔓延也不灼人，却足以撩起人的喜悦热爱以及人性中沉睡的光明，让人不自觉地打开心扉，去承接这诗意的沐浴，陶醉或者喃喃自语："现在，我拦住打窗门前经过的一朵雪／轻叩玻璃喊它：妹妹，妹妹……／然后，迅速捂住自己的眼睛"。这首诗叫《愿望》，就像传说中的那样，喊一下就愿望成真。那么唤雪花为妹妹，就是让雪花变成真的会呼吸的人，多么晶莹纯美的妹妹！所以要捂上眼睛。这是巨大的幸福来临时的不能自持，是本能也是缓冲，当然更是等待和盼望。多么有情趣，又多么的纯真如童话。所有这些都萌发于一颗干净美丽单纯的心！这在雾霾与名利锈锁着众多心灵的时代，这样鲜活又绝尘的童心就是葱茏的诗意，亦如皑皑白雪中乍露的几棵鲜亮的青葱，蓬勃而提着灵魂冉冉上升。

这诗歌是属于春天的，诗中的景物纯净但不凋敝，宁静而不沉睡，一切都是郁郁葱葱，仿佛刚刚临盆，新鲜如处子，明亮似青春。譬如诗人在草药园中的小湖边流连，"猛然，一个声音自半空落下／砸痛我的脖颈／手，也痉挛地缩了回来／抬头，却见一只长尾鸟，岔开两脚／站在树杈上，尖叫正来自这愤怒的主妇／我吐了吐舌头，羞愧地让出地盘"。

这嘹亮的细节显然不属于秋天，它散发出的盎然情趣，只能归属于春天的午后，蓬蓬勃勃而又热热烈烈，还有无限扩大的欣喜和宁静。需要指出的是诗人擅于以动衬静，前面引用的那首《愿望》和这一首都是通过细微处的声音和动作来烘托整体的宁静，烘托出诗歌意境的宁静甚至超诣。所以说到底这一切都源自诗人内心的平静和干净，还有超拔和仰望。这些景物是她心灵的外化，诗中的风景都濡染了她心灵的颜色。因此我们看见的风景并非是大自然的原型，而是经过了诗人心灵的过滤和重塑，这诗这景就是她心灵的模样，是梦和理想的显影，是诗人一个人的花园，是一颗心灵与万物的对话和互映。所以与有些诗人渴望融入相比，此诗人更愿意享受孤独。孤独让诗人看见更多的风景和生灵，看见常人无法看见的大自然的秘密和神祇。这孤独因而就有了价值，并高贵起来。

女诗人比男诗人对万物更敏感更贴心。而且在表达上更准确和感觉化。这让我想到一句古话：文章做到极处，无有他奇，只是恰好；人品做到极处，无有他异，只是本然。这恰好与本然似乎离女诗人更近，与自然相通的女诗人就是融合。因为性别让她们更任性更本能而迟钝于外界的干扰。写这种诗歌的女诗人川美就是最好的证明。

诗歌的归宿是往回走

当人的心境和大自然美景达到完美统一的时候，诗意就产生了。大自然给诗人提供了写作的动机和内容，同时大自然又是诗歌所追求和要达到的境地和最后归宿。大自然的千变万幻为诗人提供了激情和无限的想象力。诗人内心的潮汐和诗歌的节奏，都是大自然的韵律在回响。不论是触景生情，还是缘情生景，诗人都离不开景物，而诗歌的最高境界也就是我们常说的情景交融——情既是景，景也是情。即人的心灵和大自然完美的统一。这就是中国艺术所追求的天人合一的意境。也是古今中外那些优秀的诗歌所表现的品质和品格。

但是进入现代社会，科技和工业的发展，对大自然是无情的伤害，也破坏了人心灵的自然。飞鸟坠地，落日失辉；浑浊的河流，灰暗的山坡，再也不能激发起诗人的激情，诗人的想象力像被拔掉了天线的电台，很难天马行空，驰骋天外。而科技的发展使人的智性变得愚钝和残缺，火车、飞机、互联网为生活提供了速度和便捷的同时，也让我们变得懒惰，情感和智力都开始萎缩。没有了距离，没有了思念；没有了形而上的思考，没有了对情趣的把玩；在一切从简的背后，我们丧失的是对人的尊重，同时失去的还有人的心灵和情感包括最美好的爱。人变得像机器，一切都是机械的，物质的。在没有清风和明月，没有故乡和思念的地方，再也不会产生"举头望明月，低头思故乡"深远的意境，也不会有"云中谁寄锦书来"刻骨的忧伤和期盼。人的心灵和大自然一样被糟蹋成废墟和焦土，再也不会孕育出美丽的花木和河流。

工业是自然的罪魁祸首，欲望是诗人的天敌。我们无法拔掉飞机的翅膀，也无法掐断互联网的手臂，那么让诗人的良知和诗篇变成保护大自然的一道屏障。诗人们不可能返回到深山老林中，那就多保留人最初自然的天性，也就是我们常说的真性情，是完整的没被破坏的人性，让人性和自然完整和完美地统一，这就是最好的诗性。

好诗需要读者共同来完成

（关于自然、故乡、童年的关键词）

1

自然、故乡、童年几个关键词，是我对诗歌以及文学认识的基本点，这些诗文中多次出现，是我思维不自觉时的自然散落。我认为它们代表了诗歌的两端，即出发和抵达。这方面许多大师们都有论及，但在我没有接触荷尔德林、海格德尔之前，还是个刚刚写作的小青年的时候，就本能地对这个有朦胧的感觉。1979年我刚上大学不久，刚刚学会写诗，曾写过一个少年寻找故乡，最后两节写这个少年终于撕破了美丽的鸟笼，迈过爸爸喝过的那条小河："……他说故乡在远方／春天在头上开了落落了开／终于他跨过一条黄土岗／喝了一口浑黄水／他哭了／／茅屋长出了蘑菇菌／撕破的鸟笼已长成竹林／他又回到了家乡／／（他不知道地球是圆的）"。这首诗虽然很稚嫩，但想表达的意旨一直没忘，就是起点即终点。刚才在旧诗集里找到这首诗，心里还是很激动。后来随着阅读和经验，越来越感到其实没有远方，最美好最诗意最理想的就是我们失去的一切。正如外国作家普鲁斯特一语道破："真正的天堂正是人们已经失去的天堂。"我们写诗就是找到一条回家的路。这也是代表我诗学思想的轨迹。

这个想法一会儿再谈，先回到这篇文章的标题上来。

2

一首好诗不仅仅取决于作者，更需要读者能"读"出好来。这就是说读诗是需要心境的。如果读者处于惶乱恍惚又匆忙无序的状态，再好的诗歌对于他们也犹如群蝇乱飞。这不是鉴赏力的问题，而是他们精神不集中，内心无法宁静使然。所以一个被追债四处逃避的人，或者被金钱和权力的欲望弄得焦虑不堪的人，哪怕曾经是优秀的诗人也无法能读懂最浅显的诗歌。而诗人艾青当年在工厂参观，看见墙上的留言板上写着："安明，你要记着那部车"时，他欣喜地对大家说：这是最好的诗歌。其实不是这句工作留言多么诗意，而是艾青的内心充盈着诗意，甚至全身心都被诗歌笼罩着，这样状态下的诗人把这句实用的生活提示理解成深情朴素简单的诗行了。

所以最近几年不是没有好诗，而是读者没有心境去读。进入不了状态不仅运动员出不了成绩，就是读者也没法成为合格的阅读者。前苏联诗人布罗茨基曾经说诗歌就像"黑马在人群中寻找它的骑手"。这是说不是谁都可以写诗都配写诗，诗歌需要它的知音。像黑马不是谁都可以骑，它要找到适合自己能与自己媲美的骑手。诗人在诗歌面前如此被动，那么读者来领会诗歌更需要一些准备和条件了。

有一年我要给一位优秀的诗人写点评论，但是缭乱的心绪让我看不出诗歌的好来，我甚至怀疑这位朋友是否浪得虚名。很多时日之后，在一个圣诞节的晚上，我一个人在北方的一间屋子里享受一年忙乱后的平静和闲适，我开始重读这位朋友的诗歌，很快我被书中呈现的宁静和澄明，纯净和圣洁的境界所感染，仿佛所有的文字都散发出香气，一瞬间我产生一种冲动，要大声说话要马上评论的写作冲动。这时窗外飘起纷纷的雪花，在寂静的屋子里，我的灵魂和四周一样空寂着，只有心灵和白炽灯一起发出丝丝的低语……

后来我对这位朋友说，诗歌是干净的。但要想真正地走进诗歌的中心必须先打扫掉蒙在我们心灵上的灰尘，以及我们思想里不洁的东西。因为作者是在一种极其安静和纯净的状态下写下的这些美丽的文字，那么这也需要读者怀着同样的心境才能读懂，并悟出其中的精神。一个被纷繁的世事搅和得身心不宁的人很难走进诗的内核，这也是我前一段时间不能读进去的原因。

因此，在诗人的话语里，人和事其实都不是主要的，诗人所面对的是自己的心灵，挖掘的也是心灵，诗人从心灵出发，最终抵达的还是心灵。那些编织在诗歌里的人和事以及花草树木都是一路陪伴诗人心灵的风景。或者说那些自然的风景是诗人抒发情感和心灵的爆发点和符号，所以我们在诗人的作品中看不到完整的故事和完全的景物，但这些一闪而过的人和事与闪闪烁烁的风景一起呈现出一个澄明宁静的境界，这是诗人心灵深处的企盼和梦想，也是诗歌的追求和梦想。而诗人不对事与物进行仔细的推敲，而是任思绪自由地飘荡，诗人更多依靠的是自己的感觉，第六感，那冥冥中的神秘之光，或者说就是上帝赐给诗人的来去无影的灵感。诗人就用它们来调遣着事与物，来选择诗人自己的话语，所以诗歌中的情境才更超然更自由更神明。

这说明诗人都是充满灵性的，是一个能和自然说话的人。他／她不是依赖经验甚至不是思想，他／她是用自己体内的天籁之音，用与生俱来的神秘体验来和大自然沟通。和花草树木石头和鸟一起交谈、呼吸、思想。坐在她们中间诗人就是一朵花一株草一块石头一缕清风和一处绝妙的风景。诗人的神来之笔我们只能归结为天才的灵光闪现，或者上帝高兴时给他／她随手一掷，诗人立马精灵附体了。正如新柏拉图主义者普罗提诺所说："绝对的完美（太一或者善）犹如终极，被当作神，这种完美是超过感官甚至理智的，只能透过神秘的契合以及顿悟才能体验得到。"

3

阅读这样的诗歌，像有一种气息在捅着锈住的感觉和神经，随着阅读的深入，麻木的神经也开始苏醒，污垢渐渐被滤清，嘈杂也渐渐回归宁静。我好像从现实中超拔出来，从中年往回活，一点点走向童年走向岁月的源头。我在向自己还原，还原本真的自己。

诗歌的宗旨就是让我们从缭乱的尘俗中超拔出来，向童年归依，向大自然归依，回到人性的源头，回到自然的源头。这也是诗人满怀理想主义的人文关怀。也许这些对于诗人是无意识的表露，也不是有目的的追求，但正是这种无功利的色彩才使诗歌更加真实和自由，并呈现出如蛋清一样清明的境界。而这里的自然就是诗人的宗教，就是诗人的理想所在，让自己的灵魂和大自然融合就是超越了生命的有限性和生活的无意义，进而达到一种绝对、无限、永恒的境界，领悟到了人生的真义和价值。当人的心灵和自然融为一体的时候，人的灵魂就超越了现实并得到了提升，在大自然面前，让自己的身心都沉浸在里面，让自己的灵魂和自然完全沟通和默契，直到觉得自己真的摆脱了沉重的肉身。这时灵魂会获得彻底的自由，你会用自己的本真之眼看见事物的真相，从而领会到存在的真义和幸福。体验到回归自然的丰富、充实和美满的境界。

因此，向童年回归，向大自然回归，就是追求那种真实和自由、澄明和纯净、人性和神性的境界。这境界一尘不染，阳光普照。她是神性、天性、人性的融合，是爱、美、自由的统一。她永远在我们的头顶，让我们仰望和臣服。其实最远的地方就是最初的地方，超越就是回归，神性就是人性。我们期盼执意寻找的东西就是我们最开始拥有的东西。譬如我们曾经拥有童年的明澈真纯和善，可是我们后来自己把她给弄脏了，甚至给弄丢了，我们曾经拥有大自然，可是我们后来远离她了。诗人的作用就是用手中的笔抹去这些美好事物上面的污痕，用文学表达对这些人类的天性和大自然的向往和追求，这样超越和回归就统一了。

我的那位诗人朋友在他的诗歌中表达了他的这个愿望，这不仅是他个人美好灵魂的祖露和呈现，也对迷茫的都市人的心灵是个启迪和指引。这可能就是那个圣诞节晚上我冲动的原因，也是诗歌的魅力和价值！

诗歌始于地理

上世纪被称为乡村诗人的罗伯特·弗罗斯特曾经声称："文学

始于地理"。他出生在美国西部，但一直生活在新英格兰的乡村。乡村的生活成为他写作的地理和源泉。他用浪漫来美化乡村，目的是以此来提升弱势地域和人群的价值，来缅怀和提示理想的乐园。并以此来与当时的强势主流抗衡。这里乡村仅仅是诗歌乃至于他思想和行为的符号。

真正的乡土诗人是一个被乡村的地理从里到外彻底同化了的人，他就是这片土地上生长出的一棵植物，他自己本身就是乡村地理的一部分。他从骨子里热爱这片土地，也深爱让他灵魂出窍的诗歌。但当他从都市深入到乡村的本质，浪漫和唯美与乡村的苦难和残酷相遇，他的写作就出现了凝滞，甚至凝重。于是诗歌就染上了感伤。

所以真正的乡土诗人绝不是浪漫主义者，他诗歌中的飞扬和唯美仅仅是他对诗歌文本魅力的本能追索，当写作与现实相遇，他就从虚妄的空中回到了真实坚实的大地。他就开始悲悯大地，忧虑现实，他们是善良又怀揣美好的现实主义诗人，这让他们诗歌的视角向大地敞开，去抚摸土地的核心和命运的根。那些轻到风中飘浮的风沙、枯草，月光和梦想；那些重到永远无法移动的龟裂的大地和灾难；还有这中间忙于生忙于死的人和牲畜，怨妇的眼睛和壮汉的臂膀，都成为他们诗歌中哀伤与同情的对象。这让他们的悲悯和关怀，审视和批判都那么具体并可见。

但是有时焦虑和担忧把本来清亮的诗歌变得凝重和疼痛。就像一条流速缓慢的河流，远远看去，平静明亮，但走进水里，你会发现光洁的表面下挟裹着很多复杂物。这些水下的东西让诗歌的色彩深沉，也使思想凝重。

其实大地上永远没有卑贱者，卑微与伟大都是乡村的主人。怎样超越苦难，让愚昧消亡，让幸福降临，让美好永远，这是乡村诗人的母题，也是他悲悯和关怀的终极。

不能不提一些伪乡村诗歌。有些诗人为了写诗，在遥远的城市，在空调的冷气弥漫的书斋里，抒写着烈日、镰刀、庄稼和农事，用一粒稻谷，一粒麦子甚或一片白菜来冒充乡土诗和充当乡土味。而对乡村的精神，农民的命运还有大地的气息却无法深入其中。这隔靴搔痒的写作，让人感到苍白和枯萎，像没了血液的干尸。

好的乡村诗歌让人看到了鲜活，感到了血液在流动，仿佛听到了一种生长的声音。这是生长着的诗歌，有生命的诗歌。

当诗人的情感与贫穷的乡村彻底和解，换了心态的诗人开始对脚下的土地顺从甚至匍匐，像一个仆人和儿子，这时他会去掉没用的形容词，让文本变得更纯粹和自然。此时的乡村已不再是单纯意义上的乡村，而是一种象征，一种被筛选和提纯了的美和黄金。这时诗歌变得平实而单一。不需要隐喻，也不需要色彩，一就是一，二就是二；黑就是黑，白就是白；不要任何粉饰和漂亮。只要真，唯有真实才是最好的颜色。这也让诗歌文本变得实实在在，可亲可爱起来。

彻底地返回大地，回归自然和故乡，摈弃所有的装饰和技巧，让心灵和文本一起真实自由朴素简单，让我和物融合，忘记自己，以便达到天人合一的境界。如果用河流来比喻，那就是秋水。所有的裹挟物都已经沉淀，河面和河底都呈现出透明和清澈。

但越简单的越难。云山雾罩地弄点形容词和不着边际的比喻是最容易的。简单却变化无穷，它不仅需要作者的技法，更需要作者有相同的心灵和品格。一个卑下的灵魂永远不可能做出伟大的行为。只有心灵和品格已经操练到和青草一样朴素简单的境界了，并陶醉甚至沉醉其中，才能在卑微的草上发现诗意，这是用自己的心去对应另一个心，用自己的品格去迎接另一种的品格。

中国古代禅宗认为的人生三境界，即"看山是山，看水是水；看山不是山，看水不是水；看山还是山，看水还是水。"用在写作上就是说写作伊始，只是对事物简单地摹写和照搬，后来发现这样太死板且没有情趣，就开始否定真实，用想象和比喻来篡改山水和其他。再然后发现这一切太花里胡哨，太虚假和不真实，于是重回原来，真山真水，返璞归真。然而人回来了，但心态和精神不一样了。写出来的虽然还是那山那水，但境界已经升华。

只有经历了人生的真真假假，繁繁华华，才能洗去铅华，才能感悟出只有真实自由、简单朴素才是人生和艺术的最高境界。也只有具有了这样的心态和境界才甘愿做故乡大地上忠诚的儿子，才能自由自足自在地用文字素描大自然，才能做一个真正的用诗歌演绎乡村的哲学家。

（关于乡村诗歌思考）

诗歌地理学与精神出口

这是上文的深化和细化。

乡村气味的诗歌，让我们的精神像触了电。恍如隔世的感觉交织着更多的激动和感动。重新浮现的不仅是丢失多年的亲人，还有心灵深处最真的情愫和最美的风景。在红尘滚滚的现实中，我们总是被无谓的俗务支配得手忙脚乱，我们被动地随波沉浮，无暇顾及我们的灵魂，忘记了我们的出身。很多人都是都市里无家可归的幽灵，抑或是装裱华丽的空心人。

所以读返璞归真的诗歌，就是一种唤醒。它让我们在疾风中慢下来、停下来，眺望一下生命的来处，感受一下心灵的形状和温度。从这个角度来说，我们应该感谢诗歌，感谢诗人，因为触疼我们灵魂，又让我们重返本真的，都源自于诗人笔下油画般质感的村庄，与村庄一样宁静和茁壮的炊烟、白杨，以及蓝天雪水和动物与人。诗人写乡村，不是写作上的策略，而是一种本能，一种日积月累的情感灌满心灵后自动地溢出。这让他笔下的景物以及人与事也都自动地显形，诗歌就没有了刻意的痕迹，意识的干扰，以及诗歌之外功利的诉求和野心。这些诗歌也就洗去了胭脂和浮尘，裸露出真纯自由，朴素鲜活的品质。于是诗人笔下这个"从南走到北，2608步／从西走到东，1806步"，维吾尔语叫尤喀克巴里当的小村庄就成了诗眼，成了诗歌的神圣殿堂。

这就不能不提诗歌地理学。虽然地域性不是成就诗人的必要条件，譬如风土人情虽然影响着一个人的习惯和思维，甚至意识和情感的冷暖，但是能把南疆一个普通的村庄纯化为诗歌，从整日飘浮在乡村上空的"午日的尘土"中揎出诗意，这就超出了地理给予人的阈限，而更需要诗人有先天的禀赋和后天的悟性。但必须承认优势的地理条件可以更好地保护诗人的天性和灵性，并激发和驱动着诗人灵感的爆发和漫延。正是南疆的远屏蔽了都市的喧嚣浮躁和腐臭，让诗人安静下来，并打扫掉精神上的污垢，让自己的感觉灵敏锐利，在这司空见惯的《村庄上空的浮土》里嗅出诗味，并将它们诗化："一粒尘土，背行另一粒尘土／如蒙面的杀手／闪电而出，而我的村庄／泥瓦的筋骨，砖混的脊梁／在狰狞的嘶吼中安稳如故"。

除去诗歌的寓意和情境不说，这种丰富的想象力，还有奇异的感觉，都来自于神赐的灵光和完整的干净的没有外界干扰的感受力。这得益于南疆特殊的地理。是遥远的南疆保护了诗人的灵性，而这灵性又让他成了能与自然说话的诗人。于是诗人不依赖经验甚至不靠思想，他是用自己体内的天籁之音，用与生俱来的神秘体验来与自然与村庄沟通，与尘土树木羊群和鸟一起交谈、呼吸、思想。

有外国诗人提出返回大自然，让乡村和农业成为文学的主题。但这些在城市的酒吧里，喝着咖啡的理论家们是把这些作为一个理念，来与甚嚣尘上的城市化和工业化对抗，乡村在这里只是一个符号，并非是人灵魂皈依的圣地。但我们的诗人写乡村不是为了理念，也不是为了对抗都市，我们的乡土诗人把乡村引进诗歌，甚至当作圣经，完全是一种本能的，自在的必须的不自觉的行为。或者说就是一种必然的命运。乡村地理已经把他从里到外彻底地同化了，他就是这片土地上生长的一棵植物，本身就是乡村地理的一部分。诗人从骨子里热爱这片土地，也深爱让他灵魂出窍的诗歌。

所以作者能成为诗人，比南疆保护和磨砺了他的敏锐力更重要的是，南疆赋予了诗人——爱。爱让诗人的视角放大，让他的笔有了哈利·波特的魔法，只要他的爱一抚摸，那些复杂平庸乱七八糟的生活现象就诗化了："在这里，事物尽管陈旧杂乱/甚至人与人、牲畜与牲畜/常年都是老面孔/但，这里安放着/一个盛大的精神道场"，这里无论维吾尔人还是汉人，一只夜猫和猫的野合，一只狗和一只狗的交配，都遵循着时间顺序和地理的纹理，像钟摆一样按部就班地生活着。诗人用的是白描法，因为他知道这些真纯的环保的绿色的自然和事物在当下就是诗，就是美。所以他不需要变形，也不需要夸张，让诗歌尽量客观化，平实单一，唯有真实和朴素才是最好的颜色，原生态就是最大的美。这也让诗歌文本变得实实在在，可亲可爱起来。而且这些生长着的生机勃勃的人间烟火让这些诗歌亲切平易，使高处和寡的诗歌日常化亲近化了。于是诗歌和生活和心灵开始合二为一了。这算不算我们常说的天人合一呢?!

不论能不能合一，乡村确实在纯净着人的心灵。我也早就说过，诗歌不要再盲目地出击，要适当地停下来，往回撤。这不是复辟和复古，是恢复和回归。诗歌不是科技，诗歌是人心，是情感，所以人性和骨子里的东西不能扬弃，甚至不需要更新。比如真和善，爱和怜悯。虽然具体的乡村也有恶和欺诈，但那不是人本来的样子，那是贫穷和恶劣的生存环境将人异化了。诗人尽管对人性中不光明的地方有批判，但诗人还是乐观地相信，随着乡村生存和生活条件的改善，人们会恢复本来的爱与善。这些本来的本质的爱和善才是乡村的内核，是诗人写作的动力和诗歌的方向。诗中乡村上空的鹰隼、牛羊粪垒起的院墙、深夜波涛起伏的鼾声，还有无名湖、核桃树，以及庭院中的鸡冠王、守宅的狗、"倒剪着双耳，始终缄默如初"的毛驴。这些朴素的事物让我们迷恋、迷醉，是真的魅力，更是走动的诗，是自然和人性中原始的光芒，是失去的美，是由于忽视遗忘了的天堂。辐射在具体写作上，就是摈弃所有的装饰和技巧，让自然、心灵和文本一起提纯，真而纯，简约化，并素面素心素语，真正地自由简单起来。正如深秋的河流，所有的裹挟物都已经沉淀，河面和水下都呈现出透明和清澈。以几段诗歌为例：

　　雪反复涂抹的小村庄／像是谁人的一卷油画／寥落的炊烟／款款步入空旷的蓝

　　羊群入圈／炊烟明显放缓了上升的脚步／风的手从村东头扶过村西头／树木交头接耳／狗的叫声此起彼伏／／在村的入口，谁家的宅门被一条绳勒紧

　　坐在苹果树的荫凉下／一坐就是一天／目送阳光的弧线／于鸟的翅风划过朝朝暮暮／尽管没有天窗的敞亮／也没有所谓的光明前途／可我仍迈步／深向泥土的方向

　　没有旁敲侧击和象征，诗人真实地几乎原装地把这些事物移植进诗。但简单的白描中也有选择，诗人选择的原则就是离心灵近的，引起我们视觉和感觉起伏波动的物象和事物。这符合我们传统的美学原则和哲学要求。属于我们本土化的审美观。中国艺术最高要求就是"拙淡空"，即稚拙平淡和空灵。中国画提倡用最少的笔墨画出最多的内容，还有大块的留白让大家去想象其深邃的意蕴。就像这几段诗，只要细细品读，心头就泛起无限的人

生况味。这是诗人对乡村和人生不断升华的体验和感受深化了诗歌的意境。所以这是一个双向互染互动互进的过程，具体说就是诗人越热爱且深入乡村，乡村也就越净化和美化诗人的心灵，而诗人这样的心灵和心态映照在诗里，诗也就变得冰清玉洁和阳光明媚。这对于当下那些迷惘的灵魂来说，重回乡村和大地就是精神的方向和出口。这是哲学所望尘莫及的，只能依赖空间和时间的远，这就是地理学的优势，而且必须是诗化的地理。

智境

（启智。文本的魅力，美而新而无穷，陶醉的深度）

诗歌的白天和夜晚

没有谁能在真正的艺术面前无动于衷。而对好的诗歌的怠慢就是对真正艺术的不尊重。同时真正的艺术作品又是不需要别人指手画脚的，它本身的光芒足可以让聒噪之音暗淡无光。这一点让我在好的作品面前不做更多的画蛇添足而宽慰！

我用白天和夜晚来比喻不同的诗歌。

这是从不同诗人的作品所呈现的语境和情境来确定的。白天是嘈杂的，忙乱的流动和不确定的，属于形而下的。而夜晚则是宁静凝神柔和想象，属于形而上的。不同气质的诗人的作品造就了不同诗歌的感觉。属于白天诗人的作品给人的感觉就是一个生活和语言的斗牛士，在他们的作品中有一种打破常规的冒险精神，他们时刻保持着和诗歌搏斗的作风，以强硬的表达方式把诗歌搞定，让人感到惊讶和奇妙，又是自然和准确的。就像白天我们的生活一样匆忙缭乱又有秩序。

而另一类诗人的诗歌更适于夜晚，像一个深情的忧郁歌手，或者是一个没落的贵族，为即将失去的美、秩序、还有宁静，神明以及热爱和心灵而唱着挽歌。这样的诗歌内核是古典的，保留着诗歌纯正的气质和精神。可以说把这两种风格不同的作品放在一起分析，黑白是很明晰的。前者是以破坏来建立一个新的诗歌系统，后者则是对诗歌王国中那些高尚品质的坚守和虔诚。下与上，现实与想象，进攻与捍卫，散射与紧握，开放与坚守，随便与专注等等，都是那么的分明和清晰，让我们阅读者尽情地体验到诗歌两极的不同景致和快感。

白天的诗人放弃诗歌内涵的关注点和方向，他们最大的贡献就是解构固有诗歌程序，然后再构建新的结构秩序。他们不在"写什么"上挑三拣四，主要在"怎么写"上出一些"馊"主意和"坏"点子，这些都违于原有的观念和规则。但这些诗人就是要对这些规则侵略和更改，否则就无法超越和突围前辈诗人修筑的诗歌城墙。前辈的诗人们已经逼得当代诗人几乎无路可走了，必须来点儿野的套路。这其中凝结着新的思维和新的美学元素。

形式上各种争论和探讨都是为了出新。出新是诗歌的根本问题。但出新需要诗人们的大智慧。智慧性的诗人能把生活中那些琐屑的、平常的、经常使用的、口语的，直接引进到诗人奉为神明的诗歌语言系统中，使诗歌显得新奇陡峭和深刻，而且使诗歌的意蕴更加清晰和深邃。更主要的是使诗歌充满了一种幽默感，这就增加了诗歌的活力，还有火力。具体做法就是把各种语言材料搅和到一起当成胶泥，再开始揉搓成各种各样新奇的语言物种。也就是我在前面的文章谈到将游戏入诗时，提过的"拧巴"这种手段。

同样的"拧巴"或曰"揉搓"，作为术，即作为写作方法时，我们重点分析它是怎么运用的；作为诗境时，是分析这些手段将诗歌完成后，对读者产生了什么效果。譬如："我常把自己的散步，看成是/为别人打工。广场的鸽子乱飞/如同一本印满阿拉伯数字的台历/被风吹散"，还有"我被一部豪华的轮椅/诱惑为瘸子/把膝盖看成一块/与生俱来的补丁"（哑地诗句）。把这些奇怪的意象拧巴到一起，确实让我们感到奇怪奇妙且眼睛一亮，而且还有暗喻。但拓术分析诗人是怎么将这些不搭杠的物象揉搓到一起的；智境分析这些物象揉搓到一起后对人的心智有什么作用。一个是过程，是技术含量；一个是终点，是文本价值。

与破坏、变异、喧嚣和对抗的白天诗歌相比，属于夜晚的诗歌则呈现出一种坚守、回归、静穆和秩序的景观。如果说白天的诗人是在诗歌的语境上给我们以启示，那么夜晚的诗人在诗歌的情境上给我们启迪。他们所坚守和继承的是古典的诗歌精神，他们所要达到的是一种澄明和神明的诗歌境界。

读这样的作品，我想象着在一个静默的夜晚，一双眼睛在仰望着明净的天空。诗人用天空中神明的境界来照亮心灵，用诗歌的澄明来超越现实，来拒绝世俗。他们在用诗歌把落在生活和美上面的灰尘拂去，使生活和美以及我们的灵魂呈现出明净和清澈的光芒。这是一种神性的光芒，而人类是需要这种神性的洗礼和普照的。

"人承接信仰就像树承接果实一样。"这种诗歌所透视出的境界和追求就是对神性的颖悟和接近，就是对低俗的拒斥，就是对渺小生命的超越和提升。我们热爱诗歌的目的还是让我们的精神有一个高度，也就是崇高和美以及境界，它代表着我们灵魂要去的方向。所以这也是文本的目的，是我们欣赏诗歌的目的。她永远在我们的头顶，让我们仰望和臣服。譬如这首《马匹和配剑》："我的帝王就住在百姓的房子里／守夜灯盏暖透五更／他的丝绦乱作一团／那个丰满的村女抿嘴微笑／这时我的帝王右手空着／马匹被缰绳勒住／闲置在百里以外……"（赵明舒诗句）。这里想象和现实，真实和梦幻，帝王和百姓，时间和空间都交织在一起，让我们坠入一种忽明忽暗、又远又近的情境中，灵魂受到了一种洗礼。这就是写作的意义，和诗歌文本的价值。我们可以把夜晚性质的诗人作品看成美好灵魂的裸露和呈现，是对诗歌精神的坚守！

总之，白天性质的诗人用诗歌扎进白天的核心，并锤炼诗歌的结构，使诗歌成为与嘈杂白天的对抗物。而夜晚气质的诗人是夜晚的露珠，小心地用诗歌呵护着自己的心灵和梦想，用诗歌挡住生活的煤烟。但他们不矛盾的，都是诗歌的赤子，就像诗歌的两极，互相补充互相照耀着。

诗歌的放大与还原

　　入冬后最大的一场雪把人封锁在屋子里，终日的忙碌被迫停下来。忙乱的思绪也渐渐变得沉静。认真地阅读一些诗人的作品使我感动且惊喜，同时又不禁感叹，在这样一个时代能够写诗读诗该有多么的奢侈！对于大多数人来说，譬如我虽然内心一直在关注诗歌的发展，偶尔还能写点诗保存在电脑里，但大部分的时间是被其他乃至未必重要的应酬所填满。诗歌在强大的生存面前显得可有可无！是时代真的不需要诗歌，还是诗歌在当代遇到了困境？答案是双重性的。但我想其中不能回避的一个方面那就是来自诗歌自身，由于诗歌（诗人）长时间地漠视生机勃勃的生活乃至心灵，才最后导致了自身的灾难。就像一个整日撒谎的孩子终究被人群丢弃一样。在这样一个背景下，我对这里的几位诗人充满感激，尽管他们的风格不同，但他们对诗歌都保持着一致的执着和真诚，他们以自己的诚实和自由的心性把诗歌拓进生活，并使诗歌重新具有了真实和自由的品质。这是一种力量，是诗歌本身和心灵的质量在回响。每一个对生活充满渴望和善念的人都能感觉得到。

　　但是，阅读又让我感到他们对生活以及诗歌的把握方式又是多么的不同，沈浩波和侯马较之其他诗人，对诗歌与生活处理得更加直截了当，他们以"剥皮"的方式把诗歌复还给生活。他们不是从生活中寻找诗意，他们甚至蔑视所谓的诗意而是努力将诗歌还原给生活本身，甚至强行把诗意"逼"回生活原来的样子。所以他们的诗是真实鲜活的，仿佛有呼吸在词语中穿行，有体温和血脉在汩汩流动。但是在表达方式上，侯马是温和的，就像诗人刘川评价的那样，侯马诗中没有犀利生硬、刺激的表达，他呈现的是柔和和感伤，他把现实中冷酷的一面，轻轻捧出来，再慢慢地给人很"钝"的一击。而沈浩波的作品似乎更强硬一些，他的诗中充满"暴力"，刺激、幽默、随便。他只有一个目的，那就是直逼真实，生存的真实，语言的真实，生命的真实。读他的作品，常常有一种被扒光了的感觉，疼痛，刺激，还有一点有趣。当然在有趣的背后，还应该备着匕首和炸药。所以沈浩波的诗歌有着明显的口语化和后现代倾向。我推崇他，就是因为他在当代诗歌写作中步子迈得更大一些，与传统决裂得更彻底。这里选的两首诗是他诗歌中比较冲和的，但也让我们感到了有趣、生机和血气方刚。多少年来，我们的诗歌虽然圣洁，但却让人敬而远之并感到不舒服和压抑，然而到了今天，在沈浩波们这里，诗歌似乎真的要改朝换代了。

与他们相比，莫非和树才则显得沉稳而谨慎，他们在注重心灵质量的同时，并不排斥诗意的进入。他们是用"梳理"的方式对待生活与诗歌，使内心、语言和事物达到和谐的律动。在他们的作品中，常有一块阳光抹去事物（心灵）上的阴影，使诗歌明亮，使心灵摇荡，使生命感动。"要是你在雨的欢乐中／看见一个人／心如死灰，满街的蔷薇还有什么用"（莫非），莫非的内心是纯净，充满期待的，他对待生活的方式也是正经的，所以他的诗更注重对语言的修剪和内心的直接阐释，并呈现出一种平静和安详。

而树才在把握事物上，则显得敏感，小心以至细致的体味。我对他的印象来自那年为《诗潮》选的诗："乳房／我从母亲和妻子那里见过"。树才是个天分极高的诗人，他更注重内心的变化。读他的诗，你会感到一种柔情，一种细细的感伤，仿佛有一把小刀，在你不经意间，划过你的心口。他善于从具体的、琐碎的、可见可感的事与物出发，最后抵达心灵。这里的情与物是互动的，互相补充又互相支撑。所以他的诗显得轻灵又很结实。而在清澈的抒情背后，是他对人更深切的怜悯和体恤。

读这几位诗人的作品会有一种有趣的现象，那就是逐渐上升。沈浩波和侯马的诗是伏在地面上，甚至是扎进地下，是实。而树才与莫非则是从地面上生长起来，有起有落，是有虚有实，而我读过西渡的作品之后，觉得他的诗已经离开地面，向上飞飙，并变得飘渺。西渡的诗让我们感到美、抒情、境界，以及海子和戈麦的生命在延续。西渡像很多学院里的诗人一样，把诗歌削得很陡峭，让人远望而无法攀援，让人对智性的力量敬佩而感叹。他的作品，使我想到岩石。夏天的岩石外热内冷，冬天则外冷内热，西渡的诗也是这样，透过他诗歌表象热烈的燃烧，其内核是寒冷和孤独的，也是安详和安静的，还有一点空茫。这很容易造成一种距离，即诗与生存，诗与读者的距离。因为有句古话："水至清则无……。"

由于篇幅有限，另几位诗人的诗歌无法展开评述了。但如果按类型划分，中岛的诗歌可以划归到沈浩波和侯马那里，因为他也是把诗歌作为生存对应的诗人。而焦达摩则属于西渡那种学院里抒情的一类。他铺排激情，强烈的浪漫主义特色让人感到想象力的恐惧。而更多的时候他可能更受益于对阅读经验的积累和整合，如果把自己的心灵与日常现实联盟，那么他的才华也许会迸发出难以遏止的力量。

如果把我叙述的诗人颠倒过来，即先西渡——树才——沈浩波，那么这条轨迹就变化到飘扬的空中——又虚又实——实（大地），这从空中走回大地的路线，也许正暗合了当前的诗歌发展的轨迹。如果诗坛真能脚踏实地地回到生存中，那么诗歌的前景将不再永远是冬天。这一切需要诗人对诗歌技术的真诚，也考验着他们的真诚。

烈士诗人与红酒诗歌

有这样一种诗人，没有宣言不用扬鞭，晨起开始劳作，日落依然不息。一生如一日。

他们不是那种以突然耸起的大厦来震惊诗坛的诗人，但是他们用成片成片的风格各异的村落悄悄地把诗坛覆盖。就像那些因一两首诗歌震撼诗坛的才子们还缠绵在诗歌美梦当中，脚下的阵地以及城头的旗帜已经变换了主人。更滑稽的是这时那些山寨里的诗人们正为谁是大当家二把头在互相谩骂和厮杀。

这足以证明诗坛的真正权威是作品。

任何闪亮的登场和牛逼的装腔作势都是一场大戏前面的点缀，真正的内容是后面的剧情。谁能把剧演完，并能吸引观众才是主角。这就应了那句老话：看谁笑到最后。现在虽然没到终点，但是这样的诗人会以均衡的速度渐渐地超过领跑的人，并且还在继续。

这样的诗人占领诗坛用的是蚕食法，他在不动声色当中把自己的作品铺满山丘和荒漠。悄悄地旁若无人地于无声处把诗歌的村庄编织成星罗棋布。没有惊雷，但春雨弥漫，其方法和效果就是润物细无声。

所有这些来源于诗人对诗歌的一腔热血，还有更可贵的是坚韧和永不回头的献身精神。

更决绝的是这种诗人生命里文学第一，爱情第二。或者文学永远第一，没有第二。为了能心无旁骛地写作，这样的诗人会一次次放弃能结婚的爱情，为了保持对文学的激情状态，他甚至有点刻意地保留着学生时代的生活方式：宿舍，自行车，背包，还有单身。他给自己永远在路上的感觉。

只有在路上他才能保持自己涌动的激情，和对事物敏锐的感觉，才不至于让庸常的生活和世俗的欲望把思维腐蚀和磨钝。才能使自己随时被灵感点燃并义无反顾地扑向文学。对待生活，他们用的是减法，减去一切和文学无关的东西：琐事，职位，财富，复杂的人际关系，甚至爱情和其他。

这样的诗人是诗歌赤子，也是物质时代最后一批浪漫主义的骑士。像诗人洪烛自己说的做"活着的诗歌烈士"，所以他的年龄已过不惑，但心态体貌还有思维都与80后们保持同一现场，而且有过之而无不及。

于是我们在诗人那些美丽的作品中，依然能看到青春的热度和对爱情清纯而新鲜的知觉，还有梦想，期盼和忧伤。他的心像初春顶破雪地的嫩韭，掐一下就有鲜活的汁浆迸溅。所以他写的爱情诗才能那么热烈深情和刻骨，还有无法捉到的幻影和因距离而引起的永恒的伤感。

美，梦想，还有青春和爱情都是他们永远翘望和热爱的月亮，她仿佛就在眼前，可只能眼巴巴地张着嘴巴张望，因为眼前的一切清晰可见又隔着永远无法逾越的汪洋大海。尤其对诗人来说美好的都只能远看不可近玩。

这就是人生的真相，因梦想而美丽，又因梦想而变得不真实，甚至易于破碎，从而不完美。

所以这样的诗歌表面上虽然还保留着青春写作的痕迹，但是作品的内核已经在悄然发生着蜕变。原来浮在作品上的青春期的雾气和躁动开始消遁，爱情到了这里不仅仅是青年男女心头的一点红晕和简单的愉悦和悲伤，更多的是通过爱情诗人窥见了人生，人生的真相和生活的底。由爱情进入人生，由人生去思索人存在的真实状态，这是诗人潜意识和下意识的变化，也许诗人自己还蒙在鼓里，但人生的体验和经验让诗歌在拨乱反正，去伪存真着；并凝聚着，直到抵达生命的本质和根。

这是诗人写作姿势的变化，但是表面上这些并不明显。这是因为诗人的表述方式还保持着原来的步伐。依然是温良和谦和，依然是迈着不急不慢的清晨跑步似的均匀速度，依然是对万千词语的拣选和修剪，依然是优美的意象和有秩序的抒情。这让写作像红酒，柔和温敦还绵远。从这个角度来说，诗人不论是表面的风格和格调，还是内在的心理范式都透着知识分子的性情和风骨，我们可以把这样的写作称之为真正的知识分子写作，或者是后知识分子写作的开始？

当然红酒会导致过于缠绵和温和，真正的写作还需要烈性的白酒。所以这样的诗歌还需要来点激烈、猛烈，大江奔泻和拍案而起。这不是所有诗人的长项，但是文中有胆是必须的。

而且红酒诗人不可能永远是那个手拿鲜花宝剑，唇含警句的翩翩少年。鲜花要结出果实，宝剑终要出鞘。诗人必须需要大视野大气魄，需要驰骋疆场，需要一副铁肩去担道义，需要一个胸怀去映日月。

红酒诗人已经意识到这一点，已经开始用长诗去映照历史和自然，用知识分子的良知和眼光去拷问历史和生命，去追索生命的目的和价值。这对红酒诗人来说是一个可贵的也是一个必然的转身。我们期待与胸怀一起打开的还有写作的视角。放弃在修辞和形容词里的挑来拣去，而把诗歌的剑法操练得简单直接，再简单再直接，并步步紧逼直至一剑穿心。

有人问这样的诗人还有吗？那我告诉你，有，洪烛就是其中之一。以上这些文字就是因他而起，而放大和延伸。

技术考验真诚

技术考验真诚，这是老庞德说的。是说诗歌技术的探索要有真诚的态度做底座。真诚能激活技术，能使诗歌充满性情和滋味，在心智相同的诗人那里，真诚增加了诗歌的宽度厚度和高度。这与《周易》所言"修辞立其诚，所以居业也"是一样的内核。这也是我读《琴剑诗系》第二辑发出的感慨。因为有了真诚，这十位诗人在文本努力拓远的同时，格局也在拓宽，作品没有丝毫的无病呻吟，更没有晦暗琐屑，与技术一起增长的是理想、道义、激情以及侠肝义胆。这是技术的胜利，更是真诚升华了技术，诗化了技术——

真诚呈现理想。我们的诗坛太过度地迷恋琐屑的碎片的甚至审丑的东西了。而诗人给世界贡献的应该是美好，而不是脏乱差。诗人仅有好心肠还是不够的，还要做一盏在黑夜里导引人前行的灯。诗人心有高山大海写出的作品才能寥廓而坦荡，这是解决了诗歌格局小的根本途径。这十位诗人都有这样的审美追求，而且是在技术拓展的同时自动地显形，这就是诗人人格的体现。具体如任桂秋对巍峨始终如一的全神贯注，杨锦的凌空俯瞰，郑天枝的纯净至上，袁瑰秋的把时代揽于心中，还有田湘的以美为神等等，都让人情不自禁地向上仰望，并向美向诗颔首。天地和心灵被他们的诗歌撑大并扫净。

譬如沈秋伟的《大河意象》，我用浩荡来阐释这首诗歌的品格，诗境真的如铺天而来的黄河之水，澎湃开阔而有力量："大河，我伟大的父亲/你脸上虽布满了哀伤/却仍执拗着、倔强着匍匐前行"。大河如父，更是我们嘴角有血却一直咬着牙前行的中国！但这首的价值不在于它的隐喻，而是它唤醒了我们遗忘的诗风，那就是豪放和雄健。诗坛把小情小景写得太精美绝伦了，真该多一点这样"荒荒油云，寥寥长风"的作品。他的英雄情结和情怀，他的一泻千里的雄浑和磅礴，都荡涤着我们的灵魂并让我们永远铭记。

另一位诗人田湘则是从细微处入手，把日常的事物引入诗引入美，成为一种仰望和理想。一缕沉香一轮瘦月，还有雾霾中乍现的阳光，都是他眼中的诗神，他的诗歌提着我们的灵魂向上走，向神和境界接近。也启示我们只要心有善念和爱，混乱的生活里也会找到美和秩序，并得到神的普照。田湘的诗歌是有电的，这是说他的激情如闪电和雷霆，让他在习以为常的生活中敏锐地发现诗，并迸溅出电花。从沉香诗人到射电似写作，田湘总是在一瞬间把漫不经心的读者击中，并让他们为之沉醉，这就是诗歌技术的魅力更是理想和情怀的魅力。

真诚带出悲悯。悲悯是诗歌的肝胆，简言之就是正义感和同情心。从理论上叫人道主义，生活里叫侠肝义胆。悲悯情怀就是让我们对世界投以全部的关怀，让诗歌具有雪中送炭的温暖和爱。这需要诗人首先要撇开自己去关心别人的命运，包括对寒风中受苦受难的卑微者的同情，对不公平和非正义的谴责和批判。而我们的诗坛最缺的就是温暖和义举。所以我特别珍惜我们这几位警察诗人作品中炉火般的暖意，和对假丑恶烈火一样的批判精神。

杨锦对《一只鸟在汽车挡风玻璃上死去》，内心隐痛，并在"胸前划个十字"，这对万物的悲悯之情让天地垂泪。而《羊的泪》中对成为游人美味的生命充满了同情，更重要的是对那些以侵略别人的生活为快乐，并载歌载舞的麻木灵魂充满了愤慨。诗中有柔软的怜爱之心，也有悲愤的仗义执言。用一种诗歌的品格来定位杨锦的诗歌，就是悲概。其核心就是"壮士拂剑，浩然弥哀"。解释一下就是壮士拔剑自叹，抒发满腔悲哀。诗歌有了这样的情怀，就具有了浩然正气和棉衣披身的大温暖。

而任桂秋的诗歌中一直充满了光芒，那是善和美在闪亮。她不论是写给亲人，还是故乡抑或是阳光下嘹亮生长着的学生和孩子，都镌刻着一个女儿一个母亲的温柔细腻，和从心灵深处滴下的雨与露。她的诗歌看起来顺畅清亮，犹如闪耀阳光的大河，可细节处都凝结着她更刻骨更炽烈的真情和爱，甚至有热泪在闪烁。一股暖流会从内向外漫延，直到冰雪消融，包括万物之间的屏障和距离。这就是有温度的诗歌，让人的内心也敞亮如夏日阳光下的大河，清澈而爽朗。另一位袁瑰秋的《孩子　你永远年青》——致那些在中国人民抗日战争中牺牲的中国士兵，以一个母亲的心深情地与这些永远长眠的士兵说话，虽然悲怆，却也温暖河山。这种从细小处写大题材的方法，真诚细腻更能撼动人心，也更让人眼含热泪。

　　真诚灼热生命。生命情怀就是对生命和生存的关怀，就是诗人说出生命被点燃的感觉，不管是疼痛还是灿烂。从本质上说，诗歌就是生命生长出的新生命，而在各种文体中只有诗歌离生命最近，或者说就是生命直接投射的产物，而只有诗歌这种文体爆发力才非常强非常的暴烈，才能真实准确地反映出生命的各种体验。具体落实到写作上就是有感而发，这在逯春生的诗歌里特别明显。他不仅是有感而发，而且感情常常从诗歌里溢出来，冲破闸门决堤而下。如果用一个关键词来概括他的写作，就是情执，坚守真情到顽固不化的程度。尤其是他写亲情和故乡系列，更是真诚刻骨。丰醇的情感让他的诗歌变得浓烈和深厚。他想让他的诗歌去温暖故乡亲人还有寒风中褴褛的背影，这让他的诗歌充满了深情和撼魂的力量。他的诗歌有根又有心，因为他诗歌的核心永远是亲人和故乡。所以乡愁是最能撬动诗人情感的锐器，春生用写诗找到了回家的路。这让诗歌挤出了水分和杂质，变得更加真实和柔软。

　　"我看见／一具具沉重的肉身／被大地吞噬／顷刻间还原为尘

土"，这是林涛的诗歌，诗中对生命的关切和对自然的担忧焦虑，让他的诗歌不仅疼痛颤抖，也多了层深刻的思考。林涛的诗歌往往起于激情，止于思考。他诗歌的核心就是用自己的体验抚摸大地和万物，用诗歌的方式让人类摆脱苦难，从而人与世界万物都和谐美好。这就是思想加重了诗歌的分量，同时诗也使思考有了肉身和性灵。这与郑天枝的诗歌非常相似，郑天枝的诗歌开始于叙述，结束于哲思，最后两句往往都是向上一跃，让诗歌有了陡峭，有了高度。那个高度就是诗眼，就是诗之思，让我们仰望的光芒。譬如他说人面对天堂，或者像天堂一样美好的事物，"只需要/奉献洁白无瑕的裸体……"洁白无瑕，就是他经历了人生的种种体验后，悟出的真理和美，这也是他理解的最好的诗歌与人生的境界。

真诚深化技术。我把蝈蝈和周梦杰放在最后一节来谈，并非他们的诗歌没有前面的种种情怀，理想、真诚和关怀也是他俩诗歌的品质，只是与其他诗人相比，他们对诗歌文本的探索和创新显得更突出一些。

其实诗歌的提升都是技术的更新和革命。但这些年诗歌技术处于平稳保守甚至休克的状态。所以需要诗人有勇气去探索和开拓，去颠覆并创造新的技术，以保证诗歌的鲜活性和先锋性。从而让我们从先锋中看到诗歌在突围，看到新鲜的活跃的特别的诗歌元素在成长，并丰富着我们的诗学。蝈蝈和周梦杰在诗歌文本创新中的真诚态度，让他们的探索有了温度和人性，更有了力度和速度情怀和激情。常常让我们为他们的技术创新惊叫的同时，情感也跟着"咯噔"一下。

蝈蝈的诗歌沉着从容，把激情和惊涛骇浪压缩成一个方方正正的铁，冷静平静，让不细心的人很难发现其中的奇妙，这就是他的功力。他把对字词的打磨和向难度的挑战，都已经化作自然平常的一种语言状态，写诗犹如说话："你看见了我的内心，它简单，炽热，……/它在隐忍中仍然保持的明亮与激情。"(《水晶》)，水晶、心、诗，三者互相映照，互为喻体，加深了情感，突出了品格。简单的口语中变幻着无穷的智慧，这是把技术操练到看不见技艺的程度，即无形乃最高形式也。他的兄弟周梦杰同样把无形作为最高技术理想，他在很浓的情绪空间，像削木剑一样，一下一下让兵器越来越锋利，让语言越来越尖，进而变形，达到创新的效果。譬如："火焰露出脊背/只有燃烧能让伤口愈合"。这种语言的出奇制胜，甚至无中生有，也让诗之思更深刻更彰显。为了出人意料，有时候他把不太搭杠的事物拧巴到一起，不仅让人大吃一惊，还让情感和思想更加深邃，譬如写的《玫瑰是露珠搭成的高塔》等等，周梦杰是比喻的高手，也是把想象推向极致的炼金术者。诗歌的文本就是在他们智力的推动下逐渐搭成了绝美的高塔。

需要指出的是，我的这种分类只是突出诗人大致的写作倾向，其实每种元素在这十位诗人中都互相兼容着，互相渗透着。因为对诗歌的真诚是他们内心永远亮着的情怀，真诚推进着他们的写作，也提升着他们的灵魂。也正是因为有了这种大真诚，写诗对于他们来说，不仅是搭建一座艺术的金字塔，更是对人类精神和灵魂的建设。

诗之见

（诗歌现场之我见）

新世纪诗歌：第三次回归

回顾：诗歌在回归中前行

新世纪十年是中国诗歌折腾得最激荡但最终复位的十年。

复位即回归。回归诗歌品质和本源，这是诗歌经过很长时间的出位和各种出击后重新找到的方向和出路。但是回归不是复辟，虽然诗歌的本质被重新认可，但是诗歌的气质已发生了变化。诗人们永远在求新求变之中。如果用河流来比喻诗歌，那么最好的诗歌永远是河水最前沿那部分。而前沿是流动的，一旦停顿就意味着平庸和落后。而时间就是一条河流，时间里的诗歌最好的永远在当下，更好的在未来。所以新世纪十年的诗歌，是史上最好的。当然我说的是诗歌本体和文本，剔除意识形态和历史因素的影响。这十年中的一般作品和上个世纪各个时代相比都明显的优秀。这就是这看似混乱无序甚至失衡的十年诗歌的成就，诗歌也经过十年的动荡终于走上了回归之路。

说来有趣，当诗歌写作每每陷入僵局和偏离的时候都会出现一种集团写作现象，来给诗歌解套和复位，形成集体的突围并把诗歌拉回到诗歌本质上来。但这种现象也同时带来一些负效应。

从时间上看好像真的大致十年一个轮回。八十年代是朦胧诗使诗歌摆脱虚假和正统，在回归以人为本的诗歌精神的同时，也确立诗就是诗的写作原则。我们可以把这个视为诗歌的第一次回归。但是，朦胧诗在把诗歌语言变得精粹陡峭的同时也把诗歌带入到语言的迷宫，诗境也从朦胧变成漆黑一团。诗歌从抒情变成了智力测试。九十年代的诗歌写作基本就是智力的竞赛。看谁把诗歌语言嫁接得更神更玄。这样的写作无疑是苍白的，因为人的心灵已经被掩埋在语言的金碧辉煌里。

所以九十年代末期诗歌已经窄到死胡同里。这时民间写作像一群野狼闯了进来。当时的诗坛像一座修道院，诗歌就是脸色苍白严肃得有点肃穆的修女，让人敬畏但不能亲近。是他们的写作让诗歌回到了生活，让诗歌有了血色和笑容，诗歌重新冒出了人间烟火。同时启示我们诗歌不只是在遣词造句上死磕，诗歌就是行动，就是生命。但民间写作的矫枉过正也带来诗歌写作的负效应。譬如有些诗歌太随便，邋遢，还有回避写作难度以及非诗化等等。我个人把民间写作的作用视为诗歌的第二次回归。

那么第三次回归在哪呢？第三次回归没有明显的集团写作的现象，是悄无声息的，像润物细无声，一切在悄悄慢慢地改变着。可能是诗歌机体的自身调整和演变，当民间写作的变化带来了变异，口语变成了口水，叙事变成了流水账，人们开始怀念诗歌的美和梦想，甚至怀念九十年代对诗歌语言的打磨和淘洗。于是诗人们的写作在有意无意地向诗歌的本体回归。但这次的回归屏蔽了智力写作和民间写作的负效应，同时又吸吮了这些现象中好的优秀的部分。所以回归的写作扎实有力，并且有美和境界。这样的写作由新世纪前几年的零零散散，到2007——2008年开始成规模，并越来越清晰和明确。逐渐形成诗歌回归故乡回归本源之势。

现场：诗歌的三个"不是"与三个"是"

在梳理十年诗歌脉络中，有个问题不请自来，那就是在当前还依然不清晰的诗坛环境中，要澄清哪些问题？什么样的诗歌是好诗歌？衡量诗歌有没有客观标准？诗歌在回归中的方向和目标是什么呢？

笔者就自己的体会和感受说说个人的想法。首先要澄清的是大家对诗歌理解上的三个偏差和误区。

一、诗歌不是宗教

这主要是说诗歌不是迷信不是绝尘更不是唯一。的确，诗歌中的境界理想崇高都可以理解成神。同时诗歌要表现不可言说的内心，还有人的超然性，直觉等等都带来了诗歌的神秘性，但这只能说作为文学的诗歌具有神性的色彩。但诗歌确实不是能够统摄万物的宗教，更不是让我们顶礼膜拜牺牲肉体已达到灵魂羽化的神，像基督和释迦牟尼那样。你可以像信仰宗教一样对诗歌保持一种虔诚和敬畏，但不能像对待宗教一样把诗歌神秘化绝对化权威化。诗歌是宗教了，那么首先诗人就是替神在说话，神的话大而无边，飘飘忽忽，其结局就是神神秘秘，不知所云。其次诗歌是宗教，那么诗人就是对神说话，人膜拜神时不能说俗世俗语，一定要念叨经文。而经文也不是人所能一下子听懂的。不论是说神的话还是对神表达，所讲的都一定保持绝对的神圣和清洁，不能有一丝杂念和红尘。这就导致了诗歌的苍白和不食人间烟火。所以我们看有些诗歌疯疯癫癫，不着边际。

诗歌具有神性但不是供养的神，诗歌有哲学意味但不是哲学更不是玄学。我强调诗歌不是宗教，就是让诗歌回到人间，不要把诗歌弄得神乎其神，必须清楚诗歌仅仅是一种文学样式，是我们想哭想笑，想倾诉爱恨情仇的一个载体和方式。同时也表明我们诗人也是想爱想恨的普通人，我们写的诗就是我们要说的平常话，不过是比一般的话更清晰更准确更深刻更动听。所以诗人首先确定你是人，你要说人能听懂的人话，不要说神神叨叨的神话。神话说不好就变成了鬼话。

二、诗歌不是智力竞赛

这也是有人把诗歌弄得神乎其神的另一个特征。诗贵创新，诗歌是语言的炼金术。于是有些诗人为了新奇和神来之笔就对语言进行神奇的嫁接。譬如："我把文字像苍蝇一样拍在白纸上／南山上的梅花就开了。"还有："冬天吃了阿司匹林就下山了／有皱纹像鸟在我的额头啾啾着。"这种比喻确实很神奇，但是作者要表达什么呢？的确诗歌是对人心智的考验，是检验人智力的探测器。朱光潜也在《诗论》谈到诗歌起源时，说其中两个来源就是隐和文字游戏，隐即谜语，文字游戏就是文字组合时引起的心智上的乐趣。但是诗歌毕竟从这些游戏中脱胎换骨成为承载我们情感和思想的独立文体。同时朱光潜又强调谜语是为了隐藏真相引起我们寻找的兴趣，而文字游戏也是让我们感受文字背后的趣味性。两者都强调趣味，有趣味就有情感，就不是纯粹的文字排列。像前面我说的那两个例子，完全是比谁更能花样翻新，没有情感也没有思想，是一种纯物理的智力竞赛，比谁的智力更高，这就走出了文学的范畴，成为一种科学实验。

诗歌是情与思的艺术，离开心灵的写作就是离开了诗歌本体。所以不论是对心智的检验，还是对语言的打磨和淘洗都要有情感的温度和思想的深度做基础。这种没有心灵腌制的智力竞技是对诗歌的一种伤害，或者只能是诗歌写作前期的纯语言以及想象力的练习。它不是诗歌的神化和深化，只能使诗歌变得更神经。这样的诗人应该吃点阿司匹林，让自己退烧，否则会烧得更加胡说八道。

三、诗歌不是俚语和游戏

这是文字游戏的另一种形式，也是口语诗歌出位了的表现。

其实口语和叙事性诗歌更难。因为看似平淡和随意，其实是有情节即事件的发轫与转折寓含其中，也有一种节奏和意义在与叙事相呼应。而不论哪一种诗歌方法都要有发现和创造。现成的民间俚语缺乏独创性，仿制的俚语更没有，而那些客观化的叙事不但没有创造，更失去了诗歌的品质。譬如："树上两个猴/地上一个猴/打掉一个猴/还剩几个猴"。这能叫诗歌吗？还有："南面来个人/北面来个人/南面的向北走去/北面的向南走去"。也许我智商太低，我怎么也发现不了里面的诗意。人家也说了，拒绝诗意。但是你不要诗意你还把它叫诗歌干吗？

口语诗歌一定要坚持它最初的粗粝、鲜活、有趣和反讽，还有叙事中的机巧和暗藏杀机，让你在不知不觉中被突然的亮剑击中。否则口语就变成了口水，叙事就变成了废话甚至屁话。

朱光潜论诗歌三个起源的另一个起源就是谐，就是说笑话或曰诙谐和调侃。这可能是口语和叙事诗歌的理论根源了。但是既然是笑话和诙谐就有玄机，就有要抖的包袱，就要有事件背后的起承转合。这类似流行的小品，口语和叙事的诗歌就是诗歌小品。更重要的要有锋芒，就是尖锐的思想，这就像炸药，在看似稀松平常的表述中突然有炸药点燃。没有这些坚硬的东西挺起，一切俚语和口语游戏都不能以诗歌命名。

以上就是我理解的新世纪诗歌十年中需要澄清的三个误区。下面我谈谈当下诗歌回归的三个可以肯定的特点，或者说是我认为好诗歌的三个标准。

一、诗歌是良知

诗人历来是大地的良心，替公民代言，对世界发言，关心别人的命运，把更多的情感给予与自己不相干的事物和存在，这是诗人鲜明的立场。但当下很多作品是非不清，美丑不分，或者对正义冷漠含糊，对重大事件漠不关心。重提良知，就是恢复和重申诗歌的道德和诗人的责任。诗人要坚持诗歌的批判精神，对假丑恶零容忍，要直接尖锐深刻地介入现实，反映现实。同时诗歌也要启蒙人性，开掘愚昧，唤醒沉睡的善与美。对自然的敬畏，对弱者的同情，对热爱的拥抱，以及对真理悲悯温暖自由理想的呼唤，都是诗歌良知的复活和体现。从这个角度来说，诗人永远是先知更是先驱。

二、诗歌是仰望

我说的仰望是指诗歌要有境界，它包括美和理想。诗歌必须要高出平俗而带来仰望。当下诗坛沉湎琐屑，讥讽崇高，境界和美被迫退场。怎么恢复诗歌原来的博大和崇高还有美和理想，无疑是一场战争。人与动物的区别就是人需要精神上的洗礼，并把高处定为自己的方向。施勒格尔说：谁心中有了神（泛指理想），谁才有资格谈论诗。这就要求诗人必须心中有境界，才能写出类似神的品格的诗歌。在有境界的诗歌中，诗人不因现实的苦难和丑陋而慷慨激昂或悲观失望，而把美、爱和自由作为诗歌的永恒追求，同时努力展现诗歌本体的魅力和人的行为的美。

三、诗歌是技术

诗歌必须向难度挑战，在技术上不间断地探索。技术是生产力，推动着诗歌向更高更新迈进。古往今来，诗人们的体验、情绪和感受、本质没有改变，但是诗歌的方法和表达方式都发生了变化，诗歌比其他体裁的文学样式更经常地带给我们兴奋和惊喜，这就是诗歌在前进中对自身技术方法的不断地探索和挖掘使然。

所以技术带来了内容的变化，甚至意境的深化。现在很多诗人和评论者羞于谈技术，经常使用一些哲学和美学上的概念来统摄诗歌，从而把诗歌分析变得大而空。其实诗歌就是修辞学，怎么把修辞方法化作写作者自身的一种习惯和素养，从而不是刻意和强迫而是一种自然自在不留痕迹地运用技术才是诗人们努力的方向。

以上就是我对新世纪十年中国诗歌的几个提纲挈领似的看法。愿给更多的同行提供一个深入思考的入口，不论是批判的靶子或者是探索的起点。

新诗写作的现状、缺憾与呼唤

引语：在接近百年诞辰的时候，最能折腾的诗歌出现了近三十年来最平静和和谐的状态。各种流派不再对立，而且能够在互相兼容互相宽容中生长和繁衍。隔阂在消除，很多共识取代了分歧，那就是诗歌必须写生存和生命体验，文本上必须向心智挑战，努力拓宽诗歌的边界，技术上继续探索与创新，向难度挑战等等。这让诗人的注意力从宏观上写什么，转移到具体怎么写好一首诗。充分显示出诗歌生态的丰饶性和互融性。那么诗歌写作的具体现场是什么情况，有哪些成就和缺憾，还需要补充哪些品质，下面谈谈我个人的看法。

现场：三个已成主流的倾向

1. 叙实性与冷抒情

新世纪以来的诗歌写作，最抢眼的写作方式就是叙述代替了抒情。我看重其中的叙实性，叙实不等于叙事，叙事是方法，很可能是通过叙事来解决抒情。叙实既是方法又是态度，简单说就是非虚构。把非虚构作为写作的目的，为了抒情采取的叙事策略，更有别于传统叙事诗的诗化故事，它不再是典型环境中的典型性，而更倾向于日常化和客观化，还有典型性之外的特殊性和差异性。日常化让诗歌近在身边，诗歌就是生活，就是我们自己，客观化让诗歌更真实更冷硬。而后者事件的特殊性和个异性，让诗歌更突出更震撼。给我强烈印象的有雷平阳的《杀狗的过程》、沈浩波的《玛丽的爱情》《她叫左慧》，还有他写河南艾滋病村的那些作品。年长点的诗人陆健也一直坚持这种风格，他的《田楼，田楼》《诗坛N叟》等都是这种风格。诗坛一直呼吁诗歌要走进公共空间，要发声，这些诗歌对生活的干预、辨析，不仅是走进现实，更切入生活的心脏。

叙实性写作的诗人显然用的是还原法，它剥离罩在事物表面上虚饰的成分，让事件的本质呈现。写作过程像钢板在逐渐成形，收缩和攥紧，而且越攥越紧，让事件更真更纯更冷硬。

另外，叙实性诗人为了增加诗歌的生动性，引进了戏剧的方式，诗歌小品化，幽默与反讽。用快乐表现悲伤，用美好展现丑陋，目的还是让本质和真实更突出。而且不在表现的事件中参与感情，零度写作，冷静又冷酷。这就是冷抒情。冷抒情就是隐去写作者情感，让事实本身去震撼读者，速冻人心。从而诗歌变得真实如冷铁，并充满了盎然的趣味和生机。我把这视为是对诗歌品质的补充。

2. 个人审美与世界经验

个人审美不是新发现，但它确实经历了一个被敌视、排斥，再被接纳，最后反客为主的过程。个人审美脱胎于个人化，但与把个人化理解成纯粹的暴露自己私秘隐秘神秘的写作区别开来。许多人认为个人生命中有很多黑洞需要挖掘和探索，个人化就是表现这纯个人的东西，并把这些理解成个人意志的觉醒。而个人审美是诗人对世界的个人态度，以及感知和认知。个人审美后面再加上世界经验，是说虽然诗人写的是个人的经验和亲历的事件，但是并非抖搂见不得大众的个人隐私，而是写作上不受公共话语支配，充分表达个人立场，这立场和体验虽然是个人的，但感受却是大众的，拧的是自己的皮肉，疼的是人的大多数。这样个人的审美就与世界经验打通了。所以个人审美不是以个人语境去对抗公共语境，以个人立场反对宏大叙事。个人审美只排除与自己无关的情感联系，而他们的观点和立场又客观地带有普遍性。

这样，个人审美就排除了意识形态的干扰，和外界喧哗的干扰，也排除了流行和时尚写作的干扰，以及为某种目的和名利写作的干扰，成为不跟风也不迎合某种需要的写作，成为了真诚真实真正的个人化写作，诗歌因此就更凸显出个人的身份和气质，又在更广阔的空间有了共鸣。

3. 琐屑化与视角向下

上世纪的诗歌不管怎么变化它的本质依然是美、秩序还有高于生活的境界，诗的姿态也是向上飞扬的。而当下的诗歌一直向下，一直下到不再圆润的生活的核心，不美、琐屑灰尘还有世俗和焦躁。这样完美就被打成碎片，雪白的墙上留下的是烟熏火燎的痕迹。代替诗歌高大上的是锅碗瓢盆，针头线脑。一个发霉的土豆，一只燃成灰烬的香烟，一个被蚊子咬后的包，还有一碗没有吃尽的面条，都会成为诗人生活中重大的事件，而且大到生与死。诗歌姿态放低了，不等于诗歌格调低下了。诗歌的核心没变，但琐屑与碎片化让诗歌变得更亲近，更真实。

可以说，琐屑化正是诗歌叙实性的具体呈现，它让诗人写作姿态发生了转变，不仅写平凡，而且要写平凡中的杂碎。不仅镜头由仰望中的英雄和名人转变成野草一样的小人物和卑微者，更要突出日常环境中的日常形象。而日常形象更真实更准确更典型地反映出人的大多数的生活现状和精神状态，所以公共立场就具体为平民立场。这就标志着诗歌由虚构的现实主义向真实的自然主义转变。

琐屑化写作促使诗人剔除个人的情绪和经验，还事物本来面目。即前面提到的原生态，客观化，让诗歌和生活零距离，等等。创作主体的消失或者隐遁正是诗人人格的重塑和文学使命的回归。琐屑化和一直向下的诗歌已经剔除了虚妄的想象和廉价的抒情。用事实说话，真实才是力量，给读者留下广阔的阅读空间。这才是诗人的真实立场，也是琐屑化写作和诗歌向下扎进生活的目的。

缺憾：三个不容忽视的事实

前面是对当下诗歌写作现场的扫描，不论你承不承认喜不喜欢，它都客观地存在于那里。叙实性、个人化，越来越琐屑的内容让诗歌确实离读者和大众近了，而且平易亲切，似乎解决了读者一直耿耿于怀的难懂的难题。但是距离太近，过于平凡、沉迷于俗世生活的细枝末节，使诗歌过于小、软、冷。没了志向和情怀，人间烟火味足了，但诗歌的高贵纯净还有超然绝尘的品质没了。还有一味地追求客观化和真相，让诗歌多了残酷和冰冷。我视这些东西为当下诗歌中的负量值。为便于大家更清晰地注意到这些问题，下面就谈谈我认为诗坛存在的几个问题。

1. 格局小与情怀

当下诗坛的现状，首先是诗歌的村落成片成座，巍峨的大厦却少得可怜。写诗者和作品在数量上越来越多，但是震撼人的灵魂，让人仰望的大情怀大境界的作品寥寥无几，甚至几近于零。其次小情小景流行，缺少站在人类的高处俯视人间，对人性的大体恤、生命的大关怀、大温暖的作品。第三，诗歌大多是触景生情，感时抒怀，而纯粹为某种信仰、理念、诗学主张以及哲学高度和宗教追求的写作，几乎没有。而诗坛需要这种超拔出凡间，又放出绝尘而通透光芒的神性写作和哲学写作。诗歌解谜的哲学功能，诗歌的神话意义和终极关怀，都是诗歌乃至文学的极地，只有进入到这里，方可有诗歌的大境界和大文本。当然中国也缺乏目的明确的诗学建设的理论，也就没有与之呼应的文本实践和实验。这是让我等这些随意性又感悟式的评论写作者汗颜的地方。

造成这种格局小的根源就是当下写作者心胸的狭小，还有一味的诗言智让诗歌中的志向即理想越来越淡化，审丑在流行，还有低迷低俗以及苟且犹如诗歌中的阴霾在弥漫。诗人诗歌要有大境界，首先需要诗人自己要有凌云之志，要飞起来就必须要不断地聚集信念和力量，不断地给精神注入氧气并清洁心灵。清初诗论家叶燮说："诗之基，其人之胸襟是也。有胸襟，然后能载其性情、智慧、聪明、才辨以出，随遇发生，随生即盛。"这胸襟就是诗人的情怀，就是诗歌的原型和胚胎，它可以装载性情智慧，让诗人触景生情生诗，并将诗情发扬光大。也正因为有了这胸襟这情怀的动力，诗人才能处理好诗歌的各种构成材料，让诗歌的格局宽阔起来并越来越大，越来越高。有关情怀等这个主题，第三节将具体详谈。

2. 阴冷与恋怪癖

在一些客观化的诗歌里，我们虽然看到了人生的真实和真相，但骨缝间渗出的冷和残酷常常让我们毛骨悚然。这是这些诗人力求达到的效果，冷、硬还有悲惨，这是真相中的真相。诗人们就是要深入到真相的骨髓里，然后再把它掰开，让大家灵魂震颤。我读雷平阳《杀狗的过程》就是一方面震撼、赞叹、深思，一方面冷入骨髓，久久缓不过劲，甚至对人群有了绝望的感觉。这是个两难的境地，这涉及到我去年初就提过的诗歌需要温暖的问题。就是说，我们需要《杀狗的过程》，但也需要花开的过程。但你不能为了温暖就让雷平阳加一个光明的尾巴，这种狗尾续貂只能让诗歌变得虚假，从而失去了杀伤力和真实性。解决诗歌的温暖首先还是要解决诗人的写作姿态和心态，你的内心是光明的温暖的磊落的，写出的东西即使是悲剧，但它的内核也是让人温暖的，让人对人生充满乐观和希望。而且你的内心是明亮的，温暖就会成为你写作的主流，这种冷酷只是大温暖中一丝凉荫，一种力量。相信雷平阳就是这样的诗人。

与诗歌中的冷酷、潮湿和颓废相类似的一种现象就是有些诗人专门写一些阴暗的东西，譬如一个人写小时候被父亲打过，长大后便想一些恐怖的方式来报复父亲；还有一个人写最大的理想是去女厕所里看看究竟。类似的还有意淫手淫。还有对身体器官的迷恋，一个黑痣让他着迷，写了上百行诗歌来描述，一会儿是虫子，一会儿是前世的鬼附身，一会儿又成了他的爱情。我称这类写作为恋怪癖。这样的诗歌有害于冷酷的诗歌，冷酷的诗歌只是为了让真相显形，而这样的诗歌就是病，是诗人心态明显出了问题。

我们还是喜欢有温度有气度的诗人和作品。做侠肝义胆的诗人，写肝胆相照的诗歌，内心有炭火，写出的诗歌就温暖红润。

3. 假大空与良知

时至今日，诗坛依然有假大空的作品在盛行，在我眼里这些诗歌就是负能量的作品。我不是反对写宏大叙事的题材，主要是在这些歌颂大事件和大人物的作品中没有发现和真理。他们只是用分行的文字和押韵的形式来复制人人知道的事件和经历。而所有的文字最终都是要表达思想。诗人的天职就是洞见思想和真理，但他们没有，他们有的是空洞的呼喊和虚假的抒情。我把这些诗集视为用金钱包装的金碧辉煌的砖头。尽管这些作者有的是不错的官员和朋友。

写作无边界，题材无禁区，主要是作者是否真诚，这些振臂呼喊出的声音是否是作者自己的思想和信仰。有些作者对写的东西自己都不信，这就不是写作姿态问题，而是人品有问题了。所以这些作者一般都是面带微笑，态度谦和，喜怒不形于色。这是因为他们人情练达世事洞明。他们的心灵经风吹雨淋早已腐蚀，变得圆润光滑了。这样的诗人对美好没感觉，对丑恶不生气，他们只是希望拿这些假大空的诗歌当敲门砖，获得诗歌之外的名和利。而这些功利欲求就是诗歌写作中的溃疡，甚至就是癌细胞，不仅败坏了诗歌，更污染了诗坛和读者。

这涉及诗人的良知问题，艾青老先生早就把真实放在诗歌写作的第一位。同样是公共事件，这些诗人为什么不关注那些为了生存流汗流血流下屈辱的泪的人群，那些在阳光下校园里被杀害的儿童，那些用假粮食假蔬菜假奶粉坑害下一代的骗子呢？这些让我们生活和心灵变得黑暗的事物，我们的诗人难道不应该奋笔疾书不应该拍案而起吗？

所以，正义感和同情心是诗人良知的基础。是诗人越过个人的得失对世界的一种关怀。敢于对与自己毫不相干的事情表态并愤怒，才说明这些诗人是有责任和担当的。所以一个好诗人应该是独立之人格，自由之精神的践行者，具体表现就是侠与义。除了蔑视权贵还是质疑权威传播智慧的大者。不但说真话还要为真理而献身。因为他代表着社会的乃至人类的良心。

呼唤：情怀高于一切

所有这些让我想到一种品格，这正是我要特别强调的，那就是——情怀。情怀是内功，是诗人主体。在诗歌写作和研究中，我越来越体会到情怀的重要，现在诗歌的技术在提升，但是真正的好诗还是寥寥无几。而且诗歌的格调在降低，诗人的品行也在下降。冷漠自私卑琐的诗歌像蚂蚁一样充斥着诗坛，让人感动温暖气血贲张的诗歌少之又少。原因之一就是很多诗歌抽出了情怀，没了情怀，诗歌就只剩下了雾霾。下面我把要呼唤的情怀具体分为三部分：

1.生命情怀

优秀的诗歌都是生命淬火时发出的声音，是心灵撕下的血和肉，生命情怀就是说出生命被点燃的感觉，不管是疼痛还是灿烂。从本质上说，诗歌就是生命生长出的新生命，而在各种文体中只有诗歌离生命最近，或者说就是生命直接投射的产物，而只有诗歌这种文体爆发力才非常强非常的暴烈，才能真实准确地反映出生命的各种体验。生命是有深度的，也是动荡又有活力的。最主要它是有限的，无力达到的地方太多，包括时空和愿望。所以人会常常有缺失感，还有与生俱来的大孤独、神秘体验（好的方面有崇高体验和爱的体验等等），这些生命本体生发出来的各种汁液和枝蔓都需要诗歌来承载和呈现，需要诗歌为之平衡和慰藉。所谓缘情体物就是这个道理。这也是诗歌生命本体论。

所以一切远离生命的诗歌都不是优秀的诗歌，一切好的诗歌都是生命的衍生物。诗人必须走进生命，体验生命，发现生命在生存、愿望、自然、甚至宇宙和无限面前的能量和局促，从而真实地折射出生命的真实声音。

生命情怀还要对生命投以全部的关怀，让诗歌具有棉絮贴胸的那种温暖和爱。这需要诗人首先要撇开自己去关心别人的命运，包括对寒风中受苦受难的卑微者的同情，对不公平和非正义的谴责和批判。我们生存的环境，政治经济历史和自然生态，以及苍茫的大地上与我们生命相关的一切苦难和悲欢，都需要诗人献出热忱、热血和肝胆。做一个大视野大胸怀的诗人，一个心怀大爱和大痛的诗人，以及这个时代少有的冷静清醒和自省的诗人。这是一种忧患，一种良知。这样的诗歌就是真正的现实主义诗歌，而这种大关怀的现实主义诗歌在当下几近断流。如果我们仅仅把诗歌的字词句磨炼得完美，把爱情诗写得惊天地泣鬼神，没有这种普世关怀的人道主义诗歌都只能是诗歌的缺席，诗人的失职。

2. 理想情怀

陆机在《文赋》中对作家提出的重要要求就是："心凛凛以怀霜，志眇眇以凌云。"翻译过来就是：心灵纯洁像怀揣霜雪，志向高远可直达云霄。这就是说好的诗歌不仅要纯洁，还要有能抵达云霄的志向，这志向就是理想，就是情怀，就是大悲悯大关怀。

理想情怀是解决诗歌格局是否辽阔的关键，在心智相同的诗人那里，唯一比拼的就是情怀，就是理想。当下诗坛缺少大诗其实就是理想的缺席，情怀的抽离。这个问题正好是前面涉及格局大小的一个延续。所以理想情怀就是要求诗人对万物和人类深度的思考，终极的关怀。具体在写作上首先就是呼唤将一个题材推及到极致来思考和关怀大诗和长诗。从世界范围上看，欧洲出现过但丁的《神曲》，歌德的《浮士德》等。中国上世纪曾经出现了长诗热，但进入新世纪这种大理想大境界的长诗几近断流，就我目前看到只有洪烛的《我的西域》《仓央嘉措心史》，张况的六万行长诗《中华史诗》。其他作品极其少见。其次就是呼唤神性写作，神性不是神和上帝。称之为神性，就是为与狭义上的某种宗教区别开。这里的神性就是一种神圣不可侵犯的神圣感神秘感和崇高的精神境界，是一种冥冥中广泛意义的信仰。可以理解成爱因斯坦说的宇宙宗教感，即对宇宙中那种尚不可知的或已知的尚不可解的秩序"怀有一种崇敬和激赏的心情"，让人对大自然中崇高的庄严和不可思议的秩序深深地敬畏着。具体就是把绝对、永恒、无限作为主题和理想来自觉地遵守和敬仰，从而让内心有了方向和归宿，精神上也有了支撑点，最后达到心灵的平衡宁静安详的境界。

另外诗坛也需要为某种信仰、哲学理念和诗学主张的写作实践。这是精神、理想的文本化，也是抽象理论的具象化，所有这些都是理想情怀的外化。所以理想情怀的诗歌，不属于个人和某个集团，而是普世的，站在人类峰巅往下普照，它蕴含了拯救与救赎，还有献身精神和英雄主义情怀，所以情怀就是胸怀，是悲悯是热爱，是为理想敢于牺牲的大境界和侠肝义胆。

3. 永无止境的技术探索情怀

诗歌是技术，诗歌每一次进步都是技术的更新和革命。但这些年诗歌技术处于平稳保守甚至休克的状态。所以需要诗人有勇气和探索的情怀，去颠覆并创造新的技术，以保证诗歌的鲜活性和先锋性。当然先锋也并非先进，但是从先锋中我们会看到封闭被打开，看到诗歌在突破，看到新鲜的活跃的特别的诗歌元素在成长并丰富着我们的诗学，在强行迫使我们的时代和思维做出反应和改变。这是新的力量，也是一种新的美学基因在漫漶和生长。

需要指出的是，技术革新与情怀高于一切并不矛盾，情怀作为主体的时候，是在技术层面已经解决的平台上，而技术探索为主的时候，也是在拥有相同情怀的基础上。正如我在前面说过的："情怀是志，是内功；技术是智，开始是外功，最后是内外功结合体。在这种情况下，最好的诗歌不是言志，而是言智。或者说言志是基础，而言智才是顶端。志让诗歌扩胸增重，属于内容，提示诗人写什么。很多诗人都有相同的志，但关键是怎么写，怎么表达志。这就需要智的作用。智力智商智慧！大智力的诗歌一定也拥有大智慧，而大智慧的诗歌也一定涵盖了大志和无数个志。所以言智的诗歌是对人的思维和想象力的开拓和抻长，也是对诗歌边界的扩张和延伸，这其中最有作用的是诗人的创造力，其目标就是把诗写得无中生有和绝无仅有。"

无中生有是创新的显现，绝无仅有是创新的效果和结果。这两点合起来是诗歌技术探索的目标。做到了，诗歌就有了唤醒的感觉，唤醒是对惯常思维的一个撞击，犹如一个重器或灸刺，刺激我们麻木的思维和神经。这时的诗歌就摒弃了意识形态的干扰，让诗成为纯粹的创造性的智性活动，从而解决了写作思维的贫乏，并呈现出生命和诗歌写作的丰饶性。

探索和创新必须要警惕流入到玩物丧志中去，沉湎于"玩"，单纯地"玩"诗歌技艺，那就是文字游戏了，诗歌要有文字游戏中惊奇的效果，但不是纯粹的文字游戏。正如唐朝诗人王勃所言："非缘情体物，雕虫小技也。"所以心灵和生命才是诗歌探索的原动力，也是要抵达的终点。而要做到这一切，都需要诗人有先驱者决绝的姿态，有伟大的抱负，和宁肯牺牲也要在绝路处创造出新的文本敢于筚路蓝缕的大情怀。

结语：以上是对新诗写作现场的扫描，三部分互相关联，是因果也是递进。限于篇幅，只梳理了下思路，表达了一种理念的提纲挈领，还需要以创作的实绩来加以稀释和印证。同时诗人们一方面要珍惜当下和谐又自由的创作环境，另一方面又要敢于打破这种平静，去建立新的更耀眼的秩序和诗歌美学原则。这也是情怀，希望这种情怀催生出有理想又有生命质感更有深度美的全新的诗歌作品。

缺"火"的诗坛
——当下诗歌现状分析

当下的诗歌是近三十年来最平静也最繁荣的时期，各种流派相互宽容，并开始了融合与创新。但是在文本进步的同时，另一种忧虑涌上心头，那就是过分的个人化和反崇高，让诗歌格局变小，同时伴有软冷乱。诗歌中没了志向和情怀，自然就多了冷漠和灰暗。所以我说这是一个缺火的诗坛，没有了熊熊大火，诗歌也就没有了气血贲张和荡气回肠。火即情怀，包括情怀派生出来的理想、道义、激情以及侠肝义胆。所以诗坛需要情怀之火烧出对人性的大体恤，生命的大关怀大温暖的作品。情怀看似很大，其实很小，小到看不见，而像一种气体弥漫在诗人的身心里。一声叹息，一滴眼泪，对卑微者深情的一瞥，对邪恶者愤怒的一瞪，都是情怀本能的显现。古人非常强调"诗者，志之所之也"，诗的核心就是诗人的理想和抱负。但现在诗歌忽视了志，过分强调智，结果只能是技术上升，格调下降。所以诗歌不能抽离情怀，呼唤情怀就是要点燃诗歌中的大火，并让它照亮诗坛。

为了避免概念化，下面结合诗歌的文本实践谈谈当下诗歌应具备的五种"火"。

淬火："我咽下一枚铁做的月亮"

标题引用的是曾经给深圳富士康打工的青年许立志写的诗歌，诗的前半段是"我咽下一枚铁做的月亮/他们把它叫做螺丝//我咽下这工业的废水，失业的订单/那些低于机台的青春早早夭亡//我咽下奔波，咽下流离失所/咽下人行天桥，咽下长满水锈的生活……"读这样的诗歌，很多人的心像被针扎了一样。这是一颗单纯的心被冷硬的工业齿轮啃噬时的呼喊，是一个无产者为了谋生甘愿被海外资本家榨取生命的真实控诉。这样的诗句犹如烧红的铁投到冷水里，那疼痛时冒出的丝丝烟缕和嗞嗞声响都是自动生成的，而非那些隔靴挠痒的无病呻吟。所以真正的诗歌源自于心灵，是心灵被刮下来的血和肉，是生命上生发出来的新生命，有着真切的炽烈感。淬火，强调的就是生命与现实遭遇、碰撞的瞬间迸放出的火花和感知，是滚热的心在现实中冷却显形的过程。所以淬火的诗歌核心是真，真的事实，真的感觉。写淬火的诗歌就要剔除诗歌中虚妄的东西，让诗歌像金属一样浓缩和凝聚，变得纯粹和坚硬。整个写诗的过程就是提纯的过程。

本来真实是诗歌也是做人的一个基本常识，但是后来却被诗人给弄丢了，而且诗人名气越大诗歌越空洞。相反在一些声名不太显赫的诗人作品里，却常常感受到快刀剔骨般的真实和直接。譬如最近走红的余秀华的诗歌："他揪着我的头发，把我往墙上磕的时候／小巫不停地摇着尾巴／对于一个不怕疼的人，他无能为力"。不管她的诗歌争议有多大，但是你必须承认她诗歌中的淬火感，一种冷与热相撞时灵魂的不寒而栗。同样揭皮般疼痛和真切的还有何诗人的《姐姐》："那个生养了5个孩子，总被姐夫打倒／又爬起来的人／是我的姐姐……／／那个像一株茅草／一阵风就吹倒在田里的人／是我的姐姐／生病了，在医院门外站一会／她就回了家"。无独有偶，颜梅玖（玉上烟）有一首写《哥哥》的："……你说你恨极了我高傲的样子／哥，不是我有意抬高视线／哥，我一低头／眼泪就流出来了"。一个姐姐一个哥哥，他们都是自己的手足，面对亲人，诗歌的触角自然会深入到骨肉中，不仅真，而且情入骨髓。只是前者是白描，后者是倾诉；前者是典型性，后者是个人化。同时的疼痛，与前面的许立志和余秀华的诗歌比，他俩的诗歌多出一层对他人命运的关注和深情，这就增加了命运的深厚感和广泛性。

这就是情怀在潜移默化地左右着诗人的写作。有情怀的诗人能从自己的疼痛感受到所有存在之痛。这就让诗歌不仅有心肠，更有了思想。而思一定要思本质，思生存之根。例如李南有一首诗叫《我去过许多地方……》，在写了爱庄稼农舍，方言和农民后，她写道："这就是我的祖国：／迷信和战争走过它每一寸肌肤／这就是我的人民：／在风中，他们命若琴弦"。诗歌像挖掘机在开掘，一下下，在深入在逼近核心，最后把真相端出来。这里诗歌是倾吐，也是凝聚；是温软的泪水，也是冷硬的铁。诗歌的形成过程，就是把自己情感烧热，再经过锻打，把滚热的情感放进冷静的理性之水里冷却成型，最后就成了尖锐的剑，或者子弹，直指心灵。

所以，淬火的诗歌都伴随着思考并最终走向思想，也只有抵达了思想，诗歌才有了骨骼，有了心脏，有了品格，才称其为真正的诗歌。因为诗歌是诗人对世界的态度和看法，好的诗歌必须从真实中抠出真理，把存在引入到哲学的高度，诗歌形而上的解谜功能就在于此。所以陆健在他的长诗《美轮美奂小诗人之歌》中用理性为现实号脉："诗歌的手臂已经脱白／她扶不起那个叫做现实的大脑袋／人民被催肥，肚腹里装满困顿、焦躁／肠胀气、前列腺炎，等等。但人民／还没胖到不会游泳也沉不下去的程度……唯有自尊，说出来我就自责就想哭／唯有自尊像一块还不太脏的粗布／我们用它做成旗子还是做成短裤？"这是从现实中淬火出来的大地之痛，时代之痛，更是诗歌之痛。它太大了，大到整个存在都充满了痛感，它又太小了，小到只剩下了针尖要挑破这个虚肿的时代。这是用理性来统摄纷繁的世界，也是用形象来化解抽象的认知。诗歌在这里是一剂药，更是一柄剑，它们一起为这个脓胀的时代放血、消炎，让社会重回理性和道德。在犀利和沉痛的背后是诗人的拯救精神和救赎意识。

因此，淬火的诗歌就是写诗人对生命和现实的疼和忧。不论是痛还是怒，诗人写作的起源都是爱，最终还是要走向爱。真实是诗人之爱的第一步，而将爱推向更广远的时空，将是诗歌更高的追求。因此淬火是诗歌的核心，下面要谈的几种火都是淬火的诗歌呈现的多种形态。这就引出了本文的第二节——

炉火："把我眼中的灯盏取走"

写下炉火两个字，情不自禁想起很多年前读到的李南题为

《呼唤》的一首诗："在一个繁花闪现的早晨，我听见/不远处一个清脆的童声/他喊——'妈妈！'/几个行路的女人，和我一样/微笑着回过头来/她们都认为这声鲜嫩的呼唤/与自己有关//这是青草呼唤春天的时候/孩子，如果你的呼唤没有回答/就把我眼中的灯盏取走"。这是一首被爱照耀得内外通透的诗。即使是严冬，读着它，也会有炉火在血管里流淌。一股暖流会从内向外漫延，直到冰雪消融，包括万物之间的屏障和距离，人与人之间的误解和雾霾。这一切都归于也集中在听见了孩子的呼唤，几个女人转过头来的一瞬间。这是诗意从庸常的生活中耸起的瞬间，是炉火被点燃，爱的嫩芽在绽放，整个世界被制纯且温暖又柔软的瞬间。以至于二十多年过去，我一直记得初读此诗的感觉，那恰是无数的火焰在心里扑棱着翅膀，犹如早春的麦苗一夜间覆盖了无垠的大地。

我冗长地写对这首诗的感觉，是想说明具有炉火般品质的诗歌魅力，这也是一种情怀，是情怀的潜动力让炉火自然地发热，并催生着诗歌自动地绽开。所以有着炉火一样情怀的诗人，都对万物怀有虔敬之心，并保持着明亮的心态。让温暖日常化经常化，把感动感恩融化在平常生活的举手投足之间，并成为一种习性和习惯，而不是专门在特殊的时间和事件上才特意地让自己伟大地点燃。怀揣这样的胚胎，诗人们会激动兴奋，随时能发现诗，也随时能诗，随时把热量传播出去。诗人郭晓琦就是在这样情绪的鼓动下，发现了《一个瞎子的美好春天》："……一个瞎子，他感觉到他的老骨头/也有了拔节的声响——/他感觉到，有一条刚刚睡醒的河流/盲目、冲动/在他的身体里横冲直撞——//整个春天，一个瞎子喋喋不休/他指着头顶，对靠在墙根的几个老伙计/大声嚷嚷：你们看看，看看/这春天的天空，蓝得多像天空——"

一个瞎子怎么能看见天空的蓝？这无疑是幸福的通感在濡

染。这是一个瞎子的美好春天，更是诗人身体里横冲直撞的热情和炉火在繁衍和外化。读这样的诗歌，会浑身发热，内心亮堂。这就是正能量，这在冷酷又冷漠泛滥的诗坛显得弥足珍贵。每个写诗之人应全当珍惜，并对美好和万物永葆敬爱敬畏之心。诚如徐俊国在《一个早晨》中写的："……如果碰见一条小河／要跪下来　要掏出心肺并彻底洗净／如果非要歌颂　先要咳出杂物　用蜂蜜漱口／要清扫脑海中所有不祥的云朵／还要面向东方　闭上眼／要坚信太阳正从自己身体里冉冉上升"。这是对待美好的态度，谨慎还要虔敬。因为美如神，圣洁不可亵玩。这也给出了保持炉火燃烧不灭的条件和理由。同时也给炉火的诗歌加重了颜色，让爱意奔流的诗歌有了深沉和思想。因为温暖不能盲目，明亮也不能轻浮。爱意中要有方向，热量里更要蕴含能量。因此诗人不能被炉火烤昏了头脑，要爱得合理，暖得有理。这一切要和淬火的诗歌一样，一定在诗中加进沉思和反思，只不过淬火的思是大痛，炉火的思是大爱。所以李南在《羞愧》中写道："……羞愧啊！面对古老黑暗的国土／我本该像杜鹃一样啼血……"。如果对祖国没有深入骨髓的爱，无法写出这样殷红的文字。这是热烈中的清醒，是诗人在自责自省，更是自救。也是炉火在冒烟，爱得已经疼了，病了！再看陆健的诗歌："……把爱接通到人心里去，以免缺血／紊乱、梗死。接通到企业、机关里去／单位也许就开始有点人的样子／／有爱的人是从内向外的美，尽管遭到／权力和金钱诋毁。政府如果无法让爱像／货币一样流通，它就该天天给自己放假……"这是用理性梳理感性，用冷静透视激情。是给炉火中加煤，加镭，不仅让火大起来，还让它有爆炸的可能。诗歌不仅暖人烤人，还给人方向和力量。诗歌也因爱之思的加重变得深厚而寥廓。

　　所以写炉火的诗歌不只是让自己温暖，更要去温暖深陷大雪和寒风中的别人，对小人物和弱者的怜悯，对不公平和非正义的谴责，让炉火的诗歌绽放出人道主义色彩，也让这些诗歌有了棉衣披身的大温暖。例如林雪有首《电话》，通过一个独眼建筑工人给家里打电话来展示他真实的生活。他每一句都是我过得很好，吃得好，住得好，挣得多。但每一句"好"之后，诗人都把真实的生活剖开给大家看：吃的是难闻的清汤寡水，住的是蚊蝇成群又漏雨的工棚，挣多少看不见，反正是面容憔悴形如枯槁。这样的诗歌宛如利刃刮骨，一刀一刀下去，最后剜出你的心。而不动声色的叙述中让你的眼泪一点点积聚，最后泪如泉涌。

把泪水献给与自己毫不相干的人，就是悲悯，就是让诗歌与生养我们的大地接壤，就是让诗歌主动与苦难肝胆相照。这就引出第三节——

烈火："有一种疼穿骨而来"

有一种疼穿骨而来！这是诗人王鸣久的一句诗。那年新华社报道，一个三岁的小女孩，妈妈由于吸毒被警察抓走，她苦苦恳求把女儿送到姐姐家安置，几名当事警察麻木不仁，玩忽职守，致使独锁在家的小女孩被活活饿死。面对这种不该发生的惨剧，诗人感到有一种疼穿骨而来，他的怒火终于冲破理智和诗歌的堤坝："她渴死在一个雨水充沛的夏季/她饿死在一个稻香千里的夏季/不是天下无粮天府无米天灾无敌/不——是！你看/满大街的人川流不息/行走在饱嗝儿声里/她只是被粮食和水一齐忘记！"诗人写到女孩临死的一幕，一怀深深怜惜，满腔悲痛交加："然而，这是个多懂事的孩子啊/最后的时光最后的现场/她仍然用洁白的手纸把尿水托上/最后的心灵天真无邪/她不想把世界弄脏"。我想，只要有点良知的人，没有谁不被这样的诗歌所震撼，所击穿。不流泪者，可能在流血。诗人就是用这些刀一样的语言，一层层将残酷的现实剥开，让我们在血淋淋的事物面前沉默着，清醒着，反思着，恨着，爱着！

这就是烈火一样呼啸的诗歌，这就是诗歌的肝胆。所谓侠肝义胆，我更喜欢"义"的部分，义代表着挺身而出，奉献和牺牲。这种精神浇灌在诗歌里，就是钙和钢，这就是对软绵绵油腻腻的诗坛一种补充。我也反对诗人态度暧昧，行为畏葸，一味地把诗歌往没有人烟没有风雨的城堡里带。必须重提诗歌的现实性，诗歌的批判精神，这不是复辟，而是恢复和回归诗歌的伦理，诗歌的烈火精神。而且要经常化平常化，并时刻保持敏感和敏锐性，只要那些非正义的现象一有风吹草动，诗人内心的烈火就腾地烧起来。因此当我读到沈浩波的《时代的咒语》时候就觉得特别的过瘾："一个秃驴/眼放贼光/身穿僧衣/坐头等舱"。这显然是即时即景即记的一首诗。这也说明诗人时刻都保持着的正义感和写作状态。我个人非常喜欢这首短诗，漫不经心之间，手起刀落，干净利索。这也说明哲学家靠理性来推论出真，诗人则是用直觉闪电一样洞穿本质，揪出灵魂。沈浩波还有很多这样现实性和批判性的作品，一律地直接简洁，而且准确迅捷。他把语言当剑，啪啪几下挑开外衣，让真相显露。从这个角度来说，沈浩波更像一个游侠，游走在人间，遇到非人性的事与物，随时赐之以飞镖和子弹。所以对沈浩波诗歌的争论不是因为口语，甚至不是下半身，而是他诗中的快刃和锋芒，他的爱谁谁，他的火力之猛和一个都不放过并诛之的态度。说到底，沈浩波以及具有现实批判精神的诗人的作品就是药品，他们用诗歌给迷茫的世界和病态的人生医病，所以这些诗歌都具有启蒙的功效，他们是通过揭穿谎言和表现人性的丑陋来医治有了病菌的人类，通过人类之殇，让人类从彻骨的痛中涅槃。

所以，以思辨为长项的诗人陆健发出这样的呼喊和呼救："假如一个民族优秀的大脑接踵病变/蛛网萦结，堕落倾圮，谎言恣肆/一个民族就到了最危险的时候//假如商人愈加贪婪无忌且愚蠢/试图在每张钞票上写下自己的名字/一个民族就到了最危险的时候／假如人民以自己是人民感到耻辱／蚂蚁在树洞里不再思想劳动／一个民族就到了最危险的时候"。与沈浩波的感性以及小快灵的散打方式相比，陆健更擅长用理性来推理，他的批判链条上的理论依据有政治、经济、社会、哲学等，他批判的对象也不是具体的人和事，而是整体的一种现象和倾向。所以他的烈火燃烧的面积大而深广。

另一方面，烈火的诗歌不仅烧别人，有时也烧自己，对自己解剖，自我批判也毫不留情。譬如毛子的《忏悔》"我穷。／说过谎。／八岁时偷过父亲的钱。至于我拖欠的命，有青蛙、蚂蚁、麻雀／和跟随我多年的一条狗。／20岁进工厂，我嘲笑过一个喜欢我的女孩／原因是她丑。／95年在郑州火车站，面对一个发高烧的农民工／我犹豫半天，但没有掏出钱。……"最后他总结了自己七宗罪，包括写诗是对不起汉语。虽然有调侃的成分，但其中也不乏真诚，还有一种灵魂里深刻的痛。忏悔就是反思，就是一种觉醒，也是一种救赎。诗人如果常能这样让烈火烧烧自己，内心就会纯净起来。

显然现在这种烈火一样批判的诗歌数量还不多，而且那种批判性越来越隐蔽在诗歌里。诗人不能把烈火埋得太深，诗歌需要单刀直入，一针见血。做一个心怀大爱和大痛的诗人，如果仅仅把诗歌的字词句磨炼成金子，把爱情诗写得惊天地泣鬼神，没有普世关怀和烈火一样劲健的现实精神，批判的主动性，只能是诗歌的缺席，诗人的失职。诚如诗人陆健说的，如果"信仰倒地，道德狼藉／即使天才创造出崭新的文体／所有锦绣文章也只能是病句"！

灯火："顶着十二月的大风把灯点着"

除了爱和痛诗歌还要有美。美即理想、情怀和境界与灯光。

为了找到有理想情怀的诗歌，我在书上网上翻看了好久，可是一直没有找到代表了人类的愿望，让我们仰望又普照我们的大理想大境界的诗歌，以及人性天性神性合一的作品。难道诗人们就只迷恋并甘愿在低矮甚至低俗里与琐屑和尘埃为伍？而诗歌的本质原本就是超凡脱俗，并挣脱庸常的羁绊，努力地向上向更高的地方飞跃。这让我想到多年前山东诗人韦锦的一首诗《点灯》："刮大风的夜里，他把灯点着了。小小的火焰被吹得呼呼直响。他为什么要点灯？为什么要和人心一样的黑暗作对，和风，和流沙一样滑动的城市较量？……顶着十二月的大风把灯点着了。点着了？就不再担心被吹灭。就咬紧牙关亮下去。"这灯光就是理想，它的处境就是理想在现实中的境遇：孤独又随时可能被扑灭。但是既然从黑夜和俗世中脱颖出来，就要坚韧地亮下去，咬着牙也要坚持把光明举过头顶。

谁也说不清理想要抵达的地方是个什么样子，但是人天生有对高度的攀援感。这和诗人写诗相同，说不清诗歌最终能导向哪里，但是有一点是清楚的，那就是必须要从地面超拔出来。所以大解写到："一个人把自己从人群中拔出"，大卫诗歌的标题直接就是"请允许我无限地接近苍穹"。所以向上，一直向上就是诗歌也是灯光导引的方向，哪怕结果可能什么都没获得，但是在超脱俗世努力向上，接近美接近诗接近理想的过程中，人的心灵乃至灵魂都获得了解放，并充盈着光。所以理想之路不论多么艰难诗人们也要把灯点亮，并跟着灯光前行。所以韩文戈在诗中说："大风过处，所有事物都在顺风弯腰，我也是/但那棵树却挺立着，像黑暗笼罩时，总有人会在体内点起一盏灯"。这是人在理想面前的状态，哪怕有时会忍受屈辱，甚至偶尔屈服，但挺立的姿态不会变的，而且越是黑暗的时刻，身体里的灯盏就会越亮。这是一种英雄主义，是尼采的强力意志和酒神精神的转化和移植。

这就是诗人们对理想决绝的义无反顾的态度。但是我们再从相反的方向考察，这种理想情怀能对诗人的具体写作带来哪些影响，或者说当这种理想情怀融化到诗人的写作实践中，他们的文本将是一个什么样的面貌？我们来看几乎隐居的诗人何诗人的几首短诗：《落叶》："秋天了　我的院子里堆满落叶/它们颜色金黄/风也吹不动它们"；《月光》："你提着裙子从后山上下来/树叶在晚风中浮起/月光在木门上涌动"；《天鹅》："它们在山间/散步　打盹　清理翅膀/躲过了世上的尘埃"。何诗人心如闲云野鹤，大部分时间在燕山脚下喝酒、读书，写作。散淡自由，真而纯。他写诗就是从心灵里挑出杂质，让血管里没有血栓。外去繁杂，内除欲望，其主旨还是超拔和提升。他把自然当神，并把自己融入其中，让自然一点点啄净自己。所以他的诗歌绝尘而静美，还有一种禅修与觉悟。这就是情怀给诗歌带来的境界与神性。

而神性是诗歌现场最缺的品质。我说的神性不是狭义的神和上帝，而是爱因斯坦说的宇宙宗教感，即对宇宙中那种尚不可知的或已知的尚不可解的秩序"怀有一种崇敬和激赏的心情"，从而让人对大自然中的神圣感和神秘感心存敬畏，并自觉地遵守并规范自己的行为。正是这种对大自然的崇敬与畏惧，让另一位诗人吉狄马加把自然尊为至高无上的神，并把绝对、永恒、无限作为主题和理想，写出了具有神性色彩的长诗《我……雪豹》。这里雪豹象征着神灵，在当下就是人内心的秩序，有了它人就不迷茫。就会减少欲望和行恶之举，让文明和爱朗照心灵。所以施勒格尔在《思想集》中说："神，我们是看不见的，然而，我们处处都看见神一样的东西，而且最先最重要的，是在一个明智的人心中，在一个活生生的人为作品的深处见出它。"

这里哲学家说的神就是自然和诗歌中感受到的神性，也是诗人要表现的情怀和大美。在心智相同的诗人那里，写作比拼的不是技术，而是情怀。当下诗坛格局小，又缺少大诗长诗，其实就是神性的缺席，理想的抽离。就目前的写作现场，表达理想的方式就是诗人要将一种题材推及到极致，写出具有神性光辉的大诗和长诗。从世界范围上看，欧洲出现过但丁的《神曲》，歌德的《浮士德》等。中国进入新世纪以来，这种大理想大境界的长诗出现了断流。另外诗坛还需要为某种信仰、哲学理念和诗学主张的写作。这是诗人精神和理想的文本化，也是抽象理论的具象化。所以写大理想大境界的长诗，是当下诗坛的需要，也是文学史在呼唤。我们不能因为急功近利、蝇头小利就让长诗大诗史诗断送在我们手上。不论合不合时宜，我们都要顶着风把理想点亮，并咬着牙一直亮下去。

地火："我喜欢波浪能把我带得更远一点"

"我喜欢波浪能把我带得更远一点"，这是臧棣的一句诗，我用它来说明诗人们的技术野心，也就是要将诗歌的技艺推得更远。所以这一节要说的是希望诗人的技术探索像地下蹿腾的岩浆，不声张却永远旺盛永不休止。

诗歌是技术，诗歌的进步就是技术的更新和革命。但这些年诗歌技术处于平稳保守甚至休克的状态。所以需要诗人有勇气去探索，去颠覆并创造新的技术，以保证诗歌的鲜活性和先锋性。当然先锋也并非先进，但是从先锋中我们会看到诗歌在突破，看到新鲜的活跃的特别的诗歌元素在成长并丰富着我们的诗学，在强行迫使我们的思维做出反应和改变。这是新的力量，也是一种新的美学基因在漫漶和生长。

在我的阅读范围里，我觉得臧棣和陈先发的诗歌中技术含量较重，读他们的诗歌有一种被唤醒的感觉。因为他们的诗歌对我们惯常的思维是一个撞击，犹如一个重器，击中了我们大脑中浑噩的部分，让我们一激灵的同时惊呼：原来诗歌可以这么写！所以他们的诗歌是对我们智性和智力的开掘，也是提升。让我们思维沉睡的区域开始苏醒并激活，这是我们平时浑然不觉甚至完全以为不存在的部分。所以他们的诗歌是对人的一种洗脑，并力图把我们深陷在日常习惯泥沼中的思维拔出来，清洗并改道，譬如臧棣说："大雁飞过漏洞（漏洞喻天空）"，"舌头上的楼梯"，"真理是一条绳子，／它粗到一定程度时，／我就用它来鞭打一群野狼"。这些都不是简单的比喻，这背后支撑的是诗歌写作新的原则和选择。

而陈先发的诗歌是有电的，因为阅读中总有被电击和蜂蜇的感觉。这是我们的感觉被一次次刷新，思维的边界被带远了。他的诗不是某个语言片段的出彩，而是整体诗歌模式的变革，或者是变种。它迥异于原来的诗歌族类，是一个有着自己的外形和内脏以及自己的制度和秩序的诗歌新族和国度。譬如他的《前世》似乎写的是梁山伯与祝英台蜕变为蝴蝶的传说，想象的出人意料，情节的大开大合，还有感情的一剑穿心，都已经到了令人惊叫的程度。仅以其中一段为例："要为敌，就干脆与整个人类为敌。／他哗地一下脱掉了蘸墨的青袍／脱掉了一层皮／脱掉了内心朝飞暮倦的长亭短亭。／脱掉了云和水／这情节确实令人震悚：他如此轻易地／又脱掉了自己的骨头！"新鲜的语言资质带来了犹如触电般的疼痛、惊醒以及蜕质和新生。而最美妙也是这些诗歌的奥妙之处是你感受到了电击，却没法看见电。

所以我视这些为他们对诗歌技术的贡献。而在比他们年轻的刘川那里，则显示出更"另类"的写作方式，我视为诗歌的思维革命。因为他拗着诗歌传统，把诗歌写得不像诗，写得好玩，类似即兴的嬉戏。他是要揪着你习惯于顺流而下的思维往山坡上拽。譬如他看见孕妇们排队检查想到："……她们体内的婴儿／都是头朝下／集体倒立着的／新一代人／与我们的方向／截然相反／看来他们／更与我们势不两立／决不苟同／但我并不恐慌／因为只要他们敢出来／这个世界／就能立即把他们／正过来"。好玩，幽默。但笑过之后有更沉重的东西在心里重重地夯一下，这才是前面说的大吃一惊的感觉。它包括两方面，一是他的造句功能已经到了从来没有的地步。二是思想的深刻和尖锐，就是当你被文字的嬉笑吸引时，他突然一亮剑刺中你的咽喉。所以他的游戏是圈套，通过游戏给你真相扎你麻木的灵魂才是目的。

需要指出的是，技术革新与情怀并不矛盾，情怀是胸襟和格调，技术是修辞和方法，胸襟广阔志向高远的人，会更有气魄和胆识将技术推向更高更远。当然我们也不否认确实有志大才疏的诗人，但是这些诗人肯定在三流以下，他们可以壮大中国的诗歌队伍，但技术的冲锋陷阵肯定轮不到他们。中国诗歌发展需要的是一流中的一流，需要心智超群的诗人，他们在诗歌现场的最前沿，他们的智力智商根本不是问题，可以说这个层面的诗人个个身怀绝技，都是一等一的技术高手，诗歌天才。但是为什么诗歌技术发展不大，就是那些看不见的软件，即内功在起作用。其实就是眼光和视野，这后面最关键的就是胸怀的大小和高低。所以情怀越大，技术发展就越快，这是剑客和技术的关系，只有他的内功深厚了，境界高了，剑术才能有突破性发展。

结语：以上是我认为诗坛需要点旺的五种"火"。几部分互相关联，是因果也是递进。希望诗人们点燃生命之火，让高扬的激情和创造力不断打破诗歌写作的桎梏，建立新的更耀眼的秩序和诗歌美学原则。这也是情怀，希望这种情怀之火催生出有理想又有生命质感更有深度美的全新的诗歌文本。

百年新诗需要恢复和坚守些什么

概述：经过百年的发展变化，中国新诗已经确立了自己独立且耀目的诗学系统。但是活跃和喜新厌旧的品性一直让新诗处在前沿和动荡之中，速变与速朽是新诗的特征也是技术更新的动力。这让几年前的好作品，在今天就如明日黄花。先锋和新锐使新诗青春蓬勃，也激荡不稳。所有这些就导致当下诗歌这样一个事实，就是新诗在进化的同时，也在变异。譬如体积越来越肥大，体质越来越松懈甚至拖泥带水，诗歌与其他文体的边界越来越模糊。这些技术层面的探索不是最让人担心的，因为艺术有自身的调控功能，探索一旦过了头，自然会被淘汰和摈弃，最终还是要回到艺术的本源上来。但是过分的诗言智加上对世俗趣味的沉迷让诗歌中的志向即理想越来越淡化，审丑在流行，低迷低俗以及苟且犹如诗歌中的阴霾在弥漫。在一些优秀的诗歌里，我们虽然能看到人生的真实和真相，但骨缝间渗出的冷和残酷常常让我们毛骨悚然。与此相对的，是一种看起来明亮阳光，但是没有真话，通篇是虚假的歌唱与廉价的抒情，还不如前者。诗歌需要热爱和温暖，需要气度高度和温度。诗人怎么能在更广大的公共空间真实发声，并气贯长虹，这一切必须需要诗歌主体也就是诗人自己要恢复和遵守博大正气的诗歌伦理，和舍己为人的写作传统，既心境上高上云端，心态上又低进泥沼，并有以一己之心去焐热整个世界的英雄主义和襟怀。下面就具体说说要恢复和坚守哪些品质，并让这些原有的诗歌光芒重新绽放出来。

还凌云之志，除功利之心

诗歌要有大境界，首先需要诗人自己要有凌云之志，人之所以需要诗歌，就是人先天就有对高度和美的向往和企盼。人活着不是为了爬行，而是为了飞。飞的幸福在于体验"绝云气，负青天"，扶摇直上九万里的逍遥与壮美。而能飞多高取决于人是否能像鲲鹏那样有大翅膀大志向大智慧，如果像家雀那样满足于一把米粒、一米高的篱墙，再大的翅膀也会退化和完蛋。诗人要飞起来必须要不断地聚集信念和力量，不断地给精神注入氧气并清洁心灵。而欲望是毁坏诗人心灵的硫酸。所以诗歌要高耸入云，不仅诗人的胸襟要无限大，而且必须要剔除功利之心，一点杂质就会使诗歌的引擎灭火。

功利之心有别于想把诗歌写进文学史和不朽的雄心和野心，后者是用文本说话。也就是说，后者是诗人把诗写得像诗是诗，通过文本的出类拔萃来实现他们的诗歌抱负。功利之心不是这样，这类诗人图解政治概念，肢解公共人物和话题，迎合某种活动和节日，然后堆砌伟大华丽的形容词，极尽谄媚之能事。作品既没有真情实感，也没有独立思考。我不反对写这类题材的诗歌，重要的是一定要有感而发，大题材中凝结着诗人自己的发现和思想。贺敬之和郭小川当年都写过政治题材的诗歌，不管今天我们怎么评价他们的诗歌，但必须承认他们当时的热情和真诚，因为他们不仅是歌颂那个时代，也是在抒发自己为之奋斗的理想，不管他们面对的是延安还是团泊洼，他们的歌唱都是掏心窝的，既真实又真诚。但现在这些诗人不是这样，他们根本就不信仰他们歌颂的这些，他们这样写的目的是为了当官发财，诗歌是他们的敲门砖和入场券。这也是一种贿赂，他糟蹋了诗歌又丧失了诗人的良心。所以做一个真正的诗人首先要铲除这种诗行贿的心理。

第二种功利之心，是急于成名东拼西凑，这种诗人缺乏才气，又私心膨胀，为了快速成功，就改编甚至抄袭别人的诗歌，把甲乙丙丁的作品揉搓到一起，改头换面，新瓶旧酒，甚至空瓶无酒，只有瓶子上的花纹耀眼唬人。这样的作品注定没有灵魂，等待清洁工打扫进垃圾场。

这样的功利之心必须剔除，否则诗歌难以有血有肉有魂。诗歌需要轻，而功利之心就是绑在身上的金块。太沉了注定无法飞翔，如果在水里，不但游不起来，还要被金块坠沉。这金子就是欲望，就是名利，把名利场上的东西强加给诗歌，就是让娇柔的美女去货场扛麻袋，不仅害了美女，还坑害了这些货物。

诗歌是柔弱的，又娇贵又难养。它需要诗人小心耐心还要有赤诚之心和洁净之心，即使这样它也不一定能成活，还需要天机和神赐。诗歌不是诗人努力就能获得的，诗人在寻找，诗歌在徜徉，时机不对就错过了。要遇见需要机缘。而真的得到了，诗歌除了给诗人心灵带来无限的喜悦，其他实际的东西几乎没有。所以我们只能对诗歌一厢情愿，尽管这样，诗歌也经常是冷屁股对待我们的热脸。这一切表面，诗歌与功利势不两立。

为了剔除功利之心，诗人要学会用减法生活，减去一切沉重的背负，剪去一切与诗歌无关的枝枝蔓蔓，让心灵轻松，让写作飞翔。这让我想起一位诗人朋友，他说这辈子如果不饿死，他就永远只是读书和写作，决不做其他。三十年前这个样子，三十年后依然这样。他就是这个时代的激流中挺出水面的礁石。功名利禄与荣华富贵都不能撬动他一点沉静的目光和对诗歌的热爱。他的写作和人生因此而飞升，因为他的心里容不下一点尘埃。

要锋利之思，少世俗之心

诗歌要有烟尘味，但诗人不能媚俗。诗人要尽量与世俗远，诗歌尽量与人间近。诗人只有跳出了世俗，才能把诗歌写得既亲近又超拔。更主要的是诗人需要如刀一样敏锐和锋利的思维，这样才能让他在杂乱无章熟视无睹中把诗逮出来，哪怕是细如发丝的诗意也能切下来。这说明诗人都是充满灵性的，是一个能和万物说话的人。他们写诗，不依赖经验甚至不是思想，而是与生俱来独一无二的感觉。第六感，那冥冥中的神秘之光，像上天赐给诗人的神来之笔和来去无影的灵感。诗人就用它们来调遣着事与物，来选择自己的话语，对生活削铁如泥，使诗歌既出人意料，又像刀尖一样尖锐快捷。而保证诗人思维这样敏捷地运转，首先就是诗人一定固守本我，做自然人，防止被社会异化。做到这一点，必须减少世俗之心。

这是前一个问题的延续，只是轻与重的关系。功利是写诗的大病，世俗是写作的一般性疾患。世俗犹如灰尘，多了就会让机器锈住，运转不灵。灰尘更多的时候，就是雾霾，雾霾灌满诗歌，就是一种脏，一种低俗。那就没有了诗意，没有了诗。而生活中我们又无法屏蔽世俗。每天的柴米油盐，遭遇的生老病死，大一点年龄的诗人还要抚养孩子，赡养老人，等等一切生存之必须让我们不可能全部地剪去世俗行为，可以世俗一点，但绝不能庸俗，更不能低俗。因为我们写诗的根本目的，就是要超越缭乱琐屑的生活，让诗歌和心灵进入到境界中。

所以我这里的"减少"延伸出两方面，一是诗人要清醒，不论何时何地要清醒地知道你在做什么，对自己的所作所为，是与非都要一清二楚。二是在写诗的那一刻，就是面对白纸的一刻，一定要剔除俗心，让心灵空成一张白纸。只有这样性灵才能灵敏，才能自由自在地超拔和潜入。情思才能"乘云气，御飞龙，而游乎四海之外"。

为了让诗歌减少些俗气，诗人尽可能少参与一些无聊的活动和聚会，尤其是各种庆典的商业活动，以及政客和暴发户们的酒局。不能屏蔽就躲避。不能全身心告退就间歇性逃避。写《瓦尔登湖》的梭罗也不是整天待在山上独居冥思，他经常在晚上出溜下山，到同道的朋友家里，饮酒弹琴，秉烛长谈。只是在嘈杂的白昼在山间树林里，面对清澈见底的湖水净心修神。第二种减少世俗之心的做法就是躲到书里去，这是想象的世界，诗意的世界，理想的世界。书是一个屏障，直接把尘埃和杂质挡在了外面，让我们的灵魂逐渐清澈成纯净的泉水。还有很多诗人用喝酒保护自己，拒绝异化。最著名的酒鬼诗人是美国的布考斯基，这家伙多次从酗酒中死里逃生，酒毁了他身体，却保存了心智的完整，酒是一个硬壳，让那些有害于写作的虚荣名利无法进入他的思维。所以他的写作真实强硬。被称为"一个难对付的家伙"，他自己也说："我一辈子顾虑我的灵魂，我永远一手拿着酒瓶，一面注视人生的曲折，打击与黑暗，等待死之最后到来。"布氏受中国诗人推崇也就是源于他身处底层，又绝不与世俗妥协的灵魂。

这也提示我们，诗人要坚持一些怪癖，譬如：偏执、冲动，甚至尖刻、爱急眼和不合群。这些特性让他们眼光尖锐，思想坚定，思维敏捷，才思汹涌。这些怪癖就是保护诗人敏锐和纯正的盾。否则太大众太合群他可能是个受欢迎的好人，但是他的目光锈滞思想迟钝，在写作上就是脑瘫。如果太世故甚至市侩和圆滑，不但写作上毫无发现和创造还会违背诗人的天职变得美丑不分善恶难辨，甚至伸着喉咙为虚假歌唱。

所以诗人需要一颗真诚而脱俗的心灵。这是因为真诚而脱俗是诗的境界，同时也只有真诚脱俗才能保持写作的敏锐性，才能时刻从灰尘满面的生活里敲打出诗情。

坐禅之修与寂静之心

功利和世俗没了，自然就是宁静了。但保持宁静的状态，是寂寞的。我曾经写过，应该有这样一位诗人，他的作品一尘不染，内心也没有尘埃；他的诗歌超拔，行为也与之一样超然物外。这样的诗人是文本与行为统一的诗人，是一个有境界的诗人，他不仅写诗，更像诗歌那样活着。这样的诗人能朝饮白露，晚看菊花。每天端坐在白纸旁，看朝阳老成夕阳，让时间在自己的身体里编织着春夏秋冬，脸上的皱纹多了，心灵里的杂质却挤光了。而且几十年来就这样过滤着，纯粹着，直到把自己纯成陶器，哪怕落满了灰尘，擦一擦依旧闪烁着新鲜而深沉的光芒。

这说明写诗犹如坐禅，信徒道成肉身，诗人肉身成诗。有人朝拜为了圣灵，诗人写诗为了神明。一条灵魂的皈依之途，一场盛大的洗礼和净化。洗去一切杂念和欲求，净化为充盈和敞亮。上帝用圣灵柔化人和心灵，诗人通过写诗走向圣灵和神明，整个过程就是信徒的修行之路。这是一条通往人的内心最深远的路，诗歌就是探测人心灵的同时又引导着心灵走出迷惘走向神明。在这个道路的尽头是一种自由的充满的超然的明亮和透彻，是完全卸去沉重的肉身和欲望后的轻松安详平衡和美。这一切与坐禅一样都是为了清心羽化，让身心和诗歌一样弃绝凡尘，让心灵宁静，让人生清澈。

所以，当下不缺乏优秀的诗人，缺乏的是上面提到的能把生活羽化成诗歌一样的人。像诗歌那样活，就是把诗歌的境界和精神带进生活，那种超然与绝尘不再只是写作中的一种高调和秀秀，而是要化成一种行为，一种实实在在看得见摸得着的走动和声音。

做到这一点，间歇性躲避是肯定不行的。还需要一种大隐和炼狱般修为的精神。也就是通过全身心的隐和禅进入到静思的状态。这让我想起美国作家福克纳。这个乡村老头晚年终日把自己关在一个地下室里专心写作，一日三餐由妻子送到门口。偶尔有事上街，遇到熟人打招呼他就慌慌张张地逃跑。类似的例子还有德国的海格德尔。海格德尔曾经到乡间逗留，住在山上的小屋，独自倾听群山深林和无言的农田，和农民们一起烤火，看豹子钻进鸡棚以及母牛在早晨产下牛犊。那个时代作家们还没有学会作秀和炒作，他们的这种做法，不只是减少无用的世俗之举，因为他们的内心早就干净了，更重要的是他们在寻找一个自然自由的精神平台，让心灵因静而活跃起来。因为只有静才能沉思，也因为只有思了才能产生真正的诗。

守住寂寞进入静思的境界，要培养自己的孤独意识，沉进孤独首先要靠意志，因为这是一个苦行僧之路，就像前面提到的，诗人就是通过寂寞来参悟静修的境界。但这个过程并不痛苦，反而充分享受了独自冥想冥思的快乐和自由。它的程序是沉思沉醉再迷狂，然后就是创造和创造带来的幸福感。像前面提到的福克纳和海格德尔不正是在孤独中自给自足，愉悦满心嘛！

这是人境的快乐，更是独思与创造的快乐。这让我想到《二十四诗品》中超诣一格。是说诗人在远离尘嚣的自然之纯景中，会与"道"相通（也就是通灵者），写起诗来就能超脱世俗。乱石乔木碧台余晖中构思吟咏会忘了自己，完全沉醉在艺术的韵味之中。这就是寂寞开出的花朵，也是寂寞本身的快乐和境界。

　　静思另一个境界就是让诗人变得单纯，单纯使诗人的心灵明亮干净并活跃。那些目光所及的一切都会引爆诗人的写作点，那些周围的事物，不论多么渺小和琐碎，他都能从中看到人类生活的样子，复杂的被他的单纯过滤成简单，单纯又使诗人的写作变得执着。同样因为执着，人的心胸变得博大，变得柔软，变得淡泊和干净。从而人和诗歌都进入一种真境界。

侠义精神与同情之心

　　古代传说，儿子为了给继母找到治病的活鱼，便在冬天把身体贴在冰面上，来使坚冰融化，捞上鲜鱼。这种献身行为有两个意义，那就是一个是义举，一个是温暖之心。这恰是我们当下诗坛匮乏的品格。诗坛也需要呼唤融冰精神，这也是一种大爱。有大爱的诗人，哭能惊天地泣鬼神；笑能让山河鼓舞，时代振奋。这就是当下提倡的正能量。正能量的核心就是正义感和同情心，前者是路见不平一声吼，后者是为别人的痛苦捧出自己的热泪。这是古今中外所有优秀诗人共同的写作原型，也是能成为一个诗人最基本的元素。所以正义感和同情心是诗人的两翼，它们构成诗人完整的人格和心理胚胎。一切爱恨由此发轫，一切写作由此出发。

　　因此，同情心就是良心，诗人就是人类的良心。诗人不仅要有勇气去挑战丑恶现象，也要有温暖传递给弱者。我强调保持这原有的诗歌传统，是因为本文开始提到的诗歌太冷，诗人太自我的现状。诗歌必须要进入生活现场，进入到广大的公共空间。诗人要敢于发声，要和时代一起呼啸着前行，筚路蓝缕，休戚与共。诗人不能太冷漠，太自私，各人自扫门前雪，要关心与自己毫不相关的事，不仅仅是隔岸卖萌，诗人连同文本都应该搋进现场，流汗流血流泪。

从历史上看，每一次社会变革和重大事件中，诗人从来没有缺席，而是呐喊着冲锋在前。尤其在2008年汶川大地震的巨大灾难面前，诗人们义不容辞地递上自己的肩膀和使命，让诗歌成为安抚人的心灵，振奋人的精神的一杯水一块面包一面旗帜。可是短短几年，为什么在个人常态的生活中，在巨大变革的时代面前，诗人们又回到挖掘内心和潜意识，不厌其烦地把玩技术的小手艺之中？这种类似自慰的写作状况使诗歌成为私语者，也使诗歌越来越多地失去了读者和生存空间。

诗人们必须抬起头来瞭望远方，让目光越过自己，旁及到那些和自己毫不相干的别人的境遇，这就是一种品质，一种爱，一种大的同情心和悲悯情怀。于是同情心就上升到宝贵的侠义精神。侠义不仅是情感上的援助，还有行动，所以这个词总是让人热血沸腾，它代表着正义和真诚，坦荡和牺牲，还有情谊和泰山一样的信诺。它让诗歌充满情怀和高度。所以古人云："侠之大者，为国为民。"有侠义的诗人才是大家，有侠义的诗歌才能大气。一个自私的诗人也许能写出几首好诗歌，但绝对无法写出与时代比肩的大诗歌。

更重要的是，侠义的诗歌有温度，它是雪里的炭火。写温暖的诗歌，给读者带去热量是当下每个诗人的责任。诗人不能只沉迷和陶醉在把字词以及比喻句打造得惊天地泣鬼神的乐趣之中，也不能把头缩进自己的情绪里一味地放大自己的愁怨，诗人不仅需要大我，更需要忘我。诗人的胸怀不能像大海，也要做一个广场，让大家踩跳跑，尽情地释放快乐和愉悦。何况这世界还有那么多不公需要诗人拍案，还有那么多不幸需要诗人关爱。譬如诗人周庆荣在油画《石壕吏》面前，痛斥凶吏，又为受苦受难的老叟泪流满面："太阳升得高一点吧，当初红艳艳的血性只需一点点的高度就会有光芒，请一视同仁地照耀人间每个角落，尤其不能让石壕那里继续黑暗潮湿。"这就是同情心，并上升到侠义精神的一种表现。

侠义精神的又一个表现就是让诗歌有了劲健的力量，因为它是诗歌中的钙和铁甚至是钢。有了它诗歌就充满了浩然正气并慈爱温情。诗人怀揣侠义来写作，就是一边铸剑一边育花。所以同情心是诗之胚胎，侠义就是诗之枝干。有侠义了诗人就有了胸襟，胸怀大了，心灵就变得温润善美，投射在万物和作品上，才能红润温暖又深情和爱。这种自动地去接纳和感受别人的苦难，又与苦难能肝胆相照的诗人才是当下最需要的诗人，才是走出自我又能忘我的诗人，是有血有肉的诗人，是诗人中的诗人。

总结：忌功利和世俗，坚守寂静和侠义，这是诗人原本的品质，只是被当下的诗人给弄丢了，或者说给边缘化了。这里重申就是让这些品质重回中心，重回诗歌现场。因为诗人拒绝世俗，但不拒绝生活，而且对生活充满了一种较之常人更强烈的爱，爱让他们敢于挺身而出，捧出肝胆；爱也让他们专注于心灵，超然宁静。这是诗人外内兼修的品格，从而实现诗人有血有肉又真诚脱俗的诗歌理想。

何为诗者　诗者何为

—— 十悟《三余堂散记》

概要：文章可以貌相，即通过外貌窥见灵魂。近读商震的《三余堂散记》随笔集，就处处感到诗人的音容活跃于纸上，仿佛万物也被诗人的性情柔化，变得灵慧而通透，且喜怒形于色。

这说明诗人较之其他作家更率真，更敢于表达自己的爱恨好恶，而且果断迅疾，这就让这些文字有了精血和呼吸。有时剑拔弩张，有时又宽宏大量。文与人合一成一柄长剑，用剑尖挑开瘀血，还是用剑身拍拍读者的后背，取决于握着剑柄的手，准确地说不是手，而是诗人的心肠和爱憎。更多的时候商震是一个散打高手，继续着在别人漫不经心时突发冷箭的写作习惯，让人警醒并痛而舒服着。令人佩服的是与那些把有趣写成无聊的作家相比，商震把很多无聊的事写得趣味盎然，气血贲张，这就让这些短小的文字像散落的钻石。这也印证了宝贵的东西无须庞大，在那些裹脚布一样臭而长的文章中，最终让我们汲取又记住的精华又有几何呢？所以我把《三余堂散记》媲美我喜欢的另一本诗歌笔记《随园诗话》（清·袁枚著），它们都是诗人感悟，诗歌二三，有发现有创造，有一腔热血，也有一针见血。同时《三余堂散记》也像《论语》，诗歌《论语》，主编《论语》。半部《论语》治天下，一本《三余堂散记》，晓文坛，懂人伦，还能学会写诗，此乃真品珍品也。所以，《三余堂散记》的价值不只是悦目润心，更重要的是它对我们思想的撞击和启悟。下面本人用十个关键词来试图表达《三余堂散记》的十种品质，我把这视为纯个人化的读后感。

玉　质

《三余堂散记》中，大部分时候作者都是居高临下，指点江山，但说到一个事物时，商震却陡升敬爱，且小心翼翼。这就是——玉。他敬玉爱玉畏玉，皆因玉之温润、坚强、宁折不弯。他说："刘关张桃园结义，誓同生死，是玉之诺言。梁祝化蝶是玉之向往，岳飞的还我河山是玉之生死观。"这里玉喻君子，即理想和境界，以及与人与文与一切审美品格的终极。而在我看来，玉的本质就是固守内心，建防火墙，拒绝外部病毒的侵入。

即使身上落满几千年的风尘，擦一擦依旧是晶莹灵透。而纵观当下红尘滚滚，社会的肺部塞满了雾霾，呼吸道已经感染，全民在干咳。而敬玉爱玉就是呼唤一种清洁精神，用玉的纯洁和精气来清除心灵里的杂质，来给整个时代消毒消炎。那宁为玉碎不为瓦全的决绝态度，恰好凸显出与尘俗势不两立的高洁品格。所以玉在这里隐喻的是清白的人格，清明的政治，清洁的社会。"清洁"在这里是形容词动化，就是清理和净化，一种主观地主动地去清而洁的动作和意义。这就让玉的精神有了行动，有了实践，有了具象。其意义也就超越了传统文人面对浊流时把旁观躲避作为超拔的个人修为了。

尊　严

对玉的敬仰，其宗旨就是对尊严的坚守和维护。首先尊严即骨气，所以商震崇尚晋代的陆机，面对死亡从容淡定，显示了文人的风骨。"秀兵至，机释戎服，着白帕，与秀相见，神色自若。"仿佛陆机不是去赴死，而是去赴宴，面对官兵，换下制服，穿上休闲装，把象征清白的白帕端正地戴在头上。这一切都是玉的精神的外化，更是把尊严推向极致。其次在生活的常态下，商震认为尊严的体现是要敢于表态，表态即亮剑。他说，人事复繁，无非善恶。中国人的善就是儒家那些，仁义礼智信，忠孝廉耻。对善恶的态度就是诗人的爱与憎。所以在大是大非面前诗人要敢于发声，这时沉默不是金子而是狗屎。那些不说假话也不说真话的人说的只能是屁话。再次商震认为尊严只能说真话，一是一，二是二，而不能说胡话和谎话。他拿给红包的研讨会上那些名嘴名家昧着良心胡吹为例，他说当那些把尊严、敬畏都豁出去，并感觉不到上帝还活着的人讲话时，其话语也就和狗屁一样，瞬间一臭了之。这就是商震散打的特点，不经意间一箭穿心。尊严的核心就是要脸，"名嘴要管住自己的嘴"，不能用无耻当盾牌。

所以尊严的底线就是说真话，守廉耻。要保持骨气大气锐气，更要坚持浩然正气。

诗　性

这是《三余堂散记》寄托和倡导的理想。其本质属"不读诗，无以言"范畴。具体就是以诗为核，向外辐射，一切都濡染上诗的光辉和美。它的基本立场是扬文抑官。所以商震推崇陶渊明和庄子，在他看来陶渊明就是诗人的替身，庄子本身就是诗歌的隐喻。二者都集中了诗人的理想和审美观。商震尤其喜欢庄子，且不能自持："庄子不张扬，粗茶淡饭，布衣草鞋，安静为邻，寂寞为伍，读书著述。拷问神秘大千世界。"这就是商震理想中的诗意人生，干净超然，是诗性的具体化和行为化。这情结让他情不自禁地向诗人倾斜："天下最牢固的友情是好诗人之间的友情，澄明、透彻、肝胆相照，没交易纷争，没利益纠葛。"看来看一个人的好坏，该以诗试之。这是他的经验，更是诗成肉身的体现。同时也是清洁精神的延续和扩大，而诗化就是清洁化，就是美化。正是基于诗歌乃至文学的中心论，他为孟子惋惜。他认为孟子散文大气磅礴，雄辩刀刀见血，但政治狂想症毁了老孟的文学天才："如果孟子不玩政治，专心写散文诗歌，文学成就将大于屈原"。虽是一家之言，但说明在商震的心里，文学重于泰山，文学是个人的事业，但当它被放大时，就是人类的世界的，就是永恒的。而更可贵的是当一个人的生命被诗歌照亮，即使渺小，也能让这个污浊的世界变得干净一点，这就是卑微者伟大而诗性的行为，是商震清洁的文学理想。

凛　冽

这是说《三余堂散记》的锋芒，是作者对不诗性不人性事物的凛然决然的刺击。这种反思和重估商震从读史开始。历史由于远了，反而看得更清。清晰了，态度就明朗且谈笑风生中手起刀落。譬如商震钦佩但不喜欢被称作圣人之师的管仲，认为他感情不专一，当过三姓家奴，最后服侍自己刺杀过的敌人。还有明末清初的豪杰黄宗羲，晚年写了《明夷待访录》，想以此巴结朝廷。商震认为这充分表现了知识分子弱点：像小妾，待人宠。因此商震得出的结论是：有知识没有挺拔的脊梁就会发生满腹诗文，而斯文扫地的事。

做出如此决断，商震排除了社会学，依据的是人品和情感，包括忠诚与真诚，仁与义。这是人的核心品格，做到了就是好人，丧失了只能是政治上的策略和交换，与人品无关了。也就与敬仰且行且远。他也以此为尺度来衡量现实，厚道为本，奸佞为邪。所以当倚老卖老的评论家讥讽评论后生："你咋就成评论家了？"时，商震立马拔剑：在高龄嘲笑乳幼中的后生，后者并不可怜，而前者可耻。继而商震更剑指灵魂：有些无耻者，还遮遮掩掩，这老者直接撕去遮羞布，无耻中又露出厚颜，老不要脸也。对丑恶的零容忍，让商震的剑不仅凛冽，而且还剑气冷气直逼灵魂。

朴　鲁

凛冽的背后是商震的仗义与侠气，能路见不平一声吼，足见其骨子里的诚朴与本真，商震通晓人情之练达，却能始终坚守原初的朴鲁，这不能不说是一种境界。在《三余堂散记》中多处可见其对正义的仆伏，对真理的敬畏，对友情的放任。在商震看来好诗人都是天分技艺皆高之人，但是除此之外，要有一副好心肠，侠骨柔肠，古道热肠。商震身体力行，先做这样的人，朋友来了有好酒，敌人来了也递上宽容。滴水之恩涌泉相报，所以夜里常梦恩师作荣，醒来泪成诗行。对于那些装逼的权势者，他也不尿。所以他读张岱读黄宗羲才能读出常人忽视的短板来。他深知孔子说的君子周而不比，小人比而不周的深意，但依然在墙上挂上自己的座右铭："吾日三省吾身，为人谋而不忠乎？与朋友交而不信乎？传而不习乎？"这座右铭是一面镜子，每天睡觉前商震都用它来照照自己的行为，照得久了，就照出襟怀和心眼来，当然是寥廓而无垠的襟怀和心眼。所以这朴鲁与凛冽代表了刀背与刀锋，宽厚与锋利，慈爱与仇恶。它们合在一起，让《三余堂散记》丰腴又浩荡，虽然短小但储藏着无限的爆破力，如镭。这让我想起明代洪应明《菜根谭》中提及的："文章做到极处，无有他奇，只是恰好；人品做到极处，无有他异，只是本然。"本然即朴鲁，在当下做到这点是难之又难，贵之又贵。

疏　狂

有句古语叫：与其曲谨，不若疏狂。是说做人与其曲意迎合拘泥小节，不如坦荡大度，自由放达。《三余堂散记》中对史对事的态度就是疏狂，即坦荡自由，敢言无忌，其中蕴含着率性和机智。所以读这些文字常常捧腹，感觉也时时被刷新。大概"三余"时间商震多用来读书了，他常常把旧事翻新，在古人忽视的蛛丝马迹中发现新的发现。譬如他发现左思的《三都赋》能令洛阳纸贵，原因是一个丑陋的人不堪潘安美貌的压力而去发愤图强；他还发现张岱不落难，不会成为文豪；庄子一边拒绝尘世，一边偷偷受用尘世。他说《红楼梦》哭哭唧唧，《水浒传》把杀人犯抢劫犯小偷渎职官员写得伟岸豪迈。而《西游记》中孙英雄一路舍生忘死不过是上天安排好的一场耍猴，而吴承恩是谍战小说之祖。他还说喝酒是一夜情，读好书是理想中的爱情。而醉酒有肉醉、情醉、志醉三种境界。他说没有女人配合，男人跟谁坏去。对相敬如宾他的解释是："宾是客人，谁和客人吵架？这不成了相敬如冰吗？"他对长久窝在家写作的作家说"天天闷在家里，连太阳都不晒，小心身上长蘑菇。"足见其大智大谋。最有趣的是他发现孔老夫子也误人子弟，当学生问他"巧笑倩兮，美目盼兮"何意时，本来是形容少女的美丽动人，孔老师却不耐烦地说就是在白纸上画画。且不说孔子曲解之缘由，商震能在浩瀚的阅读中打捞出此细节，这就应了古人读书的三求：一曰有识，二曰有味，三曰有悟。而支撑疏狂的精髓就是他的自由之思想，独立之人格。

孤　独

《三余堂散记》把孤独意识作为推动和刺激诗人和作家写作的潜动力。在商震看来孤独是空旷而悲壮的境界，不是谁都配拥有这种高不可攀的领袖意识。"孤独是一种杰出一种超然，是对另一边地平线的跨越，是坐穿牢底的胆识和勇气。"孤独感是独孤求败的焦灼和渴望。而整天言说孤独寂寞的人不是真正的孤独，而是撒娇，骨子里是孤单是扯淡。对于诗人来说，孤独意识让诗人不被同化，并骄傲地做个"异端"。写作的独创性需要诗人永远走在时代的前端，去超前或创新，而这一切都来源于孤独意识的支撑和推进。孤独可以让人平心静气地去体验自然，所以孤独不怕重复，古代的月亮与昨天晚上的没有什么两样，但每一次的重复观望中，孤独都会得到升华和诗化。更重要的是坚守孤独就是对自我和本然天性的保护，一把快刀长期风吹雨淋自会锈蚀，而保存在刀鞘里，快刃就能永葆光辉，且锋芒毕现。所以商震提倡诗人和思想者要学会孤独，享受孤独，捍卫孤独。当然还要能区分孤独，那些习惯在墙角悲悲切切者不是孤独，正如很多不甘寂寞的人也常常怀古抒志，大庭广众下还怆然泪下状。其实这都是借口，直接原因，就是个人境遇落拓了，今不如昔。所以高贵的孤独是通过自己去体悟和呈现人类的世界的共性情愫。

多　情

　　以上是商震以诗人的眼光看世界，以下是作为一个诗人和诗歌工作者对好诗的认知。首先商震认为优秀的诗歌一定要有气，不但要有气，气还要涌动起来。只有气脉贯通并连绵不绝，诗歌才饱满才汹涌起伏，才有感染力和冲击力。而诗歌的气脉有显有隐，显是明流，是外化可以直接感觉到；隐是潜动，是内功须静下心来慢慢体悟。所以商震认为打太极拳与写诗相通，静，脚下有根，头上有天。静气中有谙熟、参透、顿悟。静容易撬开人的想象力，开启幻想和幻觉。而"诗歌只有在事实与想象之间的距离中，才产生魅力。"而大多情形，气来自于冲动，这时诗人要听从肉体、本能、感觉和被压抑的想象和愿望的指挥，顺势而下或四处漫溢。所以气的根源还是情感，有情才有气，情动而气流。所以商震说人难过了才写诗，没有真情实感不是诗。要让诗歌的气汹涌，就一定要多情。怎样才能多情呢？商震给的答案是要多思，不但多思还有忧思，忧思见深情。他还进一步解释说，写诗和诗人不是社会职业，但一定要有职业病，那就是让自己的精神世界不与身边的人和事绝对苟同。诗人一旦对身边的世界产生怀疑，多问几个为什么，诗就悄悄地来了。原来他是说诗人要有独立性，并与生活保持距离，距离产生新鲜感，新鲜当然让情感不停息地激荡了。这就引出了下一个问题——

陌生感

　　商震在《三余堂散记》中说，诗人写出好诗的秘密只有一个：保持对环境的陌生，保持对身边人和事物的敏感。也就是说，只有陌生状态下诗人的感觉才能灵敏，才能切割发丝。诚如那句俗语：熟悉的地方没有风景。商震也说：俗常的世界总是暗中与诗人为敌，不警惕，就卖给了俗世。所以陌生感首先要求诗人与生活要保持距离，不刻意走近，也不故意走远。近了，容易同流合污，感觉被同化；远了，又容易变得虚无缥缈，没了地气。所以不远不近若即若离最好。这近似商震提出的诗歌要反常识，即"好诗人就是要把正确的指南针的磁针弄得偏离方向，并被认可。"另一方面诗人要不断地巩固和强化自我意识，坚持人格和行为的独立性，由自觉成习惯变自然。也就是说，任何时候只听从自己心灵的呼唤，本然的驱动，而非违背意愿地去迎合别人而改变自己。因为诗人写作是创造，是独创，不允许寄生。"独创，必须咬破罩住自己和他人的茧衣而蜕变振翅。独创，是诗人高度的精神自觉。"所以商震说成熟的诗人，要有三个独立：审美判断独立，语言使用独立，表达方式独立。最后等于品格独立。而独立就是坚持自我，就是从社会属性向自然属性回归，脱去蜕变的外壳，回到最初的本然的自己。这就进入后一个要论述的问题——

童　心

敏感与灵巧，发现与创造的根本就是需要一颗新生儿一样纯真而裸露的童心。商震也说，要学习大人物的本领，要保持小朋友的心情。"诗人要天真。诗人应具天地之心，爱憎分明"。儿童的眼睛没被污染，它映照出的事物就黑白分明；孩童的心没学会虚伪，他说出的话就真而纯。艺术中的童心包括两个方面，即天真和天分。天然的真就是本然，原始自然的品质；天然的才分就是先天的才分，与生俱来，与努力无关。只有具有艺术天分的天真之心，才能在针尖般细小的动荡中捕捉到诗意，并敏锐地将它切割下来。所以诗歌是天才的事业，是天真的产物。所以多情、敏感、孩子气是产生好诗歌的土壤，更是好诗人必备的素质和武器。所有这些就促使诗歌的语言与生活语言有了区别："表层语言是饭，只能用来充饥，而诗歌语言是酒，让人沉醉。诗歌语言是用来表现生命的，不是用来吹成炫彩的泡泡取悦他人或者自己。"

诗歌的生产这般费劲，那么诗歌究竟有什么作用，诗歌何为呢？商震的解释是，人不仅要养生，更要养灵魂，"能正身修德是世道人伦，能滋养心脾的是风花雪月。"诗歌就是表现风花雪月最好的手段，诗歌也就变成养心润魂的营养剂了。我把所有这些关于诗歌的认知，看成是商震对诗歌和诗人存在价值的诠释和论证。这也是《三余堂散记》的价值。

结语： 商震充分利用"三余"（夜晚，冬天，阴雨日）时间读书写作，并忧道和布道。前者是以诗人的角度思世道、大道，让自然与社会重回正道。后者是以一个诗歌工作者的身份，传播诗歌之道，让诗歌恢复它的真实自由朴素之道。他通过写作，坚持理想，拒绝蜕变，质疑权威并永远地清洁下去。这些文字就是清洁剂，把自己和别人灵魂里的犄角旮旯冲洗一遍，让人心和社会都透出原有的清亮来。这就是清洁精神。就是商震写作《三余堂散记》的主旨和目的。也是我个人对《三余堂散记》的理解和感悟。

（注：文中引文，除注明出处外，均出自商震的《三余堂散记》。）

图书在版编目（CIP）数据

烹诗/李犁著. -- 北京：作家出版社，2017.2
（2017.4 重印）

ISBN 978 - 7 - 5063 - 9286 - 0

Ⅰ.①烹… Ⅱ.①李… Ⅲ.①随笔 - 作品集 - 中国 -
当代 Ⅳ.①I267.1

中国版本图书馆 CIP 数据核字（2016）第 321595 号

烹 诗

作　　　者：李　犁
责任编辑：李宏伟
装帧设计：申晓声
出版发行：作家出版社
社　　　址：北京农展馆南里 10 号　　　邮　　　编：100125
电话传真：86 - 10 - 65930756（出版发行部）
　　　　　　86 - 10 - 65004079（总编室）
　　　　　　86 - 10 - 65015116（邮购部）
E - mail：zuojia@ zuojia. net. cn
http：//www. haozuojia. com（作家在线）
印　　　刷：三河市紫恒印装有限公司
成品尺寸：152×230
字　　　数：313 千
印　　　张：25
版　　　次：2017 年 2 月第 1 版
印　　　次：2017 年 4 月第 2 次印刷
ISBN 978 - 7 - 5063 - 9286 - 0
定　　　价：39.00 元